KB233640

톨스토이와 동양

톨스토이와 동양

톨스토이와 동양

초판 1쇄 발행일 2004년 12월 21일

지은이   김려춘
옮긴이   이항재 외
펴낸이   손상목

     기획   안승철
     편집   김연순 신선균 조혜민
     마케팅   최영태 박현수 정현철
     관리   김봉환 길은자
     웹기획   박연조

펴낸곳   도서출판 인디북
등록일자   2000. 6. 22
등록번호   제 10-1993호

주소   서울시 마포구 현석동 105-56 3층
전화   02)3273-6895,6
팩스   02)3273-6897
홈페이지   www.indebook.com

ISBN 89-5856-053-3   93800

＊ 잘못 만들어진 책은 구입처나 본사에서 교환해 드립니다.

톨스토이와 동양

김려춘 지음 :: 이항재 외 옮김

인디북

머리말

톨스토이의 일생은 미완성으로 끝난 대작 같다. 그가 제기한 인간의 삶에 대한 문제는, 오늘날에도 생각하는 사람들 속에서 여전히 논쟁적이다.

톨스토이의 생애는 1910년에 끝나지 않았다. 그가 남긴 문학 유산은 시간과 공간을 초월하며 현재에 살아 있다. 서울 역사박물관에서 열린 톨스토이 유품 전시회의 테마는 '살아있는 톨스토이를 만난다'이다. 한국에 온 톨스토이는 우리의 동시대인처럼 느껴진다. 오늘의 세계고(世界苦), 인류 생존의 미래를 생각하면서 우리는 다시 톨스토이를 읽는다.

톨스토이와 동양은 일방(一方)통행이 아니었다. 톨스토이가 동양 현대문학 발전에 미친 영향은 거대하다. 그것은 문학뿐만 아니라 사상 전반을 포함한다. 톨스토이를 읽지 않고는 지식인이 아니었다.

그러나 동양만이 톨스토이에게 다가간 것이 아니라 톨스토이도 동양의 정신적 유산에 다가간 것이다. 동양과 우리의 입장에서 보면 톨스토이가 살던 시대는 서구 열강이 동양을 침략하고, 또 근대화의 우등생이었던 일본이 반만년에 걸쳐 국토와 민족의 전통이 끊임없이 이어진 한국을 침탈한 시대였다. 이 죄악적인 행위는 '문화 보급'의 미명 아래 저질러졌다. 톨스토이는 침략과 약탈에는 도덕적 정당성이란 있을 수 없다고 말한다. 한국을 지배한 이토 히로부미를 그는 '타락한 무도(無道)의 인간'이라고 비난한다. 그는 '동양적 의미에서 볼 때 대단히 문명화된 한국'에 대해 관심을 돌리고 있었다. 동양은 서양을 모방할 것이 아니라 자기의 고유한 문화를 지켜야 한다고 거듭 말한다. 노자(老子)의 『도덕경』은 그가 가장 깊은 영향을 받은 책 중의 하나이다.

『톨스토이와 동양』이라는 이 부족한 책은 한편으론 톨스토이의 동양에 대한 관심과 인식, 다른 한편으론 동양에서의 톨스토이 수용과 이해에 대한 이야기이다.

젊어서 숨진 친형 려호(麗湖)는 톨스토이의 인도주의에 빠져 있었다. 그가 모은 책 중에서 나는 소설 『카프카스의 포로』를 읽었다. 톨스토이의 소설에서 맨 처음 읽은 작품이었다. 태평양 전쟁이 끝난 후 소련 유학생으로 선발되었을 때 나는 카잔대학을 지망했다. 톨스토이가 공부한 대학에 입학하고 싶었기 때문이다. 그러나 졸업은 톰스크 대학 러시아 문학부에서 했다. 내가 러시아어로 발표한 최초의 논문은 <톨스토이와 한국문학>이었다. 신문 《우즈베키스탄 마다니야치》(《우즈베키스탄 문학》, 1960년 11월 11일). 44년 전 일이다. 그후 '톨스토이와 동양'을 중심으로 글을 써 왔다. 려호 형의 몫까지 살면서 톨스토이를 공부하겠다는 뜻으로 내 필명을 '려호'로 쓰고 있다.

이 책에 모인 논문들은 주로 러시아 출판물에 발표된 것들이다. 몇몇 논문은 직접 한글로 썼지만 그외는 모두 러시아어로 쓴 논문을 우리말로 옮긴 것이다. 번역을 위해 귀중한 시간을 내주신 분들께 감사를 드린다. 그리고 이 책의 편집을 맡은 한국 러시아 문학회 회장 이항재 교수와 인디북 출판사 안승철 실장에게 고마움을 전한다. 마지막으로 논문 집필 과정에서 늘 관심을 갖고 격려해 주신 박형규 선생님과 이 책의 출판을 위해 물심양면으로 지원해 주신 인디북 손상목 사장님께 진심으로 감사를 드린다.

2004년 12월 13일

서울에서

김려호

◆ 차 례

톨스토이와 동양

20세기 말 세계에는 긴장이 증대되고 있다. 인류가 심각한 체계 위기의 문턱에 서 있는 것이다. 미래의 문명은 사회적 공동생활의 새로운 형식들에 대한 발판을 요구하고 있다. 톨스토이에 관해 새로운 논의가 여기저기서 이루어지는 것도 바로 이런 이유에서이다. 도쿄에서는 얼마 전에 '일본 톨스토이 학회'가 결성되었는데 이는 전쟁 전 '톨스토이 사상 보급협회'의 후신이다. 상호 절연이라는 오랜 냉전 시대 이후, 남한에서는 30권짜리 톨스토이 전집이 발간되고 있다. 톨스토이가 최근 100년 동안 지속적으로 동양의 인텔리겐치아를 열광시킨 것은 분명하다. 삶의 건설에 있어 근원적인 과제의 해결과 관련된, 위대한 작가의 세계적인 이념은 오늘날에도 매우 시사적이다.

오늘날 국제 톨스토이학에는 톨스토이의 창작이 지닌 다양한 양상들을 다루거나 톨스토이와 외국과의 관계를 규명하는 엄청난 자료가 축적되어 있다. 그런데 톨스토이학의 '동양 부분'은 최근 100년간 동양에서 성취한 성과의 내용과 현실적 용량에 결코 부합하지 않는다는 점을 인정하지 않을 수 없다.

톨스토이의 세계적 명성에 동양은 서양 못지 않게 관여했다. 이 위대한 작가의 전 세계적 호평에 관해서는, 그가 지닌 다면적인 동양과의 관련성과 그가 아시아 나라들의 예술 문화와 사회 사상의 발전에 기여한 공헌을 고려하지 않고서는 언급하기가 불가능하다는 것은 자명하다. 그러나 근래에 이르기까지 톨스토이의 창작이 지닌 전 세계적 의미가 서반구 나라들의 문학에서 그의 인지도라는 틀로 주로 고찰되어졌다는 것에 주목하자. 모틀례바의 책에서, 비록 그녀가 '톨스토이가 지닌 전 세계적 의미에 관하여'(1957)라고 명명하기는 하나, '톨스토이와 동양'이라는 문제는 부재하다.

그런데 다음과 같은 의문이 생길 수 있다. 동양에 어느 정도 발전된 톨스토이학 자체가 존재하는가? 톨스토이와 동양과의 연관성에 관한 미약한 연구가 동양에서 톨스토이학이 발전해 온 정도를 그대로 반영한다고 볼 수도 있는가?

우리 앞에 놓인 이런 질문들에 답변하기에 앞서, 다음을 언급해야만 하겠다. 19세기 말~20세기 동양의 여러 나라들이 보여 준 역사적이고 문학적인 발전의 불균등성과 특성은, 물론 톨스토이의 작품을 이해하는 특성에도, 그의 예술적 유산을 전유하는 정도에 있어서 흔적을 남긴다. 만약, 일본 문학과 같이 동양의 발달된 문학에서 1880~90년대 비평적 사상이 세계 문학의 현상으로서 톨스토이의 창작에 관심을 쏟고, 고유한 예술적 발전에 있어 그의 창작의 의미를 밝히려 했다면, 동양의 몇몇 나라에서의 문학은 오래된 미학적 규범과 더욱 밀접히 관련된다. 예를 들면, 미얀마와 아프가니스탄에서는 러시아 작가(톨스토이)의 작품에 대한 초기적인 소개과정이 오늘날까지 지속되고 있다.

이외에도, '각성되는 아시아'의 나라들에서 진행되는 이데올로기적 상황도 고려해야만 한다. 만약 중국과 마찬가지로 인도가 식민정책에 대한 정치적이고도 정신적인 거부반응으로 종종 전 서구세계에 자신의 문화를 대립시켰다면, 유럽의 식민지화를 면한 일본은 전 인류적인 것의 범위를 전유하기 위해 문호를 개방했다. 톨스토이의 작품을 연구하는 데 있어서 그 폭과 깊이를 살펴볼 때 의심의 여지 없이 일본이 특별한 지위를 차지하고 있다. 무엇보다 톨스토이의 작품들을 일본어로 번역하는 양과 그 출판의 반복되는 빈도는 놀라울 따름이다.

'외국어로 번역된 톨스토이의 예술작품들. 해외 단행본'이란 서지학에 따르면, 장편소설 『전쟁과 평화』는 13개 언어로 번역되었는데, 영국에서는 8회, 독일에서는 14회, 일본에서는 7회 재판되었다. 그런데 이번에 일본에서 발간된, 호쿄 가쥬히코 교수가 편찬한 '톨스토이 서지학'(1886~1970)에 따르면, 전후 10년(1949~1959) 동안만도 장편소설 『전쟁과 평화』가 일본에서 5회 출판되었으며, 다양한 출판사에 의해 다른 번역본들로 전부 20회 이상 출판되었다. 10권에서 47권에 이르는 분량의 톨스토이 전집이 13회 발간되었고, 톨스토이에 관한 일본과 해외 작가들의 논문 선집과 책들의 목록이 72가지의 명칭들을 헤아리며, 여기에는 일본어로 된 38개 제목들이 포함된다. 톨스토이에 관한 수많은 잡지 간행물들은 정확히 세기가 어려울 정도이다. 아마도, 러시아를 제외한 그 어디에서도, 일본에서처럼 톨스토이의 작품들이 그만큼 재판되지는 않았을 것이다. 또한 러시아를 제외하고 그 어디에서도 일본에서처럼 톨스토이에 관해 전공자들뿐만 아니라 일련의 독자들이 그토록 많이 쓰지 않았을 것이다.

1916년 9월부터 1918년 12월까지 2년여 동안 매달 일본에서 전문 잡지 《토루스토이 켄큐》(톨스토이 연구)가 발간되었다는 것도 주목할 만하다. 이 잡지에는 일본 작가들뿐만 아니라, 해외 작가들 — 메레쥐콥스키, 솔로구프, 구세프, 비류코프, 체르트코프, 일리야 톨스토이, 세르게옌코, 또한 롤랑, 브란데스, 부르제, 가네트, 제임스 헨리, 브루크너, 그외 다수 작가들의 저서들이 게재되었다.

러시아와 서구유럽에서 발간된, 톨스토이 작품과 그에 대한 논문과 모노그래프의 번역에 관해 표준이 되는 작업이 그 이후에도 지속되었다. 톨스토이적 유산을 연구하는 데 있어 이러한 '보편주의'는 중요하며, 이것은 일본에서 톨스토이에 관해 글을 쓰는 이들의 범위를 확장시켰다. 전공자들 — 러시아학자들뿐만 아니라, 러시아어를 구사하지 못하는 작가들, 어문학자들도 그에 관한 글을 썼다. 일본 학자들의 공통된 견해에 따르면, 『전쟁과 평화』에 관한 가장 잘된 모노그래프는 일본 문학사학자 혼다 슈고가 쓴 것이다.

톨스토이적 유산에 대한 연구의 폭넓음과 심오함에 관해서는 의심할 바 없이 일본이 전 세계 톨스토이학에서 제일 중요한 지위 중의 하나를 점하고 있다. 톨스토이와 동양과의 관련성에 관한 종합적인 작업에서 일본의 자료가 우세하다면, 이것은 이런 사실들의 현실적 상황을 반영하는 것이다.

물론, 동양의 여러 나라들에서 진행된 러시아 문학에 대한 이해에 관해 말할 때, 창조적인 '자기화'와 '소개' 과정을 구분할 필요가 있다. 쿨레쇼프가 『19세기 러시아와 서구 유럽과의 문학적 연관성』(1965)이라는 책에서 기술하듯이, 유럽에서는 러시아 문학에 대한 소개가 자기화보다 훨씬 이전에 시작되었다. 이미 19세기 전반에 러시아 작가들에 관한 논문이 프랑스의 출판계에 나타났으나, 서구 유럽의 여러 나라들에서 러시아 문학의 창조적 자기화는 80년대 초 이전에는 시작되지 않았다.

일본에서는 소개와 창조적 자기화 간의 이러한 단절이 시간상 대수롭지 않은 것이다. 러시아 예술 문학에 대한 최초의 번역이 일본에서 80년대 초기에 나타났다. 1883년에 푸슈킨의 『대위의 딸』, 투르게네프의 『여울목』, 1886년에 톨스토이의 『전쟁과 평화』 중 일부가 이에 해당된다. 약간의 시간이 흐르고, 1889년에 이미 후타바테이 시메이[1]가 장편소설 『뜬구름』을 발표한다. 이 소설은 여러

---

1) 후타바테이 시메이 二葉亭四迷 Futabatei Shimei
   1864. 4. 4. 일본 에도(江戶 : 지금의 도쿄(東京))~1909. 5. 10 벵골 만 해상.
   일본의 소설가, 러시아 문학 번역가.
   본명은 하세가와 다쓰노스케(長谷川辰之助). 대표작인 <뜬구름 浮雲>(1887~89)은 일본 소설에 사실주의를 도입한 작품이다. 그는 3편의 소설과 많은 번역작품을 남겼지만 첫 소설인 『뜬구름』과 첫 번역소설인 『밀회 あいびき』 및 『우연한 만남 めぐりあい』이 가장 유명하다. 이 두 번역소설은 모두 투르게네프의 소설을 번역한 것으로, 1888년에 출간되었다. 이들 작품에서 후타바테이는 고전적 문어와 구문을 현대적 구어문으로 바꾸는 소위 '언문일치'에 입각한 문체를 사용했다.
   사족(士族) 출신인 그는 1881~86년 도쿄 외국어학교의 노어학부에서 공부했으며 특히 곤차로프·도스토예프스키·투르게네프·벨린스키 등에 흥미를 가졌다. 그러나 도쿄 외국어학교

12

연구자들이 주장하듯이, 새로운 일본 문학의 발전에 단초가 된다. 작가의 말에 따르면, 이 소설은 러시아 고전의 직접적인 영향하에서 쓰인 것이다.

지난 세기 90년대에 편찬된, 톨스토이에 관한 일본의 저서들을 분석해 보면, 이 시기의 비평이 톨스토이의 창작이 지닌 본질적인 특징들의 이해에 이미 충분히 접근해 있다는 것을 알 수 있다. 이것에 관해서는 이후에 언급하기로 하고 여기에서 우리는 톨스토이가 남긴 예술적 유산의 자기화가 동양에서는 유럽 다음으로 단지 10년이 지난, 이미 90년대에 시작되었다는 것을 강조하기로 하자.

동양의 여러 나라에서 '톨스토이의 역사'는 이미 한 세기 이상 지속되었고, 이러한 100년 역사의 연구는 전 세계 톨스토이학에서뿐만 아니라 러시아 문학, 특히 톨스토이의 도덕적 미학적 전통과 밀접히 연관된 아시아 동시대 문학의 발전 경로들에 대한 이해를 위해서도 중요하다.

물론, 톨스토이의 창작을 이해하는 형식은 동양의 여러 나라들에서 다양하다. 이것은 이러한 문화적 분포계의 거대한 내적 다양성과 관련된다. 톨스토이를 이해하는 데 있어 민족적인 특성을 밝히려면, 다양한 동양 문화에 깊이 뿌리박고 있는 톨스토이라는 형상이 지닌 보편적이고 영구한 특징들을 드러내려 노력해야만 한다.

가 지금의 히토쓰바시대학(一橋大學)인 도쿄 상업학교에 흡수되자, 그는 자퇴하고 당시 비평가 · 소설가 · 번역가로 이름난 쓰보우치 쇼요(坪內逍遙)의 도움을 받으며 본격적인 문학가로서의 길을 걷기 시작했다. 무력한 이상주의자가 19세기 후반 급격하게 현대화해 가는 거친 세상에서 낙오되는 모습을 그린 〈뜬구름〉과, 러시아 소설의 번역은 이내 좋은 반응을 얻었다. 그러나 그의 문학비평 번역서는 거의 주목받지 못했다고 할 수 있다. 그는 자기 소설이 마음에 들지 않았고 돈도 필요했기 때문에 1889년 내각관보국(內閣官報局)에 들어가 1897년까지 러시아 신문이나 잡지 번역에 종사했다. 그는 10년 동안 소설을 쓰지 않았다. 1898~1902년 러시아어를 가르치며 정부기관에서 일했으며, 그후 하얼빈(哈爾濱)과 베이징(北京)을 방문했다.
1903년에 귀국해 다시 직업적인 소설 번역을 시작했으며 이듬해에는 오사카아사히 신문사(大阪朝日新聞社)의 도쿄 출장원이 되었다. 1896~1909년에 투르게네프 · 고골리 · 톨스토이 · 고리키 등의 소설을 번역했으며, 에스페란토나 문학비평, 사회상황에 관한 논설을 썼다. 또 〈그 옛 모습 其面影〉(1906)을 연재하고 〈평범 平凡〉(1907) 등 2편의 소설을 발표했다. 1908년 그는 아사히신문사 러시아 특파원으로 파견되었다가 귀국길에 인도양의 벵골 만을 향하던 중 폐결핵이 악화되어 선실에서 죽었다.

톨스토이가 지닌 동양과의 연관성들은 얼마 전까지 주로 다음과 같은 관점에서 고찰되었음을 지적하지 않을 수 없다. 이 위대한 작가가 동양에 무엇을 제공하였는가 하는 것이 그것이다. 그런데 그 반대의 관계들에는 연구자들이 거의 흥미를 가지지 않는다.

하지만 톨스토이는 유럽과 아시아 사이에 러시아의 중간적 위치에 대해 의의를 부여하는 것에 그치지 않고, 동양의 정신과 동양문화의 토대를 이해하려 노력하면서 말년까지 동양에 대한 심오한 관심을 가졌다. 잘 알려진 <중국인에게 보내는 편지>(1906)에서 그는 중국과 페르시아, 인도의 민중들이 지닌 역사적 사명에 관해 숙고한다. 그들은 모든 민중들에게 그들 모두가 처한 '과도기적 상황'으로부터 벗어날 것을 지시할 사명을 지녔다. 일본 작가 도쿠토미 로카[2]와의 대담에서 톨스토이는 러시아와 동양의 민중들이 맡은 임무에 대한 자신의 이해를 구체화한다. "기계에 의해 도달한 문명화라는 조건에서 존재한다는 것은 현실 속에서 아무 가치도 없기"(17, 198쪽) 때문에, 그들의 임무란 "사람들이 진정한 삶을 누릴 수 있는" 조건을 보장하는 데 있다고 그는 확신한다. 톨스토이의 견해가 논쟁적이긴 하나, 인간이 기계 문명으로 병든 한, 대지는 건강하지 못하다는 것이 오늘날 모두에게 명백해졌다.

---

2) 도쿠토미 로카 德富蘆花 Tokutomi Roka
　　1868. 12. 9 일본 미나마타(水)~1927. 9. 18. 도쿄.
　　일본의 소설가.
　　본명은 도쿠토미 겐지로(德富健次郎). 역사가인 도쿠토미 소호(德富蘇峰)의 동생이다.
　　여러 해 동안 형의 출판사에서 일했으며 소설 『불여귀 不如歸』(1898)가 성공하자 1900년에 독립하여 자신의 길을 걷기 시작했다. 이 작품은 젊은이의 결혼에 대한 부모의 간섭이 빚은 비극을 주제로 한 통속적인 줄거리였다. 수필소품집인 〈자연과 인간 自然と人間〉(1900)과 반자전적 소설 『회상기 思出の記』(1901)는 독자적인 작가생활을 하겠다는 그의 결심이 옳았음을 입증해 주었다. 그뒤 그는 별난 신비주의 쪽으로 서서히 돌아섰고 부인도 여기에 빠져들게 되었다. 러시아의 소설가 레프 톨스토이를 만난 후에는 톨스토이식 '농촌생활'을 하기 위해 시골로 내려갔으며 이 '농촌생활'은 『지렁이의 헛소리 みみずのたはごと』(1913)에 기록되어 있다. 그는 4권으로 이루어진 고백록을 쓰는 도중에 세상을 떠났고, 이 기념비적 작품은 나중에 그의 아내가 완성해 출판했다.

톨스토이는 고대 동양의 정신적 유산으로 회귀하는 데, 보편적 진리를 향한 고통스런 모색을 통해 그에 의해 체험된 것과의 많은 공명을 그 속에서 발견한다. 그러나 작가의 사유와 정조(情調)에 있어 바로 이런 '동양적인 구조'가 오랫동안 파묻 당했다. 논문 <톨스토이학의 새로운 테마들>(1992)에서 로무노프는 다음과 같이 기술한다. "우리 사회에서 진행되고 있는 급진적인 변화의 상황에서, 문학에 관한 우리의 학문이 차후의 사회 민주화와 인간화 과정에 참여하기 위하여, '크리스트교와 러시아 문화', '크리스트교와 러시아 고전' (……), '정교회와 톨스토이'(20, 10쪽)와 같은 테마들의 연구에 대한 이전의 연구방법을 재검토하지 않을 수 없다. 우리는 이런 목록에 '톨스토이와 불교', '톨스토이와 동양 철학적 유산'과 같은 테마를 부가할 수도 있을 것이다."

'톨스토이와 동양'이란 문제는 톨스토이가 생존한 당시에도 관심을 끌었다. 1906년에 체르트코프의 논문 <톨스토이와 일본인들>이 발간되었다. 그 이후에는 이런 테마에 관한 저서가 드물어지고, 더욱 에피소드식으로 발간되었다. 1960년 쉬프만의 저서 『레프 톨스토이와 동양』이 눈에 띄는 현상이었다. 쉬프만은 아시아 여러 나라들의 문화 활동가들과 톨스토이의 개인적 접촉에 관한 회상록이나 서신들로 이루어진, 새롭고 이전에는 알려지지 않은 자료들을 학문적 관례로 도입했으며, 동양 문학 발전에 톨스토이의 작품이 지닌 의미를 부여하는 중요한 시도를 했다.

그러나 쉬프만이 자신의 책 2판(1971년) 머리말에서 지적하듯이, '동양과 톨스토이의 관계, 그의 예술적 경험과 휴머니즘적 사유가 당대 세계에 끼친 영향이 결코 충분히 연구되지 않았다.' 그가 판단하건대, '톨스토이와 동양'이라는 테마에 관한 깊이 있는 연구가 현대 문예학이 수행해야 할 급선무이다. 그러나 눈에 띄는 진척은 일어나지 않았다. 1982년 논문 전집 <동양의 여러 나라 속의 러시아 고전>이 발간된다. 여기에 톨스토이에 관한 저서도 발간되었다. 논문

<레프 톨스토이와 인도 문학>에서 첼리세프가 기술하듯이, "본질적으로, 인도 문학에 톨스토이가 끼친 영향에 대한 연구라는 문제가 우리에게도, 인도에도 아직 실제로 제기되지 않았다."(28, 36쪽)

아시아에 끼친 톨스토이의 영향은 포괄적이며, 이것은 예술 문화와 사회 사상의 영역으로 한정될 수 없다. 이런 영향력의 작용은 동양 인텔리겐치아의 한 세대만이 아닌 개인적 운명들과 관련되었다. 로망 롤랑은 자신의 유명한 논문 <톨스토이를 향한 아시아의 대답>에서 다음과 같이 진술할 근거를 가진다. "아시아에 끼친 톨스토이의 영향은, 아마도 톨스토이가 유럽에 끼친 영향보다 아시아의 역사에 있어 훨씬 의미심장할 것이다."(27, 328~329쪽)

이 논문의 제목에서 의미하는 테마는 굉장히 광범위하다. 이 테마는, 중대하나 아직 거의 연구되지 않은, 톨스토이와 동양의 관계에 관한 자료의 수집과 체계화 일반화를 전제로 한다. 이러한 과제는 연구자들의 집단적 노력에 의해서만 해결될 수 있다는 것을 분명히 해두어야겠다.

물론 이 저서는 우리의 흥미를 끄는 테마에 관한 다방면적인 연구임을 주장하지는 않는다. 작가는 주로 톨스토이와 동양의 관계에 있어서 특성과 성격에 의의를 부여하는 데 보다 본질적인 것들인, 몇몇의 사실들과 현상만을 선별하며, 또한 당대 아시아 문학의 발전에 위대한 작가인 톨스토이가 끼친 창조적 영향력의 의미들만을 의도적으로 선별한다.

1

톨스토이와 동양과의 관계는, 유럽의 저명인사들과의 그것처럼 일방적인 '통행'은 아니었다. 근대에 서구와 동양의 상호관계에는 양측의 동등함, 오늘날처럼 명백해진 상호 인력이 없었다. 근대화를 추진하는 아시아에게 유럽은 이정표가 되었으며 서구 진보주의자들에게는 '정체된' 동양으로부터 얻을 것이 아무것도 없다고 여겨졌다. 그들은 동양의 문화를 경시했다. 동양에 대한 톨스토이의 태도는 원칙적으로 이와 달랐다. 그의 태도는 쌍무적(雙務的)이었으며, 진정한 상호성으로 구별되었다. 동양만이 톨스토이에게 다가간 것이 아니라, 톨스토이도 동양의 정신적 유산에 다가간 것이다.

아시아 민중들에 대한 '문명화된 우월성'이라는 콤플렉스가 톨스토이에게는 전혀 낯선 것이었다. 그는 심지어, 유럽인들이 동양의 민중들을 정복하는 것은 자신들이 정신적으로 우월하기 때문이 아니라, 그 반대이기 때문이라고 말하기도 했다. 톨스토이에게 있어 이런 평등 의식은 결코 '만들어진 것'도, 인위적인 것도 아니며, 전 세계에 화답하는 러시아의 영혼으로부터, 또 러시아와 동양의 역사적이고 심리적인 유사성에 관한 그의 확신으로부터 자연스럽게 나오는 것이다. 1905년 12월 초 중국 사회평론가 장지동3)의 편지에 답하면서, 톨스토이

---

3) 장지동 張之洞 (병)Zhang Zhidong (웨)Chang Chihtung.
　　1837. 9. 2. 중국 구이저우 성(貴州省) 싱이(興義)~1909. 10. 4.
　　중국 청조(淸朝) 말기의 고전학자·대관료·개혁가.
　　자는 효달(孝達). 구이저우 성의 학자·관료 집안에서 태어났으며, 원적은 그의 선조들이 15세기에 정착한 즈리 성(直隷省 : 지금의 허베이 성(河北省)) 난피(南皮)이다. 어릴 때부터 재주가 뛰어나 14세에 향시(鄕試)에 합격하고 27세에 과거시험의 최종관문인 진사과(進士科)에 급제했다. 탁월한 문학적 재능과 이로 인해 얻은 명성은 관리로 출세하는 바탕이 되었다. 그의 관료 경력은 크게 보아 두 시기로 나누어진다. 1862~1882년에는 학자·교육행정가로 근무했고, 1882~1907년에는 지방관에서 점차 승진하여 중앙정부의 지도자가 되었다. 정치적으로 서태후(西太后)를 지지했고, 서태후 또한 그를 빠르게 승진시켰다. 1882년 산시 성(山西省) 총독, 1884년 량광(兩廣 : 광시 성(廣西省), 광둥 성(廣東省)) 총독에 임명되었다. 1889년 후광(湖廣 : 후베이 성(湖北省), 후난 성(湖南省)) 총독이 되어 18년 동안 이 직책을 맡았다(단 그중 3년간은 난징(南京)과 베이징(北京)에서 업무를 수행했음). 1907년 베이징으로 소환되어 내각총리대신 겸 대학사에 임명되었다.
　　그는 유능하고 인자한 행정가였을 뿐만 아니라 중국을 소생시키는 문제에 대해서도 깊은 관심을 가지고 있었다. 아편전쟁 발발에서 신해혁명까지의 시기와 거의 일치하는 그의 생존시기는 서유럽 열강과 일본이 중국에 심한 압박을 가해 온 시기였다. 그와 동료 관리들이 직면했던 가장 급박한 문제는 어떻게 하면 청이 살아남아 격변하는 현대 세계에 적응해 나가는가 하는 것이었다. 그 해결책을 연구하며 그는 "중국의 전통적 제도는 유지되어야 하나 서양의 기술을 도입해야 한다"고 주장했다(中體西用論). 서양의 기술에 대한 인식이 달라진 그는 개

는 러시아와 중국 문화의 근원에 도덕적이며 노동에 관한 공통의 이상이 놓여 있음을 강조한다. 그는 다음과 같이 기술한다. "러시아와 중국이라는 위대한 두 민중들 간에 내적이고 정신적인 관련성이 있음과 그들이 손에 손을 잡고 나가야 한다는 데 전적으로 당신과 동의합니다." 의심할 바 없이, 동양을 바라보는 톨스토이의 시선에는 러시아 문화가 지닌 유라시아적 독특함이 반영되었다.

동양은 톨스토이에게 있어서는 근대 서양에 매우 특징적이었던 지적 시야의

혁의 중점을 서양의 기술에 두었으며, 봉건적인 전통제도의 개혁에 대해서는 전혀 고려하지 않았다. 무기 제조를 위해 중국 최초의 제철소 설립을 계획했을 때 금속공학상의 복잡한 문제들에 대해 문외한이었던 그는 어떤 철광석을 구할 수 있을지도 모르면서 영국에 일체의 제철 플랜트를 주문했으며, 또한 공장을 탄광 가까운 곳에 세우지도 않았다. 그 결과 1894년 제철소가 생산을 시작하자 엄청난 손해를 보게 되었다. 이같은 대실패 때문에 그는 큰 비웃음을 샀고 정치적으로는 곤경에 처하게 되었다. 그가 후광 총독으로 전임된 것은 한커우(漢口)와 베이징을 연결하는 철도의 부설을 제안했기 때문이다. 조정은 그 제안을 승인하면서 그에게 철도부설공사의 책임을 맡겼다. 오랜 지연 끝에 철도는 1906년에야 완성되었다. 또한 자신이 관할하는 지역을 공업화하는 일에 착수하여 조폐(造幣)·제혁·견직·나염·제지·면방·모방·목재가공과 타일 제조 등을 위한 많은 공장을 세웠다. 난징에서 임시 총독으로 있을 때는 독일인 고문의 도움을 얻어 신식군대를 창설하기도 했다.

1895년 중국은 청일전쟁에서 패배했고, 그 과정에서 그때까지의 개혁조치가 비효율적이었음이 드러났다. 이같은 좌절로 인해 그는 잘 훈련된 관료의 필요성을 절감하고 이를 위해 교육에 관심을 쏟게 되어 1898년 유명한 〈권학편 勸學篇〉을 출판했다. 이 책에서 유교에 대한 자신의 믿음을 재확인하는 한편 서양의 지식을 획득하는 데 필요한 방법, 예를 들면 중국학생의 해외유학, 학교제도의 확립, 서유럽 및 일본 서적의 번역, 외국신문에서의 정보수집 등을 상세하게 열거했다. 이로 인해 후베이 성에 신문국·학교국·번역국 등이 설치되었고 학생들이 해외로 파견되었다. 1908년에 후베이 성은 일본에 475명, 서유럽에 103명의 유학생을 보냈다. 1904년 중국 교육제도 전체의 혁신을 위한 규정을 기초하는 임무를 맡았다. 6개월 만에 제출하여 승인된 8권에 달하는 시안은 교육이념·행정·교과목·해외유학·직업훈련·유치원·연구기관 등을 포함한 교육의 제반 분야에 대해 규정하고 있다. 그는 또한 과거제도를 폐지해야 한다고 거듭 주장했고 조정은 이를 받아들여 1905년에 폐지했다. 그의 끊임없는 노력에 힘입어 1904~09년의 6년 동안 학교수는 73배, 학생수는 225배로 늘어났다.

그의 정치경력 중 가장 놀라운 것은 좌절을 겪은 일이 없다는 것이다. 그가 겪은 최대의 정치적 위기는 1900년에 일어난 의화단(義和團) 운동이었다. 충성스러운 관료였던 그가 외국에 대해 선전포고한 황실의 조칙을 거역해야 할지도 모르는 상황에 처했기 때문이었다. 다른 성의 총독들과 협의한 후 그 칙명은 황제의 진정한 뜻을 담은 것이 아니므로 복종하지 않아도 된다고 결정했다. 따라서 다른 총독들과 더불어 외국영사들과 협정을 맺고 관할지역 내의 평화를 유지했다. 의화단이 진압된 후 서태후는 그의 조치를 추인하고 또한 그 결단을 칭찬했다. 그는 3번 결혼했으나 부인이 모두 먼저 죽었고, 6남 4녀를 두었다. 오랫동안 높은 관직에 있었음에도 불구하고 재산을 모으기는커녕 생활에 곤란을 받을 정도로 가난해서 총독시절에 자기 물건을 저당잡힌 일도 있었다. 죽은 후 문양(文襄)이라는 시호를 받았다.

확장을 위한 지식의 어떤 대상이 아니었다. 그는 자신의 정신적 발전을 위해 동양의 지혜를 배우고 전유했다. 그에게는 동양적 기원이 서양의 그것보다 내면적으로 더 가까웠다. 톨스토이가 노자를 알게 된 후, 고대 중국 철학자인 그를 원본으로 읽기 위해 중국어를 배우고 싶어했다는 것은 잘 알려져 있다. 다음과 같은 코쥐노프의 견해는 매우 믿을 만하다. "아시아 인민의 형상을 재창조하는, 러시아 문학의 모든 창작물 — 레르몬토프의 『우리 시대의 영웅』과 톨스토이의 <카프카스 단편들> — 에서 무조건적인 평등함의 분위기가 실현된다(작가는 러시아인들보다 카자크 사람들의 우월적인 특성들을 제일선에 내세우면서, 『하지—무라트』에서 동등함의 경계를 넘어서는 듯하다)."(13, 53쪽)

1909년 5월 5일자 작가의 일기는 이와 관련하여 주목할 만하다. "우울한 상태 즉 불만족이란 확실히 내면적인 것이다……. 노자를 읽는다는 것은 나에게 매우 의미심장했다. 심지어 노자의 가르침에 직접적으로 대립되는 혐오스러운 감정, 즉 자만심과 노자와 같이 되고 싶다는 열망이 생겨나는 것이었다." 동서양이 숭배하는 위대한 작가 톨스토이는 고대중국의 이 철학자를 자신의 도덕적 표본으로 삼는다. 톨스토이 주변인들의 증언에 의하면, 『노자』는 항상 작가의 수중에 있었으며, 그의 일상 생활을 통해 구현된 듯했다. 톨스토이가 무엇인가에 대한 자신의 태도를 표명하고자 할 때, 노자로부터 인용했다고 마코비츠키는 회상한다.

무엇이 두 이종(異種)의 문화의 거인들을 근접시키는가? 무엇이 우리로 하여금 시간상 서로 그토록 동떨어진 이름들을 나란히 하도록 하는가? 동양의 정신적 유산에 대한 작가의 수용이라는 복잡한 문제들로 이루어진 전체적 복합체를 포착할 수 있는 가능성이 없기 때문에, — 이것은 미래의 과제이다 — 지금 제기된 의문들을 보다 상세히 고찰하기로 하자.

톨스토이는 19세기 70년대에 노자론을 알게 된 후, 이 중국 철학자의 심오한 사상에 충격을 받는다. 그는 다음과 같이 언급했다. "이것은 놀라운 책이오 나는 오직 이 책을 번역할 것이오(영어, 불어, 독일어로 된 것을), 비록 그것이 (원본) 텍스트와 동떨어진 것이 될지라도 말이오 나는 중국어를 배우려 하오."(22, 480쪽) 노자의 저서는 『도덕경』('도덕에 관한 책'), 혹은 저자의 이름을 따서 단순히 『노자』라고 명명되었다. 톨스토이는 『노자』를 러시아어로 번역하는 작업에 두 차례에 걸쳐 활발히 참여했다. 이는 1893년 포포프와 함께, 그리고 2년 후에 일본인 고니시 마수타로와 야스나야 폴랴나에서 이루어졌다. 톨스토이 감수에 고니시의 번역본이 1913년 발간되었다.

톨스토이는 인생의 의미를 고통스럽게 탐색하던 시기에 노자를 알게 되었다. 이때는 그의 세계관에 전환이 일어나던 때였다. 자연으로서의 인간을 확고하게 믿고, 인간 속에 영원한 자연의 본질을 높이 평가하는, 도교의 가르침은 톨스토이의 지적 경향에 어울렸다. 중국 철학자 노자의 사유 스타일이 그의 맘에 들었다. 즉 노자의 부피감 있는 간결함, 그의 견해가 지닌 격언과 역설이 이에 해당하는데, 이것은 ─ 톨스토이가 언급하듯이 ─ 독자의 사고를 '차후의 귀결과 뜻밖의 결론이라는 측면으로 향하게 하면서', 독자가 사유하는 작업을 촉진시킨다.

톨스토이는 노자 학설에서 주된 구성성분으로 '무위', 혹은 그의 번역에 따르면, 무행위라는 원칙을 꼽는다. 톨스토이는 다음과 같이 기술한다. "종종 이 사상은 고의로 이상하게 표현된 듯한데, 이 사상이 번역자에 의해 올바르게 번역되기만 한다면, 어디에서건 이 사상은 전체 학설의 토대가 될 것이다."(29, 39~40권, 351쪽)

'무위'를 종종 모든 활동에 대한 거부로서 이해한다. 러시아 철학자 쏠로비요프는 무위를 '절대적인 무관심'으로 해석한다. 실제로, 인도의 바라문교도들(바라문교의 추종자들)은 모든 행위의 중지를 호소하면서, 절대적 무위를 선전한·

다. 어떤 문화학자들은 그들이 동양적 부동성(不動性), 수동성, 명상으로 간주하는 것들과 '무위'를 관련시킨다. 그러면, 노자로 돌아가 보자.

"가르침에 몰두하면 하루를 얻는다, 도를 따르면 하루를 잃는다. 그런데 점점 더 많이 잃을수록 무위에 도달한다. 즉 행동하지 않으면 곧 모든 것이 완성되어진다. 항상 무위에 의해서 세상을 얻을 수 있다. 즉 행동하는 이는 지상세계를 얻을 수 없다." (『현인들의 저서에서』, 모스크바, 1987)

노자의 견해는 역설과 미완의 말 위에 구성된다. 가르침으로 얻어진 지식은 선이 될 뿐만 아니라, 혼돈의 원천이기도 하다. 얻으면서 잃는 것이다. 삶의 자연스런 흐름을 믿으며, 거짓된 지식을 거부하는 편이 낫다. 이미 오래 전에 노자는, 우리가 처한 대부분의 불행은 우리가 무엇을 하지 않았기 때문이 아니라, 반대로 우리가 지나치게 많은 것을 행했기 때문에 발생한다는 것을 깨달았다. 그러므로 "매우 지혜로운 자는 모든 본질의 자연스러움을 따르고, 감히 행하지 않는다"고 하였다. 자신의 마음과 기대에 맞도록 무엇이라도 억지로 개조하고 변경하려는 그 어떤 시도도 하지 말아야 한다는 것이다. 노자에 따르면 이것이 '무위를 행하는 것'이며, 수동성과는 무관하다.

톨스토이는 다음과 같이 언급한다. "이것이 우리가 너무도 자주 잊어버리는 위대한 진리이다. 만약 우리가 이 학설이 매우 옳다는 것을 인정한다면, 우리는 악 — 이러한 악은 선에 정면으로 대립되는 것인데 — 을 행하던 것을 멈추지 않고, 선을 행할 수는 없다는 것을 깨달을 것이다."(29, 40권, 388쪽)

유감스럽게도, 오늘날 톨스토이의 논문 <무위>를 알고, 이해하는 사람은 많지 않다. 그의 논문은 대중적 시리즈로 출간되지도 않았다. 하지만 톨스토이는 이 논문에 큰 의미를 부여했다. 현재 이 원고의 8개 교정본이 보존되어 있다.

노동과 과학의 수호에 관해 에밀 졸라가 파리 학생 만찬에서 한 연설이 이 논문을 쓰는 동기가 되었다. <무위>는 중국 철학자의 사상을 기술하는 것에서 시작한다. 톨스토이는 다음과 같이 언급한다. "노자의 학설에 따르면, 사람들의 모든 불행은 그들이 해야만 하는 것을 하지 않아서라기보다는, 할 필요가 없는 것을 하기 때문이오 그러므로 만약 사람들이 무위를 이행한다면, 사람들은, 노자가 주로 염두에 둔, 사회적인 불행의 특수성으로서 개인적인 모든 불행으로부터 벗어날 수 있을지도 모르오……. 나는 그가 전적으로 옳다고 생각하오."(29, 29권, 185쪽)

노동의 의미와 현대문명에 대한 자신의 논의에서 톨스토이는 도의 가르침을 근거로 한다. 톨스토이와 함께 노자가, 19세기 말 유럽 인텔리겐치아들의 정신적인 상태를 반영하는 논쟁 속으로 끌어들여진 것이다.

졸라의 등장은 그 일방성으로 인해 톨스토이를 만족시키지 못했다. 졸라는, '삶을 건강하고 기쁘게 만들어 주고 무수한 괴로움으로부터 인간을 해방시켜 주는' 과학의 유익함을 언급하면서, 동전의 필연적인 반대 면에 주목하지 않는다. 노력하라? 그러나 무엇을? 이라고 톨스토이는 질문한다. "아편 제작자들, 모든 것을 박멸하는 기계의 발명가들, 모든 군인들과 그밖의 사람들도 일을 한다. 그러나 만일 이런 모든 노동자들이 자신의 작업을 중지한다면, 인간성이 승리할 것이라는 점은 매우 명백하다. 인간은 잠깐 동안 자신의 활동을 멈추고, 그가 행하고 있는 것과 이성의 요구를 대조하고, 사유할 필요가 있다.(29, 29권, 35쪽)

매우 오랫동안 우리는 이런 단순하고 분명한 진리에 주의를 기울이지 못했다. 인간은 점점 더 적게 관조하고, 모든 시간을 활동에 바치고 있다. 그 결과 우리는 어떻게 변했는가? 개성 없는 개미들로, 생각하는 능력을 잃어버린 나사로 변했으며, 따라서 잔혹해지게 되었다. 오늘날도 우리는 자신의 미망(오해)의 한도를 여전히 자각하지 못하고 있다.

졸라는 젊은이에게 위를 보지 말고 어떤 천상의 힘에 의지하지 말며 이상에 기뻐 날뛰지 말라고 호소했다. 물론, 신화적 공담에 관한 언급이라면, 그가 옳다. 하지만 인간이 자신의 내부에 신도, 이상도 없다면 사유할 능력을 잃게 되며, 그러면 전 우주가 붕괴될 수도 있다고 톨스토이는 여긴다. 다음과 같은 톨스토이의 말에 귀를 기울여 보자. "만약 우리 시대의 사람들을 위해서 가장 유익하다고 여기는 충고를 나더러 하나만 하라고 한다면, 나는 사람들에게 오직 하나만 말하겠소. 제발, 잠깐만이라도 멈추시오, 일을 멈추고, 주위를 둘러보시오, 당신이 무엇이 되어 있는지 생각해 보시오, 당신이 어떤 사람이 되어야 할지를 상상해 보시오, 이상에 대해서 생각해 보시오."(29, 29권, 41쪽)

가치 척도에서 노자는 순리를 제일의 위치에 둔다. 그는 주위보다 항상 더 아래에 있고자 하는 계곡과 강을 산의 정상보다 더 좋아한다. "최고의 덕은 물과 같다. 물은 모든 존재에 선을 전하고, 그것들과 다투지 않는다는 점에서 훌륭하다." 이것이 『노자』에 나온다. 거기에서는 역시 다음과 같이 말하고 있다. "유함이 강함을 이기고, 부드러운 것이 단단한 것을 이긴다. 모두가 이것을 알고 있으나, 사람들은 이것을 실행하지 못한다."

전해 오는 이야기에 따르면, 노자가 노스승에게 가르침을 달라고 요청했을 때, 스승은 입을 벌리고 물어 보았다. 이(齒)가 있느냐? 없습니다. 혀는 보이느냐? 예. 여기……!

계곡과 물이라는 형상은 『도덕경』에서 자주 반복되는 독특한 상징이다. 『인생의 길』에서 톨스토이는 이러한 형상 — 상징에 반복해서 관심을 갖는다. 거기에는 다음과 같이 쓰여 있다. "강하게 되기 위해서는 물처럼 되어야 한다. 장애물이 없으면 흐르고, 둑이 있으면 멈추고, 둑이 무너지면 물은 다시 흐른다. 사각형의 그릇 속에서 물은 사각형이고, 둥근 그릇 속에서는 둥글다. 물은 그렇게 자기를 낮추기 때문에 물은 무엇보다 부드럽고, 무엇보다 강하다."(29, 40권, 143쪽)

명예와 권력이라는 외적인 현상, 허상적인 가치를 도(道)가 돌아보지 않는 것은 톨스토이와 유사하다. 사물의 본질은 여성적이다. 노자는 영웅성의 관점에서 삶을 고찰하는 것이 아니라, 투박한 남성의 힘과는 반대로 부드러운 여성성의 미를 극찬한다. 그는 약하고 작은 것의 진실한 가치를 허상적인 가치가 보여 주는 외적 특징들에 대립시킨다.

이와 같은 윤리적 표상의 발전은 자연스럽게 모든 폭력과 전쟁에 대한 부정으로 귀결된다.

"『노자』의 31장을 읽고 난 후, 톨스토이는 다음과 같이 환호했다. '놀랍군! 그는 결론에 이르고 있어! 위대한 노자! 삼천 년 전에 이미 그는 절대적으로 전쟁을 부정했어. 열광할 만하군'라고 일본인 통역자 고니시 마수라토는 회상한다. 그 장에는 다음과 같이 쓰여 있다. "훌륭한 군대란 불행을 낳는 수단이고, 모든 존재가 그것을 싫어한다. 그러므로 도를 따르는 사람은 그것을 사용치 않는다……."(7, 124쪽)

다음 단락으로 넘어가자, 톨스토이는 갑자기 얼굴을 찌푸렸다. 거기에는 다음과 같이 쓰여 있었다. "군대는 불행의 도구이고, 그래서 군자(통치자)는 그것을 사용하려 하지 않는다. 그는 부득이 할 때에만 그것을 행사한다." 톨스토이는 분개했다. "이것은 타협이오 '군대는 불행의 도구'라고 말하고 나서, 아직 입술이 채 마르지도 않았는데, '이것이 부득이 할 때……'라고 다른 말을 하다니……. 노자가 그와 같은 말을 했을 리가 없소 아마도 후세에 첨언을 해 놓은 것이 아닐까? 확인해 봐야겠소."(43, 22~23쪽)

어쨌든, 톨스토이는 더이상 이 구절을 언급하지 않았다. 그는 자신의 『민중서』들 중 단 한 권에도, 『일일 일성』에도, 『인생록』에도 이 구절을 포함시키지 않았다. 그런데 현대 중국 연구자들은 이것을 그 이후 해석의 오류로 여기면서, 이 구절이 원본인지를 의심하고 있다. "승리를 장례식 행렬로 맞아야 한다"[4]

바로 이것이 진정한 노자이다.

『전쟁과 평화』를 저술할 때 톨스토이는 아직 노자 철학을 알지 못했다. 그런데 톨스토이 소설에서 도덕 — 철학적인 개념, 사유의 형상, 그가 사랑하는 주인공들의 행동이 보여 주는 성격이 위대한 중국인 노자의 가르침에 공명하는 듯하다는 것은 놀라운 일이다.

그러나 바로 『전쟁과 평화』에 표현된 '동양적 특징들'은 《러시아 통보》에 이미 소설의 첫 발표가 있은 이후에 아주 커다란 논쟁을 불러일으켰다. 쿠투조프는 톨스토이에 의해 마치 '격하된 것'처럼 보이며, 작가는 허구적인 이론에 의거해서 '미개하고 완전히 동양적인 숙명론'에 의해 일면적이고 허구적 형상을 창조하고 있다는 것이다. 러시아뿐 아니라 서유럽의 비평도 작가의 '깊은 아시아 대초원으로의 도피'를 용서할 수 없었다.

실제로 쿠투조프는, 톨스토이가 묘사하듯이, 아무것도 하지 않는 장군이자, 러시아적 성격이 보여 주는 미스테리하며 '완전히 아시아적인' 특징들을 지닌 숙명론자인가?

궁중에서 쿠투조프의 나태함과 교활함에 관해 말들을 하지만, 이는 톨스토이가 말하는 것은 아니다. "군주의 젊은 측근들이 그를 일컫는 것에 따르면, 늙고 뚱뚱하며, 졸고 있는 듯한 나태한 총사령관은……"이라고 쓰면서 톨스토이는 그와 같은 판단과 분명하게 거리를 두고 있다.

실제로, 쿠투조프의 행동이 사령관은 어떠해야 된다는 통상적인 견해에 부응하지는 않는다. 군주의 측근들인 젊은 장교들은 쿠투조프적 '무위'의 숨겨진 뜻을 이해하지 못하고, 분개했다. 안드레이 공작과 담화를 나눌 때, 쿠투조프 자신이 그의 '무위'의 근간이 되는 내밀한 이면을 밝히고 있다. "요새를 점령하기는 어렵지 않으나, 전투에서 이기기는 어렵다네. 헌데 이를 위해서는 습격과

---

4) 이것에 관해서는 뒤에 자세한 예문을 참조.

돌격이 필요한 것이 아니라, 인내와 시간이 필요하지……. 이보게, 인내와 시간
이라는 두 무사보다 더 강한 것은 없다네. 인내와 시간이 모든 것을 완성하지만
내 말을 듣는 자들은 조금도 귀를 기울이지 않아, 바로 여기에 고뇌가 있지! 어
떤 이들은 원하고, 다른 이들은 원치 않으니 이 일을 어쩌면 좋겠나? …… 무엇
을 해야만 할지, 내가 무엇을 생각하는지 자네에게 말해 주지. 결정되지 않은
상태에서는, 친구 ― 그는 잠시 침묵하더니 ― 보류하게"라고 그는 말한다.(29,
11권, 172쪽)

톨스토이는 영리한 안드레이 공작의 지각을 통해서 총사령관의 이러한 판단
에 대한 자신의 평가를 드러낸다. "그에게는 자신의 것이 아무것도 없다. 그는
그 어떤 것도 꾸며내 생각하지 않고, 아무것도 실행하지 않는다. 그러나 그는
모든 것에 귀를 기울일 것이고, 모든 것을 기억하며, 모든 것을 적절한 자리에
배치할 것이다. 또한 어떤 유용한 것도 방해하지 않을 것이며, 어떤 해로운 일
도 허용하지 않을 것이다. 그는 그의 의지보다 더 강하고 중요한 무언가가 있
다는 것을 이해하고 있다. 이것은 사건들의 불가피한 진행이다. 그는 사건들을
보고, 사건들의 의미를 이해할 줄 안다. 또한 그는 이런 의미를 고려해서, 사건
들에 참여하지 않을 수도 있고, 다른 것을 지향하는 자신의 개인적 자유의지를
거부할 수도 있다"라고 안드레이 공작은 생각했다.(29, 11권, 173쪽)

노자에서와 같이, 쿠투조프가 보여 주는 외관상의 '무행동'은 전투에서 그의
의지적 행위이다. 그는 사건들의 불가피한 진행을 보고 사건들의 역사적 의미
를 이해하는 자신의 능력으로 인해 행동하기를 거부하고 행위하려는 의지적
노력을 거부한다. 여기 인용한 짧은 글들에서 우리는 쿠투조프의 내면적 사색
작업을 부각시키는 동사들('기억한다запомнит', '볼 줄 안다умеет видеть', '이
해한다понимает')과 외적 행위를 부정하는 대응동사들('실행하지 않다не предп
римет', '허락하지 않다не позволит', '사건에 참여하는 것을 거부할 줄 안다уме

ет отрекаться от участия в событиях')을 발견하게 된다. 쿠투조프는 사건 전개에 대한 자신의 전망과 일치하지 않는 것들을 수용하지 않는다고 밝힌다. 결정적인 순간에 그는 확고함을 드러내고 자신의 입장을 고수한다.

소설 텍스트를 주의 깊게 통독한다면, 모스크바로부터 퇴각 이후에 '아무 일도 하지 않는' 쿠투조프는 나폴레옹 측의 '무행동'을 가장 두려워한다. 굴복한 모스크바에 입성하고 난 후, 나폴레옹은 활발한 군사·정치적인 활동과 그 밖의 활동에 전념하는데, 쿠투조프가 두려워한 것은 이 활동이 아니라, 아마 나폴레옹에게 있을 수 있는 '무행동'이을 것이다. "쿠투조프는 나폴레옹 군의 모든 종류의 움직임, 즉 페테르부르크를 향한, 페테르부르크 안으로, 이 도시를 우회하는 전 군대와 군대 일부의 움직임을 생각해 보았고, 또한 (그가 가장 두려워한 것) 나폴레옹이 자신(쿠투조프)의 무기로 싸우기 시작하거나, 나폴레옹이 쿠투조프를 기다리며 모스크바에 머물게 되는 경우를 고려했다.(29, 12권, 112쪽)

그러나 이런 일들은 발생하지 않았다. 그때 오직 쿠투조프 혼자만이 그런 일들은 불가능하다는 것을 알고 있었고, 그 혼자만이 "일어났던 사건의 의미를 이해하고 있었다." 작가의 확신에 따르면, 나폴레옹의 군대는 "피할 수 없는 파멸의 조건들을 바로 자신들 속에 지니고 있었기 때문에, 그 어떤 것으로도 구원될 수 없었다."(29, 12권, 114쪽) 작가는 역사에 대한 자신의 도덕적 개념에 입각해 있다. 침략에 도덕적 정당성이란 없다.

톨스토이에 따르면, 쿠투조프의 공로는 전략적 책략에 있는 것이 아니라 자각된 '무위'에 있었다. 여러 장군들뿐만 아니라 차르 자신도 편지에서 쿠투조프의 '무행동'을 비난하고, 그는 '모스크바의 상실로 모욕당한 조국을 책임질 의무가 있음'을 상기시킬 때, 쿠투조프는 이전처럼 '무위'로 대응했다. "그 혼자만이, 총사령관이라는 자신의 지위에 의거하여, 진격을 계획해야 했던 사람인지도 모른다. 러시아 군대가 무익한 전투에 빠지지 않도록 저지하기 위해서, 고

군분투했던 단 한사람이다."(29, 12권, 70쪽) 쿠투조프 자신의 판단에 주의해 보자. "우리가 공격적으로 행동한다면, 우리는 패배할 뿐이라는 것을 그들은 깨달아야만 한다. 인내와 시간, 이것이 바로 전사(戰士)·용사들이지! ― 라고 그는 생각했다. 사과가 푸른 동안은 그것을 따서는 안 된다는 것, 사과와 나무를 상하게 하며, 그 자체가 이(齒)를 흔들리게 할 뿐이라는 점을 그는 알고 있었다."(29, 12권)

나폴레옹이 모스크바로부터 퇴각하기 시작한 이후, 신속한 소탕전을 요구하는 장군들에게 반대하기 위해 쿠투조프는 전력을 기울인다. "순식간에 눈덩이를 녹일 수는 없다. 일정한 한계시간이 존재하는데, 그 어떠한 온기로도 이러한 한계시간보다 더 일찍 눈을 녹일 수는 없다. 반대로, 온기를 더할수록, 잔류하는 눈은 더욱 단단해진다. 쿠투조프를 제외하고, 러시아 군사 책임자들 중 어느 누구도 이것을 깨닫지 못했다."(29, 12권, 116~117쪽)

여러 해가 지난 후, 쿠투조프의 '무위'는 톨스토이에 의해, 노자의 가르침에 대한 그의 평가 속에서 새로이 이해된다. 『전쟁과 평화』에서 '무위'의 은유로 톨스토이가 사용한, 눈덩이와 덜 익은 사과의 형상들은, 노자 사상의 본질을 설명할 때, 작가가 인용했던 유사물과 직접적으로 공통점이 있다. "껍질에서 새끼 새를 꺼내려 어떤 노력도 해서는 안 되는 것과 마찬가지로…… 이것은 그 새끼 새를 해칠 뿐이다. 때가 되면 새끼 새 스스로 자기 본질의 힘으로 알을 깨고 나온다. 그러므로 무위는 아무것도 행하지 않음을 의미하는 것이 아니라, 그 집중성에 있어서 우리 삶의 가장 활발한 과정들 중의 하나일지도 모른다" 라고 톨스토이는 기술한다.(10-a, 377쪽)

예컨대 처음엔 기괴하게 보여지는 쿠투조프의 사고와 행동이 점점 더 자주 자기 정당성을 발견하게 된다. 톨스토이 이전에는 천재적 통찰력을 가진 푸슈킨만이 쿠투조프적인 '활동적' 무위의 지혜를 깨닫고 있었다. "쿠투조프 한 사람만이 보로딘 전투를 제기할 수 있었고, 쿠투조프만이 모스크바를 적에게 넘겨줄 수 있었으며, 그 한 사람만이 모스크바의 화재로 나폴레옹을 무감각하게 만들고 운명의 순간을 기다리면서, 현명하고도 활동적인 무위에 머물 수 있었다. 왜냐하면 쿠투조프 한 사람만이, 그가 그토록 탁월하게 정당화한 민중의 신임을 얻고 있기 때문이다"라고 푸슈킨은 기술한다.(24, 485～486쪽)

푸슈킨은 숙명론 혹은 아무것도 행하지 않음을 무위와 구별하면서, '현명하고 활동적 무행동'이라는 쿠투조프의 '무위'가 지니는 역사적 의미의 정확한 공식을 부여했다. 톨스토이는 쿠투조프의 형상을 창조하면서, 푸슈킨의 사상을 지속, 확장, 심화시킨 듯하다. 톨스토이에게 있어 '무위'란 '위대한 이해'의 철학이다.

이미 언급했듯이, 톨스토이에 따르면, 쿠투조프의 공적은 천재적으로 계산된 전략적 책략에 있는 것이 아니라 '발생한 사건의 의미'에 대한 이해에 대한, 역사적 사건들을 지배하고 있는 '모든 원인들 중의 주요 원인'에 대한 이해에 있다.

쿠투조프는, 그에게 있어 '모든 원인 가운데 원인'이 되는, '민중의 사상'을 마음으로 느낀다. 그는 민중의 사상을 통찰하고, 그 속에 녹아들어 그것과 합류했고, 깊이 신뢰했던 듯한데, 이것은 그로 하여금 그 어떤 감각으로 사건들의 자연스런 진행을 통찰하고 느끼도록 만든다. 이는 그런 과정을 방해하는 것이 아니라, 그 과정의 내부에 있다는 것이다. 나폴레옹과의 전쟁사를 연구하면서, 톨스토이는 다음과 같은 결론에 도달한다. 러시아 사령관 쿠투조프라는 개성이 지닌 근원적인 특징은, 전략적 계획을 수립하는 군사 지도자들의 방자함이 반영된 다른 전략적 계획들보다 훨씬 중요하다는 것이다.

나폴레옹 군대가 봉착한 파멸의 시간, 도처에서 복수심이 들끓을 때, 쿠투조프는 무엇을 하는가? '그 혼자만이 예견했던 프랑스인들의 파멸'이 '그의 진심 어린 유일한 희망'이었는데, 쿠투조프는 러시아 땅에서 적을 더 빠르게 소탕하기 위해서, 퇴각하는 군대를 위한 '황금 교량'을 만들어 줄 것에 관한 문제를 장군들에게 언급한다. 모스크바 총독인 라스토프친은 쿠투조프를 일컬어 '러시아적인 감정'을 모욕하는 정신나간 총사령관이라 부르며, '복수의 응전'을 요구한다.

적은 쓰러져 가고, 퇴각하는 적들은 한결같이 '오직 하나 — 포로가 되어 항복하기'만을 바라고 있는 이때, 소탕전은 의미를 잃었다는 것을 쿠투조프는 깨닫고 있었다. "무엇을 위해 전투를 하고 길을 차단해서 자기편들을 죽음으로 내몰고 죄수들을 비인간적으로 살육하는가? 모스크바에서 뱌지마에 이르기까지 전투도 없었는데 군대의 3분의 1이 사라진 이 마당에 무엇 때문에 그렇게 해야 한단 말인가?"라고 그는 숙고한다.(29, 12권, 117쪽) 복수심을 대신하는 자비로운 연민은, 쿠투조프가 가졌던, '민중적 사상'에 대한 독특한 반영이 되었다. 악에 대한 저항은 오직 선을 행함으로써만 가능하다. 톨스토이에 의하면, 이것은 보편타당한 방법이다. 쿠투조프는 증오와 파괴를 부정한다.

모스크바로부터 나폴레옹의 퇴각에 관한 보고를 받던 장면에서, 심오한 민중적 감정의 담지자로서 쿠투조프는 특별히 인상적이다.

— 주여, 나의 창조주여! 우리의 기도를 들으셨군요…… — 그는 손을 포개고서 떨리는 목소리로 말했다. — 러시아는 구원되었습니다. 당신 덕분입니다, 하느님! — 그는 울음을 터뜨렸다.(29, 12권, 113쪽)

그는 열광한 것이 아니라, 울음을 터뜨린 것이다! 그는 구원된 조국에 대한 기쁨으로 울음을 터뜨렸으며, 돌아오지 못하고 목숨을 잃은 수천의 생명이 군사적 성공의 대가로 지불되었음을 이해하고 있었기에 울음을 터뜨렸던 것이다.

민중 의식에 있어 전쟁은 항상 '인간 본성에 반하는 어떤 것'이다. 군대의 움직임이 러시아 국경 너머로 급속히 이동하자, 쿠투조프는 자신의 사명이 끝난 것으로 여겼다. 그는 러시아의 국경에서 숨을 거두었다. 톨스토이는 이미 라이프치히 전투와 파리의 점령을 기술할 필요가 없었다.

그리고 다시 『노자』가 떠오른다. 거기에는 다음과 같이 이야기하고 있다. "전쟁에 대해 슬퍼하는 사람들이 전투에서 승리한다." 31장을 읽어 보자. "중요한 점은 평정을 유지하는 것과 승리할 경우에도 찬양하지 않는 것에 있다. 승리로 자신을 찬양하는 것은 살인을 기뻐한다는 것을 의미한다. 살인을 즐기는 사람은 그 나라에서 공감을 얻을 수 없다……. 승리는 장례 행렬로 맞이해야만 한다."(7, 124쪽)

'무위'에 대한 노자의 가르침은 인간에 대한 사랑에서 배태되었다. 동란과 광폭의 시대, 전국이 무의미하고 잔인한 내란의 불길로 타올랐던 시대를 살았던 이 고대 철학자는, 사람들에게 자신의 주위를 둘러보며 자신과 자신의 숙명에 대해 생각하기 위해 잠깐만이라도 멈출 것을 호소했다. 이에 관해 톨스토이도 다음과 같이 그의 논문 <무위>에서 이야기했다. "당신은 무엇이고 당신이 어떤 사람이 되어야 했던가"를 생각해 보라. 톨스토이는 '관조'의 필요성 속에서 '무위'의 의미, 전쟁에 대한 노자적 부정의 본질을 본다. 톨스토이가 『전쟁과 평화』에서 표현했던, 이러한 '민중 사상'은 노자의 이념에 직접적으로 공명한다.

물론, 톨스토이의 위대한 장편서사시는 무엇보다도 먼저 러시아의 역사·러시아의 삶, 그것의 전통들에 의해 고무된다. 리하쵸프가 주장하는 것처럼, 1812년의 사건들을 바라보는 톨스토이의 시각과 그의 역사·철학적 견해의 근저에는 광범위한 '고대 러시아적 지반'이 놓여 있다는 깨달음, 무명의 공훈에 대한 숭배는 13세기 이후 철학의 러시아 연대기사에서 만들어진 도덕적 규범과 연관되어 있다 즉 『전쟁과 평화』라는 개념은 13~17세기 동안의 러시아의 전쟁 소설들의 확장된 개념이라는 것이다.(19, 133쪽)

이와 동시에 톨스토이 자신이 다음과 같이 인정하고 있다는 것은 주목할 만하다. 즉 '그 자신이 어렵게 도달한, 동일한 진리들'을 과거 서유럽과 동양의 철학자들에게서 발견하고 있다는 것이다.(22, 307쪽)

그러나 문제는 톨스토이가 『전쟁과 평화』를 완성하고 10년이 지난 후에야 『노자』를 알게 되었다는 점이다. 이런 사실에 근거하면서, 일본의 연구자 수에카네 타케오Суэканэ Такэо는 비록 톨스토이의 소설 속에 노자의 무의식적 영향들이 적지 않다 하더라도, 중국 철학자의 이념이 이 러시아 작가에게 직접적으로 영향을 주었다고는 말할 수 없다고 생각한다. 이 모든 것이 옳지만, 세계 사상의 두 거인의 철학적 관점이 유형적으로 유사하다는 것이 우리의 관심을 끄는 것 같다.

라친Е.И. Рачин은 그의 저서 『레프 톨스토이의 철학적 탐색들』(1993)에서 흥미 있는 생각을 말하고 있다. "고대 중국의 철학에 대한 장구한 애착과, 매번 공자와 노자를 새롭게 읽을 때의 그칠 줄 모르는 정신적 즐거움은 톨스토이가 자신의 스승들을 의식적으로 선택한 이유를 말해 주고 있다. 즉 그들의 가르침은 톨스토이의 고유한 견해와 합치했고, 그래서 그의 삶의 일부분이 되었다"라고 그는 이야기한다.(25, 144쪽) 여기서 말년의 톨스토이에 관해 다루었다. 이 러시아의 작가에게는 동양과 우주론적이며 도덕적인 개념에 대한 일종의 유전적인 경도가 있었고 이것이 부분적으로 『전쟁과 평화』에 반영되었다고 제기하는 것은 과연 실수일까.

소설 『전쟁과 평화』를 저술하면서, 톨스토이는 책의 숨겨진 사상을 아마도 독자들이 이해하지 못할 것이라는 불안을 표현했다. 1868년 3월에 포고진М.П. Погодин에게 보내는 편지에서 그는 다음과 같이 썼다. "자유와 필연의 경계에 관한 나의 사상들과 나의 역사관은 일시적으로 나를 사로잡는 우연한 패러독스가 아니다. 이런 사상들은 내 삶의 모든 지적인 작업의 성과물이며, 나의 세계관에서 분리할 수 없는 한 부분을 이룬다. 이러한 세계관이 얼마나 고통스럽고도 힘들게 내 안에서 자라서 내게 완전한 평안과 행복을 주었는지는 오직 신만이 알고 계신다. 하지만 내 책 속에서는 사람들이 귀족부인의 육감적인 장면, 스페란스키 등에 대한 조롱, 힘에 따른 불합리를 찬양하고 중요한 것은 어느 누구도 알지 못한다는 점을 알고 있고 또 알았다."

『전쟁과 평화』에 대한 연구사는 작가의 우려를 확인해 준다. 이미 그와 동시대의 비평계는 소설의 모든 개념을 의심했다. 쉘구노프Н. Шелгунов의 논문 <정체застой의 철학>도 그렇게 하고 있다. "톨스토이는 적극적인 행동이 진정한 힘이 아니라, 반대로 미약한 지성이 동력이라고 말하고 있다. 그러나 이것은 근대의 사상가들이 우리에게 가르쳤던 것에 완전히 대립한다. 누가 옳은가? 아우구스트 콩트인가 톨스토이인가? 서양인가 동양인가? 누가 세계의 역사를 이끄는가? 유럽인들인가 아시아인들인가?"라고 그는 묻고 있다.(32, 392쪽)

'정체застой된' 동양 철학에 의한 분개는 근대화의 길로 접어들었던 나라들에서는 보편적이었다. 톨스토이는 합리주의, 영웅 숭배 그리고 어떤 것으로도 제한받지 않는 '성공'에 대한 지향을 담지하고 있는 근대의 이념적 범주에 들어가지 않는다. 19세기 말에서 20세기 초에 일본의 철학 잡지들이, 유럽에 대해 아시아의 낙후된 것에 마치 죄가 있는 듯한 노자의 '정체застой' 철학을 '폭로'하는 논문들로 가득 찼다는 것은 특징적인 일이다. 활동적이고 원기 왕성한 인간인 나폴레옹에 대한 숭배는 근대화되고 있는 동양에 있어서 특징적이었다.

톨스토이 논문 <무위>에 대한 일본의 반향은 더욱더 가라앉고, 소고 <무위에 대한 톨스토이 이론 비평>의 저자는 작가의 견해를 사회적 진보를 방해하는 유토피아적 환상으로 치부한다.

또 다른 예도 주목할 만하다. 1928년 9월에 한국의 《동아일보》에는 작가 탄생 백주년과 관련해서 이 신문의 청탁으로 소연방 총영사인 치차예프Чичаев

가 쓴 톨스토이에 관한 기사가 두 번에 걸쳐 게재되었다. 톨스토이의 창작을 '긍정적인 것'과 '부정적인 것'으로 경계를 긋고 나서, 이 기사의 저자는 한국의 독자들에게 그 속에서 '허무주의'를 설교하고 인간 사회의 발전에 대한 보편적 법칙을 부정하는 작품들을 거부할 것을 조언하고 있다. 톨스토이의 그릇된 이론의 해로움을 이해하기 위해서는 아시아 민족들의 '정체'에 주의를 돌리는 것으로 충분하다고 저자는 결론짓는다.

무위에 관한 가르침은 수세기의 흐름 속에 이미 존재하고 있다. 그러나 사람들은 그것을 따르지 않고, 머무를 수가 없다. 상호간의 절멸은 계속되고 있다. 무엇이 무위의 이념을 실현하려는 사람들을 방해하는가? 무엇이 이를 위해 필수적인가? 톨스토이가 응답하듯이 삶에 대한 우리의 이해를 바꾸어야 하고, 인간의 자의식에서 변화가 일어나야 한다. 물질적 존재에 대한 숭배, 즉 문명을 궁지로 몰아넣었던 개인주의적 방종에 대한 숭배는 인간에 의해서 자신의 지위를 영적이고 신적인 존재로 자각하는 것에 양보해야 한다.

톨스토이는 인류의 성서와 같은 '세계 총서'를 출판하기를 염원했다. 1888년 5월에 야스나야 폴랴나에 있는 작가를 방문했던 영국의 기자 윌리엄 스테드는 다음과 같이 회상한다. "그는 중국인들, 즉 공자, 맹자, 노자에 대한 깊은 존경을 간직하고 있다. 불교의 본질을 서술한 책과 마찬가지로 그들을 거의 맨처음으로 출판하려 했다."(17, 110쪽)

톨스토이에 따르면, 이 책들은 복음서와 탁월한 유럽의 사상가들의 책들과 함께 '수백만의 독자들에게 노동과 나날들 속에서의 안내서로 역할하고' 그들에게 명료한 효용을 가져오고, '보편적 역사 발전'에 대해 영향을 주는 것이었다.

그리고 근대화하고 있는 아시아가 고유한 유산을 경멸하면서 '아시아로부터의 탈주'를 지향했을 때, 톨스토이는 동양의 인텔리겐치아에게 '아시아로의 복귀'를 여러 번 촉구했다는 점 또한 이야기해야 한다.

2

동양의 여러 나라에 퍼져 있는 톨스토이에 관한 표상들은 의심의 여지 없이 서로 다른 특징을 지닌다. 하지만 동양의 여러 나라에 있어서 어떤 공통점을 형성하는 특징이 동시에 발견된다. 이것은 바로 러시아 작가들과의 정신적인 유대감이다. 동양에서 톨스토이 창작에 대한 매우 개인적이고 친밀한 심정 관계는 특징적이다.

물론 작가(톨스토이—역주)의 작품들은 그의 형상을 구성하는 중요한 요소지만, 동양에서 톨스토이에 대한 연구는 단순히 아카데미적인 연구들로 제한되지는 않았다. 톨스토이는 도덕적 권위였으며 사람들은 그에 대한 내적인 애착을 느끼면서 매우 신봉했다. 콘라드는 다음과 같이 썼다. "일본인들에게 있어서 톨스토이는 단순히 작가—예술가만은 아니었다. 그는 많은 일본인들에게 어떻게 살아야 하는지를 가르쳤다. 그들은 톨스토이를 '스승'이라고 불렀다."(14. 400쪽) 일본에서뿐만 아니라 동양의 다른 나라들에서도 톨스토이를 그렇게 이해하였다.

네루는 인도에서 톨스토이의 특별한 인기의 이유를 설명하면서 다음과 같이 언급했다. 그 원인은 그의 작품들의 고귀한 업적들뿐만 아니라 '그와 마하트마 간디 사이의 정신적인 유사함'으로 규정된다.(《문학신문》, 1960. 11. 19) 톨스토이의 가르침의 강력한 영향하에서 자신의 길을 나아갔던 간디는 그를 '자기자신'으로 이해했다. 위대한 예술가이자 사상가의 사회 도덕적이고 철학적인 이념들이 그와 유사했기 때문이다.

톨스토이와 간디의 정신적인 연관들 덕분에 인도와 남동부 아시아의 여러 나라들에서는 삶의 지도자이자 스승으로서의 러시아 작가에 관한 표상이 널리 확산되었다. 예컨대, 작가 브히샴 사흐니는 다음과 같이 주장하였다. "톨스토이가 폭력을 거부하고, 평화의 이념을 옹호하며 보편적인 사랑을 선전한 것은, 인도에서 널리 퍼져 있으면서 동시에 인도인들이 태고적부터 숭배했던 모든 것들과 매우 유사하다. 이러한 정신은 우리의 시 '브하트키' 전문을 관통하고 있다. 따라서 우리는 톨스토이의 목소리에서 우리와 유사하고 잘 알고 있는 많은 어조, 즉 그를 우리와 매우 가까이 있고 유사한 것으로 만드는 어조들을 포착할 수 있다."(28, 37쪽)

그렇지만 톨스토이의 거칠게 준동하는 기질이 동양적 성격의 섬세한 순리의 정신과 결코 일치하지 않는다는 의견도 있다. 예컨대 타고르는 톨스토이와 간디의 인간적 유사성을 고찰하면서 간디를 자신과 보다 가까운 이로 간주했다. "왜냐하면 간디에게는 모든 것이 — 정직, 겸손, 순수함 — 자연스럽기 때문이다. 그의 투쟁은 고귀한 의복 속에 둘러싸여 있지만 톨스토이에게는 도처에 분열이 일어난다. 오만함에 반대하는 오만함, 욕망에 반대하는 욕망, 톨스토이에게 있어서 이 모든 것은 저항인데 심지어 무저항조차도 그러하다."

『레프 톨스토이의 정신적 비극』이라는 저서에서 콘체비치는 톨스토이의 광폭한 본성이 동양에 맞지 않다는 것을 보여 주는 특징으로 로망 롤랑의 저서 『마하트마 간디』의 몇몇 글들을 인용하였다. "그 자신이 다듬어지지 않은 거친 모습을 하고 있으며 매우 러시아적인 톨스토이가 어떻게 동양에서 사랑 받는 작가가 되었을까?"

톨스토이적 단초의 형상은 동양에서 20세기 초에 성립된다. 이 시기는 위대한 예술가가 전제의 선동자들의 정체를 숨김없이 폭로하고 아시아에 대해 식민지적 약탈을 자행하는 것에 관하여 맹렬히 비난하던 시대였다. 그는 동양에서 거인이자 이념의 선포자였다. 러·일전쟁 때 일본인들은 작가의 열정적인 연설을 '시시쿠, 즉 사자의 포효'라고 불렀다.

'사자'라는 톨스토이의 형상은 동양의 독자들의 의식 속에 분명하게 각인되었다. 그를 또한 대양의 고래와도 비교하였다. 일본인 작가 나가요 요시로는 '벼룩'으로서의 체호프와 비교하면서 톨스토이를 '야생 황소'로 여겼다. 이때, 히로시 카조는 체호프의 '고요한 완강함'이 그 자신의 힘에 있어서 톨스토이의 폭발적인 에너지에 결코 뒤지지 않는다고 주장하면서 요시로에게 단호히 반대하였다(일본의 전통적인 미학은 작은 것의 중요함을 높이 평가한다).

어쩌면 일본인들이 처음 톨스토이를 알게 되었을 때 광폭한 거인 — 진리탐구자의 형상은 그들을 당황하게 했을지도 모른다. 그러나 그는 위대한 인간 — 예언자에 대한 일반적인 표상에 화답한다. 그는 평범한 사람들이 도달하기 어려운, 멀리 떨어져 있는 히말라야 산맥의 최고봉들 중의 하나였다. 톨스토이의 예술작품들을 접하면서 러시아 작가에 대한 그들의 표상들 가운데 많은 것이 변화되었다.

1893년에 새로운 일본 문학에 있어서 미래의 거장들 중의 한 사람인 다야마 가타이[5])의 번역으로 중편소설 『카프카스 사람들』이 출판되었다. 이 작품을 읽

---

5) 다야마 가타이 田山花袋 Tayama Katai
   1871. 12. 13 일본 다테바야시(館林)~1930. 5. 13 도쿄(東京).
   일본의 소설가.
   다야마 로쿠야(田山錄彌)라고도 함. 일본 자연주의 문학을 발전시키는 데 중심적 역할을 했다. 초기 작품은 매우 낭만주의적이었지만, 〈노골적인 묘사 露骨なる描寫〉(1904)라는 평론을 통해 프랑스 문단의 성향을 따라 좀더 사실주의적인 방향으로 나아갈 것임을 시사했다. 객관성을 엄격히 지켜 사물을 있는 그대로 묘사하라는 그의 권고는, 초기 프랑스 자연주의 문학가인 기 드 모파상과 공쿠르 형제에게 영향을 받은 것으로 일본 문학의 주요 장르인 사소설(私小說)로 발전했다. 한 중년 작가(다야마 자신)가 젊은 여학생에게 빠져드는 모습을 당혹스러울 정도로 세밀하게 묘사한 〈이불 蒲團〉(1908)로 명성을 얻었으며, 3부작 자전소설 『생 生』(1908)·『처 妻』(1908~1909)·『연 緣』은 일본 자연주의의 독특한 형식을 정착시켰다. 『시골교사 田舍敎師』(1909)는 공쿠르 형제와 귀스타브 플로베르의 『보바리 부인 Madame Bovary』의 영향을 두드러지게 보여 주는 작품이다. 그는 자신의 문학이론에 대한 소론 〈가타이분와 花袋文話〉(1911)에서 '평면묘사'(平面描寫)라는 용어를 비평언어에 도입했다. 말년에는 자연주

은 후 일본인들은 인간과 자연의 결합에 관한 톨스토이의 사상이 그들이 지닌 것들과 모순되지 않는다는 것을 알 수 있었다. 오레닌은 자신을 자연의 일부로서, 즉 '대기 중에 존재하는 수백만의 모기들 중의 하나'라고 느낀다. 『카프카스 사람들』에서 서정적 토대의 승리 역시 일본인들을 매혹시켰다. 다야마 가타이는 다음과 같이 회상하고 있다. "내가 어떻게 『카프카스 사람들』을 번역했는지를 지금까지 잘 기억하고 있다. 나는 오레닌의 괴로움을 깊이 생각했으며, 루카슈키의 삶과 늙은이 에로쉬키의 자연에 대한 태도에 관해 생각했다. 카프카스의 기이한 삶은 극동지역 출신의 이름 없는 신출내기 작가의 염원과 고통과 뒤엉켰던 것이다."(51, 87~88쪽)

주목할 만한 것은 일본의 비평계가 톨스토이 작품의 독특한 특징과 그의 리얼리즘적인 시각, 그리고 그의 산문 속에 숨어 있는 시성(詩性)을 즉각 알아챘다는 점이다.

논문 <톨스토이 백작>(1896)의 저자는 톨스토이를 서유럽작가들과 비교하면서 다음과 같이 주장하였다. "그는 사실주의자이지만 영혼이 없는·졸라와 같은 사실주의자는 아니다. 톨스토이는 날카로운 눈뿐만 아니라 심장도 가지고 있다. 그는 삶의 진리로부터 출발하고 있으며, 그 진리를 기록하고 있다. 그의 작품들에는 예술가의 심장이 고동치고 있다."(45, 12쪽)

따뜻한 인간적인 시각으로 주위 세계를 관찰하는 톨스토이는 일본인들의 정신적인 분위기와 매우 근접해 있다. 인간의 고통 앞에서 자신의 눈물을 감추지 않는 이 위대한 인간은 범접할 수 없는 의회의 군주보다 훨씬 더 고결하다. 일본의 톨스토이 추종자 가운데 한 명은 다음과 같이 지적하였다. "세계 문학의

의의 영향이 퇴조하면서 개인적인 혼란기에 접어들었는데, 〈잔설 殘雪〉(1917~1918)에 반영된 차분하고 종교적인 자세로써 이 혼란에서 벗어났다. 비평가이자 작가인 마사무네 하쿠초(正宗白鳥)는 그를 가리켜 20세기의 첫 20년 동안 일본 문학계에 가장 큰 영향을 끼친 작가라고 평가했다.

이 거인 속에서는 농부들의 꾸밈없는 이야기에 눈물을 흘리며 감동하는 어린아이의 영혼이 살고 있다."(44, 152쪽) 쉽게 눈물 흘리고 동정심 많은 톨스토이의 형상은 일본인들의 영혼 속에 확고하게 자리잡고 있다. 그래서 그들은 자신들의 내밀한 생각들을 그에게 기꺼이 털어놓는다.

1906년 6월 작가 도쿠토미 로카[6]는 야스나야 폴랴나를 방문하여 톨스토이 집에서 며칠간 머물렀다. 조국으로 돌아온 후 그는 톨스토이에게 다음과 같은 편지를 보냈다. "무엇보다도 당신과 함께 있었다는 것이 저에게 얼마나 큰 행복이었는지를 이야기하고 싶습니다. 당신을 보는 것과 당신이 이야기하는 것을 듣는 것, 자기자신의 마음을 드러내는 것, 이 모든 것은 제가 만 베르스타를 한 걸음으로 여길 만큼 더없는 행복이었습니다. 고백하건대, 단지 5일간이었지만, 이 5일간은 저의 삶에 있어서 가장 행복한 기억이 될 것입니다."(35, 168쪽) 톨스토이는 1906년 7월 2일자 소피야 안드레예브나에게 보낸 편지에서 다음과 같이 썼다. "아들과 같은 그로 인해 매우 즐거웠으며, 마치 아들에게 하듯이 훈계했소."

친척과 같은 친밀한 관계의 감정은 톨스토이에 관한 동양 저자들의 오체르크와 저서 진술들의 라이트모티브이자 지배적인 파토스이다.

톨스토이의 모든 저서들을 일본어로 번역한 번역가인 하라 히산치로는 자신

---

6) 도쿠토미 로카 德富蘆花 Tokutomi Rka
   1868. 12. 9 일본 미나마타~1927. 9. 18 도쿄.
   일본의 소설가.
   본명은 도쿠토미 겐지로(德富健次郎). 역사가인 도쿠토미 소호(德富蘇峰)의 동생이다. 여러 해 동안 형의 출판사에서 일했으며 소설 『불여귀 不如歸』(1898)가 성공하자 1900년에 독립하여 자신의 길을 걷기 시작했다. 이 작품은 젊은이의 결혼에 대한 부모의 간섭이 빚은 비극을 주제로 한 통속적인 줄거리였다. 수필소품집인 『자연과 인간 自然と人間』(1900)과 반자전적 소설 『회상기 思出の記』(1901)는 독자적인 작가생활을 하겠다는 그의 결심이 옳았음을 입증해 주었다. 그뒤 그는 별난 신비주의 쪽으로 서서히 돌아섰고 부인도 여기에 빠져들게 되었다. 러시아의 소설가 레프 톨스토이를 만난 후에는 톨스토이식 '농촌생활'을 하기 위해 시골로 내려갔으며 이 '농촌생활'은 『지렁이의 헛소리 みみずのたはごと』(1913)에 기록되어 있다. 그는 4권으로 이루어진 고백록을 쓰는 도중에 세상을 떠났고, 이 기념비적 작품은 나중에 그의 아내가 완성해 출판했다.

의 저서를『나의 톨스토이』(1972) 라고 지었다. 일본에서 톨스토이의 이념의 번역과 보급에 모든 삶을 바친 끼타미까도 지로는 자신의 저서를『나는 톨스토이의 친척』이라고 이름 지었다. 인도의 작가 차투르베지의 고백에 따르면 "읽을수록 더욱더 그가 정신적으로 우리와 매우 가깝다고 생각하게 된다."(31, 202쪽) 유명한 아랍작가 마흐무트 테이무르도 이 영혼의 가까움에 관해 이야기한다. "톨스토이 소설의 주인공들은 단지 이름만 다를 뿐 정신에 있어서는 동양인과 매우 유사하다."(3, 65~66쪽)

일본인 순례자이자 작가인 후지에 시죠에 관해서도 이야기해야만 한다. 1970년 10월 2일에 그는 야스나야 폴랴나의 톨스토이의 묘 주위에 서 있었다. 무의식적으로 그는 몸을 숙여 그에게 거룩한 흙 한 줌을 쥐었다. 그는 에세이『톨스토이의 묘에서 가져온 흙 한줌』에서 다음과 같이 썼다. "나는 책상의 옆 서랍에 비닐로 포장을 한 메추리알만한 크기의 메마른 흙을 보관하고 있습니다. 이것은 톨스토이의 묘에서 가져온 흙입니다. 제가 죽으면, 저를 이 흙과 함께 묻어 주세요."(44, 152쪽) 이 일본 작가는 자신의 운명을 톨스토이의 이름과 연결시킨 것이다

톨스토이에 대한 깊은 애착은 위대한 작가가 동양과 동양의 민중, 문화에 대해 가졌던 사랑과 존경에 대한 아시아의 보답이었던 것이다. 뻔뻔스러운 식민지적인 약탈의 시대에 그는 다음과 같이 썼다. "왜 기독교적인 삶을 살고 있는 사람들이 미크루호 마클라이처럼 똑바로 나아가지도 자신들에 맞게 살지도 못하고 거래를 하고 술취하거나 살인을 하는가?" 그리고 자신의 저서『중국 민중에 대한 호소』(1900)에서 톨스토이는 분노와 고통에 차 다음과 같이 이야기하고 있다. "그들이 자신들의 행위와 비방으로 침략자들에 의해 자행되는 폭력으로 고통받는 우리들을 여러분과 이간시킨다는 것은 얼마나 끔찍한 일인가." 일본인들이 이른바 유럽문화의 나쁜 측면들을 신속하고 쉽게 습득했다는 점에서

톨스토이가 일본인들을 비난하고 그것을 '나쁜 징후들'(4a, 141쪽)이라 불렀던 것은 잘 알려져 있다.

톨스토이는 러시아를 동양과 근접시켰으며, 그는 동양의 진실한 친구이자 인종의 구별 없이 착취당한 사람들의 수호자였으며 감사하는 동양 민중들의 의식 속으로 이런 식으로 들어왔다. 따라서 그와 같은 깊은 고뇌를 가진 톨스토이의 가출과 죽음은 아시아 국가들에서 큰 반항을 일으켰다.

이 슬픈 소식은 민족적인 치욕의 시대(국가가 무력으로 일본에 병합되었다)를 살고 있는 한국에 전해졌다. 이 비극적인 시대에 한국의 탁월한 문화 활동가인 최남선은 톨스토이의 죽음에 바치는, 자신이 편집하는 잡지 《소년》지의 특별호 발행이 필요하다고 여겼다. 그는 이 러시아 작가가 비록 러시아에서 태어났다 할지라도 그의 이념과 그의 업적은 인류에게 속하는 것이라는 점을 독자들에게 이야기하고 싶었던 것이다. 특별호는 톨스토이의 삶과 창작에 관한 오체르크, 즉 <사람에게는 얼마만큼의 땅이 필요한가>와 그의 격언들을 포함하여 새롭게 번역된 세 작품들로 되어 있었다. 최남선은 톨스토이를 평화와 진실의 선포자로 극찬한 단시 <스승의 죽음을 애도하며>를 썼다. 톨스토이 특별호의 출판은 최남선에게 있어서 식민지적인 약탈에 반대하는 독특한 저항이었다.

25년 후인 1935년 한국인들은 다시 특별한 존경심을 가지고 톨스토이 서거 25주년을 맞이했다. 아마도 동양에서 한국만큼 이 날에 관심을 가진 곳은 없었을 것이다. 아시아 대륙에서 15년간의 전쟁(1931~1945)이 치열하게 치러졌다. 이런 분위기 속에서 한국의 간행물로 출판된 톨스토이에 관한 논문과 기사들의 양은 놀라움을 불러일으킨다. 1935년 11월 20일 모든 중앙신문들은 위대한 작가를 기념하는 특별호를 발행했다. 《동아일보》에 발표된 논문 <톨스토이 작품의 영원성에 관하여>에서 비평가 한식은 작가가 위선적인 사회의 얼굴로부터 모든 가면들을 벗겨 낼 뿐만 아니라 정당한 토대 위에서 삶을 개조하는 것에 대한 착취당한 이들의 권리를 주장하는 것이 톨스토이의 예술적 리얼리즘의 독특함으로 간주했다. 바로 이 점에서 한국의 비평가는 위대한 작가의 사라지지 않는 영원한 의미를 고찰하고 있다. 당시에 이렇게 쓴다는 것은 위험한 것이었다. 톨스토이에 대한 사랑은 헌신적인 사랑이었으며, 그 사랑은 한국의 인텔리들에게 힘과 용기를 주었다.

다양한 역사, 문화적인 요인들과 물론 작가의 작품 자체가 동양의 여러 나라들에서 톨스토이의 형상을 형성하는 데 영향을 주었다. 이 과정에 있어서 개별 작품들의 역할은 매우 다양했다. 근본적인 엘리트층에서 관심을 모은『전쟁과 평화』나『안나 카레니나』와는 달리 소설『부활』은 가장 광범위한 사회 영역에서, 즉 도시와 시골들에서 읽혀졌다. 이 작품은 '아래로부터' 톨스토이 형상을 형성하는 데 거대한 영향을 주었다.

물론 이 뛰어난 저서는 전 세계에 퍼졌다. 그러나 톨스토이 소설이 동양에서와 같이 독자들에게 영향을 끼친 곳은 어디에도 없었다. 톨스토이의 전기작가 비류코프는 논문 <톨스토이와 동양>(1924)에서 다음과 같이 기록하고 있다. "잘 알려져 있듯이 1899년에 톨스토이의『부활』은 전 세계에 모든 언어로 출판되었다. 물론 이 작품은 1900년에 동양의 국가들에까지 전해졌다."(4, 393쪽)

실제로 톨스토이 작품들의 유명한 전기작가 드라가노프의 보고에 따르면,『부활』은 1900년에 페르시아어로 번역 출판되었다. 그러나 연구자들은 이 번역을 검증된 것으로 여기지는 않았다. 1902년에 일본의 잡지 《쇼첸치(소혹성)》에는 '밤과 아침'이라는 이름으로 이 소설의 일부분이 발표되었다. 아마도 이것은 동양에서『부활』을 번역한 최초의 시도인 듯하다. 1년 후 우치다 로안은 신문 《마이니치》의 지면에『부활』의 일부분을 번역 발표하였다. 1905년 4월 5일부터 12월 22일까지 《니혼 신문》은 이 저자의 새로운 번역을 매 호마다 발표했다. 우치다가 번역한『부활』이 두 권의 단행본으로 출간되었다.

1권은 1908년에, 2권은 1910년에 발표했다.

1910년대 초부터 말 그대로 아시아 국가에서 『부활』의 성공적인 행진이 이어졌다.

1913년 중국에서 이 소설은 곧 두 가지 번역본으로 출판되었으며, 1943년부터 1958년까지 16년 동안 소설은 3년에서 5년 간격으로 가오치의 번역으로 여섯 번 출판되었다. 중국의 연구자 게 바오츄안의 증언에 따르면, 1983년 한 해에만 『부활』은 여러 가지 번역본으로 4번이나 출판되었다. 이 소설이 『야생 장미』라는 이름으로 한국어로 처음 출판된 것은 1918년이었다. 독자의 요청을 고려하여 중앙지인 《매일 신보》는 1922년에서 1923년 동안 223회에 걸쳐 소설의 새로운 번역을 게재했다.

아랍의 국가들도 예외는 아니었다. 『부활』의 번역본들은 1907년부터 발표되기 시작했으며, 곧바로 많은 인기를 획득하였다. 이 점에 관해서는 1909년 이집트에서 돌아온 러시아 작가이자 여행가인 파치예프스키가 증언하고 있다. "톨스토이와 고리키의 개별 작품들을 아랍어로 번역했던 편집자에게 나를 소개시켜 준 카이로에 있는 한 학교의 아랍어 교수는 그가 번역한 톨스토이의 『부활』과 특히 톨스토이와 고리키의 『참회록』의 번역들이 어떤 성공을 거두었는지를 나에게 이야기해 주었다. 그는 내가 도착하기 전 일주일간 그가 고대 멤피스Мемфис의 폐허인 아라비아의 토착농민들이 살고 있는 시골에 두 명의 러시아인과 함께 초대받아 있으면서 톨스토이와 관계된 이야기가 끊인 적이 없었다는 것을 이야기해 주었다."(33, 449~450쪽)[7]

동양에서 소설 『부활』에 대한 그토록 보편적인 애착을 어떻게 설명할 수 있는가? 동양의 독자들은 소설 『부활』에서 중요한 것, 즉 톨스토이의 고상하고도 도덕적이며 윤리적인 파토스를 보았다. 또한 1908년 일본의 작가이자 번역가

---

[7] 실제로 톨스토이나 고리키와 같이 있었다는 것이 아니라 토착민들조차 그들, 그중에 특히 톨스토이에 관심이 많았다는 것을 이야기하는 듯하다.

인 우치다 로안은 다음과 같이 언급했다. "비록 『부활』을 그 이전의 톨스토이의 두 작품인 『전쟁과 평화』와 『안나 카레니나』보다 낮게 평가하는 비평가들이 있다지만, 인간 영혼의 가장 세밀한 움직임을 묘사하는 솜씨에 있어서 『부활』은 이 위대한 작가의 다른 작품들에 뒤지지 않으며, 이미 어떤 사람도 이 소설이 세계 문학의 걸작들 중의 하나라는 것을 의심하지 않는다." 우치다는 계속해서 다음과 같이 언급한다. "그러나 『부활』은 위대한 소설이며, 이 소설의 위대함은 그 소설의 예술적인 가치보다는 고상한 윤리적인 이념 속에 있다."

톨스토이는 세계를 위에서부터, 즉 지배계층의 입장에서가 아니라 아래에서부터, 즉 수백만 노동하는 이들의 입장에서 바라보았다. 바로 이것이 자신의 작품들에 광범위한 독자층을 확보해 주었다. 『부활』의 저자는 억압받는 사람들의 보호자로서 사람들과 가까이 있었다. 작가는 카튜샤의 극도로 흥분된 절규 속에서 억압받고 모욕당한 인간의 분노와 그의 여주인공을 희생양으로 만들어 버린 사회체계에 대한 작가 자신의 거부의사를 표현했다. 카튜샤의 운명은 예외적인 것이 아니었다. 이것은 독자들이 삶 속에서 접하게 되는 매우 평범한 이야기이다. 독자들은 이런 행위가 러시아에서 일어난다는 것을 잊고 여주인공의 쓰라린 운명을 자기자신의 운명인 것처럼 지각했다. 특징적인 것은 동양의 몇몇 국가에서 『부활』이 『카튜샤의 슬픈 이야기』(한국), 『카챠』(터키), 『카튜샤』(일본의 두 번역본)라는 제목으로 출판되었다는 점이다. 네흘류도프의 형상은 마치 부차적인 차원으로 옮겨진 것처럼 보인다.

그러나 소설 『부활』은 동시대 사회의 허위에 대해 가해지는 '망치'일 뿐만 아니라 영적인 부활, 즉 한때 악을 행했던 인간의 정신적인 삶에 대한 고귀한 이상들의 영향에 관한 소설이기도 하다. 톨스토이 소설의 '도덕'은 동양의 독자들에게 가장 강력한 영향을 끼쳤다. 주목할 점은 1926년 한국의 《매일신문》이 석 달 동안 매 호마다 『부활』을 게재했다는 점이며, 특히 소설 전문이 아니라 여주인공의 도덕적인 부활이 일어나는 부분이 게재되었다는 것이다. 이 작품은 『카튜샤의 부활』로 명명되었다. 네흘류도프의 정신적인 부활 또한 관심을 끌었다.

일본에서 톨스토이 소설들에 대한 열광은 일반적인 것이다. 1914년 이러한 열광이 고조되었다. 작가와 그의 여주인공 카튜샤 마슬로바의 이름은 모든 사람들의 입에 오르내렸다. 도쿄 하이유자 극장의 극작가이자 연출가인 시마무라 호게추가 행한 공연이 이것에 영향을 미쳤다.

이 공연의 성공은 엄청났기 때문에 『부활』은 일본의 크고 작은 도시들에서 뿐만 아니라 일본의 국경을 넘어 한국과 중국, 심지어는 동아시아와 멀리 떨어진 블라디보스톡에서도 공연되었다. 1914년부터 시작하여 4년 동안 『부활』은 일본의 극장에서 444회 공연되었다. 『부활』의 일본 공연에서는 카튜샤가 노래를 부른다. 작곡가 나카무라 시메이가 시마무라 호게추와 소마교후의 시에 음악을 썼다. 레코드판으로 제작된 카튜샤의 노래는 모든 지역에 퍼졌으며, 독자적으로 존재하기 시작했다. 이 노래는 대중적이고 보다 서구화된 형태의 노래인 '류코카рюкока'라는 새로운 노래 장르에 토대를 형성하였다. 예술극장에서의 공연의 성공에 힘입은 이 감상적인 노래가 일본에서 누린 인기를 무엇으로 설명할 것인가? 시마무라 호게추는 그 답을 부분적으로 제시한다. "이 노래를 부를 때면 러시아의 광활한 대지를 따라 굽이쳐 흐르는, 마치 인생과도 같은 강을 떠올리게 되며 이른 봄과 땅위에서 빛나는 달의 조용한 빛을 떠올리게 된다. 바로 이 나라에서 카튜샤는 사랑을 했으며 여기서 그녀의 삶의 드라마가 전개되었다."

일본에서는 카튜샤의 머리 모양(가른 머리)도 유행했다. 머리 모양 뿐만 아니라 머리핀과 빗, 약혼반지도 카튜샤의 이름으로 불렸으며, 심지어 카튜샤 놀이도 있었다. 이러한 사실들에 대한 고려 없이는 다이쇼 시대(1911~1924)[8] 일본인들의 세태와 풍속의 역사는 불충분한 것이 될 것이라고 아키바 바로는 <신 일본 연극사>(1956)에서 말한다. 일본 문화사가의 이러한 발표는 주목할 만하다. 톨스토이는 일본인들의 세태 속으로 들어왔고, 그들의 일상적인 삶 속에 살고 있다. 아마도 유럽의 뛰어난 작가들 중에서 이러한 경우에 해당하는 것은 톨스토이 한 사람뿐일 것이다.

소설 『부활』은 현대 일본의 사회사상사에서도 눈에 띄는 현상이 되었다. 소설을 둘러싼 이념적인 투쟁도 격렬해졌다. 1932년, 교토대학의 교수 다키가와 코신의 강의 '톨스토이의 소설 『부활』에 있어서의 법률적인 이념들'은 진보적인 교수단을 탄압하는 동기가 되었다. 다키가와는 이 소설 속에서 자신의 신념

---

8) 다이쇼(大正) 데모크라시

노동자들의 저항 운동은 상대적으로 활발했다. 일찍이 1886년 최초의 파업이 있었으나 청일전쟁 이후에야 미국 유학에서 돌아온 가타야마 센(片山潛) 등의 조직적인 노동운동이 시작되었다. 곧 사회주의 사상과 결합되고 노동조합기성회 또는 유아이카이(友愛會)가 결성되어 세력이 커진 노동운동은 볼셰비키 혁명 이후에 정점에 달했다. 1920년에는 일본사회주의동맹이, 1922년에는 일본공산당이 조직되었다. 그러나 이들 세력은 내부 분열과 1930년대의 전체주의의 통제 밑으로 가라앉았다. 일본의 민중 운동이 비교적 미약했던 까닭은 민중들의 자발적 운동보다 지식인들의 이념 중심의 정치운동이 주류를 이루었기 때문이기도 하다. 그렇지만 근대 일본의 지식인들이 자유와 평등이라는 보편적 사조의 충실한 전달자 노릇을 했다고 보기는 어렵다. 메이지 시대 이래의 사상적 규범은 '문명개화'라는 계몽주의였으며, 그 방법은 '서양화'에, 목표는 국가의 독립과 '부국강병'에 있었다. 따라서 기초적 근대 개념인 개인주의는 전체를 위한 수단의 하나로, 인권이나 민권은 국권에 종속된 맥락에서 풀이되었던 것이다. 이를테면 1910~20년대의 다이쇼 데모크라시라고 불리는 자유주의가 그러하다. 메이지시대의 숨가쁜 부국강병으로부터 한숨 돌리고 자본주의도 어느 정도 성숙하여 시민 계층이 대두한 개방된 시기였다. 민주주의의 본질에 대한 질문, 천황제와의 관계가 핵심 문제였다. 당대의 석학들인 미노베 다쓰키치(美濃部達吉)는 국가를 법인으로 규정한 뒤 왕을 하나의 그러나 최고의 기관(機關)으로 설정함으로써, 요시노 사쿠조(吉野作造)는 민본주의라는 용어로써 천황제하의 민주주의를 정의하기도 했다. 그러나 양자는 모두, 진정한 민주주의와 천황제라는 모순을 양립시킬 수밖에 없는 한계를 안고 있었다.
이 시기에 이토가 한국의 애국지사 안중근에게 암살당하는 등 메이지의 이른바 '겐로'(元老)들이 대부분 퇴장하여 세대교체가 이루어지고 있었다. 정치 활동도 메이지 헌법의 틀 안에서 정당 중심으로 발전했다. 1913년에 정우회(政友會)·국민당(國民黨) 등 정당이 언론인들과 제휴하여 한바쓰 세력의 거물 가쓰라 다로(桂太郎) 내각 사퇴에 성공함으로써 정당의 정치력을 과시했다. 1918년에는 쌀소동으로 데라우치 마사타케(寺內正毅) 내각이 물러나자 하라 다카시(原敬)가 정우회의 총재로서 내각을 조직한 것이 이른바 정당내각의 시초였다. 또 1924년 선거에서 다수당 헌정회(憲政會)의 총재 가토 다카아키(加藤高明)가 총리가 되자 중의원의 다수당이 정국을 주도하는 하나의 정치적 관례가 세워졌다.

과 유사한 많은 것들을 발견했다. 그는 다음과 같이 주장했다. "죄는 사회의 산물이다, 따라서 죄를 근절하기 위해서는 죄를 행하는 조건들이 존재하지 않는 사회를 건설하는 것이 필수적이다." 이 강의의 근본적인 명제는 "죄로 불리는 행위가 필연적으로 일어나도록 삶의 조건들이 체계적으로 이끌어가는 듯하다" 라고 이야기한 톨스토이의 이념들과 완전히 일치한다. 다키가와 교수의 강의 속에서 사회주의적인 개조에 대한 마르크스 이론의 선전을 간파한 정부에게 있어서 그의 강의는 용인할 수 없는 것이었다. 이 사건은 일본의 역사에서 '교토 황실대학 사건'으로 기록되었다.

소설 『부활』은 동양에서 가장 광범위한 인기를 누렸다. 왜냐하면 이 작품은 대중독자가 이해할 만한 것이었으며, 독자의 감정에 영향을 미쳤기 때문이다. 톨스토이는 예술을 '엘리트 예술'과 '대중 예술'로 나누지 않았다. 그에게 있어서 예술의 임무는 삶의 의미를 이해하는 것이며, 인간은 왜, 그리고 어떻게 살아야만 하는가 라는 물음에 대한 답변이다. 그는 모든 이들이 예술을 이해한다고 믿으면서 만인을 위해 썼다. 톨스토이가 자신의 '선발된' 독자들에게 매우 적은 것들을 요구한 것은 잘 알려져 있다. 즉 그는 독자들이 '감수성이 넘치는 이들'이 되고 온 마음으로 주인공에 대해 기뻐할 수도 동정할 수도 있으며 소설에서 마음 저리는 대목에서는 '눈물도 흘릴 줄 아는' 이들이 되길 원했던 것이다. 『부활』은 동양 독자들의 영혼 속의 내밀한 것을 건드렸으며, 러시아 작가(톨스토이—역주)가 쓴 가장 사랑 받는 작품들 가운데 하나가 되었다. 다른 사람들의 고통을 보고서 함께 고통스러워하는 마음을 가진 예술가로서의 톨스토이는 동양 독자들과 친숙해졌다. 그는 착취당한 불행한 사람들의 보호자였고, 동양 독자대중들의 의식 속에 이 위대한 작가의 형상은 그렇게 그려졌다.

물론 동양의 사회의식과 문화 속에서 톨스토이의 형상은 진화한다. 즉 독자 세대의 교체가 일어난 것이다. 안나 카레니나의 이야기, 즉 고루한 사회적 도덕에 어긋나는 그녀의 당당한 호소와 그녀의 비극적인 파멸이 오히려 오늘날의 젊은 층을 더욱더 흥분시킨다.

그러나 톨스토이에 관한 동양적인 표상들 속에는 시간에 지배되지 않는 특징들이 있다. 이것은 사람들의 마음속에 새겨져 있는 위대한 인간의 형상인데, 이는 차르나 황제들과 동등하게 이야기했고 그들의 범죄행위를 폭로하는 동시에 아시아로부터 날아온 무명의 대학생의 편지를 외면하지 않고 인생에 대한 그의 질문에 답장을 해 준 위대한 인간의 형상인 것이다. 이런 깊이 있는 인간적 형상은 동양인들의 마음속에서 공명했던 것이다.

3

톨스토이의 작품들이 민족적인 경계를 뛰어넘고 '낯선' 환경에서 새로운 생명을 얻기 위해서는 국가들 간의 문화와 민족들 간의 문화를 이어 주는 중개인으로서의 재능 있는 번역가 거성군들의 활동적인 노력이 필수적이었다. 그들의 이름은 훌륭한 독자들에게 유명해져야 할 뿐만 아니라 국제적인 문화교류의 연보에도 기록되었다.

톨스토이의 작품들을 아시아의 여러 나라들의 언어로 번역하는 일은 매우 다양한 현상들과 연관된다. 근·현대에 있어서 이러한 국가들의 문화 발전에 있어서 비동일성이 바로 거기에 그 흔적을 남기기 때문이다. 일본이 이미 1920년대에 톨스토이의 대부분의 작품을 번역하고 몇 권의 전집을 출판했다면 다른 나라들, 예컨대 아프가니스탄과 같은 나라들에서는 1940년대 후반에 가서야 톨스토이가 처음 소개되었다. 종교적인 신앙과 문화적 전통에서의 차이는 번역 활동의 전체적 화폭 속으로 다양성을 도입한다.

하지만 동양의 여러 나라에서 톨스토이에 대한 인식 속에서는 어떤 보편적인 합법칙성이 있기 때문에 이것은 의심할 바 없이 번역 활동과 무엇보다도 번역을 위한 작품들의 모든 선별과정에 반영되었다.

'현대화된' 일본을 제외하면 거의 모든 아시아의 나라들은 『민중서』의 이야기들에 의거한 그의 종교적·도덕적인 주제의 작품들부터 번역하기 시작하였다. 작품의 선택은 국가의 이데올로기적인 필요성에 의해 정해졌다.

예컨대 중국어로 번역된 '톨스토이의 종교적인 단편들'이라는 선집은 1907년 홍콩에서 출판되었다. 20세기 초까지 라마교 승려의 영향을 강하게 받고 있었고, 성자전 장르가 문학에서 중요한 자리를 점하고 있던 몽골에서는 이야기 — 잠언 『업(業)』(1916)과 『붓다의 생애』(1915)가 처음으로 번역되었다.

농민계급이 주민의 대부분을 이루고 있는 아시아의 나라에서는 선과 악, 노동에 대한 농민의 관점을 분명하게 반영하고 있는 톨스토이의 이야기 — 잠언이 높은 관심을 불러일으켰다. 예컨대 아프가니스탄에서는 <사람에게는 얼마만큼의 땅이 필요한가>, <신은 진리를 사랑하시지만 끝까지 기다리신다>와 같은 단편들로부터 톨스토이를 소개하기 시작했다. 간디는 이미 남아프리카에서 톨스토이의 <민중의 이야기>, <바보 이반과 그의 두 형제 이야기>(1911)를 번역해서 《인도의 견해》라는 자신의 신문에 기재했다. 이후 50년대 중반에 미얀마 독자들도 이런 이야기를 통해 톨스토이를 알게 되었다.

민중들의 계몽주의와 교훈성을 담고 있는 톨스토이의 『민중서』는 동양의 회교도와 불교의 독자들에게는 친숙한 것이었다. 이러한 연관관계 속에서 유명한 아랍의 번역가 할리 베이다스의 다음과 같은 언급은 의미심장하다. "나는 레프 톨스토이의 많은 단편들을 번역했다. 톨스토이는 아랍민족에게 있어서 가장 이해하기 쉬운 러시아 작가라는 것을 확신한다. 톨스토이는 종종 잠언 형식을 통해 자신의 생각을 표현하는데, 이러한 것은 아랍인에게 익숙한 것이다." 번역가들이 원작을 지역적 전통에 유사하게 만들려고 자의적 해석을 허용했다는 것은 흥미롭다. 즉 지역적인 풍습과 관습의 시각으로 그것을 받아들이기 힘들다고 간주되는 것들은 원작의 텍스트에서 삭제했으며, 때로는 국가의 이데올로기적인 필요에 따라 어떤 것을 보충하기도 했다. 예를 들면 몽골의 번역가들은 톨스토이의 단편들에서 부처의 모티브를 강화시키려 애쓰면서 번역을 했다.

번역의 자의성은 동양에서뿐만 아니라 서양에서도 널리 퍼진 현상이었다. 예전에 프랑스 번역가들은 자신의 '교양 있는 취향'과 규범의 요구에 순응했는데 이것에 대해서는 이미 푸슈킨이 그들을 비난한 바 있다. 그는 다음과 같이 이야기한다. "오랫동안 프랑스인들은 이웃의 문학을 경시했다. 모든 인류에 대한 자신들의 우월성을 확신한 그들은 명성 있는 외국의 작가들을 그들이 프랑스 비평가들이 설정해 놓은 프랑스의 관습과 규칙으로부터 얼마나 멀리 떨어져 있는지에 따라 평가하였다. 지난 세기에 출판된 번역서들에서 다음과 같은 필수적인 구절이 없는 서문은 단 하나도 찾아볼 수 없다. 즉 작가의 책에서 프랑스 독자들의 기호를 훼손할 수도 있는 장면들을 삭제함으로써 우리는 대중들에게 만족을 주고 그와 동시에 우리의 작가에게 도움을 준다는 것이다. 누가 누구를 누구에 대해서 그런 식으로 용서했는지 생각해 볼 때 참으로 이상한 일이다."(24, 334쪽)

물론, 그와 같은 거만함은 동양에는 특징적인 것이 아니었다. '앞선 번역본'이 되는 민족적인 각색과 개작은 '민족적인 동양 문학 속에 러시아 고전을 포함시키는 독특한 형식과 방식'이었다.(28, 16쪽) 사실, 공정성을 기울이기 위해서는 동양도 자신의 오만함을 피하지 못했다는 점을 언급해야 한다. 이미 19세기 말에 중국의 번역가 링슈가 자신의 작업은 단지 '서구의 저서를 보여 주고 책들이란 무엇인지를 보여 주고 유럽 문학은 중국의 문학과 비교할 수가 없다

50

는 것을 이해시키기 위한' 열망에 의거한 것이었다는 말을 상기해 보는 것으로도 충분하다. 그는 '실제적인 학문'이 지배하는 서구에는 고상한 시를 위한 자리가 없다고 확신하였다. 이런 식의 자존심은 의미가 없다는 것은 자명하다. 20세기에 국제관계의 궤도 속으로 적극적으로 진입한 후, 동양은 유럽의 기술적인 재능뿐만 아니라 유럽의 '내밀한 정신'도 발견한다. 유럽 서적들의 번역에 대한 태도 또한 변했다. 개작, 민족적인 각색도 점점 그 의미를 상실해 가고 있다. 현대 번역가들은 유럽 원작의 형식과 내용을 가능한 한 부합하게 전달하면서 그들이 고유의 예술 문화를 풍부하게 만든다는 사실을 확신하게 된다.

톨스토이 작품과 러시아 문학의 번역사는 극적인 성질로 인해 전체적으로 구별된다. 무엇보다도 자주 진보적인 인텔리겐치아들이 번역가였는데, 이러한 그들의 작업은 돈벌이가 아니라 사회에 대한 커다란 기여였다. 그들은 종종 '위험한' 사상의 선도자가 되었다. 동양적인 압제의 조건 속에서 그들과 권력과의 갈등은 불가피한 것이었다.

나짐 히크메트는 부르 감옥에서 『전쟁과 평화』를 번역하였다. 1943년이었다. 나중에 그는 그날들에 대해 상기했다. "첫날부터 그 작업은 나를 사로잡았다. 나는 그것들을 위해 모든 날들을 투자했다. 때론 새벽에도 좁은 감옥 책상에 앉아 있었다. 나는 소설의 주인공들과 함께 그들의 기쁨과 슬픔을 새롭게 체험했다……. 여러 달이 지나고 3년 만에 나는 소설의 전반부를 번역하였다. 나머지 반은 제키 바쉬치마르(히크메트의 어린 시절의 친구, 그와 모스크바에서 같이 공부하였다—저자)가 번역하였다. 그의 이름으로 우리 공동의 번역본이 출판되었다(나의 이름은 금지되었었다)."(33, 428~429쪽)

일본인 키타미카도 지로의 삶과 번역활동에 대하여 소설 한 편 정도는 쓸 수 있을 것이다. 그는 1913년 부유한 지주 가족에서 태어나서 동경대학 영문학부에서 공부하였다. 빛나는 출세 가도가 그를 기다렸다. 하지만 우연히 톨스토이의 책을 읽은 것이 그의 운명을 확연히 바꾸어 놓았다. 이 러시아 작가의 휴머니즘과 삶의 의미에 대한 그의 이해는 젊은 키타미카도로 하여금 원본으로 톨스토이의 작품을 읽게 만들 만큼 매혹적이었다. 그는 명문 대학을 내버려두고 러시아 망명자의 중심지인 하얼빈으로 떠났다. 그는 러시아 망명자 아파트에서 살면서, 위대한 작가의 언어를 습득하였다. 2년이 지난 1936년 전쟁 발발 전에 '민족혼의 총동원에 관한 법'이 발표되었다. 이러한 조건 속에서 키타미카도는 톨스토이 사상의 영향을 받아 군사의 의무를 거부하였다. 당국의 협박은 그의 결심을 흔들리게 하지 않았다. 이때부터 그는 인적이 드문 산악 마을의 쿠슈섬에 살았다. 톨스토이의 유언에 따라 농민으로서 노동을 하며 살았다. 해가 나면 땅을 갈고, 비가 오면 책을 읽으며 그가 사랑하는 작가의 책을 번역하였다. 1981년 그는 『군사 의무를 거부한 자의 삶』이라는 책을 출판하였다. 그 책은 '톨스토이에 의해 이끌림 받은 자'라는 부제가 붙어 있다.

1978~79년에 키타미카도는 자신의 번역물인 『전쟁과 평화』, 『안나 카레니나』, 『부활』 등을 출판하였다. 이것은 일본의 문화적인 삶에 있어서 일대 사건이었다. 유명한 톨스토이학자 호쿄 가쥬히코는 다음과 같이 썼다. "번역가 키타미카도 지로의 번역본들은 깊은 감동을 주었다. 왜냐하면 그것들은 머리뿐만 아니라 가슴으로 충만된 것이기 때문이다. 그는 자신의 모든 영혼을 번역에 투자하였다. 이것은 일본에서는 상상하기 힘든 번역물의 걸작이다."(58) 톨스토이의 '모든' 작품을 번역하는 것을 키타미카도는 자신의 삶의 의미로 삼았다. 그는 톨스토이의 책이 일본의 각 가정에서 읽히기를 희망했다.

일본 해석 사전에는 '탄도쿠야쿠'라는 용어가 있는데 그 말은 '한 작가의 모든 작품을 한 사람이 번역하는 것'을 의미한다. 예컨대 히사이치로는 톨스토이 작품의 '탄도쿠야쿠'를 실현하였다. 그의 '혼자만의' 번역으로 22권의 톨스토이 전집이 나왔다(튜오코론샤출판사, 1936~1940년). 이것은 13권의 작가의 예술적인 산문으로 구성되어 있고, 나머지 작품의 9권은 다음과 같다. 1. 출판되지 않은 원고 2. 사회적인 문제에 따른 논문 3, 예술과 교육에 대한 논문 4. 종교에 대한 논문 5. 『인생의 길』 6. 『독서의 영역』(2권) 7. 일기 8. 편지

일본 독자는 톨스토이의 문학적인 유산의 완전한 장서를 얻었다. 하지만 하라는 이러한 것에 만족하지 않았고 톨스토이의 작품을 계속 번역하였다. 1949~1980년에 '고단샤'라는 출판사는 47권으로 된 톨스토이의 전집을 출판하였다.

그러는 외중에 톨스토이 작품의 책에 대한 독자들의 요청은 커져 갔고, 모든 새로운 출판사들은 작가의 새로운 전집에 대한 작업을 착수했다. 1951~53년에 '코겐샤'라는 출판사는 단지 예술작품에 관한 것만 요네카와 마사오가 번역한 14권짜리 톨스토이 전집을 내놓았다. 1959~69년에는 '카와제쇼보 신샤'라는 출판사에서 나카무라 하키요와 그의 양자 나카무라 토루와 함께 번역한 18권짜리 톨스토이 전집을 새롭게 번역하였다. 3년이 지나 1972~78년에 같은 출판사는 이것을 선물용 호화 양장본으로 다시 만들어 출판하였다.

다른 동양의 나라들에서처럼 일본에서는 초기에는 영어, 프랑스, 독일어 등의 매개어를 거쳐서 러시아 문학들이 번역되었었다. 이러한 초기의 톨스토이 전집의 3가지 출판은 다음과 같다. 즉 1919~20년의 13권짜리 전집, 1924~25년의 14권짜리 전집, 마지막으로 14권짜리 전집은 1926~28년에 값이 싼 문고판으로 61권이 재판되었다. 처음으로 러시아어로 직접 번역된 22권으로 된 일본의 톨스토이 총서는 1929~31년에 야수기 사다토시(노일사전의 유명한 편자)의 감수 아래 이와나미 출판사에서 나왔다. 20년대 초에서부터 일본에서는 이미 '2차 번역'(매개어를 거치는 번역—역주)을 하지 않았고, 출판사들도 그것을 받아들이지 않았다.

톨스토이의 예술적인 유산에서 대부분이 일본에서 번역된 60년대 초에 당연

히 다음과 같은 문제가 발생하였다. 즉 일본에서 행해지고 있는 톨스토이 작품의 번역은 어떤 가치를 지니고 있는가? 《시와 진리》라는 잡지에 게재된 키타미카도 지로의 공개 서한이 토론을 위한 동기가 되었다.(1960, No. 2) 여러 번 재판되고 있는 톨스토이의 세 편의 유명한 소설들에 대한 일본어 번역을 면밀히 분석하고 나서 구체적인 예를 통해 그것의 실수와 부정확성을 지적하였다. 키타미카도는 다음과 같은 글을 남겼다. "수십 년 동안 일본인들이 확실하지 않게 번역된 톨스토이의 작품을 읽었다는 것을 생각했을 때, 나는 아연실색하지 않을 수 없다. 이것은 물론 작가 자신의 명예와 위업에 대한 것이기도 하지만 독자에 대해서도 생각해야만 한다. 이런 생각에 이르자 나는 이런 생각들을 침묵으로 일관할 수 없었다."(52, 763쪽)

키타미카도의 등단은 중앙신문과 지방신문, 그리고 많은 문학 잡지에 커다란 반향을 불러일으켰다. 일본에서 번역문학의 미래의 발전상에 대해서 이야기되었다. 이전의 것을 돌아봐야 했고 이미 행해진 것에 대한 자기 검사가 이루어져야 했다. 로망 롤랑도 톨스토이 작품의 프랑스번역에 관해 언급하며 번역물들의 결함에 대해 공공연하게 표명해야 했다. 키타미카도는 『톨스토이의 삶』의 4판에 부치는 서문에서 롤랑의 말을 상기시킨다. 로망 롤랑은 다음과 같이 말했다. "이 자리를 빌어 몇몇의 번역가들이 자의적으로 톨스토이의 텍스트를 바꾸면서 그의 작품을 왜곡했다는 사실을 프랑스 독자들에게 밝히고 싶다. 예컨대 어떤 곳에서는 그들은 전체 구를 생략하고, 또 어떤 곳에서는 자기 견해를 첨가하는 식이다. 이러한 모든 원본의 고의적인 손상에도 불구하고 톨스토이는 위대한 인물로 남아 있는데 그것은 그가 진실로 위대한 예술가였기 때문이다."

일본 번역가들의 결함은 다른 종류의 것이었다. 번역가들은 톨스토이의 작품에 몸과 마음을 바쳤다. 그들의 업적을 영웅적인 것이라고밖에 부를 수 없고 실수는 완전함을 지향하는 노정 위에서 생겨난 성장의 '질병'이다. 이미 번역해

놓은 것을 더 나은 것으로 만드는 것은 어렵지 않다. 예컨대 최종적이고 절대적으로 틀림이 없는 번역은 존재하지 않는다. 그래서 항상 원작은 하나이고, 원작의 번역이라는 변이형만이 존재할 수 있는 것이다. 하지만 각각의 새로운 번역은 완성으로 한 걸음씩 나아간다. 키타미카도의 번역도 이런 식으로 행해졌다.

물론, 모든 창조적 작업과 마찬가지로 어떻게 번역해야 한다는 좁은 의미의 실제적 처방이나 원칙이 존재할 수는 없다. 하지만 각각의 번역가들에게는 자신의 원칙이 있다. 키타미카도의 번역의 신조는 '작가가 일본인으로 태어나서 일본어로 쓴 것'처럼 톨스토이 작품의 텍스트를 번역하는 것이다. 하지만 이것이 마음에 든다고 해도 이러한 접근이 논쟁의 여지도 없이 확실한 것으로 간주되어서는 안 된다. 이때 '영원한' 딜레마가 발생한다. "특수한 것을 보여 주면서 이국정취에 빠지거나, 눈에 익은 것을 보존하면서 특수한 것을 상실하면서 번역이 이루어지는 해당 언어의 문체들 중의 한 가지 특수성으로 그것을 교체하는 것"이 그것이다.(30, 321쪽)

키타미카도가 중요하게 여기는 한 가지 원칙이 더 있다. 이것은 톨스토이 작품은 작가와의 영적인 통일 없이 번역해서는 안 된다는 확신이었다. 영혼의 정화는 필수적이었다. 이러한 맥락에서 그는 톨스토이의 모든 유명한 번역자들 가운데 한 사람이 번역을 하면서 동시에 사관학교에서 러시아어를 가르치는 것에 대해 신랄하게 질책했다. 이 일은 양립할 수 없는 것이라고 그는 생각했다. 키타미카도의 도덕적인 과도함은 이해될 수 있는 것이었는데 그에게 있어서는 톨스토이 작품을 번역하는 일은 성스러운 사업이기 때문이다.

동양에서 톨스토이의 작품을 번역하는 문제는 또한 한 가지 더 중요한 양상과도 연관되어 있다. 즉 동양학자와 함께 러시아 정교의 선교사들의 중개적인 역할이 그것이다. 때때로 그들은 이 위대한 작가에 대해 가장 잘 알고 있는 사람들이었고, 러시아 정교회 선교단 부속의 신학교의 최상급생들은 톨스토이의 작품을 러시아어에서 모국어로 곧바로 번역하는 첫 번째 사람들이었다. 러시아 동양학 학자들은 지방의 권력에 의한 모든 제약을 극복하면서 그들이 몸담았던 그 나라들의 언어로 톨스토이의 이야기들을 번역했고 그것들을 출판했다. 하지만 그들의 활동적인 업적은 진가에 걸맞게 평가되지 않았다.

톨스토이 작품을 페르시아어로 번역한 것은 베젠스키라는 러시아 선교사의 지휘 아래 맨 처음으로 행해졌다. 이것은 이미 여러 번 출판된 <아시리아의 왕자 아사르하돈>, <사람에게는 얼마만큼의 땅이 필요한가?> 등이다. 황제 정교회 파키스탄 사회 신학교와 학교의 상급생들은 톨스토이 작품을 아랍어로 처음으로 번역한 번역가이다. 그들 중 한 명인 안투앙 발랑은 카잔 신학교에서 공부했다. 이집트에서는 첫 번째의 톨스토이 작품의 번역가의 자격을 거머쥔 사람은 셀림 코베인의 나자렛 신학교의 최상급생인 팔레스타인 출신자였다. 그는『크로이체르 소나타』(1904),『어둠의 힘』(1909)을 번역하였고, 그리고 <레프 톨스토이 백작 연구>(1901)를 포함한 톨스토이에 대한 일련의 논문을 출판하였다. 팔레스타인에서는 나자렛 신학교생인 할리 베이다스가 번역활동을 했다. 그의 번역들은 커다란 성공을 거두었다. 독자들의 요청에 만족하기 위하여 베이다스는 1908년부터 1914년까지 월간잡지 《안—나파이스》를 만들었고, 거기에서 체계적으로 러시아 작가들의 번역본들을 출판하였다.(33, 448쪽)

일본에서의 러시아 정교회 선교사의 중개 활동도 주목할 만하다. 1873년에 거의 반 세기 동안 이 나라에서 러시아 정교회 선교사를 지휘한 카사트킨에 의해 설립된 하코다트의 정교회 학교와 이후 신학교(여학생과 남학생)와 도쿄에 있는 러시아 신학 선교단 부속 교리학교는 교육의 발생지로 바뀌었고, 일본의 러시아 문화에 있어 선구자가 되었다.(9, 248쪽) 카사트킨은 러시아 고전의 공포를 장려하였고, 러시아 정교회 선교사에 의해 출판된 잡지 《세이쿄 심포》(정교회 통보), 《신카이》(심장의 바다), 《우라니시키》(겸양)에서는 톨스토이의 작품을 포함한 러시아 예술작품들에서 번역본들이 출판되었다. 러시아 신학교에서는 톨스토이와 함께 『노자』를 번역한 코니시 마수타로와, 러시아 문학연구와 번역이 일생의 사업이었던 센누마 카쿠사부로와 그의 아내 센누마 카요, 쿠로다 오토키티, 노보리 쇼마가 배출되었다.

러시아 학자들과 작가들은 동양의 민족적인 인텔리겐치아에 의해 부여받은 업무를 수행하였다. 린첸은 <몽골에서의 번역사>(1971)라는 논문에서 상트 페테르부르크에 있는 과학 아카데미 인쇄소의 인쇄방법으로 출판된, 톨스토이의 작품을 포함한 러시아 예술 작품의 최초의 번역물은 "초원의 목동의 천막 속에서, 애서가 노인들의 집에서 발견되었다."(곳곳에서 읽혔다는 뜻으로 풀이됨)(26, 377쪽) 이란과 밀접하게 접촉하고 있는 자카프카지예(아제르바이쟌, 그루지야, 아르메니아의 3공화국을 포함한 지역명)의 잡계급 인텔리겐치아들도 적지 않은 역할을 하였다. 그들은 서유럽어로 번역된 러시아 작가들의 작품을 수입했고 이란의 독자들에게 소개했다.(28, 109쪽) 터키의 독자들에게 톨스토이의 작품을 소개한 레베제바라는 작가의 활동에 관심을 기울일 필요가 있다. 터키어와 아랍어를 완벽하게 구사한 그녀는 러시아 작가들의 작품을 터키어로 번역하는 데 있어서 그곳 당국의 허락을 얻어내기 위하여 1881년 콘스탄티노플로 갔다. 하지만 그녀를 러시아의 비밀 요원으로 의심하였고 터키에서의 그녀의 활동은 금지되었다. 긴 역경 후에 유명한 터키의 작가, 아흐메드 미드하트와 공동 작업을 했을 때 비로소 터키에서 톨스토이의 4개 이야기 — <가족의 행복>, <일리야스>, <두 노인>, <사람은 무엇으로 사는가> — 가 출판될 수 있었다. 1894년 6월 23일에 톨스토이에게 보내는 편지에서 레베제바는 모든 이러한 번역은 '큰 성공을 거두었고 앞을 다투어 팔렸다'는 것을 알렸다. 레베제바가 또한 다음과 같은 사실을 알렸다. "회교도 국가에서 당신의 인기는 러시아와 다른 유럽 국가들의 그것에 못지 않습니다…… 코란이나 복음서에서의 격언처럼 당신의 모든 말씀에 사람들이 머리 숙입니다."(33, 403쪽) 레베제바는 그가 톨스토이 작품을 번역한 것이 단기간 내에 당시에 전례가 없는 4만 부나 배포되었다는 사실도 알렸다. 여기에서 어떤 과장이 있을 수도 있다. 다른 사료는 처음으로 러시아 문학과 접할 때는 '산발적인 특징을 띠었다'는 것과, 터키의 독자들은 주로 프랑스 번역물로 된 톨스토이 작품을 접했다는 것도 지적하고 있다.

지금까지 매개 언어의 역할은 연구자들의 관심을 거의 끌지 못했다는 것을 이야기해야 한다. 그럼에도 불구하고 톨스토이 작품이 동양권의 언어로 처음 번역된 것은 보통 동북, 동남아시아에서는 영어, 아랍국가들은 프랑스어, 드물게는 독일어를 통한 '2차' 번역에 의해서다. 세기 초의 동양의 인텔리겐치아에게 있어서 이러한 언어는 세계를 향한 '창문'의 역할을 하였고, 따라서 유럽식으로 교육받은 동양의 독자들은 톨스토이의 작품이 모국어로 번역되기 훨씬 전부터 톨스토이의 작품을 접할 수 있었다는 사실을 가정할 수 있다. 이것은 동양에서 톨스토이의 작품을 접한 것은 훨씬 전에, 이미 첫 번째 영어 번역본이 등장한 1860년대의 유럽과 거의 동시에 이루어졌다는 것을 의미한다.

'2차' 번역은 동양에서는 아주 일반적인 현상이다. 어떤 유럽어의 번역물은 새로운, 이제 '2차적인' 번역의 기원이 된다. 이러한 '2차' 번역은 이번에는 '3차' 번역의 기원이 될 수 있다. 예를 들면, 일본어(러시아어나 영어를 번역한) 번역물을 동시에 중국인들은 번역했고 중국어 번역물을 베트남인들이 번역했다. 사정이 이러할 때 원본을 번역할 때 발생하는 실수와 부정확성, 그리고 '2차' 번역에서의 왜곡이 일어나는 것은 당연한 일이다.

러시아어를 곧바로 번역하는 전문적인 번역가들이 20년대에 등장하였다. 오늘날에는 '2차' 번역이란 과거의 일이 되었다. 그래도 역시 '2차' 번역의 의미를 축소하기에는 이르다. 그것들은 여전히 생명력을 가진다. 예를 들어 모스크바에 거주하는 중국 대사 리 펜량의 말에 따르면 중국에서는 "아직까지도 톨스토이와 같은 고전들을 중국어로 번역하는데 주로 2차적 번역, 다시 말하면 유럽어를 번역하는 것에 의존하고 있고 지금에서야 러시아어를 직접 번역하는 거대한 작업이 시작되었을 따름이다."(《문학 신문》, 1997년 3월 12일)

20세기 동양 문학의 역사에서 번역 문학은 중요한 자리를 차지한다. 번역 문학은 각 나라의 민족문화에 있어서 중요하고도 매우 커다란 일부분을 차지한다. 동양권 언어로 번역된 톨스토이 작품의 등장은 민족문화의 삶의 요소가 되었다. 이것은 위대한 작가의 형상, 보다 더 넓게는 진실을 모색하는 자들과 아시아의 거리낌없는 친구들의 나라로 러시아의 형상을 형성하는 것을 촉진하였다. 그리고 우리는 감사함을 가지고 톨스토이의 세계적인 명성뿐만 아니라 아시아와 러시아의 관계를 강화시킨 작가와 번역가들의 이름을 불러 본다.

여기에 그들의 이름을 제시한다. 일본 — 도쿠타미 로카, 하라 히사티로, 요네카와 마사오, 나카무라 하키오, 키타미카도 지로. 인도 — 마하트마 간디, 프렘 찬드, 아이아르, 물크 라쥐 아난트 중국 — 리 신, 조 모조, 차오 인. 한국 — 이광수, 최남선, 박형규. 이집트 — 셀림 코베인. 몽골 — 체, 모도이밤바. 기타 등등.

4

세기의 경계에 동양은 세계 관계의 궤도에 적극적으로 진입하였다. 전 인류적인 범주를 전유하는 것은 새로운 문학에서 발생했던 중요한 문제였다. 아시아의 근대화를 지향해 온 고전적인 부르주아 국가인 영국과 교분이 시작되었다. 1880년대에 일본인들은 영국의 정치 활동가이자 작가인 벤자민 지즈라엘의 작

품들을 읽었지만, (『콘농스비』,『엔지미온』) '모든' 영국적인 것들에 대한 열중
은 오래가지 않았다. 가치평가의 방향전환이 일어난 것이다. 러시아 문학과의
뜻하지 않은 조우가 그 원인이다. '뜻하지 않은'이라고 표현한 것은 그 당시에
동양에 있어서 러시아는 세계 정치에 있어서나 문학적 지표에 있어서 아직까지
피상적으로 존재했기 때문이다. 1883년에 발표된 푸슈킨의『대위의 딸』의 첫
번째 일본 번역판에서 러시아 등장인물들의 이름이 영국식으로 바뀐 것은 특징
적이다. 예컨대 그리네프는 스미스로, 마리야는 메리로 바뀌었던 것이다. 삼 년
이 지나 번역본은『스미스와 메리에 관한 이야기』라는 제목으로 재출판된다.

일본 문학의 통계는 이미 1908년에 이르러, 일본에서 영국과 프랑스 문학의
주도가 그 끝을 드러내고 있다는 것을 보여 준다. 러시아 문학은 번역의 양에
있어서나 일본 독자들의 지성에 미치는 영향력에서나 다른 것들을 능가했다.

새로운 일본 문학이 사상적 미학적으로 형성되었을 때, 그리고 일본의 독자
들이 이렇게 변화하는 세계 속에서 인간 존재의 가치에 대해서 숙고하던 이 시
기에 독자들의 관심의 변화가 일어난다. "일본 독자들의 시각이 실제 현실과
사회와 인간 삶의 상호작용을 향하는 이 시기에 러시아 문학은 영국 문학을 대
체했다"라고 뛰어난 비교 연구의 계승자인 오타 사부로는 이야기한다. 영국적
인 사고의 형상, 인간과 사회에 대한 영국식 관점은 이미 일본의 현실에 적용해
볼 때 이전과 같은 관심을 지니지 못했다. 이러한 현상은 일본에서 19세기 초에
일어났다. 조금 늦게 20~30년대에, 아시아의 다른 나라들에서 새로운 문학의
형성이 일어났을 때, 이와 똑같은 현상이 반복되었다.

러시아 문학에 대한 동양의 이러한 이끌림은 무엇으로 설명될까? 러시아의
유라시아적인 지리적 입지가 나름의 역할을 했지만 더 중요한 것은 다른 데 있
었다. 즉, 러시아의 정신적 문화의 공명이 바로 그것이다. 한국의 번역문학사에
대한 개관을 완성하면서,『한국 근현대 번역문학사』(1975)라는 중요한 연구물

의 저자인 김병철은 다음과 같이 적고 있다. 즉, "20년대 한국 독자들이 접한 외국 문학 가운데, 러시아 문학은 번역의 양에 있어서 영국과 미국, 프랑스, 독일을 제치고 첫 번째를 차지한다는 사실은 우리를 놀라게 한다. 19세기 러시아 고전 작품들이 번역물 일람을 장식하고 있다."

유라시아 대륙의 국가로서의 러시아의 형상은 동양의 역사적인 의식에서 형성되지 않았다. 동양에 있어서 러시아는 유럽의 이웃이었다. 동양의 개혁가들의 관심을 끈 것은 무엇보다도 표트르의 개혁 시도 정도였다. 그러나 점차 러시아에 대한 이해에 있어서 본질적인 수정이 이루어진다. 주의 깊은 동양의 독자들은 러시아 문학의 독창성을 깨닫지 않을 수가 없었고, 인간과 세계에 대한 표상이 본질적으로 서구 유럽의 그것과 구별이 된다는 것을 이해했다. 이러한 서구와의 '차이'가 '반발'을 불러일으키는 것이 아니라, 반대로 동양의 인텔리겐치아들을 자기 쪽으로 끌어당기는 결과를 낳았다. 러시아 문학의 민족적인 독창성을 밝히려 노력하며 동양의 비평계는 아주 자주 러시아와 서구유럽을 대비하고 있다.

비평가 구와바라 겐조는 1893년에 발표된 러시아 문학에 대한 논문에서 다음과 같이 쓰고 있다. "주요 러시아 작가들의 창작에 대한 개관을 마치면서 나는 이 작가들 모두가 각각 오직 자신에게 고유한 현실을 관찰하고 연구하는 방법을 지니고 있다는 점을 강조하고 싶다. 하지만 그들의 창조적 목적과 소설의 구조의 이해에는 어떤 공통적인 것이 있다는 것을 인정하지 않으면 안 될 것이다. 세계 소설사에 있어서 독특한 현상으로서 이것을 이야기해 볼 필요가 있다. 유럽의 소설은 보통 분석에 치중되고, 발자크와 조르주 상드에게서 나타나는 것처럼 세밀한 해부를 통해 삶의 장면을 창조하거나 혹은 삶을 어떤 추상적인 도식으로 몰고 간다. 러시아 소설은 현실 분석에만 그치는 것이 아니라, 실제적인 인간 삶에 대한 보편적인 서술을 지향한다."(39, 179쪽)

우리는 여기에서, 19세기 말 일본에서의 러시아 문학에 대한 이론적인 지각의 수준을 보여 주기 위해서뿐만이 아니라 러시아 문학은 동양과 얼마나 밀접한가라는 질문에 대한 대답을 얻기 위해서 이와 같이 긴 인용구를 도입했다.

톨스토이 창작으로 주의를 돌리면서 비평가 구와바라는 '머리로부터' 나오는 서술에서 '마음으로부터' 나오는 서술로 이르는, 작가에게 있어서 특징적인 전환을 지적하고 있다. 톨스토이는 인간 심리에 대한 분석가이고, 바로 이러한 면에서 톨스토이가 스탕달과 유사하다고 구와바라는 생각한다. 하지만 그들간에는 커다란 차이가 존재한다. 이 비평가의 견해에 따르면 스탕달의 방법은 학문적 냉담함, 분석의 논리로써 구별된다. 톨스토이는 그와 반대로 예술가의 따뜻한 마음으로 주변세계를 관찰하고 있다는 것이다.

세계에 대한 톨스토이식의 시적 인식과, 사물의 본질은 정신적이라는 것이라는 식의 이해는 당대 삶에서 공허한 실용주의의 중압에 환멸을 느끼는 일본 인텔리겐치아들 사이에서 생생한 반향을 불러일으켰다. 일본인들은 환희에 차서 작가의 작품 중에서 수작으로 꼽히는, 일본어로 번역된 톨스토이의 서정적 걸작 『카자크 사람들』을 맞이했다.

동양 문학사가들은 새로운 문학의 기원을 형성한 뛰어난 작가들은 거의 예외없이 러시아 문학의 거대한 영향을 받았고, 그들은 톨스토이의 리얼리즘 학파를 통과했다는 것에 의견을 같이한다. 작가들의 발언을 인용해 보자. 나짐 히크렛은 다음과 같이 이야기한다. "만약에 진정한 예술가라면 어떤 한 사람도 세계 문학의 거인인 톨스토이의 창작적 경험을 지나치지 않았거나 지나지 않는 터키의 작가는 없다고 확신한다." (이 작가의 대담에 관한 기록은 톨스토이국립박물관에 보관되어 있다)

뛰어난 중국 작가이며 3부작 『사세동당(四世同堂)』의 저자 라오서9)는 다음

---

9) 라오서 老舍 (병)Lao She. (웨)Lao She. 1899. 2. 3 베이징~1966. 10 중국.
　　중국의 작가 · 극작가.

과 같이 이야기한다. 즉, "예술적 산문이라는 대양에서 톨스토이는 가장 깊고 가장 이해할 수 없는 바다이다……. 그의 심장은 전 시대를 한데 엮었고…… 그의 작품은 이미 중국에서 뿌리를 내렸다. 그는 '5·4 운동' 이후에 나타난 새로운 문학의 모든 대표자들에게 영향을 주었다. 모두가 그의 폭과 깊이를 습득

본명은 수칭춘(舒慶春). 자는 서위(舍予). 라오서는 수서위(舒舍予)의 필명이다. 해학적 풍자소설과 단편소설 작가로 중일전쟁이 시작된 뒤에는 애국적·선전적인 희곡과 소설들을 썼다. 베이징의 가난한 만주 기인(滿洲旗人)의 가정에서 태어난 라오서는 어려서 아버지를 여의고, 어려운 유년시절을 보내면서 하층 서민에 대해 동정의 시각을 키웠다. 1917년 베이징 사범학교를 졸업한 후 여러 해 동안 교직생활을 했으며, 5·4신문화운동 때 백화(白話)로 글을 쓰기 시작했다. 1924년 영국으로 건너가 런던대학교 동양대학에서 표준중국어를 가르치며 생계를 꾸려 갔으며, 5년 동안 명대(1368~1644)의 위대한 소설 『금병매 金甁梅』의 공동번역에 참여했다. 영어실력을 키우기 위해 읽게 된 디킨스의 소설로부터 자극을 받아 첫 번째 소설 『장선생의 철학 老張的哲學』을 세상에 내놓게 되었다. 이 작품은 중국의 《샤오쉐웨바오 小說月報》에 게재되어 얼마간 성공을 거두었다. 6년간의 유학 도중 『조자왈 趙子曰』·『이마 二馬』 등 지식인의 생활상을 씁쓸한 유머로 묘사한 장편들을 계속 발표하여 희곡작가로 문단에서 독자적인 지위를 확보했다. 1929~1930년 중편소설 『소파의 생일 小坡的生日』을 썼다.
1931년 귀국 후 지난(齊南)의 지루(齊魯)대학과 칭다오(靑島)의 산둥(山東)대학에서 교편을 잡는 한편, 『묘성기 描城記』·『이혼 離婚』·『우천사전 牛天賜傳』 등 계속해서 희극적이고 행동성이 강한 작품들을 써 나갔다. 『우천사전』(1934)에서는 자신의 개인주의적 주제를 벗어나 전반적인 사회환경의 중요성과 그러한 환경에 대항하는 개인의 투쟁은 무용하다는 것을 강조했다. 이 새로운 주제는 그의 대표작인 『낙타상자 駱駝祥子』(1936)에서 가장 명료하게 나타난다. 이 작품은 베이징에 사는 가난한 인력거꾼의 비참한 생활을 그린 것으로서 하층 서민의 애환과 어두운 현실에 대한 날카로운 묘사를 통해 비판적 리얼리즘의 방향에 새로운 경지를 개척했다. 전쟁중 라오서는 우한(武漢)에 있던 중화전국문예계항적협회(中華全國文藝界抗敵協會)를 주도하면서 작가들에게 애국적이며 선전적인 문학작품을 창작하도록 격려했다. 『잔무 殘霧』 등 이 시기의 작품들은 졸렬할 정도로 선전에 젖어 있었다.
1946~1947년 문화보조금을 받아 미국을 여행하면서 강의를 하고, 자신의 소설 중 『황사폭풍 The Yellow Storm』(1951)과 마지막 소설인 『드럼 연주자들 The Drum Singers』(1952) 등 몇 작품의 번역본을 검토했다. 이 작품들은 중국어로 발행되지 않았다. 그는 미국에 머물면서 100만 자가 넘는 3부작 『사세동당 四世同堂』을 발표했다. 이 소설은 일본 점령하의 베이징에서 4대가 함께 살고 있는 대가족 식구들의 생활상을 묘사했다. 중국으로 돌아가자마자 그는 여러 가지 문화사업과 문학위원회 활동에 적극적으로 참여했으며 선전적인 희곡들을 계속 써 나갔다. 이 가운데 『용의 수염물결』(1951)은 베이징의 변한 모습과 새로운 생활을 묘사하여 새 중국을 칭송한 희곡작품이다. 이외에도 명작 『찻집 茶館』을 비롯해서 20여 편이 넘는 희곡을 집필하는 한편, 상성(相聲)과 탄사(彈詞) 같은 대중예술의 부흥과 발전에 대단한 공적을 남겼다. 그는 『용의 수염물결』과 『찻집』을 베이징어(語)로 재발간하여 훌륭한 언어적 재능을 드러냈다. 중국작가협회 부주석, 베이징시문연(北京市文聯) 주석 등의 요직을 계속해서 역임했다. 문화대혁명 때 당과 마오쩌둥(毛澤東)에 반대하다가 홍위병(紅衛兵)에게 규탄을 받은 뒤 시체로 발견되었다. 그의 죽음에 대한 진상은 아직 밝혀지지 않은 채 라오서는 1978년 6월에 복권되었다. 비교적 완전한 작품집으로 '라오서 문집'이 있다.

하기를 원한다."

톨스토이의 가르침은 종교적·미학적으로 현대 한국 문학에서 새로운 산문의 창시자인 이광수의 창작에 큰 영향을 미쳤다. 그는 톨스토이가 그의 문학 관점에 가장 큰 영향을 주었다고 썼다.(46-a, 413쪽) 톨스토이처럼 그는 창작의 '도덕적인 목표'를 모색하였다. 도덕은 그의 창작으로부터 떼어 낼 수 없는 것이었다. 소설 『유정』(1935)[10]에서 이광수는 고양한 정신적 힘으로서의 사랑에 대한 헌신, 아름다움, 도덕을 강조한다. 그는 그에게 공명하는 톨스토이식 사상의 조화를 찾아내면서, 한국어로 희곡 『어둠의 힘』을 번역했다. '어둠의 힘'은 아키모프적 도덕과 '신의 존재'를 인정함으로써 제압될 수 있다.

작가들의 예술적 세계관의 확장과 함께 세계에 리얼리즘 소설의 위대한 예들을 제공하는 예술가 — 톨스토이에 대한 관심과 톨스토이적 리얼리즘의 예술적 원칙들을 습득하려는 요구가 눈에 띄게 생겨난다. 이러한 관계에 있어서 다른 인도 작가인, 브히샴 사흐니의 견해가 주목할 만하다. 즉, "톨스토이는 문학을 사회적인 내용들로 충만하게 채운 사람들 가운데 개척자였다. 그는 인간을 다른 사람들과의 상호관계를 맺는 복합체로 간주하였고, 삶에서 인간의 자리를 찾고, 사회에서 인간의 역할을 규정하려고 노력했다. 당시 인도에서 우리도 사회주의적 리얼리즘으로 나아가고 있었다. 우리 사회를 동요시켰던 문제들은 진보적인 러시아 여론을 동요시켰던 그것과 매우 유사하다. 따라서 핍박받는 자들에 대한 진심 어린 동정과 고통받는 인류의 운명에 대한 염려가 가득 담긴 톨스토이의 힘있는 호소는 우리의 가슴속에서 재빠르게 공명했다."(30, 200쪽)

만일 위에서 인용된 동양의 가장 뛰어난 새로운 문학 활동가들의 견해들을 숙지한다면 자연스럽게 다음과 같은 문제가 발생하게 된다. 왜 서유럽 리얼리즘이 아니라 러시아 리얼리즘이 새로운 민족 문학이 형성되었던 시기에 전체적

---

10) сердечность를 유정으로 번역했음. 하지만 유정은 1933년 《조선일보》에 그 해 말까지 연재했고 일반적으로 1933년 발표라고 공인.

인 주목을 끌었는가 하는 문제가 그것이다.

그 이유는 무엇보다도 새로워지는 동양의 정신적인 요구와 러시아 문학의 도덕적이고 미학적인 이념들 간의 역사적인 상호관계 속에서 찾아야 한다.

19세기 후반에 러시아는 가장 신생 유럽 국가였다. 서구 사회는 회의적인 성격을 띤 '세기 말'의 분위기를 겪고 있었다. 이 당시, 서유럽에서 르네상스의 인본주의가 이미 부르주아적인 개인주의 철학의 영향 아래서 왜곡되고 있을 때 러시아는 중요한 인간성의 부활 문제를 새롭게 풀고 있는 중이었다. "러시아 문학의 리얼리즘적인 성과는 서유럽 작가들의 수많은 발견들을 해체해서 재고된 형태로 받아들였다는 데 있다. 이는 러시아 문학의 리얼리즘적인 주인공의 구조에서도 이야기되었다. 주인공은 서유럽 작가들이 만들어 낸 모든 전형적인 인물들과 마찬가지로 민족적으로 독창적이지만, 여러 양상들 속에서 하나를 다른 하나에게 연결하고 다른 것으로 어떤 것을 조명하면서 러시아와 서구유럽을 대조한다."(16, 349쪽)

러시아 — 동양의 문학적 연관관계에 대한 연구를 할 때는 반드시 러시아 문학의 이러한 '종합성'을 염두에 두어야 한다. 19세기 러시아 고전주의의 체험을 지각하면서 동시에 동양은 르네상스와 계몽 시기의 유럽 문화의 생동감 있는 사상들을 섭취했다.

현대의 셰익스피어의 공명에 관한 논문들 가운데 하나에서 유명한 일본의 비평가 후쿠다 추네아리는 일본 문학이 서구와 교류하면서 우선적으로 르네상스의 사상과 정신을 습득해야 했지만 '세기 말'의 동시대적인 문학에 심취했고 불행하게도 이 '막다른 길에 다다른' 문학은 일본 작가들에게 있어서 지향점이 되었다는 것을 지적하고 있다. 이와 같은 '큰 무모함'은 새로운 일본 문학에 있어서 불행한 일이 되었고, '그것의 발전 과정을 왜곡하였다'. 사실, 19세기의 마지막 사 반세기에 셰익스피어의 작품들과 막 접하고 그것들의 본질을 어떻게 고찰해야 할지 몰랐던 일본인들은 회의적이고 극단적으로 자아중심주의적인 '세기 말'의 문학과 이미 부딪히고 있었다. 이와 같은 분위기는 '자유와 민중의 권리에 대한 운동'의 원칙들이 아직까지 살아 있던 일본 문학 청년들의 정신적인 질문에 대해 명확하게 답변을 내려 주지 못했다. 이러한 조건들 속에서 일본인들은 러시아 문학에서 자유로운 개성의 내면에 있는 이상을 찾을 수 있었고 실제로 찾아내고 있었다. 동양의 독자들에게는 서구의 호기심과 마치 자기 반성과 같은 것에 이끌리는 듯한 수수께끼 같은 러시아 영혼에 관한 이야기들은 낯선 것이었다. 그들은 무엇보다도 러시아 문학 주인공의 헌신, 삶의 진리에 대한 그 주인공의 연속적이고 세밀한 관찰에 매혹되었다. 즉 유럽 휴머니즘의 이상을 받아들이고 그것들을 고유한 발전의 요구와의 상호관계 속에서 재 고찰한 러시아의 고전주의는 지난 세기에 동양의 모든 문학 중에서 가장 젊은, 새로운 일본 문학을 양육한 미학적인 실체로 기능했다. 20세기 동양 소설에서 우리는 투르게네프의 루진이나 톨스토이의 주인공들인 올레닌과 네흘류도프를 상기시키는 특징을 지닌 등장인물들과 자주 만나게 되는 것은 우연한 일이 아니다.

1910년의 문학 단체 '시라카바'[11]를 중심으로 연합하는 일본작가들의 창작

---

11) 시라카바 白樺 Shirakaba
　　1910년 4월부터 1923년 8월까지 발행된 일본의 동인잡지.
　　일본에서 제2차 세계대전 전의 동인잡지 중에서 가장 오래 발행되었으며 최대의 영향력을 발휘했다. 가쿠슈인(學習院)의 동급생이었던 무샤노코지 사네아쓰(武者小路實篤), 시가 나오야(志賀直哉) 등의 〈보야 望野〉를 중심으로, 사토미 돈(里見弴)등의 회람잡지 《무기 麥》, 야나기 무네요시(柳宗悅), 고리 도라히코(郡虎彦) 등의 회람잡지 《도엔 桃園》이 합류했으며 아리시마 다케오(有島武郎), 아리시마 이쿠마(有島生馬) 등이 참가하여 창간했다. 그밖에 다소 늦게 나가요 요시오(長善郎)가 참가하고, 다이쇼 시대(大正時代)에 들어서는 기시다 류세이(岸田劉生), 센케 모토마로(千家元) 등도 참가했다. 당시 문단의 주류를 이루었던 자연주의에 대해서는 비판적이었으며 목적론적 세계관, 주관주의적 인식, 자아중심적 윤리라는 3원칙 아래 개인의 개성을 살리려 한 것이 특징이었다. 무샤노코지의 이론과 시가의 창작에 의한 실천이 그 지주(支柱)가 되었다. 또 미술평론이나 서양미술의 소개에도 주력했으며 점차 인도주의적 색채를 강화하여 다카무라 고타로(高村光太郎), 오자키 기하치(尾崎喜八), 구라타 햐쿠조(倉田百三), 기무라 소하치(木村莊八), 나카가와 가즈마사(中川一政) 등 다수의 공감을 얻어 기고를 받음으로써 광대한 '시라카바' 세력권을 형성하여 다이쇼 중기에 전성시대를 맞이했다. 미술전, 연극운동을 펼치고 무샤노코지에 의한 '새마을'(新しき村)의 건설(1914~1918경) 등 실천

66

활동은 이러한 관계에서 볼 때 매우 주목할 만하다. '시라카바'라는 명칭에서
(흰 자작나무) 이미 러시아를 연상하게 된다. 이 단체에는 거의 예외적으로 젊
은 귀족들이 참가했다. 일본의 상류층 출신인 그들은 '은수저보다 무거운' 하중
을 받지 않았다. 그러나 사유하는 귀족들의 이 소규모 그룹은 삶의 가치 발견과
자신에 대한 인식을 목표로 삼았다. 그들의 문학 지도자들 중의 한 사람으로
레프 톨스토이가 있었다. 작가의 출신성분이 속한 지배계급에 대한 그의 휴머
니즘과 비평은 '시라카바'의 일원들에게 생생한 반향을 불러일으켰다. 톨스토
이의 영향 아래 그들은 '자기분석'에 몰두하였고 사회 계급 특권에 관해서 비평
하였다.

'시라카바'의 창작은 20세기 일본 문학에 있어서 의미 있는 자리를 차지했다.
그들 가운데 무샤노코지 사네아쓰12), 시가 나오야13), 사토미 돈, 아니시마 타케

활동으로도 발전했지만, 역사적·사회적 의식이 결여되었기 때문에 노동운동·노동문학의
발흥에 따라 상대적으로 빛을 잃어 관동대진재를 계기로 막을 내렸다.

12) 무샤노코지 사네아쓰 武者小路實篤 Mushanokji Saneatsu
1885. 5. 12 일본 도쿄(東京)~1976. 4. 9 도쿄. 일본의 작가·화가.
평생 동안 인도주의적 낙관론을 주장한 것으로 유명하다.
귀족 가문의 8번째 아들로 태어나 귀족 자제들이 다니는 가쿠슈인(學習院)을 거쳐 1906년에
도쿄제국대학에 들어갔다. 대학을 중퇴하고 작가인 시가 나오야(志賀直哉), 아리시마 다케로
(有島武郞), 사토미 돈(里見)과 함께 유력한 문학잡지인 《시라카바 白樺》를 창간했다. 톨스
토이의 작품과 성서는 그의 인도주의 이념을 발전시키는 데 큰 영향을 주었다.『무골 호인
お目出たき人』(1911)을 비롯한 그의 초기 작품은 자신감으로 가득 차 있는 것이 특징이다. 소
설가인 아쿠타가와 류노스케(芥川龍之介)는 그를 가리켜 음울한 자연주의 작품이 지배하고
있는 문단에 밝은 빛이 들어오게 하는 '열린 창문'을 갖고 있는 사람이라고 칭찬했다. 무샤노
코지는『사랑과 죽음 愛と死』(1939)·『애욕 愛慾』(1926)과 희곡인『어떤 가정 ある家庭』(192
1)·『나도 모른다 わしも知らない』(1956)·『달마 대사 達磨大師』(1962) 등을 썼으며 시도 여
러 편 썼다. 그의 인도주의는 작품만이 아니라 사회적 영역에까지 확대되어 그는 일본 남부지
방에 땅을 사서 1918년에 '새마을'을 세우고 공동체 생활을 시작했는데 이러한 시도는 결국
실패했다. 만년에는 문학에서 그림으로 전환했지만, 낙천주의와 인류에 대한 믿음은 계속 주
장했다.

13) 시가 나오야 志賀直哉 Shiga Naoya
1883. 2. 20 일본 이시노마키(石卷)~1971. 10. 21 도쿄(東京).
일본의 소설가, 탁월한 문장가.
직관적인 섬세함과 간결함을 갖춘 그의 문장은 '시가(志賀) 문체'라고 불렸다.
귀족 계급인 무사 집안에서 태어났으며, 1885년 부모를 떠나 도쿄에 사는 조부모에게로 갔다.

오와 같은 우수한 작가들이 나타났다. 그들 모두는 특히 톨스토이의 '부활'의 영향을 받았다. 그들은 무엇보다도 네흘류도프의 도덕적 입장의 의미를 평가했는데 이 책은 서사적 모색의 차원에서 그들을 흥미롭게 만들었다. '회개하는 귀족'의 형상은 그들에게 있어 소설에서 중요한 것으로 나타났다.

'나와 타자'의 문제로 변형되는 젊은 귀족과 하녀의 관계의 테마는 '시라카바' 작가들의 창작에서 중요한 것 가운데 하나가 되었다. 남자를 유혹하는 아가씨들의 운명은, 남자의 손아귀에 달려 있고 그녀의 고유한 습성은 운명론적인 순응인 것이다. 그러나 수세기 동안에 형성된 삶의 법칙들의 정직함을 '시라카바'의 젊은 '진리의 탐구자들'은 의심하였다. 의심했을 뿐만 아니라, 둔감하고 전통적인 윤리에의 호소를 내던져 버렸다.(56쪽) 그들 중 한 사람인 시인, 센케 모토마로는 남작이자 재판장의 아들이었는데 아버지와 이별하면서까지 하녀와 결혼하였다. 센케는 부모님의 물질적인 도움을 거절하고, 시골로 이사가서 죽을 때까지 살았다.

의심의 여지없이 센케와 그의 친구들의 의식의 전환에서 네흘류도프의 형상

젊은 시절에 그리스도교 교육자인 우치무라 간조(內村鑑三)의 영향을 받았지만, 그리스도교 자체는 그의 마음을 지속적으로 움직이지 못했다. 1906년 귀족 학교인 가쿠슈인(學習院)을 졸업한 뒤 도쿄제국대학 영문과에 들어갔지만 2년 뒤에 중퇴했다. 1910년 무샤노코지 사네아쓰(武者小路實篤), 아리시마 다케오(有島武夫), 사토미 돈(里見) 비롯한 가쿠슈인 시절의 친구들과 함께 잡지 《시라카바 白樺》를 창간했는데, 이 잡지는 개인주의와 톨스토이의 인도주의를 강조하는 중요한 문학운동을 주도했다. 이 운동은 1920년대 초까지 지속되었지만, 그는 이 운동의 이상주의가 좀더 현실적인 자신의 문학 양식과 양립할 수 없다는 것을 깨닫고 탈퇴했다. 그는 오랫동안 객관적인 문체를 갈고 다듬어 주인공들의 민감한 반응을 명쾌하고 간결하며 직관적으로 묘사하는 데에 모든 노력을 기울였다. 오랫동안 문학활동을 하지 않다가 갑자기 수많은 작품을 봇물처럼 쏟아 내기 시작하여, 훌륭한 단편작가로 명성을 얻게 되었으나, 글을 써서 생계를 유지한 적은 없었다.
그의 소설이 대부분 화목하지 못한 가족관계를 주제로 삼고, 1인칭 주인공들의 심리 갈등에 중점을 두기 때문에 몇몇 단편소설은 '사소설'(私小說), 곧 자전적 소설의 범주에 들어간다. 단편 〈화해 和解〉(1917)와, 대표적인 장편소설 『암야행로 暗夜行路』(1921~1937, 2부로 나누어 씀)는 가족의 갈등과 개인적 갈등에 직면한 주인공이 마음의 평화를 찾으려고 애쓰는 모습을 묘사하고 있다. 단편 〈기노사키에서 城の崎にて〉(1917)는 자신의 정신상태를 섬세하고 냉철하게 다룬 훌륭한 예이다. 그의 작품활동은 『암야행로』가 완성되었을 때 사실상 끝났다.

68

과 그와 카튜샤와의 관계에 얽힌 이야기가 커다란 역할을 했다. 『부활』의 도덕
은, 무샤노코지 사네아쓰의 창작(이야기집과 에세이 『사막』1908)에서, 또한 시
가 나오야의 자전적 소설 『오오츠 쥰키치大津順吉』에 살아 있다. (1911) 1918년
에 톨스토이의 유언에 따라서 무샤노코지는 '새로운 농촌'에 거주지를 두었다.
그는 모든 수단을 동원해 미야자키14) 현의 빈 땅 10000 점보(1점보는 3.3 평방
미터)를 얻었고, 거기에서 19명의 동지들과 함께 살았다. 아침 여섯 시에 일어
나서 저녁 다섯시 반까지 일했으며 일주일에 5번째 날은 휴일이었다. 석가모니,
예수 그리스도, 로댕, 톨스토이의 생일은 공휴일로 삼았다.

종종 외국 저자의 동일한 작품의 운명이 다양한 민족적 조건들 속에서 다양
하게 나타난다. '낯선 전통'과 다른 미학적인 관점과 복잡하게 상호연관하면서
톨스토이의 똑같은 작품도 다양하게 이해되고 종종 문학적 과정에 명백하게 대
립하는 영향을 미친다. 그 예로 동양의 여러 나라들에서 소설 『안나 카레니나』
가 처한 운명이 그러하다.

동양의 회교도 나라들과 힌두교 국가들에서 안나의 '행동'은 부정적인 평가
로 인식되었다. 터키 신문 《타닌》은 1920년에 11월에 안나에 대해서 이렇게
썼다.

이 작품은 '방탕하고 부정한 아내에 대해서' 징벌하는 것에 대한 교훈적인
작품이다. 이집트에서 비평가 마호무드 알―하피스는 가장 준엄한 형벌을 받아
야 할 '커다란 죄인'이라고 주인공을 칭하고 있다. 인도에서는 인도의 도덕적
개념에 의해서, 또한 부정적으로 톨스토이의 소설에 접근하고 있다. 심지어 톨
스토이의 산문을 높게 평가한 라빈드라나뜨 타고르도 이 소설을 가리켜 '건전
하지 못하고, 병적인' 소설이라고 간주하였다.

---

14) 미야자키 宮崎 Miyazaki
　　일본 규슈(九州) 남동부에 있는 현(縣).

세대의 변화, 동양 사회의 민주화는 자연적으로, 톨스토이 소설의 독자들의 인식에도 자취를 남긴다. 1960년에 베트남 작가인 누구엔 투안은 '에고이스트적인 감정적 삶'에 대해서 안나를 '질책'했는데 바로 이때 반항에 부딪힌다. 비평가 누구엔 하이하는 다음과 같이 이야기하고 있다. "한 개인의 비극 너머로 톨스토이는 깊이 감춰져 있는 사회적 추동력을 보았다. 작품의 거대한 리얼리즘적인 가치는 작가가 숙명적인 발걸음으로 안나를 이끌었던 원인이 되었던 상류계의 위선과 파렴치함을 보여 준 것에 있다."

일본 작가들에게 『안나 카레니나』는 리얼리즘 소설을 체험할 수 있는 학교였다. 후에 뛰어난 일본 비판적 리얼리즘의 대표자가 되는 젊은 시마자키 도손[15]은 『안나 카레니나』의 '해부'에 몰두했다. "그 당시 소도시 키소(1898년)에 머무르는 동안 나는 『안나 카레니나』를 주의 깊게 연구했고, 주석을 달았고 소설의 구조를 분해하며 때때로 슈제트 구조의 개조를 시도해 보기도 했다. 나는 이 책을 당시에 대한 기념으로 보관하고 있다."

---

15) 시마자키 도손 島崎藤村 Shimazaki Toson
1872. 3. 25 나가노 현(長野縣) 마고메(馬籠)~1943. 8. 22 가나가와 현(神奈川縣) 오이소(大磯). 일본의 시인·소설가.
본명은 시마자키 하루키(島崎春樹). 메이지 유신(1868~1912) 당시 급속한 근대화 과정으로 열병을 앓고 있던 일본에서 낡은 가치관과 새로운 가치관이 일으키는 충돌을 훌륭하게 묘사했다. 도쿄의 메이지 학원(明治學院)에서 교육을 받고 세례까지 받았지만, 그리스도교는 그의 인생이나 사상에 지속적으로 영향을 미치지는 않았다. 1890년대 초에 시를 쓰기 시작해 젊은 시인과 작가들의 낭만주의운동에 참여했다. 그러나 이 운동은 곧 명맥이 끊겼으며 나중에 그는 장편소설 『봄 春』(1908)에서 이 운동을 기술했다. 주요작품 가운데 첫 번째 장편소설인 『파계 破戒』는 사회에서 따돌림받는 한 젊은 교사가 자아실현을 위해 애쓰는 이야기로, 당시 유행한 자연주의 문학의 대표작으로 손꼽혀 왔지만, 사실은 에밀 졸라보다 오히려 장 자크 루소의 영향을 받았음을 보여 주고 있다. 『집 家』(1910~1911)은 그의 가족이 일본의 근대화 과정 속에서 받은 정신적 압박을 묘사하고 있다. 『신생 新生』(1918~19)은 그와 조카딸 사이의 불륜 관계를 그렸는데, 자신의 잘못을 고백하고 참회한다는 원칙을 지나치게 과장하여 극단으로 몰고간 느낌을 준다. 1928년부터 그의 대표작이자 일본 근대문학의 걸작 가운데 하나인 『날이 샐 무렵 夜明け前』(1935)을 쓰기 시작했다. 이 소설은 시골 마을을 무대로 1860년대의 왕정복고를 위한 일련의 투쟁을 묘사한 작품이다. 작가 자신의 아버지를 모델로 한 주인공은 비교적 순수한 애국심이라는 대의명분을 가지고 왕정복고 이후의 경박한 근대주의자들에게 배반당했다는 울분 때문에 화병에 걸려 죽는다. 마지막 소설 『동방의 문 東方の門』은 미완성으로 끝났지만, 현재의 곤경에서 벗어나기 위해 중세 일본 불교의 지혜에 호소하고 있다.

70

『어떤 여인』(1910~1921)이라는 일본의 비판적 리얼리즘의 뛰어난 작품의 작가인 아리시마 타케오[16] 역시 톨스토이의 창작의 심원한 영향 아래 있었다. 1907년 3월 23일자 그의 일기는 이 러시아 작가의 소설이 그에게 얼마나 강력한 인상을 남겼는지를 잘 보여 주고 있다. "이것은 독자에게 커다란 영향을 미치는 걸작이다. 생각컨대 그 조화와 이념의 고결함, 현실에 대한 준엄한 비판과 고통의 감정에 있어서『안나 카레니나』는 단테의『신곡』과 비교할 수 있다."

아리시마는 심리 분석에 대한 톨스토이적인 기술에 열광했지만, 동시에 그의 복잡다단한 슈제트를 결점으로 여겼다. 아리시마는 다음과 같이 강조한다. "레빈은 심지어 국가 사업에도 간여한다. 톨스토이는 종종 주된 슈제트와 연관이

---

16) 아리시마다케오 有島武郎 Arishima Takeo
   1878. 3. 4 도쿄(東京)~1923. 6. 9 가루이자와(輕井澤).
   일본의 소설가.
   일본에서는 인도주의적 이상주의에 투철한 '사랑의 인간'으로 알려져 있다. 귀족 집안에서 7남매의 큰아들로 태어났는데 화가인 아리시마 이쿠마(有島生馬)와 소설가인 사토미 돈(里見)친동생들이다. 그는 귀족 학교인 가쿠슈인(學習院)에 들어가, 왕세자와 친구가 되기도 했다. 가큐슈인을 졸업한 뒤에는 19세기 말 일본에서 근대사상의 중심지로 유명했던 삿포로농학교(札幌農學校 : 지금의 홋카이도 대학(北海道大學))에 진학했으며, 이곳에서 하층계급의 어려운 상황을 깨닫게 되었다. 어릴 때부터 외국인 목사에게 영어를 배운 그는 1896년에 농학교를 졸업한 뒤 미국으로 유학을 떠났다. 그는 하버드대학교에서 문학사학위를 받고, 하버드대학원에서 역사와 경제학 등을 공부했으며, 워싱턴의 국회도서관에 다니면서 북유럽 문학을 자유롭게 연구했다. 또한 사회주의자인 가네코 기이치(金子喜一)와 교우를 통해서 크로포트킨의 무정부주의도 접했다. 특히 휘트먼·입센·톨스토이에게 깊은 영향을 받았다.
   일본으로 돌아온 뒤 삿포로와 교토의 학교에서 교사로 일했지만, 1910년에 동생들과 동생의 친구인 시가 나오야(志賀直哉), 무샤노코지 사네아쓰(武者小路實篤) 등과 함께 잡지 《시라카바 白樺》를 창간하여 문필활동을 시작했다. 이 잡지는 이 젊은이들이 공유하는 인도주의와 박애주의 이상을 널리 보급하는 데 이바지했다. 보편적 사랑이라는 아리시마 다케오의 이상은 부유한 귀족이라는 그의 입장과 정면으로 충돌했고, 그는 이런 자신의 입장에 본질적으로 내재해 있는 사회적 모순과 심각한 투쟁을 벌였던 것 같다.『죽음과 그 전후 死と其の前後』를 쓴 1917년부터는 왕성한 창작활동을 시작했는데,『카인의 후예 カインの末裔』(1917)는 소작농들의 비참한 상황을 다룬 장편소설로서 그다지 주목을 받지는 못했다.『어떤 여자 或る女』(1919)는 관습에 저항하여 자유롭게 살다가 파멸에 이르는 주인공의 삶의 고통을 호소한 것으로 그의 대표작으로 손꼽힌다.『사랑은 아낌없이 빼앗는다 惜みなく愛は奪ふ』(1920)는 본능애 속에서 자아완성의 가능성을 모색한 대표적 평론이다. 그밖에 몇몇 작품을 잇달아 발표하여 인기작가가 되었으나 때마침 밀어닥친 사회주의의 거센 조류 속에서 사상의 동요를 일으켜 하타노 아키코(波多野秋子)와 정사(情死)했다.

없는 사건들에 빠져든다."

　이러한 예는 서사적 소설 장르가 일본 문학에서 얼마나 어렵게 자기의 길을 개척했는지에 대해 이야기하고 있다. 아리시마의 소설 『어떤 여인』에서 현명하고 자신만만하며 완전한 삶을 향해 달려가는 여주인공 요코는 많은 면에서 안나 카레니나와 유사하다. 그러나 톨스토이가 자신의 소설에서 혁명전의 러시아의 삶의 광범위한 장면을 그려내고 70년대의 시기 분위기와 긴밀한 연관 속에서 주인공들의 운명을 제시했다면 아리시마에게서 슈제트는 위선적인 도덕의 희생이었던 요코의 개인적 드라마에 집중되었다. 일본의 비평계가 지적하듯이 아리시마의 소설에는 『안나 카레니나』에 있어서 특징적인 세계의 형상의 다층적인 구조에 대한 복합적인 지각이 결여되어 있었다. 20~30년대 일본의 비판적 리얼리즘에 있어서는 서술적 틀이 협소한 것이 그 특징이다.

　서사시인 ― 톨스토이는 작가들의 사회적 시야, 보다 더 넓게는 동양 문학의 시적 영역의 확대에 있어서 매우 커다란 역할을 하였다. 동양의 예술 문화에서는 오랫동안 시가 지배적이었다. 페르시아 시가에서 광범위한 시 창작 형식으로 3음절보다 많고 12음절보다 적은 2행시 가젤과 혹은 17음으로 이루어진 일본의 3행시 하이쿠17)는 주로 사랑과 자연의 아름다움을 찬미했다. 많은 사람들이 있는 광장이나 시장에서 들끓는 삶은 관심밖에 놓여졌다. 산문에는 또한 짧은 서술 형식인 단편소설이 지배적이었다. 현실을 종합적이고도 폭넓게 고찰하

---

17) 5·7·5의 17음(音) 형식으로 이루어진다. 원래 일본에는 중세 무렵부터 조렝카(長連歌)라는 장시(長詩)가 있었는데, 15세기 말부터 이 조렝카는 정통(正統) 렝카(連歌)와 서민생활을 주제로 비속골계화(卑俗滑稽化)한 하이카이렝카(俳諧連歌)로 갈리었고, 에도(江戶)시대에 이르러 마쓰오 바쇼(松尾芭蕉) 같은 명인이 나와 하이카이렝카는 크게 유행하였다. 이 하이카이렝카의 형식이 제1구(句)는 홋쿠(發句)라 하여 5·7·5의 17음으로 이루어지고, 제2구는 7·7의 14음, 제3구는 다시 5·7·5의 17음 등, 장·단이 교대로 엮어져 많은 것은 100구, 짧은 것은 36구 등이 있다. 마쓰오 바쇼는 이 렝카의 제1구, 즉 홋쿠를 매우 중요시하여 홋쿠만을 감상하기도 하였으며, 에도 중기 이후에는 이 홋쿠의 비중이 더 커졌다. 메이지(明治)시대에 이르러 시인(詩人) 마사오카 시키(正岡子規)는 렝카의 문예적 가치를 부정하고 그 홋쿠만을 독립시켜 하이쿠(俳句)라 이름하였는데 이것이 정착하여 오늘에 이르고 있다. 해학적이고 응축된 어휘로 인정(人情)과 사물의 기미(機微)를 재치 있게 표현하는 이 하이쿠는 일본의 와카(和歌)와 함께 일본 시가문학의 커다란 장르를 이룬다.

72

고 실제적 사건과 다면적인 인간적 특성들을 재현하려는 작가들은 이러한 특성
들과 충돌하였다.

주인공이 좁고 내밀한 세계에 침잠해 있는 3행시 하이쿠와 사소설(와타구시
쇼세추)로부터 서사시로 이르는 일본의 노정은 매우 교훈적이다. 여기에 대해
좀더 상술해 보자.

『전쟁과 평화』의 예술적 힘에 열광한 비평가 사에키 슌티는 일본 문학에 있
어서 서사적인 대규모의 작품들을 창작할 수 있는 가능성에 대해서는 회의적인
견해를 내비쳤는데 그 까닭은 일본인들에게는 유럽인들과는 다른 삶의 지각방
식이 존재하기 때문이었다. 그는 다음과 같이 이야기하고 있다. "구조에 충실한
유럽인들과 달리 일본인들은 항상 균형에 대해서 불편하게 느낀다. 그들은 구
조 밖에서 아름다움을 찾고 그 구조를 다소 변형시키려 한다. (……) 확실한 구
조를 지닌 작품들은 그들의 미적 개념에 접근하기가 힘든 것이다."(41, 166쪽)

물론 작품의 분석적인 연구와 구조를 무시하는 '무계획적 방법'은 리얼리즘
예술의 발전을 촉진하지 못한다. 서양과 동양의 예술적 사고의 특징에 대해 고
찰하면서, 이토 세이[18]는 역시 <현대 문학의 가능성들>(1950)이라는 논문에

---

18) 이토 세이 伊藤整 Ito Sei
  1905. 1. 17 일본 홋카이도(北海道) 스미야키사와(炭燒澤)~1969. 11. 15 도쿄(東京).
  일본의 소설가·평론가.
  본명은 히토시(整). 1925년 홋카이도의 오타루(小樽) 고등상업학교를 졸업하고 교원이 되어 모
  모타 소지(百田宗治)가 주재하는 시지(詩誌) 〈시이노키 椎の木〉 의 동인이 되었으며, 홋카이
  도의 자연을 서정어린 소박한 필체로 노래한 시집 『눈이 반사하는 밝은 길 雪明りの路』(1926)
  을 자비로 출판했다. 1928년 상경하여 도쿄상과대학(東京商科大學)에 입학했으며 친구들과
  비평지 《분게이 리뷰 文藝レビュ―》를 창간했고(1929), 소설 『감정세포의 단면 感情細胞の
  斷面』(1930)으로 가와바타 야스나리(川端康成)의 인정을 받았다. 상과대학 중퇴 후 제임스 조
  이스의 『율리시스 ユリシーズ』(공역, 1931~34), 로렌스의 『채털리 부인의 사랑 チャタレイ夫
  人の戀人』(1935)을 번역하는 한편, '내적 독백'이나 '의식의 흐름'을 중시하는 정신분석법을
  도입한 문학론 『신심리주의문학 新心理主義文學』(1932)이나, 그 실천의 일환으로 『유령의 거
  리 幽鬼の街』(1937) 등의 소설을 썼다. 그후 전시하(戰時下) 지식인의 삶을 파헤친 『도쿠노 고
  로의 생활과 의견 得能五郎の生活と意見』(1940~41)을 썼으며 패전 후 혼란기의 지식인의 모
  습을 『나루미 센키치 鳴海仙吉』에 익살맞게 묘사했다. 완역 『채털리 부인의 사랑』(1950)이 외
  설죄로 기소된 것을 계기로 예술 표현의 자유를 둘러싼 법정투쟁을 전개했으며, 그 체험을

서 리얼리즘 예술의 근간에 놓여 있는 사회적 전망의 법칙이란 서구에 있어서
는 자연스러운 것이지만 격리된 슈제트에 이끌리는 일본 문학은 예술적 논리의
법칙들을 받아들이지 않는 듯하다는 견해를 밝혔다. 따라서 이토 세이는 일본
작가는 다성음보다는 단성음, 다면적인 사회적 연관관계의 폭로보다는 자기 자
신에 대한 고백을 선호한다고 확신한다. 이토 세이는 장편서사시 장르를 일본
의 예술적 문화로 전이하려는 필연성뿐만이 아니라 그 가능성마저 거부한다.
"1868년의 부르주아 혁명19)(메이지유신) 이후에 일본은 유럽과 마찬가지로 국

통해 파악한 조직과 인간의 관계를 주제로 하여 『재판 裁判』(1952)·『꽃피다 花ひらく』(195
3)·『불새 火の鳥』(1949~1953) 등의 작품을 펴냈다. 한편 『이토 세이 씨의 생활과 의견 伊藤
整氏の生活と意見』(1951~ 1953)·『여성에 관한 12장 女性に關する十二章』(1953) 등이 성공
을 거두어 인기 작가가 되었다.
풍자와 해학을 풍성하게 섞어 교향곡적 효과를 노린 소설 형식을 특색으로 하며, 『젊은 시인
의 초상 若い詩人の肖像』(1955)·『유혹 誘惑』(1957)·『범람 氾濫』(1956~1958) 등으로 더욱 원
숙한 경지에 이르렀다. 또한 설화적 수법으로 『일본문단사 日本文壇史』(1952~ 1969)를 완성
했으며 일본 근대문학관 창립에도 기여했다. '이토 세이 전집 伊藤整全集'(14권, 1956)이 있다.
1967년 일본 예술원상을 받았다.

19) 메이지 유신
일본제국의 팽창(19세기 말~20세기 중반)
메이지 유신(明治維新)으로 불리는 1868년의 왕정복고는 수세기 동안 경영되어 온 한 체제
의 종말이었다. 역사의 변화에 더이상 기능하기 힘든 체제 자체의 구조적 모순과 때맞추어
가해진 외압이라는 이중의 위기가 반체제 행동에 의하여 해결을 본 것이다. 거사의 주동자
들은 주로 구체제의 도자마 한이었던 사쓰마·조슈·도사(土佐)·히젠(肥前)의 젊은 무사집
단이었다. 많아야 서른을 갓 넘었고 대부분 20대였다. '지사'(志士)로 불리던 이들은 현실 감
각과 미래상을 제시하는 학문과 교양 및 유능한 관료로서의 경력을 공유하고 있었다.
1854년 미국에 이어, 영국·러시아·프랑스 등과 잇따라 통상조약이 체결되자 자유무역과 개
항, 치외법권이 허용되고 관세자주권을 빼앗긴 불평등조약체제가 시작되었다. 수출입 증가에
따른 물가고로 각지에서 서민들의 폭동이 일고, 고정수입 생활자인 무사들의 궁핍이 가속되
었다. 개국 결정의 주체인 바쿠후에 대한 반발이 다시 드세졌다. 바쿠후는 쇼군 후사문제를
빌미로 반격에 나서 1859년 존왕파 지도자인 요시다 쇼인(吉田松陰) 등을 처형했다. 무사들은
반격에 나서 통상조약 서명 당사자인 다이로(大老) 이이 나오스케(井伊直弼)를 죽였다. 바쿠후
는 공무합체(公武合體) 정책과 인사개혁으로 한걸음 물러섰으나, 사쓰마의 기도 다카요시(木
戸孝允), 다카스기 신사쿠(高杉晋作), 조슈의 오쿠보 도시미치(大久保利通), 사이고 다카모리
(西鄉隆盛) 등이 지도하는 각 지역의 존왕양이 운동은 물러서기는커녕 목표를 바쿠후 타도로
까지 높였다. 양이의 행동도 더욱 거칠어져 조슈에서는 시모노세키(下關) 해협을 지나는 서양
함대에 포격하고 기세를 올렸으나 영국·미국·프랑스 함대의 보복 포격을 받았다. 영국함대
는 또 자국민 살상사건에 대한 응징으로 가고시마(鹿兒島)를 포격했다. 바쿠후는 늘어나는 배
상금도 문제였으나 아직도 대외관계의 주체일 수밖에 없었기에 권위를 회복하려 또 체제유지
의 마지막 시도로 조슈에 대한 2차례의 징벌에 나섰다. 처음에는 전투 없이 굴복을 받아냈으

가간의 관계, 귀족 계층, 장교들과 사병들의 삶이 일목요연하게 얽혀 있는『전
쟁과 평화』와 같은 사회 전반적인 구조를 묘사한 소설을 창작할 시기가 되었다
고들 말했다. 하지만 그러한 작품들을 창조하려는 일본 작가들의 시도는 애초
부터 실패할 운명이었다."(42, 252쪽)

　이토 세이는 사에키 쇼이치와 마찬가지로, 일본의 예술적 사고의 특징을 절

나 2번째는 실패했다. 각 한 단위로 흩어져 있던 충성심이 무너진 것도 이 무렵이다. 도사의
지도자 사카모토 료마(坂本龍馬)가 "포격을 받고 있는 조슈도 일본이 아닌가?"라고 스스로 물
으며 서로 반목하던 삿초(薩長)간의 동맹을 성사시킨 뒤 조정의 이와쿠라 도모미(岩倉具視)와
힘을 합쳐 바쿠후 타도에 나서게 한 충성의 대상은 바로 민족국가로서의 일본이었다. 바쿠후
에 대한 반역이 곧 충성을 뜻하게 되었다. 성급한 지사들은 이미 1960년대 전반에 덴추구미
(天誅組·기헤이타이(奇兵隊) 등을 조직해 바쿠후 타도의 군사행동에 나서고 있었다.
1866년말 고메이(孝明)가 죽고 메이지가 15세의 나이로 천황에 즉위하자 바로 바쿠후 토멸의
밀칙(密勅)을 내렸다. 쇼군 도쿠가와 요시노부(德川慶喜)는 '대정봉환'(大政奉還)의 뜻을 밝혔
고 지금까지 무력을 결집시켜 온 바쿠후 타도파들에 의해 '왕정복고의 대호령'이 선포되었다.
수개월 동안 바쿠후 잔당과의 전투가 뒤따르기는 했으나 구체제는 타도되었다. 짧게는 250여
년, 길게 본다면 거의 700년에 걸친 무가 통치 체제의 몰락이자, 동시에 외압을 이겨 살아남을
수 있는 실용적 체제의 수립이었다. 1868년 3월 신체제의 대원칙으로서 5개조의 서문(誓文)이
천황의 이름으로 발표되었다. 요약하자면 첫째, "만사를 공론(公論)에 따라 결정한다"는 것으
로 이는 체제전복 쿠데타가 영웅적 개인이 아닌 집단에 의한 거사라는 사실과 앞으로도 집단
으로 움직일 전망에 걸맞는 것이었다. 둘째, "지식을 세계에서 찾아 크게 황기(皇基)를 떨쳐
일으킨다"는 대목으로 이는 앞날의 신일본이 지향할 목표와 수단을 명시한 것이다. 나머지는
지배층의 화합, 상하 국민의 단결, 누습 타파 등의 강조였다. 정부 조직의 기초를 '정체서'(政
體書)로 밝히고 중앙요직을 공가(公家) 출신인 산조 사네토미(三條實美)와 이와쿠라 도모미
외에는, 모두 사쓰마·조슈·도사·히젠 출신들이 장악해 특정지역 편중의 이른바 '한바쓰
(藩閥)정부'를 구성했다. 이어서 판적봉환(版籍奉還)으로 다이묘의 영주권을 반납시키고, 폐번
치현(廢藩置縣)으로 각 현에 지사(知事)를 임명하여 전국을 완전한 중앙집권체제로 재편성했
다. 1873년에는 징병령으로 국민군을 편제함으로써 계층으로서의 사무라이 신분은 해체되었
다. 군사권을 잃은 무사들에게는 공채를 주었고 개중에는 이를 밑천 삼아 기업으로 성공한
자들도 있었지만 경험이 없는 대부분은 낙오자가 되었다.
새 정부는 당시의 제국주의 각축장에서 생존할 수 있는 강력한 일본을 담보할 '부국강병'(富
國强兵)을 목표로 재빨리 산업화에 나섰다. 재원 확보를 위해 지가(地價)에 따른 과세기준과
지조 3%의 금납 등을 기조로 하는 '지조개정'(地租改正)사업에 착수해, 농민들의 저항이 있었
으나 1881년에 완료되었다. 이로 인해 산업화의 재원뿐만 아니라 농업 자본주의화의 단서가
열린 셈이었다. 또 관영공장을 설립해 총포·조선 공업에 이어 외화획득을 위한 비단 제품
공업과 수입대체 효과를 노린 방직산업에도 힘을 쏟았다. 이러한 '식산흥업'(殖産興業)을 뒷
받침할 철도·해운 등의 간접 투자에도 게을리하지 않았다. 특히 마쓰카타 마사요시(松方正
義)가 확립한 금융·통화 제도와 재정긴축 정책은 초기 자본주의 발달의 밑바탕이 되었다.
유신 이후 20년 뒤의 성과는 석탄 생산 16배, 철도 100배, 수출입량이 4배 증가하는 성과를
올렸다. 본격적인 1차 산업혁명이었다.

대화하는데 이것은 결국 민족적 독창성의 복잡한 양상의 보존과 전통적 형식과 리얼리즘 소설의 방식에 대한 선호로 귀결된다.

세계 문학 과정으로부터 일본의 문학을 고립시키는 경향들에 반대한, 유명한 작가이자 비평가인 나카무라 시니치로의 발언은 매우 시의 적절했다. 논문 <문학의 보호>(1962)에서 그는 다음과 같이 이야기하고 있다. "유럽 문학의 경험을 받아들이는 것은 커다란 효용성이 없다고 하는 견해는 일본 예술의 민족적 특징을 이해하는 데 있어 좁은 면만을 보여 줄 뿐이다. (……) '잠겨진 문'의 정책을 답습함으로써 새로운 문학을 창조하겠다는 시도는 전혀 실현 불가능한 것이다. 오늘날의 소설의 모델로서 우리는 발자크와 스탕달, 톨스토이, 그리고 도스토예프스키의 작품들을 제시한다. 물론, 우리는 다니자키 준이치로[20]와 가와바타 야스나리[21]와 같은 일본 작품들의 특징의 가능성도 염두에 두고 있

---

[20] 다니자키 준이치로 谷崎潤一郎 Tanizaki Junichiro
1886. 7. 24 일본 도쿄~1965. 7. 30 유가와라(湯河原).
일본의 대표적 현대 소설가.
에로티시즘과 전통주의를 특징으로 하는 작품들을 썼다.
초기에는 〈문신 刺青〉(1910) 등 에드거 앨런 포 및 프랑스 데카당파의 작품들과 비슷한 단편소설들을 많이 썼다. 그러나 도쿄에서 좀더 보수적인 오사카(大阪) 지역으로 이주한 1923년 이후에는 일본의 고전미를 탐구하는 쪽으로 방향을 돌린 것 같다. 〈여뀌를 먹는 벌레 蓼ふ〉(1929)는 작가의 이러한 가치관 변화가 잘 반영되어 있는 뛰어난 작품이다. 이 소설은 불행한 결혼생활을 그리고 있는데, 실제로는 새로운 것과 낡은 것 사이의 갈등을 다루고 있으며 결국에는 낡은 것이 이기리라는 암시가 들어 있다. 1932년에는 일본 고전문학의 백미인 무라사키 시키부(紫式部)의 『겐지모노가타리 源氏物語』를 현대 일본어로 옮기는 작업을 시작했다. 1930년대 내내 『겐지모노가타리』의 배경인 헤이안 시대(平安時代)의 산문을 그대로 본뜬 만연체의 서정적 작품을 여러 편 썼으며 이러한 점으로 비추어볼 때 『겐지모노가타리』가 그의 문체에 깊은 영향을 미쳤음이 분명하다. 이 작품에 매료되어 그는 여러 해에 걸쳐 몇 차례 개정판을 냈다. 대표적 장편소설 『세설 細雪』(1943~48)은 일본 고전문학 특유의 느슨한 문체로 현대세계가 전통적인 귀족사회를 가차없이 잠식해가는 모습을 그리고 있다. 『열쇠 鍵』(1956)・『미친 늙은이의 일기 癲老人日記』(1961~1962) 같은 전후 작품에는 젊은 시절로의 복귀를 암시하는 에로티시즘이 엿보이며 『문장독본 文章讀本』(1934)은 뛰어난 비평서이다. 그의 작품세계는 '영원한 여성'을 문학 속에서 추구한 것이 특징이다.

[21] 가와바타 야스나리 川端康成 Kawabata Yasunari
1899. 6. 11 일본 오사카~1972. 4. 16 즈시(逗子).
일본의 소설가.
1968년 노벨문학상을 받았으며 우수에 젖은 서정성을 통해 고대 일본 문학의 전통을 현대어

다"(38, 65쪽)

최근에 일본 비평계에서 형성된 '전체소설'(젠타이 쇼센추)이라는 개념은 폭 넓은 예술적 종합을 작가들이 선호하는 것을 그 특징으로 하는, 일본 문학에 있어서 구조가 진보했음을 반영한 것이다.

노마 히로시[22]에 의해 제기된 이 개념의 본질은 인간을 전면적으로 묘사한

로 되살려낸 작가이다. 문학적 원숙기에 쓰여진 작품 대부분에 짙게 깔려 있는 고독과 죽음에 대한 집착은 외로웠던 어린 시절의 기억에서 비롯된 것으로 보인다.

어려서 고아가 되었으며 청년 시절에 가까운 친척까지도 모두 잃었다. 1924년 도쿄제국대학을 졸업한 뒤 반(半)자전적인 작품 『이즈의 무희 伊豆の踊子』(1926)로 문단에 발을 들여놓았다. 이 작품은 작가인 요코미쓰 리이치(橫光利一)와 함께 창간한 잡지 《분게이지다이 文藝時代》에 실렸는데, 이 잡지는 일찍이 속했던 신감각파(新感覺派)의 기관지가 되었다.

이 문학 유파의 미학은 대부분 다다이즘·퀴비슴·표현주의 같은 제1차 세계대전 후의 프랑스 문예사조에서 따왔다고 한다. 이러한 사조들이 가와바타의 작품에 미친 영향은 갑작스런 장면 전환, 조화되지 않는 인상들과 뒤섞여 자주 놀라움을 주는 이미지, 아름다움과 추함이 동시에 나타나는 점 등에서 엿볼 수 있다. 그러나 이러한 요소들은 17세기의 일본 산문과 15세기의 렌가(連歌)에서도 나타나는데, 그의 후기소설은 렌가에 더 가까워진 듯하다.

그의 작품은 대부분 일정한 형식을 갖추고 있지 않아 렌가의 유동적인 구성을 떠올리게 한다. 유명한 소설 『설국 雪國』(1948)은 1935년부터 쓰기 시작했는데 결말 부분을 여러 번 고쳐쓴 끝에 12년이나 지난 뒤에야 완성되었다. 『설국』의 속편 격으로 구상한 『센바즈루 千羽鶴』는 1949년에 쓰기 시작했으나 완성하지 못했다. 이 두 작품과 『산의 소리 山の音』(1949~1954)가 그의 최고 걸작으로 꼽힌다.

노벨상을 받았을 때, 그는 작품 속에서 죽음을 미화하고 인간과 자연과 허무 사이의 조화를 추구하고자 했으며 평생 동안 아름다움을 얻기 위해 애썼다고 말했다. 제자인 미시마 유키오(三島由紀夫)가 죽은 뒤 얼마 되지 않아 스스로 목숨을 끊었다.

22) 노마 히로시 野間宏 Noma Hiroshi
1915. 2. 23 일본 효고 현(兵庫縣) 고베(神戶)~1991. 1. 2 도쿄.
일본의 소설가.
제2차 세계대전 뒤에 쓰여진 전쟁소설 가운데 최고 걸작으로 꼽히는 『진공지대 眞空地帶』(1952)를 썼다.
토속불교 종파의 교조인 아버지의 뒤를 잇도록 교육받았으나, 청년시절 점차 마르크스주의에 기울게 되었다. 또한 프랑스 상징주의 시에 관심을 갖게 되면서 제임스 조이스, 앙드레 지드, 마르셀 프루스트의 영향을 많이 받았으며 1935년 대학에 들어가기 전에는 상징주의 시인 다케우치 가쓰타로(竹內勝太郞) 밑에서 공부했다. 1938년 교토제국대학 불문과를 졸업하고 지하학생운동과 간사이(關西) 지방의 노동운동에 깊이 관여했다. 제2차 세계대전 중에 징집되어 필리핀과 중국 북부전선에 참전했으며 뒤에 반체제 사상을 지녔다는 이유로 오사카 군사감옥에 투옥되었다(1943~44).
전쟁이 끝난 뒤 자아상(自我像)과 육체적 욕망 사이에서 갈등하는 주인공을 등장시킨 장편소설 『어두운 그림 暗い繪』(1946)과 『얼굴 속의 붉은 달 顔の中の赤い月』(1947)을 발표해 주목받았다. 『어두운 그림』은 의식의 흐름 수법을 사용하면서 상징주의와 프롤레타리아 문학운동의

다는 것은 그 속에 사회적이고 심리적이고 생리학적인 인간의 세 가지 양상의 실제적 상호관계를 밝혀 낸다는 것이다(<실험적 문학에 관하여>, 1949). 이것은 사소설류의 폐쇄적인 구조에 대하여 인간과 세계의 '전체적'인 연관관계를 반영하는, 그 근본에 있어서 리얼리즘적인 방법이다.(12, 109~112쪽)

인간을 총체적인 세계와 상호관계시키고 '평면적'으로서가 아니라 '수직적'으로 현실의 인식에 깊이 몰두하면서 일본작가들은 사회 투쟁의 극적 긴장감이 팽배한 역사적 시기에 대한 묘사를 가능하게 해 주는 서사시적 소설을 선호하게 된다.

50~60년대의 노마 히로시의 장편의 산문 창작은 '전체' 소설로 이르는 그의 노정이 얼마나 힘이 들고 괴로운 것인지를 보여 준다. 20여 년 동안 여러 권으로 이루어진 소설, 『청춘의 고리』(1970) ─ 전쟁 전의 일본의 인텔리들의 정신적 모색에 관한 ─ 를 집필하면서 노마는 서사적 서술이 어떠한 구성적인 어려움과 기타 여러 어려움과 연관되어 있는지를 매우 첨예하게 느꼈다. '사소설류'의 좁은 틀은 이 시기의 서사적 구상에 부합되지 않는다. 노마는 현실의 '수많은 노선'에 대한 묘사와 서로 멀리 떨어진 삶의 현상들에 대한 사회·심리적 분석에 이끌리게 된다. 그는 『청춘의 고리』를 집필하는 동안 그가 주의를 기울였던 작품의 작가들의 이름을 거론하는데 그 맨 처음에는 『전쟁과 평화』의 작가가 거명된다.

기법을 결합시킨 작품이다. 그뒤 발표한 『진공지대』에서는 교양 있는 중산층 이상주의자와 어리숙한 농촌 청년인 두 병사의 운명을 대비함으로써 전시(戰時)의 일본 군대를 폭넓게 조망하고 있다.
1950년 이후에는 좀더 직설적인 문장을 사용하여 작품을 쓰기 시작했다. 1949년에는 1971년 완성된 여러 권짜리 작품의 첫 권인 『청춘의 고리 青年の環』를 발표하여 1971년 다니자키상(谷崎賞)을 받았다. 그밖에 후기작품으로 『내 탑이 그곳에 서 있다 わが塔はそこにたつ』(1961)·『신란 親鸞』(1973)·『사야마 재판 狹山裁判』(1976) 등의 자전적인 소설이 있다. 이 작품들에서는 불교에 대한 관심이 점점 깊어지고 있음을 엿볼 수 있는 한편 사회 문제에 대한 관심이 지속되고 있다는 것도 알 수 있다. 앙드레 지드와 장 폴 사르트르를 비롯한 저명한 작가들에 대해 여러 편의 평론을 썼다. 1947년 공산당에 가입했으나 1964년 제명당했다.

물론『청춘의 고리』에서『전쟁과 평화』를 모방한 흔적을 찾아내는 것은 아무 의미 없는 일이다. 더구나 노마의 소설에서 '역사와 인민'의 문제에 대한 해석의 새로움은 톨스토이적 리얼리즘과 직접적인 관계를 가지지 않는다. 그럼에도 불구하고 그 서사적인 규모와 첨예한 사회적 문제를 설정하는 노마 히로시의 소설은 톨스토이의 창작과 계승적으로 연관되어 있다.

현대 일본 작가들의 창작에서 2차 세계 대전에 대한 작품은 커다란 자리를 차지하고 있다. 비평계는 고미카와 준페이의 소설『전쟁과 인간』(1965~1975)에서 전쟁이라는 주제를 조명하는 그 특수성에 주의를 기울였다. 이 여러 권으로 이루어진 장편 — 서사시에서는 20년대 말에 일본의 만주 침공으로부터 시작해 전쟁 범죄자들에 대한 만주 인민들의 군법회의의 심판에 이르기까지 역사의 비극적인 시기에서의 일본의 삶이 재현되고 있다. 거대한 창조적 구상의 실현을 위한 필연성은 그를 다층적인 서사적 화폭의 형식으로 이끌었는데 톨스토이의 서사시『전쟁과 평화』의 '오케스트라적'인 다음향성이 그에게 맞는 것이었다.

고미카와의 소설에서 톨스토이의 전통은 군국주의에 대한 작가의 혐오와 전쟁을 준엄하고도 실제적이고 구체적으로 묘사하는 것에서 드러났다. 전쟁의 '민족적 영웅들'을 찬양하는 책들이 일본에서 차례차례 등장하고 군국주의적 기운이 팽배했던 상황에서 고미카와는 초인간 — 침략자에 대한 신화를 파괴하며 '주인공이 없는' 작품을 창작한다. 이와 더불어 그는 전쟁을 체험하면서 나타나는 인간적인 용기와 연대성을 찬미하였다.

만약,『전쟁과 평화』에서는 모든 등장인물들이 이민족의 침입에 대항하는 민족전쟁에 참여함으로써 자기자신을 확인했다면 도덕적인 의지를 상실한 고미카와의 많은 등장인물들은 침략 전에서 의미 없이 목숨을 잃거나 전쟁의 시기를 겪으면서 군국주의에 반하는 길로 나아간다. 고미카와는 전쟁을 진실되게 묘사하는 톨스토이의 기술만을 습득한 것이 아니라 전쟁의 여러 조건들 속에 처한 인간의 도덕적 가치에 대한 톨스토이의 원칙을 따르고 있다.

오늘날의 일본 소설은 리얼리즘적인 방법에 대해 전통적인 서정 — 주관적인 서술 형식으로 대립시키지 않고 반대로 그 형식들의 끊임없는 상호작용의 노정 위에서 발전하고 있다. 톨스토이의 창작은 다면적인 현실을 서사적으로 조명하고 폭넓은 예술적 종합의 경향을 보이는 당대의 일본 산문의 발전을 향한 요구에 부합했다.

서사적인 서술 형식으로의 이끌림, 서사시인 — 톨스토이의 창조적 경험에 대한 관심은 아시아의 다른 문학에 있어서도 특징적이다. 연구자들의 견해에 따르면 가장 최근의 중국 문학의 업적 가운데 하나로 꼽히고 중국에 있어 사회적 서사시의 첫 번째 유형인 소설 『자야 子夜』23)의 작가 마오둔24)은 『자야』에

---

23) 중앙일보사에서 출간된 책의 제목은 『새벽이 오는 깊은 밤』이고 원문으로는 '子夜'이다. 노어로는 'перед рассветом'이다.

24) 마오둔 茅盾 (병)Mao Dun (웨)Mao Tun. 1896~1981.
중국의 소설가·비평가.
중국 근대문학, 이른바 '신문학'(新文學) 탄생 이래 계속해서 그 확립에 지도적 역할을 담당했다. 본명은 선더훙(沈德鴻), 자는 옌빙(雁). 랑쑨(郎損)·쉬안주(玄珠)·펑쉬(馮虛)·팡비(方壁)·스멍(石萌)·스펑(石崩) 등의 많은 필명을 사용했지만 이중 마오둔이 가장 유명하다. 상하이(上海)에서 가까운 저장 성(浙江省) 퉁샹 현(桐鄕縣) 출신이다. 개화파 한의사였던 아버지를 10세 때 사별하고, 베이징대학교(北京大學敎) 예과(豫科)를 수료한 뒤 가정형편이 어려워 계속 진학하지 못하고 상하이의 출판사 상우인서관(商務印書館)에 취직했다. 이때부터 그의 초기 문학활동이 시작되었다. 5·4운동 때 천두슈(陳獨秀) 등에게 영향을 받고 중국공산당 혁명에 적극적으로 참가했다. 마오둔은 중국 신문학운동에 적극적으로 앞장섰다. 1920년 신문학운동 최초의 문학단체인 '문학연구회'를 저우쭤런(周作人) 등과 결성, 기관지 《소설월보 小說月報》의 편집을 담당했다. 서양 각 유파의 근대문학과 그 사조를 정열적으로 번역·소개했고, 아울러 작가 육성에 힘을 기울였다. 사실을 중시하는 현실주의 문학사조인 인생파를 주창하고, '예술을 위한 예술'을 반대했다. 피압박 약소민족에 대한 강한 공감이 문학연구회의 특징적 기조인데, 이것은 루쉰(魯迅)·저우쭤런 등과 함께 마오둔의 주장에 힘입은 바가 크다.
1926년 '대혁명'(1925~1927)에 즈음해 광둥(廣東)으로 갔으며, 후에 우한(武漢) 혁명정부에 참여했으나 혁명이 좌절된 후 칩거했다. 〈루쉰론 魯迅論〉을 집필하고 나서 〈환멸 幻滅〉(1927)·〈동요 動搖〉(1928)·〈추구 追求〉(1928)의 3부로 된 장편소설 『식 蝕』을 간행(1930), 작가로 재출발했다. 『식』은 대혁명시기를 표현하려고 의도한 최초의 본격 장편소설이다. 1928~1930년 일본에 건너가 중편 〈무지개 虹〉(1929, 미완) 외에 단편수필 등을 발표하

80

사용된 예술적 방법은 여러 면에서 발자크의 그것을 따른 것이지만 특히 레프 톨스토이의 영향을 많이 받았다고 확신하고 있다. 물론 모방의 이야기를 하는 것이 아니라 『전쟁과 평화』의 묘사기법에 대한 창조적 전유에 대해 이야기하는 것이다. 마오둔의 소설에서 행위는 쑨푸의 집의 거실에 대한 묘사로 시작된다. 나이든 주인의 장례식에 많은 인민들이 모였는데 모든 사람들은 국내의 복잡한 정치적 상황과 일본의 침공에 대해 의견을 나누고 토론한다. 이와 같이 작가는 첫 장부터 독자를 사건의 진행으로 끌어들인다(『전쟁과 평화』가 시작되는 안나 쉐레르의 살롱에서의 야회를 상기해 보자).

고미카와 준페이 역시 자신의 소설 『전쟁과 인간』을 고라야 위스케의 교외에 있는 별장의 호사스러운 정원에서 수도의 귀족, 은행장들, 군 관리자들의 만찬

고, 동시에 귀모뤄(郭沫若) 등이 창조사(創造社)와 태양사(太陽社)에서 제기한 『식』 비판에 대한 반론을 제기하여 이른바 '혁명문학 논쟁'(프롤레타리아 문학논쟁)에 일익을 담당했다. 그는 관념적 언사를 구사하기보다는 작가와 긴밀한 농민 및 소시민을 우선적으로 묘사해야 한다고 주장했다.
1930년 귀국 후 루쉰 주변에 집결한 중국 '좌익작가연맹'의 일원으로서 그 지도이론 확립에 노력하면서, 동시에 장편소설 『자야 子夜』를 출판했다(1933). 마오둔의 가장 대표적 작품으로 꼽히는 『자야』는 상하이와 그 근교 농촌을 무대로 하여 1930년대 초기 중국사회의 전체상을 남김없이 묘사하려고 한, 웅대한 장편소설이다. 작가의 의도가 완전히 반영되었다고 할 수는 없겠지만 시대를 대표하는 모든 계층의 인물이 정확하게 배치되어 있고, 반식민지 상태에 있는 중국의 경제파탄을 직시하는 작가의 시각이 예리하며, 혁명의 어렴풋한 태동의 암시를 읽어 낼 수 있다. 이 작품은 오늘날까지도 중국 신문학의 대표작 가운데 하나로 지목되고 있다. 이 작품을 전후하여 뛰어난 단편소설 〈임가포자 林家子〉(1932 · 〈춘잠 春蠶〉(1932)과 역사에서 소재를 따온 단편을 발표했다. 또 '문예대중화 논쟁'을 통해 리얼리즘의 확립에 공헌했다. 해방 후에 발표한 〈야독우기 夜讀偶記〉(1958)를 그 집대성이라고 볼 수 있을 것이다. 1936년의 '국방(國防)문학 논쟁'에서는 루쉰 편에 서서 마르크스주의 문예이론가 저우양(周揚) 등을 비판했다.
중일전쟁이 발발하자 문예계의 통일에 진력했으며, 우한 · 홍콩 · 신장(新疆) · 충칭(重慶) 등 각지를 전전하는 한편 쉬지 않고 펜을 들어 『자야』의 뒤를 잇는 미완의 장편소설 『상엽은 2월의 꽃처럼 붉다 霜葉紅似二月花』(1942), 한 여성의 수기를 빌려 충칭의 어두운 면을 그린 장편소설 『부식 腐蝕』(1941), 기록문학인 『견문잡기 見聞雜記』(1942), 희곡 『청명전후 淸明前後』(1945) 등을 발표했다. 그 사이에 짧은 기간이긴 하지만 옌안(延安)을 방문하기도 했다. 중화인민공화국 수립 후, 1949년 이래 문화부장관 및 작가협회 주석에 취임한 그는 문화행정을 책임지는 지위에 있었으나 1965년 문화부장관직을 사임했다. 그 사이 창작은 없지만 신인작가 육성에 힘썼고, 『고취집 鼓吹集』(1959) 등에 여러 편의 평론을 기재했다. 소설과 수필을 포함한 『마오둔 문집』(1권, 1958~61)이 있다. 또한 중국 신화 연구에도 착수해 『중국 신화 연구 ABC』(1929, 필명은 쉬안주(玄珠)를 남기는 등 선구적인 업적을 남겼다.

에 대한 묘사로 시작하고 있다는 것은 주목할 만한 일이다. 현세의 강자들을 보여 주면서 일본의 중국 침략을 앞둔 그들의 침략적 목적을 폭로하면서 작가는 독자를 곧바로 사건의 본질로 끌고 간다. 소설 전개에 있어 그런 기법은 동양의 작가들의 작품에서 이제 광범위하게 사용되고 있는데 이는 『전쟁과 평화』의 작가의 영향 없이 발생한 것은 아니라고 생각된다. 논의의 여지 없이 장편 서사시роман-эпопея는 동양의 현대 문학에서 주도적 장르 가운데 하나가 되었다. 이것은 매우 당연한 일인데 세계를 예술적으로 전유하는 영역이 측정할 수 없을 만큼 넓어졌기 때문이다. 인도권 문학에서 현대 리얼리즘 산문의 창시자들 가운데 한 명은 프렘 찬드[25]이다. 1920년대 초, 인도의 독립 운동에 대해 서술하고 있는 그의 소설 『전쟁터』(1925)는 '간디의 운동에 관한 서사시'였다. 격변의 역사적 시기에 인도의 사회를 묘사하면서 프렘 찬드는 톨스토이의 리얼리즘적 방식, 특히 역사적 사건의 발전의 논리로 결정되는 인간적 성격들의 변증법에 주목한다. 아난드[26]의 3부작 소설 『시골』(1939), 『검은 물결 너머』

---

25) 프렘 찬드 Prem Chand
　본명은 Dhanpat Rai Srivastava.
　1880. 7. 31 인도 바라나시 근처 라마티~1936. 10. 8 바라나시.
　인도의 작가.
　힌디어와 우르두어로 많은 중편·단편 소설을 썼으며, 인도적인 주제를 서양의 문예형식으로 표현하는 데 개척자적인 역할을 했다. 프렘 찬드는 교사로 근무하다가 1921년 간디의 비협력 운동에 가담했다. 그는 우르두어 소설을 발표하고 우르두어 잡지에 기고하면서 작가로서의 명성을 얻기 시작했다. 북인도에서는 프렘 찬드의 작품들이 등장하기까지 뱅골을 제외하고는 단편소설이 문예형식으로 자리잡지 못하고 있었다. 프렘 찬드는 힌디어 작품을 통해 가장 널리 알려졌지만 그 언어를 완벽히 구사하게 된 것은 중년이 되어서였다. 그의 주요 힌디어 소설 가운데 첫 작품인 『봉사의 집 Svsadana』(1918)은 매춘과 인도 중산계급의 도덕적 타락을 중심적 문제로 다루고 있다. 그의 작품들은 주로 계약 결혼, 대영제국 관료들의 악덕, 고리대금 업자와 공무원들에 의한 농민 착취 등의 사회악을 묘사하고 있다. 프렘 찬드의 대표작들이 대부분 포함된 250종가량의 단편소설이 『성스러운 호수 Mnasarovar』라는 제목으로 출판되었다. 힌디어로 집록되어 있는 이 작품들은 그의 중편소설들과 마찬가지로 간결한 형식과 문체를 통해 북인도인의 삶 전반을 상당히 폭넓게 다루고 있다. 이 작품들은 대개 윤리적 덕목을 부각시키거나 소박한 심리적 진실을 드러낸다. 프렘 찬드는 만년에 2종의 잡지를 직접 편집·제작하기도 했으나 실패했으며, 잠시 동안 영화 각본을 쓰기도 했다. 프렘 찬드의 대표적인 소설로는 『사랑의 휴양지 Premashram』(1922)·『전쟁터 Rangabhmi』(1924)·『횡령 Ghaban』(1928)·『업(業)을 짓는 곳 Karmabhmi』(1931)·『소의 선물 Godan』(1936) 등이 있다.

(1940), 『칼과 낫』(1942)은 20세기 초 인도사회의 예술사였다. 그가 기록한 바에 따르면, 아난드는 역사소설에 몰두하면서 '러시아의 심포니'인 『전쟁과 평화』의 작가의 경험에 의지했다. 톨스토이 소설의 힘은 사건들로 가득 찬 인도 사회의 삶이 서사적인 서술 형식으로 실현되어야 한다고 그를 확신시켰다.

물론, 『전쟁과 평화』의 역사적인 개념에 대해 논쟁할 수도 있고 또 실제로 논쟁하고도 있다. 이러한 논쟁을 터키 작가인 카밈의 2부작 소설 『털모자를 쓴 사람들』(1962), 『전속력으로』(1963)에서 찾아볼 수 있다. 하지만 동양에서 『전쟁과 평화』의 예술적 권위는 논쟁의 여지가 없고 아시아의 문학에서 장편서사시의 탄생과 발전은 무엇보다 서사시인 ― 톨스토이의 전통과 연관되어 있다.

'동양에서 반전 문학의 형성에 있어 톨스토이의 역할'은 주의를 기울일 만하다.

1890년대 초 톨스토이는 전 세계적인 반전 운동에 참여하면서 그 최후의 순간까지 적극적인 참여자로 활동한다. 위대한 작가의 다면적인 활동의 이러한 측면은 로무노프가 지적하듯이 "첫째, 평화를 위한 투쟁의 기록사에 기록될 만큼, 둘째 오늘날의 평화 애호 세력들에 의해 무장될 만큼 중요한 의미를 띠고

---

26) 아난드 Mulk Raj Anand 1905. 12. 12 인도 페샤와르.
　　인도의 작가.
　　영어로 장편소설·단편소설·평론을 썼으며, 인도의 가난한 사람들에 대한 사실적이고 동정 어린 묘사로 잘 알려졌다. 구리세공업자의 아들로 1924년 라호르의 펀자브대학교를 우등으로 졸업한 뒤, 런던의 케임브리지대학교 유니버시티 칼리지에서 학업을 계속했다. 유럽에 있는 동안 그는 인도 독립을 위한 정치투쟁에 참여했으며, 얼마 후 남아시아 문화에 관한 다양한 작품들을 썼다. 여기에는 『페르시아 회화 Persian Painting』(1930)·『카레와 그밖의 인도 요리 Curries and O.ther Indian Dishes』(1932)·『힌두인의 예술관 The Hindu View of Art』(1933)이 포함되어 있다. 작품을 많이 쓴 아난드는 『불가촉 천민 Untouchable』(1935)·『쿨리 Coolie』(1936)로 폭넓은 관심을 끌게 되었다. 이 두 작품은 모두 인도 사회의 빈곤문제를 다루었다. 1945년 그는 민족개혁운동을 벌이기 위해 봄베이로 돌아왔다. 그의 대표적인 작품으로는 위의 작품 외에도 『마을 The Village』(1939)·『칼과 낫 The Sword and the Sickle』(1942)·『넓은 마음 The Big Heart』(1945, 개정판 1980) 등이 있다. 아난드는 잡지를 비롯한 정기간행물도 많이 편집했는데, 1946년에는 계간 예술지 《마르그 Marg》를 직접 창간하기도 했다. 그는 '인간의 일곱 시대 Seven Ages of Man'라고 제목을 붙인 7권짜리 자전적 소설을 계속 쓰고 있다.

있다."(21, 184쪽) 톨스토이와 전 세계적인 반전 운동과의 가장 심도 깊은 관계를 형성하는 이러한 '기록사'에서 러일전쟁의 시기에 커다란 힘을 가지며 울려 퍼진 <다시 생각하시오!>라는 톨스토이의 소책자는 논쟁의 여지없이 명예로운 위치를 차지할 것이다.

동양의 여러 나라들에서 반전 운동에 대한 톨스토이의 영향력을 보여 주는 수많은 증거들을 제시할 수 있다. 톨스토이의 역할은 특히 1894년 중일전쟁을 시작으로 20세기 전반을 끊임없는 전쟁을 도발한 일본에 있어 커다란 역할을 했는데 이러한 일본에서는 반전 문학이 민족 예술 문화사에서 눈에 띄는 위치를 차지하면서 독립적인 흐름으로 형성되었다.

반전 문학은 일본 문학의 유구한 전통은 아니었는데 이는 수세기 동안 이민족의 침입을 겪지 않았기 때문이다. 일본의 고전주의적 서사시는 독자들에게 밀교적인 불교의 기운 속에서 모든 지상의 것의 변화무쌍함을 확신시켜 주면서 주로 내란에 대해 서술한다.

국내의 사회적 모순을 첨예하게 만든 1894년 중일전쟁이 발발하면서 많은 것이 변하였다. 쇼비니즘적 구호인 "이것이 우리나라이다 — 옳으냐, 그르냐"는 수많은 일본인들에게 있어서 회의를 불러일으켰고 그들에게 있어서 전쟁은 저주와 같은 것이 되었다. 일본에서 수세기 동안의 역사에서 처음으로 '평민운동'이라고 이름 붙고 러·일 전쟁시 커다란 힘을 가지고 전개된, 대중적인 군국주의 반대운동이 발생한다. 즉, 일본 문학에서 반군국주의 전통의 토대가 형성된 이 시기에 전 세계에 있는 수백만의 기만당하는 사람들의 분위기를 표현하는 톨스토이는 일본의 사회적 의식에 가장 커다란 영향력을 발휘했다. 도쿄에서 1903년 10월 20일에 열린 집회에 대한 신문기사는 이러한 영향력을 짐작할 수 있다. "600명이 넘는 평화지지자들과 반전 운동과 사회주의 운동인 평민운동의 조직들이 참여한 이 집회에서 니시카와 코지로는 참석자들에게 톨스토이의 반전에 관한 발언들을 소개해 주었고 그와 연대할 것을 표명하였다. 니시카와의 발언은 불꽃과 같았고 그의 목소리는 맹렬한 불길 속에서 작열하는 어린 대나무의 소리 같았다……"(50, 15쪽)라고 평민신문은 전한다.

1904년 6월 27일자 런던 신문에 톨스토이의 소책자 <다시 생각하시오!>가 실렸을 때 일본의 거의 모든 중앙지와 잡지는 동시에 거기에 반응하였다. 한 달이 지나서 그 소책자는 영어에서 일어로 번역이 되었고 1904년 8월 7일 평민신문에 발표되었다. 이 위대한 작가는 그 자신의 말에 따르면 '아래로부터, 수억의 인민들로부터' 일어나고 있는 것에 주목하고 있으며 일본에 일어나는 모든 일들에 관심을 쏟고 있다는 것이다. 전쟁의 선동자와 그 앞잡이들의 권위를 박탈한 용기와 "그 이전에는 1억 3천만의 러시아인과 4천 5백만의 일본인이 이야기하지 못한 것에 대해 직접적으로 이야기한 용기, 그 이전에는 어느 누구도 기록하지 못한 것에 대해 직접적으로 기록한 용기"(17, 562쪽)는 일본인을 열광시켰다. 톨스토이의 소책자는 전쟁에 휩싸인 사회상이 러시아와 일본 양국의 상태를 반영함으로써 더욱 의미 있었다. <다시 생각하시오!>라는 구호로써 톨스토이는 이 두 전선을 따르는 수백만의 인간들의 양심에 호소한다. 로무노프는 다음과 같이 적고 있다. "폭로자 — 톨스토이는 광범위하고도 사건에 대한 완전한 지식을 가지고 러시아뿐만이 아니라 외국의 자료를 이용했다. 러시아 황제들뿐만이 아니라 미국의 대통령, 독일의 수상, 일본의 천황도 그의 폭로를 두려워했다."(21, 51쪽)

'개항'과 함께 일본의 지배계급들은 서구로부터 설비 기술을 차용해 이웃의 아시아 국가로, 그 다음에는 서구로 진출하기 위해 할 수 있는 모든 일을 했다. 톨스토이에게 있어 유럽의 모든 추악한 것을 본받으며 길을 잃고 방황하는 일본은 낯선 존재였다. 그는 개화된 일본의 미래를 제국주의적 약탈이나 사무라이적 전통인 '무사도(武士道)'의 오만이 아니라 이 재능 있는 민족의 평화로운 노동의 밭에서 보았다.

이러한 톨스토이의 이념은 유명한 <차에 관한 책>의 저자인 오카쿠라 텐신(岡倉天心)의 사상과 공명한다. 외국의 독자들과 대화하면서 오카쿠라 텐신은 일본인들의 특성을 이해하는 진정한 열쇠는 '무사도'에서가 아니라 평화로운 다도의 미학에서 찾아야 한다고 확언한다. "외국의 속물들은 우리가 평화로운 예술에 몰두하고 있을 때 우리를 가리켜 야만인이라 부른다. 하지만 일본이 만주벌판에서 전대미문의 피비린내 나는 전쟁을 일으켰을 때 그들은 일본을 가리켜 문명국가로 부른다. 최근에는 많은 이들이 '무사도'에 대해 이야기하지만 '다도'에 대해 이야기하는 이는 거의 없다. '무사도'는 죽음의 기술이고 그릇된 감흥 속에서 죽어 가도록 가르치는 것이다. '다도'는 삶의 기술이다. 만약에 문명화가 피비린내 나는 전쟁의 성공 여부에 달려 있다면 우리는 기꺼이 야만인으로 남겠다."(48, 158쪽)

쇼비니즘에 대해 열광하던 시기에 오카쿠라 텐신은 확고한 반전주의자였고 명예를 지키는 사무라이법인 '무사도'가 아니라 순수함의 길이고 주변 세계와의 조화로운 통일을 꾀하는 길이며 평화로운 의식인 '다도'를 찬미한다. 오카쿠라 텐신은 외국의 속물들과 논쟁하고 일본의 역사적 발전의 평화로운 노정을 고수하면서, 말하자면 톨스토이를 북반구에 있는 자신의 동지로 보았던 것이다.

일본의 반전 문학은 전쟁의 '낭만'을 노래하는 어용문학과 첨예한 대립 속에서 발전했다. 예컨대 타카야마 쵸규는, 시대는 거대한 작품과 위대한 민족적인 전쟁 영웅을 요구하는데도 불구하고 일본 작가들은 너무나 오랫동안 우아미에만 젖어 있다고 이들을 비판한다.

문학의 군국주의에 반대하면서 고토쿠 슈스이[27]는 톨스토이의 창작에 관심

---

27) 고토쿠 슈스이 幸德秋水 Kotoku Shosui
　　1871. 11. 4 일본 고치 현(高知縣) 나카무라(中村)~1911. 1. 24 도쿄.
　　일본의 사회주의 지도자.
　　급진적인 정치활동을 주창하였으며 그가 처형당하자 일본의 사회주의 운동은 일시적으로 둔

을 가지게 된다. <반전 문학>(1900)이라는 논문에서 그는 다음과 같이 확신에 찬 어조로 이야기한다. "두보와 이백의 위대함은 그들이 인민들의 평화를 바라면서 전쟁의 재해에 대해 기록했다는 점이다…… 우리는 작가들에게 허위와 야만을 거부하고 진·선·미 그리고 위대한 연민 ― 이러한 것들이 작가들의 이름을 영원 불멸하게 만들어 주고 그들에게 세계적인 명성을 가져다줄 것이다 ― 의 기운이 관통하는 작품을 요구한다. 오늘날의 우리의 문학에는 수백 명의 키플링28)이 아니라 우리의 톨스토이를 간절히 기다리는 것이다."

화되었다. 미천한 가문에서 태어나 10대 중반부터 자유민권운동(自由民權運動)에 관심을 가진 그는 이 운동의 이론적 지도자였던 나카에 조민(中江兆民)의 집에서 일을 하면서 공부를 시작하였다. 1893년에 나카에의 소개로 이타가키 다이스케(板垣退助)가 주재하는 《지유신문 自由新聞》의 기자가 되었으나 곧 퇴사한 뒤 좀더 진보적인 《만조보 萬朝報》 기자로 입사하여 사카이 도시히코(堺利彦)와 알게 되었다.

고토쿠는 청일전쟁(1894~1895) 이후 급속히 발전한 일본 자본주의의 각종 사회 문제를 접하면서 차츰 사회주의 사상을 품게 되었다. 1897년에는 사회 문제연구회에 가입했고 가타야마 센(片山潛)의 권유로 사회주의 연구회에 입회했다. 사회주의연구회는 1900년에 실천적 성격을 강화한 사회주의협회로 개편되었고 마침내 이듬해에는 일본 최초의 사회주의 정당인 사회민주당으로 발전하게 되었다.

한편 1905년 필화사건으로 투옥되었는데 옥중에서 러시아의 무정부주의자 크로포트킨의 저작을 보고 무정부주의와 생디칼리슴에 관심을 갖게 되었다. 출옥 후 요양차 건너간 미국에서 급진적 노동운동 단체인 세계산업노동조합(IWW)의 지도자들과 접하면서 아나코 생디칼리슴에 대한 확신을 얻었다. 귀국한 뒤부터 당시 일본의 사회주의 운동을 주도하고 있던 가타야마 등의 의회정책주의를 비판하고 급진적인 직접행동론을 제기함으로써 운동의 주도권을 쥐게 되었다. 그러나 일부 급진파에 의해 계획되고 있던 천황암살계획에 연루되었다는 혐의로 1910년에 체포되었는데, 이것이 이른바 대역사건(大逆事件)이다(→ 색인 : 대역사건). 이 사건은 사회주의 운동에 대한 탄압의 기회를 노리고 있던 당국에게 좋은 빌미를 제공하게 됨으로써 의도적으로 확대해석되었으며, 결국 고토쿠 등 12명이 교수형을 당함으로써 막을 내렸다. 그러나 이 사건으로 이후 10년 가까이 일본의 사회주의 운동은 영향력을 잃게 되었다.

그의 사회주의 사상은 노동자 계급의 역사적 위치에 대한 평가가 결여되어 있고 지사적(志士的) 엘리트 의식이 두드러지는데, 이러한 특징은 다이쇼기(大正期)에 오스키 사카에(大杉榮)로 계승된다. 저작으로는 『20세기의 괴물제국주의』(1901)·『사회주의신수 社會主義神髓』(1903) 등이 유명하다.

28) 키플링(Joseph) Rudyard Kipling
  1865. 12. 30 인도 봄베이~1936. 1. 18 영국 런던.
  영국의 소설가·단편작가·시인.
  영국 제국주의에 대한 찬양, 인도와 미얀마의 영국 군인들을 다룬 이야기·시·동화 등으로 유명하다. 1907년 노벨문학상을 받았다. 화가이며 학자였던 아버지 존 록우드 키플링은 러호 미술관 관장이었는데, 아들의 소설 『킴 Kim』 첫장에서 이 '놀라운 집'을 관리하는 사람으로 나온다. 어머니는 앨리스 맥도널드였는데, 두 이모는 각각 19세기의 유명한 화가 에드워드 번

<아르투라 항구를 포위하는 부대의 형제들에게>라는 부제가 붙어 있는 요사노 아키노[29]의 <사랑하는 이여, 자신의 생명을 바치지 마오!>(1904)라는 시

존스 경과 에드워드 포인터 경의 아내가 되었으며, 또 다른 이모는 앨프레드 볼드윈과 결혼하여 뒷날 총리가 된 스탠리 볼드윈을 낳았다. 이러한 인척관계는 키플링에게 평생 영향을 주었다.

키플링은 어린 시절의 대부분을 불행하게 보냈다. 부모는 그가 6세 때 영국으로 데려가 5년 동안 사우스시의 한 가정에 양자로 맡겼다. 그때의 공포는 〈음매 음매, 검은 양 Baa Baa, Black Sheep〉(1888)이라는 이야기에 묘사되어 있다. 그뒤 데번 북부 웨스트워드 호에 있는 유나이티드서비시스대학에 들어갔는데, 이 학교는 학비가 싸고 수준이 낮은 신설 기숙학교였다. 이 학교의 기억은 평생 그를 따라다녔지만, 〈스탤키사 Stalky & Co〉(1899) 및 이와 연관된 작품에서는 이 학교를 영국 교육의 지고한 목표를 달성한 무법의 낙원으로 미화했다. 스탤키 무용담은 키플링의 상상력이 이루어 낸 최고의 업적 가운데 하나이다.

1882년 키플링은 인도로 돌아가 7년 동안 저널리스트로 일했다. 그의 부모는 요직에 있지 않았지만 인도에 거주하는 영국인 중 최상층에 속했기 때문에, 그는 이 계층의 사람들을 잘 알게 되었다. 또 한편으로는 아주 어린 시절부터 관심과 애정을 느꼈던 인도 본국인들의 다양한 삶의 모습도 예민하게 관찰했다. 그는 소속된 신문에 짤막한 산문과 가벼운 시를 실었다. 1886년 『부문별 노래 Departmental Ditties』, 1888년 『옛날부터 전해오는 소박한 이야기 Plain Tales from the Hills』를 출판했으며, 1887~89년에는 종이표지로 된 단편집 6권을 펴냈다. 1889년 영국으로 돌아온 지 채 1년도 지나지 않아 당대 최고의 산문작가라는 찬사를 받았다. 1892년 『막사의 담시 Barrack-Room Ballads』를 발표하면서 더욱 유명해졌는데, 영국에서 바이런 이후 그처럼 빨리 명성을 얻은 시인은 없었다. 계관시인 앨프레드 테니슨 경이 1892년에 죽자 키플링은 그의 뒤를 이어 대중의 존경을 받았다.

경박해서 실패작이 된 로맨스 『놀래카 The Naulahka』(1892)를 함께 쓴 미국의 출판업자이며 작가인 울콧 밸러스티어의 누이 캐롤라인과 1892년 결혼했다. 아내와 미국으로 가서 버몬트 주에 있던 아내 소유의 집에서 살았으나, 이웃 사람들의 환영을 받지 못했다. 미국생활에 적응할 수 없었는지 아니면 그럴 마음이 없었는지 영국으로 돌아와 버린 키플링은 미국인들이 '외국인'이라는 사실을 결코 잊지 않았다.

그러나 미국에 사는 동안 눈이 멀게 되어 자신이 사랑하던 여인으로부터 버림받는 한 화가의 이야기인 『꺼져버린 불빛 The Light That Failed』(1890), 대담한 느낌은 있으나 묘사가 지나쳐 실패작으로 끝난 『용기있는 지휘자 Captains Courageous』(1897), 원래 동화책으로 씌었지만 고전으로도 손색이 없는 『킴』, 문체가 뛰어나고 이야기가 재미있기는 하지만 키플링이 균형잡히고 일관성 있는 장편소설은 잘 쓰지 못한다는 사실을 증명한 『정글북 The Jungle Books』(1894, 1895) 등을 출판했다.

1902년 서식스 주 버위시에 집을 사서 죽을 때까지 그곳에서 살았다. 영국의 역사를 단순하게 극화시킨 작품이면서도 키플링의 심오한 직관을 담은 두 작품 『푸크 언덕의 요정 Puck of Pook's Hill』(1906) · 『보상과 요정 Rewards and Fairies』(1910)을 비롯한 대부분의 후기 작품은 서식스를 배경으로 하고 있다. 그가 많은 시간을 보낸 남아프리카 공화국에서는 최대의 다이아몬드 광산 소유주이면서 정치가인 세실 로즈로부터 집을 선사받았다. 이러한 교류를 통해 키플링은 제국주의를 신봉하게 되었고, 이 태도는 해가 갈수록 더욱 강해졌다. 키플링은 모든 영국인, 더 넓게는 모든 백인이 미개한 세계의 야만적인 원주민들에게 유럽 문명을 전파해야 한다는 사명감을 갖고 있었다. 키플링의 사상은 당대의 자유주의적인 사고와 맞지 않는 부분이 많았기 때문에 나이가 들수록 점점 고립되었다.

는 일본의 반전 문학의 뛰어난 기념비적인 작품이다. 러일 전쟁이 절정일 때
이 여류시인은 용감하게도 수백 년을 이어 온, 일본의 지배적인 전통적 도덕의
호소를 용감하게 내던졌다.

당신에게 아르투라 항(港)의 성채가 무엇입니까?

함락이 되든 영원히 그 자리를 지키든 내버려 두세요

당신의 조상은 상인, 음울한 도적이 아니오

도적질이라곤 해 본 적이 없소!

주인나리는 전쟁터로 가지도 않고

종대의 선두에 서서 우리를 지휘하지도 않아.

그가 정말로 만인의 연인이라면,

그는 정말 맹목적으로 믿고 있겠는가,

우리가 물과 같은 피를 용감하게 흘리리라고,

짐승을 쫓아다니듯 벌판에 제물을 따라 쫓아다니며

명령에 기꺼이 이슬처럼 사라지리라고?

---

29) 요사노 아키코 擧謝野晶子 Yosano Akiko
   1878. 12. 7. 오사카(大阪) 근처 사카이(堺)~1942. 5. 29 도쿄(東京).
   일본의 시인. 본명은 호쇼(鳳晶). 그녀의 새로운 시풍은 일본 문단에 일대 센세이션을 불러 일
   으키기도 했다.
   학창시절부터 시에 흥미를 가지고 친구들과 함께 개인 시 잡지를 발행하기도 했다. 1900년에
   는 요사노 뎃칸(擧謝野鐵幹)이 중심이 된 신시사(新詩社)에 가입하여 동인지 《묘조 明星》의
   발간을 도왔다. 같은 해 뎃칸을 만났으며 이듬해 가족을 떠나 도쿄로 가서 그와 결혼했다. 참
   신하면서도 인습에 구애받지 않는 시풍으로 주목을 받기 시작했으며 1901년에 나온 시집 『헝
   클어진 머리 みだれ髮』로 스타가 되었다. 『꿈의 꽃 夢の華』(1906)은 그녀의 예술적인 발전을
   보여 주었다. 1912년에는 남편을 따라 프랑스로 가서 1년 동안 지냈는데, 『여름에서 가을로
   夏より秋へ』(1914)는 그 시기에 씌어진 시집이다. 프랑스에서 돌아오자마자 그녀는 11세기 일
   본의 고전인 무라사키 시키부(紫式部)의 『겐지 모노가타리 源氏物語』를 현대어로 번역하는
   작업을 시작했다. 1921년에는 분카 여자학원(文化女子學院)을 설립하여 학생들을 가르치기도
   했고 만년에는 비평가로 활약했다. 유고집인 『하얀 벚꽃집 白櫻集』(1942)에는 1935년 남편이
   죽은 후의 나날들에 대한 감회가 실려 있다.

사랑하는 이여, 자신의 생명을 바치지 마세요!

(마르코브이 역)

이것은 전례가 없는 과감한 행위인데 침략 전쟁의 소용돌이 속으로 말려드는 인간들의 운명을 제국주의 고위층의 술책과 연관지으면서 그 고위층에 대해 공공연하고도 직접적으로 이야기하고 있다.

생명을 지키라고 이야기하면서 이 일본의 여류 시인은 형제를 죽이는 전쟁을 반대하며 휴머니즘을 드높이 외쳤던 톨스토이와 같은 용기를 가지고 말하기 시작한다. 톨스토이는 기만당했던 민중들이 정신을 차리고 자신들의 대표자들에게 다음과 같이 이야기할 시기가 도래하리라고 믿었다. "가시오, 동정심도 없고 신도 알지 못하는 왕들이여, 천황이여, 수상이여, 대주교여, 수도원장들이여, 장군들이여, 편집자들이여, 협잡꾼들 — 거기서 당신들을 그렇게 부를 — 이여, 우리는 가기도 싫고 가지도 않을 포탄과 대포 밑으로 당신들이나 가시오 우리가 경작하고 씨뿌리고 건물을 세우고…… 당신들, 기식자들을 먹여 살리도록 가만히 놔두시오"

요사노 아키노는 여기서 기만당하는 사람들을 쇼비니즘적인 마취제로부터 풀어주기 위해 그들과 직접적으로 이야기해야 한다는 톨스토이의 요구를 체험하게 된다. 요사노의 시에는 연구자들이 그녀의 시와 톨스토이의 소책자 <다시 생각하시오>의 몇 구절간의 직접적인 유사함을 도출해 낼 수 있을 정도로 톨스토이적인 모티브들이 확연하게 드러난다.

톨스토이적인 반전 전통은 전후의 일본 작가들의 창작 속에서도 계속해서 이어진다. 이것은 일본의 작가들뿐만이 아니라 동양의 다른 국가 작가들의 창작에서도 마찬가지이다. 왜냐하면 톨스토이의 반전적인 유산은 오늘날 세계 문학의 도덕적 전통이 되었기 때문이다.

톨스토이의 동양과의 관계에 대한 고찰을 마무리하면서 우리는 다음과 같은 자연스러운 결론에 도달하게 된다. 즉, 동양의 여러 나라의 문학, 보다 넓게 말하면 문화에 미친 위대한 작가의 영향은 대지를 새롭게 만들고 비옥하게 적셔주는 봄비와 비교해 볼 수 있을 것이다.

문학적 접촉과 상호관계의 역할과 의미는 결국 이러한 관계들의 창조적인 결과, 즉 민족적이고 세계적인 문학에 기여한 미학적 가치의 창조의 결과로 규정된다. 20세기의 동양 문학의 연구자들은 일본의 시마자키 도손, 아리시마 타케오, 아쿠타가와 보넨스케, 중국의 루쉰, 라오세, 마오둔, 인도의 프렘 찬드, 물크 라쉬 아난드, 터키의 나쥠 히크멧, 이집트의 세림 코레인 그리고 다른 많은 이들과 같이 새로운 문학의 기원 곁에 서 있고 여러 면에서 그 문학의 발전을 규명한 가장 위대한 작가들의 창작은 그들이 위대한 러시아 작가의 창조적 유산을 전유한 것과 직접적인 관련이 있다는 것에 의견을 같이한다. 이러한 관계는 문학의 영역에서는 물론이고 사회적 사고의 영역에서도 찾아볼 수 있는데 이것은 자신의 유익한 자취를 뛰어난 작가들의 창조적 연구뿐만이 아니라 개별적인 작가들의 삶의 운명 위에도 드리워 놓았다.

톨스토이는 러시아 작가들 가운데 어느 누구보다 동양에서 러시아에 대한 인지도를 넓힌 인물이었다. 인도의 작가 바나라시다스 차투르베디는 "톨스토이를 통해서 우리는 러시아를 알게 되고 사랑하게 되었다"라고 말했다. 20세기의 동양의 작가 가운데 처음으로 세계적인 인정을 받은 아쿠타가와 류노스케30)는

---

30) 아쿠타가와 류노스케 芥川龍之介 Akutagawa Rynosuke
　　1892. 3. 1 도쿄(東京)~1927. 7. 24 도쿄.
　　일본의 소설가.
　　초기의 필명은 야나가와 류노스케(柳川隆之介). 하이쿠(俳句) 시인으로서의 호는 가키(我鬼).
　　도쿄 교바시(京橋)의 이리후네 정(入船町)에서 니바라 도시조(新原敏三)의 장남으로 출생했다.
　　용띠 해, 용의 달, 용의 날(辰年辰月辰時)에 태어났다고 하여 류노스케라는 이름이 지어졌다.
　　생후 8개월경 어머니가 미쳤기 때문에 어머니의 친정오빠인 아쿠타가와 미치아키(芥川道章)
　　의 양자로 가게 되었다. 어머니의 광기가 유전될지도 모른다는 공포감은 평생 그를 괴롭혔고
　　결국 그를 자살로 몰고간 하나의 원인이 되었다.

양자로 간 집은 생활은 윤택하지 못했으나 문예를 사랑하는 분위기의 가정이었다. 덕분에 아쿠타가와는 어린 시절부터 책이나 그림, 골동품을 친숙히 대할 수 있어 감수성 예민한 소년으로 자라게 되었다. 1913년 제1고등학교를 거쳐 도쿄제국대학 영문과에 입학하여 1916년 졸업했다. 재학 중에 구메마사오(久米正雄), 기쿠치 간(菊池寬) 등과 함께 동인잡지 《신시초 新思潮》(3·4차)를 펴냈고 1916년 동인잡지에 발표한 단편소설 〈코 鼻〉가 나쓰메 소세키(夏目漱石)의 격찬을 받음으로써 화려하게 문단에 등단했다. 〈코〉는 〈라쇼몬 羅生門〉(1915)·〈고구마죽 芋粥〉(1916)·〈지옥변 地獄變〉(1918)·〈덤불숲 藪の中〉(1922) 등과 그가 애독한 헤이안 시대(平安時代) 말기의 설화문학인 〈곤자쿠모노가타리슈 今昔物語集〉 또는 〈우지슈이모노가타리 宇治拾遺物語〉에 바탕을 둔 것으로, 그의 재기 넘치는 재구성에 의해 인생에 대한 회의와 체념을 해학적으로 표현했다. 그의 초기 작품은 무대를 과거로 옮겨서 괴이한 사건을 소재로 삼는 경우가 많았지만, 거기에 반드시 근대적·심리적 해석을 가미하여 지극히 화려한 수사(修辭)와 함께 독자를 매료시켰다. 그밖에도 역사에서 제재를 취한 작품으로 그리스도교 문학의 문체를 구사한 『수도자의 죽음 奉敎人の死』(1918), 메이지(明治) 개화기의 번역체를 구사한 『개화의 살인 開化の殺人』(1918), 그리고 오시오 요시오 (大石良雄), 다키자와 바킨(瀧澤馬琴), 마쓰오 바쇼(松尾芭蕉) 등 에도 시대(江戶時代)의 저명한 인물들에 초점을 맞추어 그 심리를 새로이 해석하고자 한 『어느 날의 오이시구라노스케 或る日の大石內藏助』(1917)·『게사쿠 잔마이 戲作三昧』(1917) 등이 있다. 또한 대륙을 무대로 한 『도요새 山』(1921)·『추산도 秋山圖』(1921) 등도 독서를 통해 얻은 소재를 토대로 한 작품으로 그의 재능을 엿보기에 충분한 수작이다.

자연주의 이래 일본 문학은 있는 그대로의 인생의 진실을 묘사한다는 미명 아래 허구세계의 구축을 도외시하고 있었다. 그러나 아쿠타가와는 그의 자전소설적인 『다이도지 신스케의 반생 大導寺信輔半生』(1925)에서 밝히고 있듯이 "인생을 열기 위해서 길 가는 행인은 관찰하지 않았다. 오히려 행인을 관찰하기 위해서 책 속의 인생을 알려고 했다"고 했다. 그는 과거를 사랑했지만, 과거를 있는 그대로 재현하는 것이 아니라 아름다운 역사를 쓸 수 있다면 그것으로 충분하다는 입장이었다. 『게사쿠 잔마이』는 『핫켄덴 八犬傳』의 작자 바킨(馬琴)의 심경을 빌려서 그 자신의 심경을 피력한 것으로, 목욕탕 속에서 사팔뜨기 남자가 "바킨은 자연 그대로의 인간을 그릴 수가 없다. 손끝의 잔재주나 어설픈 학문으로 작품을 날조하고 있다"는 등의 독설을 퍼붓고 있는 것은 바로 자연주의 이래의 문단 통념 아래서 비평가들이 아쿠타가와에게 한 비판을 비유한 것이다. 그러나 아쿠타가와는 인간의 생생한 모습을 쓸 수 없어 역사로 도피한 것이 아니라 당시 문단의 통념이 추방해 버린 상상력과 꿈을 되살려 장엄한 허구의 세계를 구축하려고 했던 것이다.

당시 자연주의의 주류를 이루었던 '있는 그대로 작가의 생을 묘사하는' 사소설(私小說)은 그의 적성에 맞지 않았다. 그의 심성은 자신의 적나라한 모습을 대중 앞에 드러내보이는 것을 견딜 수 없는 수치로 여기게 했다. 오히려 자신을 감추고 세상을 비웃으며 산 듯이 여겨지는 에도 시대의 게사쿠 작가야말로 남모르는 선혈을 흘린 진정한 소설가라고 생각했다. 역사소설 외에 『밀감 蜜柑』(1919) 등 현대 생활에서 취재한 작품도 있지만 자연스런 문체를 개척하지 못했으며, 장편은 펴내지 못한 채 단편에만 그쳤다. 1923년 이후로는 사소설도 약간 시도했으나, 무덤에 던져지는 한 덩어리의 흙과 같은 인간의 절망적인 운명을 한탄한 〈한 덩어리의 흙 一塊の土〉(1924) 외에는 특기할 만한 것이 나오지 않았다. 이때부터 그는 서서히 죽음을 의식하게 되었고 신변의 여러 사건은 그를 심적으로 괴롭혀 건강이 극도로 악화되어 요양하기에 이르렀으며 신경쇠약으로 인한 강박관념에 시달렸다. 당시의 〈점귀부 点鬼簿〉(1926)는 죽은 육친을 회상하며 자신의 죽음의 그림자를 감지하는 심경을 그렸으며, 〈겐카쿠 서재 玄鶴山房〉(1927)는 병상의 노인의 심경과 그의 죽음 뒤에 일어나는 주변인물들 사이의 파문

1927년 그의 작품들의 러시아어 번역집 서문에 다음의 글을 남긴다. "일본 작가들과 일본 독자층에 영향을 미친 외국 문학 가운데 러시아 문학만큼 많은 영향을 미친 것은 없습니다. 심지어 일본의 고전을 알지 못하는 젊은이들도 톨스토이, 도스토예프스키, 투르게네프, 체호프는 알고 있지요. 이것 하나로도 우리 일본인들에게 러시아가 얼마나 가까운 존재인지를 확신하는 것은 충분합니다…… 나의 서문은 짧습니다. 하지만 당신들의 나타샤와 소냐를 우리의 자매로 여기는 한 일본인이 그것을 적고 있습니다."(I, 25~26쪽)

의미 심장한 말이 아닐 수 없다! 물론 완전한 상호관계의 조건들 속에서는 이와 같은 친족관계의 친밀함의 감정이 가능하다. 그리고 톨스토이는 아시아에 자신의 사랑과 아시아의 인민들의 미래에 대해 깊은 신뢰로써 화답했다. 그는 인류의 도덕적인 가치들의 세계적인 흐름 속에 동양의 고대적인 현자들의 가르침을 포함시켰다. '백퍼센트의 러시아 백작'에게서 동양의 고마운 독자들은 그의 기질의 '동양성'을 재빠르게 포착하는 것이다.

오늘날 고전은 죽었다고들 이야기한다. 이것은 단지 일부분만이 사실이다. 사실 아시아 여러 나라에서 세기의 경계에 읽혀지는 많은 작가들은 지금 주로 역사적인 관심을 제시하고 있다. 하지만 톨스토이는 오늘날에도 자신의 끊임없는 독자를 가지고 있다. 그의 권위는 시간에 종속되지 않는다. 정치적 상황은

을 그리고 있다. 〈신기루 蜃氣樓〉(1927)·〈톱니바퀴 齒車〉(1927)는 병적인 그의 날카로운 신경을 그대로 묘사하여 소름끼칠 정도이다. 이들 작품은 작가가 자신의 정신착란 상태를 대중 앞에 적나라하게 드러낸 것으로, 문단의 극찬을 받았다. 사소설의 대가인 가사이 젠죠(葛西善藏)가 〈톱니바퀴〉에 대해서 "그도 처음으로 소설을 썼다"라고 한 것은 시사하는 바가 크다.
마지막 해인 1927년에는 풍자소설 〈갓파 河童〉, 그리스도교에 관한 고찰 〈서방의 사람 西方の人〉, 자전적 소설 〈어떤 바보의 일생 或る阿の一生〉 등 많은 작품을 썼다. 7월 24일 도쿄 다바타(田端)의 자택에서 수면제를 먹고 35세의 나이로 자살했다. 유서 〈어떤 옛 친구에게 보내는 수기 或る舊友に送る手記〉에는 자살하는 동기를 '막연한 불안'이라고 썼지만 그것은 육체적·생활적·문학적·사상적 요소가 복합된 불안으로 여겨진다. 그는 자연주의 이후의 다이쇼 기(大正期)의 작가 중 시대의 불안을 가장 명확하게 인식한 지식인으로서, 그의 작품은 오늘을 살아가는 현대인들에게 깊은 감명을 주는 요소를 갖고 있어 오늘날까지 생명력 있게 널리 읽히고 있다.

변하고 독자의 의식도 움직일 수 있지만 톨스토이의 예술적 유산의 위대함은
모든 인류에 속하는 것이므로 앞으로도 영원할 것이다.

참고문헌

1. 아쿠타카와 류노스케. 노벨라. 에세이. 미니어처. 모스크바, 1985

2. 알카예바. 『터키에서의 러시아 고전』(터키 작가들에 대한 러시아 문학의 영향에 대하여) // 『동양의 여러 나라들에서의 러시아 고전』. 모스크바, 1982

3. 『러시아와 소비에트 문학에 관한 아랍 작가들』 // 『현대 동양』, 모스크바, 1958, No. 9

4. 비류코프, 톨스토이와 동양 // 『새로운 동양』, 1924, No. 6

4-a. 골덴베이저, 톨스토이의 가까이에, 1권, 모스크바, 1922

5. 조지 메렌지. 아랍인들에게 러시아를 소개시켜 준 사람 // 『문학 신문』, 1946년 4월 27일자

6. 드라가노프 전 세계 작가로서의 톨스토이 백작과 러시아와 외국에서 그의 작품들의 확산. 상트 페테르부르크, 1903

7. 『고대 중국의 철학』, 1권, 모스크바, 1972

8. 『레프 톨스토이의 정신적인 비극』, 모스크바, 1995

9. 이바노바. 러시아 — 일본간의 문학적 관계사(일본에서 최초의 러시아 학자들의 활동) // 『일본. 1회 간행물』, 1982, 모스크바, 1983

10. 『19세기 문학 관계사』, 모스크바, 1962

10-a. 레프 톨스토이와의 인터뷰와 대담. 라크쉰, 모스크바, 1986, 377쪽.

11. 김려호, 러시아 고전과 일본 문학, 모스크바, 1987

12. 김려호, 현대 일본 소설, 모스크바, 1977

13. 코쥐노프 러시아 문학 고찰. 모스크바, 1991

14. 코라드 서양과 동양. 논문. 모스크바, 1972

15. 코토쿠 슈스이. 반전 문학 // 『맥락. 1986』, 모스크바, 1987

16. 쿠프리야노바. 마코고넨코, 러시아 문학의 민족적인 고유성, 레닌그라드 1976

17. 『문학적 유산』. 75권. 『톨스토이와 외국 문학』, 1권. 모스크바, 1965

18. 같은 곳. 2권. 모스크바. 1965

19. 리하쵸프 문학—현실—문학. 레닌그라드, 1981

20. 로무노프 톨스토이학에서의 새로운 테마 // 『야스나야 폴랴나 선집』, 툴라, 1992

21. 로무노프, 현대 세계에서 레프 톨스토이, 모스크바, 1975

22. 마코비츠키, 톨스토이, 야스나야 폴랴나 기록, 2권, 모스크바, 1979

23. 니쿨린, 동양의 여러 나라에서의 톨스토이 창작의 이해. 소비에트 — 일본 문학 심포지

움 발표문, 도쿄, 1987 (원고)

24. 푸슈킨. 10권 전집, 7권, 모스크바, 레닌그라드, 1949

25. 라친, 레프 톨스토이의 철학적 모색, 모스크바, 1993

26. 란첸, 몽골에서의 번역사에 대해 // 『번역의 기술』, 논문집, 모스크바, 1971

27. 롤랑, 톨스토이에 대한 아시아의 대답 // 롤랑. 전집, 14권, 레닌그라드, 1933

28. 『동양의 여러 나라에서의 러시아 고전』, 모스크바, 1982

29. 톨스토이, 전집(기념판), 모스크바

30. 표도로프, 번역 이론 입문, 모스크바, 1958

31. 첼리쉐프, 레프 톨스토이와 문학 통보 // 톨스토이와 동시대성, 논문 자료집, 레닌라드
　　르, 1981

32. 쉘구노프, 선집, 2판, 2권 상트 페테르부르크, 1895

33. 쉬프만. 톨스토이와 동양, 첫판, 모스크바, 1960

34. 쉬프만. 톨스토이와 동양, 둘째판, 모스크바, 1971

35. 일본의 순례자. 도쿠도미 로카의 회상, 쉬프만 발행 // 『문학적 유산』, 75권 『톨스토이
　　와 외국 세계』, 2권, 모스크바, 1965

36. 아리시마 타케오 젠시유(전집), 12권. 도쿄, 1925

37. 『분가쿠』(문학), 도쿄, 1959. No.5

38. 『분가카이』(문학세계), 도쿄, 1962, No. 5

39. 『와세다 분가쿠』, 도쿄, 1893, No. 41

40. 『가쿠토』, 도쿄, 1969, No. 2

41. 『군죠』, 도쿄, 1969, No. 2

42. 이토 세이. 다니자키 준이치로의 문학

42-a. 김병철. 한국 근대 번역문학 연구

43. 키무라 타케시. 로시 카이세츄(노자의 러시아 번역에 관한 주석), 도쿄, 1968

44. 키타미카도 지로, 도루스토이―토노 유엔(톨스토이와의 친족관계)

45. 코쿠민 ― 노토모, (인민의 친구들), 18권, No. 280, 도쿄, 1896

46-a. 이광수전집, 16권, 서울, 1963

47. 나가노 타다시. 류코바―노 이조로기(민중노래의 이데올로기)

48. 아카쿠라 텐신 슈(아카쿠라 텐신. 선집), 도쿄, 1970

49. 오오타 사부로. 호냐쿠 분가쿠(번역 문학), 도쿄, 1959

50. 시료 킨다이 니혼 시, (일본의 새 역사 자료), 1권, 도쿄, 1953

51. 타야마 카타이. 도쿄―노 산준츈(도쿄에서의 30년), 도쿄, 1917

51-a. 한식, 톨스토이 문학에서 영원성에 관하여 // 동아일보, 서울, 1945, 11월 20일자

52. 오냐쿠―토 고야쿠너 몬다이(예술 번역의 제문제), 도쿄, 1970

53. 호쿄 가쥬히코 『센소―토 헤이바노 슈판―닌 쇼세테(새로운 일본 번역에서 『전쟁과 평화』의 출간에 관하여) // 쿠마모토 니치―니치 신문, 1979, 6월 25일자

러시아와 동양(東洋) — 문화학적(文化學的) 관점에서

1

러시아는 동양인(東洋人)의 세계사적인 인식에서 볼 때 통상 서양(西洋)이었
다. 지정학(地政學)에서는 물론 세계 문학사에 있어서도 러시아 문학은 항상 서
구 문화권에 속해 왔다. 그러나 러시아는 과연 서양인가. 러시아 문화를 오로지
서구 문화 전통의 연장선에서 파악하는 것이 옳은 일인가. 이에 대해 의심을
품고서 '아니다'라고 부정하는 러시아 지식인들이 1920년대에 출현하게 된다.
바로 '유라시아 주의자'[31]들의 주장이다. 그들의 이론은 소련의 붕괴가 초래한
오늘날의 사상적 혼란 상태에서 러시아 사상계의 각별한 주목을 끌고 있다. 러
시아의 과거, 현재, 미래와 관련되는 문제이기 때문이다. 물론 우리에게 있어서
도 이웃나라의 문화(文化)를 바로 인식하는 것은 양국간의 상호 인식에 있어서
매우 중요한 의미를 갖는다. 유라시아 주의자들의 주장에 대하여 우리는 어느
쪽이건 상관없다고 무관심할 수는 없는 일이다.

---

31) '유라시아'(Eurasia)란 용어를 만들어 사용한 사람은 오스트리아 지질학자(地質學者) 에드왈드·쥬스
(1831~1914)였다. 지리학적 개념으로서의 '유라시아 대륙'은 아시아와 유럽을 결합하는 세계 최대
의 대륙 —지구의 전 육지 면적의 약 35%. 인구(人口)는 2.7억(1976년도 통계). 세계 총인구의 약 35%
(『소비에트 백과사전(百科辭典)』1981) — 이고, 러시아 지식인들이 주장하는 '유라시아 주의'는 지
정학적, 문화적 개념이며, 러시아와 동서관계를 규명함으로써 러시아의 과거, 현재, 미래를 재고하
려는 시도이다.

러시아는 1368~1893년까지, 즉 525년의 기간 중 305년간을 전쟁으로 지내왔다. 영토가 점점 확대되어 유럽과 동양에 걸친 거대한 유라시아 대륙을 획득했다. 19세기 말 20세기 사이에 러시아에 병합된 민족은 165개 민족이며, 그중 43%가 러시아인이었다. 유럽과 아시아 대륙의 중간에 위치한 러시아의 문화는 모자이크적이다. 다시 말해서, 러시아 정교(政敎), 가톨릭교, 이슬람교, 불교 등 세계종교(世界宗敎)가 이 공간에서 서로 공존하면서도 때로는 갈등을 일으켜 왔다.

러시아 사회의 동요와 분열은 18세기 초 표트르 대제(大帝)의 급격한 근대화 개혁으로부터 시작되어 오늘날까지 계속되고 있다. 그것은 러시아의 서양화를 지향하는 '서구파'와 러시아의 전통과 '토양'(표치바)을 지키려고 하는 '슬라브파'가 등장하여 근대 러시아 사상계(思想界)의 양대 조류를 형성해 왔다. 저명한 사학자(史學者) B. O. 크류체브스키는 "고대 러시아(표트르 대제 이전의 러시아)와 근대 러시아는 러시아 역사에서 인접한 두 시대가 아니었다. 국가가 처한 위기와 난관을 극복하기 위해 힘을 합쳐 싸우는 대신에, 서로 상반된 생활 방식과 발전 목표를 세우고 러시아의 힘을 분산시켜 상호 반목과 투쟁으로 이끌어 갔다"고 적고 있다.

러시아 사상의 두 방향이란 서구파가 주장하는 합리주의에 입각한 문명주의(文明主義)와 슬라브파의 러시아 정교를 토대로 한 토양주의(土壤主義, 포츠벤니체스트보)의 대립이다. 전자는 소수의 귀족과 러시아 지식인들에 의존하였고, 후자는 폭넓은 농민층을 기반으로 했다. 전자는 프랑스어를 일상어(日常語)로 했고, 후자는 러시아어를 사용했다. 한 나라에 두 사회가 존재한 셈인데, 그들은 서로 이상도 가치관도 각각 달랐다. 이러한 환경 속에서 지식인들은 고민하면서, 러시아 문화의 본질을 다시 생각하게 된다.

1836년 《첼레스코프(망원경)》 지(誌)에 발표한 『철학서간(哲學書簡)』에서 챠다예프는 표트르 대제 때로부터 150년간 계속해서 서양화의 길을 무자각적(無自覺的)으로 걸어온 러시아 사회에 각성을 촉구하고, "우리는 마치 자주적으로 사고(思考)하는 교양을 받지 못한 어린이와 같다"라고 근대화 과정을 격렬하게 비판하였다. 동시대의 저명한 사상가 게르첸은 이 『철학서간』이 "사색하는 전 러시아를 뒤흔들어 놓았다"고 증언하고 있다. 반면에 이 '서간'을 읽고 격노한 니콜라이 1세는 챠다예프를 '미치광이'라고 선언하고 게재된 잡지 《첼레스코프》의 폐간을 명령하였다.

'토양'의 세력이 뿌리 깊고 동양형(東洋型)의 문화 요소가 강한 나라인 러시아에서 서가식발전형(西歌式發展型)의 사회로 이동하기에는 장애물이 너무나 많았다. 표트르 대제의 개혁은 필연적인 일이라 하겠지만, 그 사회적 기반이 협소했다. 1825년 표트르 대제의 사망 이후 러시아에는 복고적인 경향이 뚜렷이 나타난다. 예카체리나 여왕은 자신을 '문명(文明)한 국왕(國王)'이라 자칭하며 디드로, 몽테스키외와 서한 교환까지 나눈 처지였지만, 역시 급격한 서구식 개혁을 원하진 않았다. 프랑스 혁명 사상에 고무되어 러시아의 급진적 개혁을 주장한 A. N. 라지쉬체프 같은 작가는 유형죄(流刑罪)를 언도받고 자살하기도 했다. 동양에서도 그랬던 것처럼 러시아의 근대화는 한계가 있었다. 그러나 '토양' 개량의 필연성을 모두가 인식하는 바였고, 따라서 근대화는 중단되지 않았다.

서구파들의 주장에 의하면, 러시아는 유럽과 불가분의 관계를 맺고 있으며 러시아 문화는 서구권에 속한다. 소비에트 시대의 70년대도 역시 근대화 과정이었고, 고르바쵸프의 '유럽 공동의 집' 이념(理念)도 같은 계열의 사상이라 볼 수 있겠다. 후진국에 있어서 근대화란 대체로 서양화(西洋化)를 의미하였고, 전통문화(傳統文化)와의 단절과 '미개한' 동양으로부터의 탈출이었다. 일본 근대 사상의 대표적인 인물인 후쿠자와 유기치(福澤諭吉)의 '탈아론(脫亞論)'이 바로 그렇다.

그러나 아시아와의 관계를 경시한 러시아의 역사가 가능한 것인가. 러시아 민족은 그 형성 과정에서 이미 여러 아시아 민족과 혼혈(混血)했고, 옛적부터 동방(東方)과 긴밀한 연계를 갖고 있었다. N. M. 카람진(18세기), S. M. 솔로비요프(19세기), L. M. 구밀료프(20세기) 등을 포함한 여러 학자들의 저서가 이를 증명해 준다. 표트르 대제의 개혁으로부터 약 2세기가 지나 발표된 도스토예프스키의 『작가(作家)의 일기(日記);1881년』에는 다음과 같은 글이 있다.

(……)러시아는 단지 유럽뿐만 아니라 아시아에도 속한다. 러시아인은 유럽인인 동시에 동양인(東洋人)이다. 그뿐만 아니라 혹은 서양보다도 동양에 우리의 희망이 더 걸려 있을는지도 모른다. 우리의 장래의 운명에 있어서 바로 아시아가 우리의 중요한 출구(出口)일지도 모른다!

나의 복고적인 이 추정을 어떤 독자들은 격분하리라고 나는 예감하고 있다. (그러나 이것은 나에게 자명한 이치이다.) 만일 우리가 힘써 건전하게 키워야 할 뿌리 하나가 있다면 그것은 정말 바로 동양을 보는 우리의 눈이다. 우리는 유럽 사람들이 우리를 아시아적인 야만인으로 볼까봐 겁내는 머슴 근성을 없애야 한다. (……) 이 옳지 못한 수치심, 우리가 아시아인이 아닌데도 불구하고 (사실은 우리는 아시아인으로 살아온 것을 그만둔 적이 없었다.) 유럽인으로 인정받지 못하고 있다는 그릇된 자기 인식 — 이 수치감과, 이 잘못된 견해로 말미암아 2세기에 걸쳐 우리는 대단히 비싼 대가를 치러야 했다. 정신적(精神的) 자주성(自主性)의 상실과 정치적 실패가 이에 대한 보답이었다.

그러나 유럽을 향해 열린 창문으로부터 우리는 외면할 수는 없다. 그것은 우리의 운명이다. 하지만 사실은 동양이야말로 우리의 장래에 있어서 출구가 될 것이다. 나는 이것을 다시 한 번 소리 높여 말한다. (……) 새로운 원칙, 새로운 견해가 우리에게 필요하다고 말이다.[32]

---

32) Ф.М. Достоевскйя. Полное собрание сочинений, т. 27,(도스토예프스키 『전집』. 제27권) Ленингра Наука. 1984. 33~35쪽.

인용문이 길어졌지만 19세기 러시아의 최고 지성인이 서양과 동양에 대한 러시아의 입장을 사고(思考)하면서 러시아를 재인식하려는 중요한 증언이라 하겠다. 도스토예프스키는 러시아의 장래를 동양과 결부시킨 자신의 견해가 일부 독자들에게 격분을 불러일으키리라고 예견하고 있다. 사설 '유라시아'라는 2음절로 된 개념의 뒷부분인 '아시아'를 둘러싸고 가열된 논쟁은 오늘날에도 계속되고 있다. 러시아는 유럽이지 아시아와는 아무런 관련이 없다는 주장이 그것이다. 그러나 러시아는 우랄 산맥에서 끝나지 않는다. 동방 저쪽으로부터 멀리 태평양까지의 거대한 공간에서 사는 수많은 민족과 문화와 접촉하고 있는 것이다. 특수한 지리적(地理的) 조건이 러시아의 역사와 문화에 커다란 영향을 주었다. 러시아는 순수한 서양이 아니다. 물론 동양도 아니다. 유명한 물리학자(物理學者) 멘델레예프는 그의 저서 『러시아의 인식(認識)을 위하여』에서 "러시아는 세계에서 특수한 지역으로 나타난다. 러시아는 유럽과도 동양과도 같지 않다"라고 지적하면서, 동·서의 중간에 끼어 있는 러시아의 사명은 양대륙의 문화를 '화해'시키는 데 있다고 말한다. 이런 주장 속에는 세계 문화에서 새로운 중심지가 출현하고 있다는 암시가 들어 있지 않을까?

세계 문화사는 일직선으로 올라가는 하나의 사다리같이 인식되어 왔고, 그 사다리의 맨 위에 로만·게르만족의 문화가 군림하고 있었다. 물론 가치관의 위계제(位階制)는 이미 시대 착오적인 것이다. 사다리는 하나가 아니기 때문이다. 세계 문화를 균형 있게 이해하기 위해서는 다원적(多元的) 시점(視點)이 필요하다. "세계 문학사를 대규모로 서술하는 것은 제2의 세계이기에 가능한 시도이다"[33]라는 주장은 역시 가치관의 재인식(再認識)에 근거를 두고 있다. '서구적 가치관으로 통일된 하나의 세계'라는 이론은 A. 토인비가 지적하는 바와 같이 "역사적 사실을 왜곡할 뿐만 아니라, 역사적(歷史的) 시야(視野)를 놀랄 정도로

---

33) 조동일 『한국 문학과 세계 문학』 서울. 1992. 81쪽.

좁히고 있다."34) 토인비는 인류 문화의 다원성(多元性)을 강조한다.

세계 문화란 어떤 고정된 개념은 결코 아니다. 역사의 파국적(破局的) 대변동기(大變動期)는 문화권(文化圈)의 이동(移動)을 초래한다. 역사의 수레바퀴는 위 ― 아래로 회전한다. 슈펭글러(Spengler)는 새로운 문화 중심지의 출현 가능성을 예견하고 있었다. 그 하나가 '러시아·시베리아 문화권'이다. 러시아의 지정학적, 문화적 특수성을 고려하고 있는 『서양의 몰락(沒落)』을 저술한 이 저자의 주장은 다분히 설득력이 있다.

현대 평론가들 중에서 19세기 러시아 문학을 서구 문학 전통의 계승과 발전으로 보고, 그 문화계통의 지맥(支脈)이라고 주장하는 경향이 있는데, 그것은 의심스럽다. 톨스토이 문학을 이 테두리 안에서 해독(解讀)하려는 것은 무리한 일이다. 러시아 '금세기의 문학'은 러시아 자체의 발전의 결실이며, 수세기에 걸쳐 서양과 동양문화를 흡수하며 성장한 결과로 나타난 것이다.

'러시아 문화와 서양'에 관한 문제의 연구는 오랜 역사를 지니고 있다. '러시아와 동양은 종래의 연구에서는 주로 일방통행'식이었다. 즉 러시아 문학이 동양문학에 미친 영향의 관점에서 연구해 왔다. 그러나 본고(本稿)의 목적은 그와 반대로 러시아 역사와 문화 발전에 기여한 동양의 관점에서 보려고 한다. 유라시아 대국인 러시아의 역사와 문학에 잠재하고 있는 동양적 요소(要素)를 조명해 보려는 것이다.

2

먼저, 유라시아 주의자들의 주장을 들어 보자. 20세기는 전쟁과 혁명의 일대

---

34) Тоинби А. , Лостижение истории (토인비 А. , 『歷史의 理解』 Москва, 1991. 81쪽.

변동기였다. 끝없는 운동과 혁신 속에서 발전하는 세계 문화를 어떤 선발된 문화권(文化圈)이 독점할 수는 없었다. 시대의 추세는 세계문화의 중심이 유럽으로부터 이전하여 유럽 외의 문화권에서 재생(再生)하는 움직임을 보여 주고 있었다. 이와 같은 세계적 동향을 배경으로 하여 유라시아 주의자들이 등장한다.

그들의 정치, 문화 활동은 P. 사비치키, G. 프롤롭스키, N. 투르베츠코이 등 러시아 망명가(亡命家)들이 불가리아의 수도(首都) 소피아에서 1921년에 나온 『동방(東方)에로의 탈출(脫出), 예감과 성취, 유라시아 주의자들의 주장』[35]이라는 논집(論集)의 발간(發刊)으로부터 시작된다. '탈아(脫亞)'가 아니라 반대로 '동방에로의 탈출'이라는 유라시아 주의자들의 주요 논점은 바로 여기에 포괄적으로 표현되어 있다.

유럽 문화의 비판은 유라시아 주의자들의 저작 활동에서 중요한 자리를 차지한다. 현대 서구 문명은 경험과학(經驗科學)과 기술화된 퇴폐한 문화라고 주장한다. N. 투르베츠코이는 자기 중심주의적인 유럽문화의 '기만'으로부터 비(非)유럽권의 문화는 물러나야 하며, 그를 모방해서는 안 된다고 역설한다. 유라시아 대륙이란 특수한 세계에서 형성된 러시아 문화는 언제나 동방과 친밀한 교류를 하고 있었다. 러시아인은 실천적으로 동방 민족에 대해 친근감을 갖고 있다고 그는 확신한다. 그러나 이 전통은 표트르 대제의 개혁 이후 상류층 계급이 서구 숭배에 빠졌을 때부터 잊혀지기 시작했다. (『러시아 문화의 상층(上層)과 하층(下層)』)

이와 같은 견해는 P. 사비츠키에게서도 찾아볼 수 있다. 러시아는 원래 서구(西歐)로 향한 '얼굴'과 동방으로 향한 두 가지 '얼굴'이 있었는데 전쟁과 혁명의 과정에서 '서구성(西歐性)'을 포기하고, 오늘날 남아 있는 것은 후자밖에는 없다고 그는 『동방에로의 전환(轉換)』에서 쓰고 있다. 그도 역시 러시아인의 혈

---

35) Исход к Востоку. Предчувствия и свершения. Утверждение еврозицев. Статьи П. Савицкого, П. Сувчин ckoro. кн. Н. С. Трубецкого и 「флоровского. София, 1921.

맥 속에는 타타르, 하자르, 바슈킬, 추바슈 등 동양계의 피가 흐르지 않은 사람은 거의 없다고 말하고 있다. 그리고 고대(古代) 유라시아 유목민들의 문화 교류의 통로는 대륙의 초원(草原)이었다고 한다. 이는 대륙을 통한 해양 민족의 문화 교류에 비해 손색이 없었다. 사비츠키는 유라시아란 거대한 공간에서 이루어진 제민족(諸民族)의 '공동합숙소(公同合宿所)'에 관심을 돌리고, 그들의 습관, 습성, 풍속을 관찰하고, 유라시아 문화에는 '동일성(同一性)'과 '역사적 운명의 공통성(共通性)'에 대한 자각이 있다고 주장한다. 이 공통성은 『유라시아 주의 ― 1927년의 귀정』에서 다시 강조되고 있다. 12~14세기에 유라시아 대륙에 군림한 몽고 제국의 사회 체제와 생활 제도는 15~17세기 모스크바 왕국의 사회제도와 18~20세기 러시아 제국의 국가 기구에 영향을 주었음에도 불구하고, 서양에 대한 모방으로 말미암아 러시아는 자기의 특수성을 상실하였다는 것이다.

'문화의 이전(移轉)'에 관한 문제는 유라시아 주의자들의 관심사 가운데 하나였다. 사비츠키는 이를 기후지리학적(氣候地理學的) 견지(見地)에서 논증하려고 한다. 그에 의하면 세계 문화 중심지의 지리적 이동(移動)에는 일정한 경향이 있다. 기원전 1000년까지의 문화 중심지였던 이집트, 메소포타미아, 에게해 남부 지방의 연(年)평균 기온은 영상 20도 이상이었다. 그후 그리스도 기원까지의 문화 중심지는 트로이, 아테네, 로마 등 영상 15도의 지역, 서기 1000년에는 영상 10도 정도의 프랑크, 콘스탄티노플로 이전한다. 서기 2000년대의 세계 문화의 중심은 연평균 0도 지역일 것이며 그곳은 북미 대륙과 유라시아 대륙일 것이라고 예상하고 있다.

세계 문화 중심지의 동방에로의 이전(移轉)은 유라시아 주의자들이 지닌 공통된 신념(信念)이었다. 프로롬스키도 역시 현재 유럽에서 발생하고 있는 여러 가지 비합리주의적인 사조 자체가 유럽 문화의 위기를 증명해 주고 있다고 지적하면서, 이 위기의 타개책을 유럽 내부에서 구하는 것은 무의미하다고 생각한다. 진실로 ‘해방(解放)된 정신(精神)의 호흡’은 개인주의에 입각한 유럽 물질문명 밖에서 찾아야 한다. 바로 여기에 러시아의 ‘동방에로의 탈출’이 지닌 역사적인 의의가 있으며 현대문화의 재생(再生)의 길이 있다고 그는 확신한다.

‘문화의 여신(女神)’은 동방을 향해 떠났고, 세계사의 무대에 새로운 문화·지리적 세계인 유라시아가 등장하였다는 신념이 유라시아 주의자들의 사상에 면면히 흐르고 있다.

유라시아 주의자들의 주장은 러시아 사상사적인 맥락에서 볼 때 새로운 것은 아니었다, 그들에 앞서, 이미 앞에서 언급한 바와 같이 카람진, 푸슈킨, 도스토예프스키, 톨스토이 등의 저명한 작가 및 사상가들과 멘델레예프 같은 세계적 물리학자는 러시아의 지정학적 특수성에 대해 주목하고, 러시아 문화에서의 ‘동양성(東洋性)’을 중시해 왔다. 그러나 이론상에 있어서 직접적인 선구자는 다닐레프스키였다.

1868년 발간된 저서 『러시아와 유럽』에서 다닐레프스키는 슬라브 문화권과 게르만·로만 세계의 문화·정치적 상호관계(相互關係)를 개관하면서 서양 중심주의적인 근대 문명 비평을 전적으로 부정한다. 유럽식 사고방식과 범주로는 러시아의 과거와 현실을 진실로 이해할 수 없다고 역설한다. 『러시아와 유럽』은 서구 물질문명(物質文明)의 종말론(終末論)이었다. 슈펭글러의 유명한 저서 『서양의 몰락』보다 약 반세기 앞서 발표된 저서지만, 그들의 문제의식은 대단히 유사하다. 『서양의 몰락』의 저자는 다닐레프스키를 알고 있었다. 러시아 사상가 베르쟈예프가 다닐레프스키를 가리켜 슈펭글러의 선구자라 지적하며, 아베린체프가 후자를 ‘천재적(天才的) 표절자’라고 말하는 것은 우연한 일이 아니다.

‘진보(進步)’란 개념은 유럽형의 문화에서만 전형적인 것이지 동양에는 적용할 수 없다는 종래의 학설을 다닐레프스키는 부정한다. 진보라는 개념은 유럽 문화권의 특권이 아니다. 정지(靜止)와 정체(停滯)가 동양인 행동방식(行動方式)의 근본이라고 각인을 찍는 것은 옳지 않다. 고대 중국에서는 이미 서적 인쇄술이 발달하였고, 화약, 나침반이 발명되었다.

서구 문화의 성격에는 '개(個)'의 욕구가 비상하게 발전했고, 개(個)의 주장은 타(他)를 정복하려는 욕망과 결부되어 있다. 이것이 로만·게르만 문화의 '강제적 성격'을 형성하고 있다. 그와 반대로 슬라브족의 근본 과제는, 다닐레프스키에 의하면, 도덕적(道德的) 우주질서(宇宙秩序)의 확립과, 인간과 인간의 진정한 상호관계를 그들의 자연에 대한 태도를 통해 수립하는 데 있다. "러시아는 서구의 선이나 악과는 아무런 관계가 없다."36) 계속해서 그는 "유럽 문명의 짐꾼으로서의 역할은 우리 러시아에게 있어서 전혀 아무런 필요가 없는 것 같다"37)고 말한다. 이 주장 속에는 러시아가 동양과 가까운 관계를 맺는 것이 자연스럽다는 암시가 내포되어 있다.

다닐레프스키는 다윈의 진화론(進化論)에 입각하여 세계 문학사를 해득하려고 한다. 그는 원래 자연 과학자였다. 자기 충족을 위한 개체(個體)의 생존 경쟁의 원리를 문화 발전의 법칙에 적용하고 있다. 생물처럼 문화도 역시 이질 문화와의 접촉과 영향은 그의 정상적인 발전에 있어서 유해하다고 그는 주장한다. 고유한 특성을 갖고 있는 민족문화(民族文化)의 '원형(原型)', 즉 슈펭글러가 말하는 '문화(文化)의 혼(魂)'은 한 문화로부터 다른 문화로 유전할 수 없다. 문화에서 이종(異種)교배의 가능성을 그는 부정한다. 다닐레프스키에 의하면 인류역사(人類歷史)는 상호분리(相互分離) 상태에서 발전한다는 것이다.

다닐레프스키의 견해를 일의적(一義的)으로만 파악할 수는 없다. 그의 문화론은 실제로 다윈의 진화론(進化論)의 범주를 벗어나고 있었으며 이질 문화의

---

36) Данидевский Н, . Россия и Европе (다닐레프스키. 『러시아와 유럽』. Спб. 1888. 61쪽.
37) 앞의 책. 64쪽.

만남이 야기하는 여러 현상을 연구 대상으로 하고 있다. 그는 러시아 문화에 대한 서구의 영향을 전적으로 부정하지만, 러시아와 동양의 문화적 접촉과 상호관계에 대해서는 긍정적이었다. 다닐레프스키의 이론에 의하면, 이문화(異文化)간의 접촉의 의의와 성과는 양 문화가 '공존(共存)'의 가능성을 잠재적으로 내포하고 있는가에 달렸으며, 접촉의 '유용성(有用性)'을 양자가 자각하고 있는가에 달렸다고 한다. 이문화(異文化)의 접촉에 있어서 또한 중요한 것은 상호관계를 맺는 쪽의 문화의 성숙도이다. 더욱 발전한 쪽의 문화는 상대방을 예속하는 경우가 있지만, 반대로 약한 쪽의 문화에 자기 인식과 자각을 불러일으키는 동기가 되기도 한다.

다닐레프스키는 문화 교류 과정을 세 가지 형태로 분류하고 있는데, 즉 제초(прополка), 접목(прививка), 비료(удобрение)이다. '제초(除草)'는 예를 들어 표트르 대제의 개혁이다. 러시아의 후진성을 퇴치하기 위해 그는 유럽의 기술, 물질문화를 도입하고 정치제도를 본떴다. 다닐레프스키도 표트르 대제의 지나친 서양화에 대해 불만이었다. 그것은 사회적 균형을 뒤흔들어 놓았고 상층(上層)과 하층(下層)의 소외 현상을 초래했기 때문이다.

이문화(異文化)간의 '접목(接木)'의 해독성에 대해 다닐레프스키는 역시 생물학에서 예를 들고 있다. 접목하면 결국 타종(他種)이 원목(原木)을 배제한다. "한 나무 자체가 완전히 쓸모없게 되었다는 것을 확신하기 전에는 타종의 목적을 달성하기 위한 수단으로 이용되거나, 자기의 꽃과 열매를 잃는 일을 손수 할 수는 없는 것이다."38) 러시아는 그러한 '접목'을 필요로 하지 않았다. 야생 원목(野生原木)의 강력한 저항이 타종(他種)의 나무를 떼어 버렸다. 따라서 서구 문화는 민중 속 깊숙이 뿌리를 내릴 수 없었다.

다닐레프스키의 '비료(肥料)'는 이질문화(異質文化)의 접촉의 가능성과 유익

---

38) 앞의 책. 194쪽.

성을 암시하고 있지만, 이 '사료'가 이질 문화의 토양에서 어떻게 작용을 일으키는가에 대해서는 구체적인 언급이 없다.

물론 다닐레프스키의 학설에서 우리는 적지 않은 모순과 제한성을 찾아 볼 수 있다. 문화 교류에서 '접목(接木)'이 원목(原木)의 생장을 돕고 질을 높인 예는 적지 않다. 그는 19세기 러시아 문학·예술의 수준 높은 달성이 서구 문화와는 관계없다고 말한다. 그러나 표트르 대제의 개혁 없이는 푸슈킨과 19세기 러시아 대문호들의 탄생은 불가능했다. 도스토예프스키는 푸슈킨에 대해 "우리는 그를 통해 러시아의 이상은 완전한 전일성(全一性), 전적(全的) 화해(和解), 전인류성(全人類性)에 있다는 것을 인식하였다"[39]라고 말한다. 러시아의 이상(理想)이 담긴 '전인류성'에는 당연히 서구와 동양이 포함되고 있다.

유라시아 주의자들의 유산은 그가 갖고 있는 이론적 제한성에도 불구하고 우리에게 많은 시사와 자극을 준다. '탈아(脫亞)'적 경향이 심했던 근대화 시기에 그들은 러시아 역사에서 동양이 차지하는 위치에 대해 관심을 돌리고 그 연구에 열정적으로 착수했다. 이 문제의 연구와 해명은 또한 오늘날 우리에게 제기되는 중요한 과제라고 하지 않을 수 없다.

3

1826년, 지금으로부터 약 170년 전, 러시아 과학원은 다음과 같은 문제를 설정하고 현상 논문 모집을 광고한 바가 있었다.

몽고의 지배는 러시아에 어떤 결과(結果)를 초래하였는가. 다시 말해서, 러시아 국

---

39) 도스토예프스키. 『전집(全集)』 제18권 69쪽.

가의 정치관계(政治關係), 정체(政體)와 국내행정(國內行政) 그리고 국민의 계몽, 교육에 어떤 영향을 주었는가.

논문 제출 기간은 3년 후인 1829년 1월 1일까지였는데, 단지 독일어로 쓴 한 편의 논문만이 제출되었을 뿐이었다. 그러나 논문의 수준이 낮아 표창 대상으로는 되지 않았다.

3년이 지난 후, 1832년 러시아 과학원은 또다시 같은 내용의 주제로 논문현상(論文懸賞)을 모집하였다. 이번에는 문제의 범위를 좁혀 "킵챠크 한국의 역사를 동양계, 특히 회교도 사학자들의 저서, 오국(汚國)의 고대화폐(古代貨幣), 러시아, 폴란드, 헝가리 등의 고대 연대기 그리고 현재 유럽 연구가들의 저작에서 볼 수 있는 자료와 정보를 비판적으로 검토하여 진술할 것"을 요청하였다. 현상 논문의 응모 기간은 전과 같이 3년간이었다. 이번에도 역시 독일 학자 한 사람만이 논문을 보내왔을 뿐이었다. 이번에도 표창의 대상이 되지 않았다.

이 현상 논문 모집에 러시아 학자들이 한 사람도 응모하지 않았다는 것은 기이한 사실이라 하지 않을 수 없다. 고대로부터 뒤얽힌 러시아와 동양의 관계를 고려하면 이 문제는 우선 러시아 학자들의 관심사로 되어야 했다. 그러나 18세기부터 근대화 과정에 있던 러시아에서의 강한 탈아주의적(脫亞主義的) 경향을 고려한다면 납득이 가기도 한다. 러시아 역사는 서구사(西歐史)의 '추가' 부분이며, 러시아의 역사적 의의는 유럽의 문화를 아시아 유목민의 야만으로부터 수호했다는 인식이 강했다. 그러나 역사적 사실은 이 명제에 대해 많은 의문을 던진다.

고대(古代) 중세사(中世史)에 있어서 전쟁은 하나의 교통수단이기도 했다. 로마제국의 형성은 지중해 지역 세계와 중앙아시아, 남방 유목민 세계와의 접촉을 초래했고, 인류문화의 테두리를 대규모로 확대하였다. 지중해안으로 파도같이 밀려온 유목민 세력은 지중해 지역 문화와 동양문화를 연계하는 역할을 맡

110

았다. 세계문화의 중심이 점차로 로마로부터 동방으로 이전한다. '제2의 로마'로 불리는 비잔틴은 유럽과 아시아의 경계선에 위치하고 있으며, 모스크바는 스스로 '제3의 로마'라고 자칭해 왔다.

13세기 중엽에 세계적인 제국으로 형성되어 가던 몽고는 농경(農耕)·해양(海洋) 문화와 초원(草原) 유목민 문화를 연계하는 역할을 맡았다. 이 시기에 러시아는 지중해로부터 태평양에 이르는 거대한 '역사적(歷史的) 세계(世界)'에 포함된다. 몽고 제국(帝國)의 정치적 활동 범위에 대해서는 13세기의 몽고 제민족의 최고 집회인 '쿠루르타이'의 규모를 상상하면 충분하다. 이 집회에는 몽고 귀족들은 물론이고 중서동(中西東) 아시아 전역의 행정관(行政官)들, 러시아 대공(大公)들, 그루지야, 아르메니아 왕족들이 참가했다.

몽고 제국의 세력권에 포함된 러시아는 색다른 정치, 문화 체계와 부딪친다. 그러나 종교에 있어서 러시아는 상대적으로 자유스러웠다. 몽고군은 종교 세력이 아니었기에, 타국(他國)의 종교 생활에는 적극 간섭하지 않았다. 이것은 러시아 문화 발전에서 대단히 중요한 조건이었다. 왜냐하면 고대 러시아의 문화는 교회에 집중되어 있었기 때문이다. 13~14세기에 걸쳐 러시아 대주교(大主敎)는 킵챠크 한국의 수도인 사라이를 정기적으로 방문했고, 그곳에서 몇 달이나 체류하고 있었다. 1261년 키릴·사라이스키 대주교는 칸국의 수도에다 러시아 정교의 설교 교단(敎壇)을 설치하였다. 이리하여 사라이와 모스크바는 정치적으로, 문화적으로 긴밀하게 연결되어 있었다. 사라이의 주교는 킵챠크 한국과 전(全)러시아 대주교의 칙서를 갖고서 콘스탄티노플을 왕래했던 것이다. 종교에 관해서 모스크바는 여전히 러시아의 중심이었다.

러시아와 몽고 문화의 '이종교배(異種交配)'에서 종교의 역할이 컸다. 몽고 귀족들은 정착한 나라의 종교를 받아들였다. 예를 들면, 중국에서는 불교를, 이란에서는 회교를 받아들였다. 이것이 문화의 '합류'에 있어서 결정적 역할을 하

였다. G. 베르나드스키는 논문 <러시아 역사(歷史)에서의 몽고의 압제>(1927)
에서 종교를 통해 이루어진 이 '합류'는 명백한 사실이었으며 좋은 결과를 이루
었다고 쓰고 있다.

보통 친기스칸의 후손들이 이슬람교를 받아들일 수 있었으나 러시아 정교에
입교(入敎)할 가능성이란 공상에 가깝다고 말한다. 그러나 1236~1242년에 러
시아를 침입한 몽고 어느 바투의 아들 사르타크는 러시아 정교를 믿었다는 증
거가 있다. 그는 슬라브족의 습성에 따라 알렉산더 네프스키 공(公)과 의형제로
서의 맹세를 했다. 1258~59년 사르타크는 무역관계 문제를 토의하기 위해 사
마르칸트로부터 인도의 수도(首都) 델리를 방문하였는데, 그를 접견한 세이드
(君主) 아슈라파·에드·진은 사르타크에 대해 다음과 같이 말했다고 아랍학자인
말·자우즈 다니는 전하고 있다. 이슬람교도의 박해자였던 사르타크는 바투의
사망 후 왕좌에 오르자 멘케대왕(大王)에게 예배를 드리고자 떠났다. 그러나 도
중에 백부(伯父) 베르케가 살고 있는 곳을 피해 지나가 버린다. 베르케는 자기
가 모욕당한 원인을 밝히려고 사신(使臣)을 보내어 물은즉 사르타크의 대답은
이러했다. "너는 이슬람교도이다. 나는 예수를 믿는다. 이슬람교도의 얼굴을 보
면 불행이 온다." 이 말을 듣고 베르케는 3일 밤낮을 목에 끈을 걸고 기도 하였
다. "하나님이시여, 만일 마호메트 교지(敎旨)가 진리라면 저 사르타크에게 죄
벌을 주시옵소서." 4일 후에 사르타크는 죽었다고 한다……

베르케는 사르타크의 뒤를 이어 왕좌에 올라 이슬람교에 정식으로 입교하였
지만, 그의 후계자인 우즈베크는 러시아 정교 쪽으로 기울었다. 모스크바 공국
(公國)의 유리·아니로비츠 공은 그의 누나와 결혼한다. 사라이 한국의 금전(金
錢)에는 러시아 국장(國章)인 쌍두의 독수리가 새겨져 있고, 성모(聖母)의 묘사
가 있다. 우즈베크오(汚)와 그의 후계자들은 러시아 교회를 우대하였고 '명령서'
를 발포하여 주교들과 사교(司敎)들의 권리를 보장했다. 그들은 몽고·타타르인

들이 정교에 입교(入敎)하는 데 대해 아무런 방해를 하지 않았다. 몽고 칸국은 종교적 편견을 갖고 있지 않았다. 몽고군 속에 적지 않은 기독교 신자들이 뒤섞여 있었고, 13세기 후반기 안남원정(安南遠征) 때 몽고 기마대에는 러시아 병사(兵士)들이 편입되어 있었다는 사실은 우연한 일이 아니다.

러시아는 몽고 세력을 물리치고 15세기부터 동방진출(東方進出)에 적극적이었다. 러시아 고대 연대기에는 정복한 원주민을 식민지 개척자들이 축출하거나, 노예로 만들었다는 기록이 없다. 그들은 원주민들 속에서 살면서 타민족의 문화와 관습을 존중하였다. 스페인의 남아메리카 정복과는 그 성격이 달랐다. 많은 아시아계의 종족들이 러시아어, 종교, 관습을 받아들여 공존 내지 동화되었다. 민족의식이 강한 타타르족은 자기의 종교(宗敎), 문화(文化), 전통(傳統)을 지켜 왔다. 러시아인들은 타민족에 대해 배타적이 아니었고 그들과 혼합하였다. "러시아는 순수한 피의 민족이 아니며, 슬라브족의 영향과 세력하에 이루어진 각종 종족들의 혼합이다."40)

모스크바 공국과 킵챠크 한국은 적대관계였을 뿐만 아니라 공존 관계이기도 했다. 러시아의 성씨에 대한 수수께끼가 이를 확증한다. 러시아인의 성씨에 타타르, 터키계의 성명(性名)이 많은 것은 이미 학자들의 관심을 끈 바 있었다. 14세기 말에 킵챠크 한국이 몰락하자 많은 몽고·타타르계의 명문 집안 사람들과 귀족들이 모스크바 공국에 귀순한다. 그들의 성명이 자연히 러시아화되며 이름의 끝이 러시아식 어미(語尾)로 변한다. 이리하여 러시아 역사에 몽고·타타르계의 러시아 귀족과 고급 관료들이 새로 나타나게 되었다.

우리에게 잘 알려져 있는 러시아의 대문호(大文豪) 투르게네프도 역시 동양계였다. 1440년경에 모스크바 공국에 귀화한 캽차크 한국의 귀족 투르겐·아스란이 그 선조였다.41) '투르겐'은 터키어로 '신속한', '과감한'이라는 뜻이다. 투

---

40) С.Ешевский, Сочинения по русской истории (예쉐브스키 S. 『러시아 歷史에 關한 저작』). Москва. 1900. 300쪽.

르게네프 자신은 동시대인들의 회상에 따르면, 육중한 몸에 동작이 신속하지 못했다고 한다. 18세기의 저명한 작가였으며 사학자였던 N. 카람진도 선조는 역시 타타르인 귀족 카라·무르자였다. 벌써 16세기부터 카라·무르자의 후손들은 성(性)을 카람진이라 했다. '카라'는 '검은색'이라는 뜻이다. 귀족들뿐만 아니었다. 러시아 농민(農民)들과 상인(商人)들의 성명에도 타타르족의 이름이 많이 침투하고 있었다. 거의 2세기 반에 걸쳐 '타타르의 멍에'를 겪은 러시아인들이 자기 스스로 동양계의 성(性)을 받아들인 이유는 무엇인가. 이것은 수수께끼라고 보지 않을 수 없다. 다만 여기에서 말해 둘 것은 러시아와 동양이 본래부터 서로 용납할 수 없는 관계는 아니었다는 점이다. 그뿐만 아니라 중세기의 동양문화, 특히 아랍문화는 유럽의 수준을 능가하고 있었다는 점을 사학가들은 지적하고 있다.

14세기부터 15세기에 걸쳐 "몽고·달단족의 귀족들은 친위병과 하인들을 거느리고 러시아에 귀화한다. 알다시피 대러시아 국가 건설에 지대한 역할을 한 러시아 귀족들의 30~40% 이상은 몽고·타타르 귀족들과 그들의 하인들의 후손이었다." 사바츠키는 앞의 인용된 말을 1964년 4월 3일 유라시아주의자 구밀료프에게 보낸 편지에 적고 있다. 그는 30년대에 내놓은 자신의 견해를 오늘날까지 강경하게 주장하고 있다. 사비츠키는 자신의 가계(家系)에도 몽고·타타르의 피가 흐르고 있다고 말한다. 러시아의 '삼림(森林)'과 몽고의 '스텝(초원)'은 서로간에 적대관계가 아니었던 것이다.

러시아 문화와 생활양식에는 동양적인 요소가 많다. 러시아의 민족적 성격은 기본적으로 15~16세기 모스크바 공국시대에 형성되었다. 정신적인 것과 인간 존재의 의의를 탐구하는 러시아의 사상은 서구적인 개인 중심주의와는 다른 인간관계를 찾는다. "가옥(家屋)에 가옥을 더하고, 밭에 밭을 늘려 타인에게 조금

---

41) Хадиков Адфред, 500 русских фамидий будгаро-татарского происхождения(할리코프 A. 불가르·타타르계 500 러시아 姓名). казанЬ, 1992, 170쪽.

114

도 남기려고 하지 않는 자에게 불행이 있으라"라고 말한 비잔틴 전도사 요안·
즐라토스트의 사상은 러시아에 깊은 뿌리를 내렸다. 러시아 정신은 동양의 윤
리(倫理)와 가깝다고 말한다.[42]

고대 러시아와 동양의 관계를 개관하면서 또 하나의 중요한 역사적 사실을
피해 지나갈 수는 없다. 바로 알렉산드로·네프스키의 동방정책(東方政策)이다.
13세기는 러시아의 운명이 결정되는 시기였다. 서방의 가톨릭 세력은 비잔틴을
정복한 후 동쪽에 남아 있는 러시아 정교를 근절하고 나라를 라틴화하려는 목
적으로 쳐들어왔다. 때를 같이하여 동방으로부터는 몽고 기마대가 침입하였다.
러시아는 동서(東西)의 중간에 끼어서 진퇴가 어려운 상태였다.

알다시피 1206년에 열린 몽고 제민족의 대집회인 '쿠루르타이'에서는 테무
친 공을 제왕(帝王) '친기스칸'으로 선포하였다. 그러고 나서 몽고는 중국(中國),
중소(中小)아시아, 서양을 침략하기 시작한다. 30년도 채 못 되어 몽고 선발 기
마대는 카르카 강(江)에서 러시아 군대를 괴멸시킨다. 1240년에는 수도 키예프
가 붕괴되었다. 바로 같은 해에 로마 법왕의 후원 아래 스웨덴 왕의 군대가 네
바 강변에 상륙한다. 뒤를 이어 독일 튜턴 기사단이 침략한다. '이단'의 나라인
러시아에 대한 전면적인 공격이 시작된 것이다.

러시아는 쌍방으로 쳐들어오는 적에 대항하여 싸울 힘이 없었다. 동·서(東·
西)의 중간에 끼어서 그 어느 한쪽을 선택해야만 했다. 이때 러시아에는 탁월한
정치가 두 사람이 있었다. 서방(西方)을 선택하고, 서방의 힘을 얻어 동방 세력
을 내쫓자고 하는 다니일·가리츠키 공과 그와 반대로 동방을 택한 알렉산드로·
네프스키 공이다. 전자는 몽고 세력을 러시아로부터 구축하기 위해 로마 법왕
과 결탁하였다. 로마 법왕의 사절로서 오국(汚國)을 왕래한 풀라노·카르피니를
통해 교섭이 시작된다. 1235, 1254년에 로마 법왕은 중·동(中·東)유럽 국가들에

---

42) Д.Семенникова, Россия в мировом сообществе Цивидизаций (세멘니코바 L.『세계 문명 공동체 속의 러
   시아』. Брянск, 1955. 152~153쪽.

게 가리츠키 공을 돕기 위한 십자군의 진격을 호소한다. 그러나 약속한 군사 원조는 오지 않았다. 몽고군의 위협에 직면하게 되자, 그는 별수 없이 바투에게 굴복하고 만다. 가리츠키 공의 영토는 유럽의 중부(中部)에 위치하고 있었는데, 만일 그가 이 지정학적(地政學的) 특성을 이용하여 후방의 몽고 세력과 결탁하였다면 동·중(東·中) 유럽지역에는 러시아 제국과 정교가 확립되었을 것이라고 일부 사학가들은 주장하고 있다. 그의 '서구주의'는 러시아의 남서지역(南西地域)을 가톨릭화하는 역할을 맡았다.

반면에 알렉산드르·네프스키의 '동방정책'의 핵심에는 러시아의 독립을 지키기 위해서는 정교를 정복하려는 서방 세력을 물리쳐야 한다는 확고한 신념이 들어 있었다. 러시아 정신의 근본은 정교이며, 따라서 정교를 지키는 것은 독립을 지키는 것이었다. 러시아의 역사적 사명은 그리스, 비잔틴의 뒤를 이어 정교를 수호하는 데 있다고 그는 확신하고 있었다. 이 목적을 달성하기 위해서는 동방의 힘이 필요했다. 이에 대한 G. 베르나드스키의 견해를 들어 보자.

천재적이며 심원한 역사적 관찰력을 선대(先代)로부터 계승받은 알렉산드르는 본능적으로 러시아 정교와 고유한 러시아 문화가 처한 가장 큰 위험은 동방으로부터가 아니라 서구로부터, 몽고로부터가 아니라 라틴계 유럽에서 닥쳐온다는 것을 깨닫고 있었다. 몽고는 육체적 고통을 가했지만 러시아 정신을 노예로 하지는 않았다. 라틴화는 러시아 정신 자체를 붕괴시키는 위험을 갖고 있었던 것이다.(『알렉산드르·네프스키의 두 가지 공훈』1925)

타국(他國)의 종교에 대해 관대했던 몽고군은 러시아 교회의 활동을 도와주기는 했지만 간섭은 하지 않았다. 네프스키는 킵챠크 한국의 수도에 수차 상경(上京)하면서 자기를 비하(卑下)하고 몽고군과의 화평을 약조했다. 그는 후방의 안전을 기하면서 전력을 다해 서방으로부터의 수차례에 걸친 침략을 격퇴했다.

네프스키의 두 가지 공훈의 하나는 서방의 침략 세력과 전투에서 세운 혁혁한 무공이었다. 이것은 힘든 일이지만 눈에 보이는 표면적인 용기였다. 그러나 눈에 보이지 않는 그의 공훈은 동방에 대한 비하였다. 정교와 나라를 지키기 위해 그는 유순(柔順)의 덕(德)을 따른다. 러시아 역사에서 네프스키는 나라를 구한 성인(聖人)으로 추대받는다. 1263년에 그는 네 번째 킵챠크 한국의 수도를 방문하고 돌아오는 도중에 병을 얻어 병사한다. 이 부음을 받은 키릴 대주교는 "러시아 땅의 태양(太陽)이 떨어졌다"고 말하며 슬픔에 잠겼다.

옛적부터 서양에는 '반(反)러시아 주의(主義)(Russopholos)가 존재하는데, 그 기원은 13세기에 시작된 것 같다. 로마 법왕의 제안을 거부하고 동양과 손을 잡은 러시아의 위인 네프스키 공의 태도를 서구인들은 흉보았다. 십자군을 네바 강변에서 격퇴한 네프스키 무장(武將)은 그들에게 당연히 밉살스러운 존재로, 반러시아 감정을 불러일으킬 수밖에 없었다. 프랑스 평론가인 규스친이 네프스키 공에 내린 다음과 같은 평가가 이를 입증한다.

알렉산드르·네프스키는 조심성이 많은 사람의 전형적인 타입이다. 그는 신앙과 고상한 감정을 위해 자신을 희생하는 수난자는 아니었다. 러시아 교회(敎會)는 영웅이라 하기보다는 '현명'한 군주(君主)였던 그를 성열(聖列)에 올려놓았다. 그러나 그는 성인(聖人)들 중에 끼어든 방랑자에 지나지 않았다.[43]

고대 러시아의 연대기(年代記)는 규스친의 견해와는 달리, "네프스키의 '현명성(賢明性)'은 하나님께서 주신 은덕이었으며, 한데 결합된 그의 '조심성'과 '영웅성'은 러시아 정교와 나라의 독립을 지켰다"고 전하고 있다.

정교는 러시아 문화의 근본이었다. 러시아인의 우주관(宇宙觀), 인간과 인간

---

43) La Russie en 1839, Par de marquis de Custine, t.l. 1846. 265쪽.

관계, 행동 양식을 규정한다. "러시아아인의 의식(意識)과 러시아 문화의 모든 성분, 러시아 사회 조직과 모든 기본적 가치관(價値觀)의 본질적인 특징은 바로 그리스도교의 명제(命題)의 구현이었다."44) 그리스도교의 '동방적(東方的)' 이형(異形)'인 러시아 정교는 서구의 그리스도교와는 달리 '진보(進步)', '발전'의 개념을 중요시하지 않는다. 주지하는 바와 같이 고대 그리스도교의 신조는『복음서』(『신약성서』)를 기본으로 하고 있다. 그러나 그후 서구의 그리스도교는 수차에 걸쳐 능동적으로 변화하여 왔으나 러시아의 정교는 항상『신약성서』에 충실했다. '진보'의 개념은『구약성서』에 뚜렷하게 나타난다. 러시아 승원관장인 일라리온(트로이츠키)은 양자의 차이점을 강조하면서 이렇게 말했다.

러시아 정교의 이상은 진보가 아니라 변용(變容)이다. (……)『신약성서』는 서구적인 의미로서의 진보, 즉 하나의 똑같은 방향으로 움직이는 전진 운동을 모른다. 『신약성서』는 자연의 변용과 운동(運動)에 대해 말하지만, 그 운동의 결과는 전진이 아니라, 위로 향하여, 천국으로, 하나님께로 가는 걸음이다.45)

러시아 정교는 인간을 정신적 변용으로 이끌어 갔다. 그리고 인간의 도덕적 자기 완성을 촉진하여 왔다. 러시아 문화가 합리주의적인 서구 문화와는 달리 '영성(靈性)', '정신성(精神性)'을 중요시하고 있는 원인을 여기에서 찾을 수 있다. 이와 같은 전통을 가진 러시아 문화인들이 동양의 철학세계(哲學世界)를 발견하였을 때, 그들은 두 문화의 단순한 유사점뿐만 아니라 어떤 친근감을 느꼈다는 것은 당연한 일이다.『노자(老子)』를 발견한 톨스토이가 바로 그랬다. 동시에 러시아 문학에 대한 동양 지식인들의 태도에도 이 친근감은 뚜렷하게 나타

---

44) Сорокин П., Основные черты русской нации в двадцатом стодетии (소로킨 P. "20세기 러시아 民族의 기본적 특징")-в кн. , О россии и русской фидософской кудьтуре, Москва, 1990. .32쪽.

45) Ддатонов О., Русская цивидизация (풀라토노프 О.『러시아의 文明』), мокБа, 1992. p.8로부터 인용함.

난다. 근대화 과정에서 미국 등 '선진적' 서구문학에 경주했던 동양의 독자들은 이미 20세기 초에 러시아 문학에 관심을 기울이기 시작하였다. 일본의 비교문학자 오오타 사부로(太田三郞)의 연구에 의하면, 이미 1908년에 러시아 문학은 번역의 양과 영향력에 있어서 미국 문학을 훨씬 능가했다. 그 이유는 미국적인 세계관과 인생관이 당시의 일본 독자들에게 어울리지 않았다는 것이다. 러시아 문학세계가 그들의 마음에 더 가까웠다.[46] 러시아 문학과 동양의 만남은 동양과 러시아 관계사에 있어서 획기적인 사변이었다.

4

저명한 프랑스 작가 로망 롤랑은 <톨스토이에 대한 동양의 대답>이라는 논문에서 톨스토이가 동양문화에 미친 영향은 서양보다 더욱 깊다고 쓰고 있다. 사실 소설 『부활(復活)』은 세계적으로 유명하지만 동양에서처럼 사회 각층의 독자로부터 열광적으로 환영받은 작품은 보기 드물다. 문호(文豪) 톨스토이가 동양문화에 끼친 영향에 대한 논문은 대단히 많다. 하지만 반대로 동양문화가 톨스토이에게 미친 영향에 대한 연구는 거의 없다시피 하다. 톨스토이 자신은 그가 동양 정신문화에서 받은 감화에 대해 언급하고 있다. 만년의 톨스토이는 『노자』를 언제나 곁에 두었다고 전해지고 있다. 동양과 러시아의 문화 교류는 19세기에 이르러서도 일방통행은 아니었다.

1891년 톨스토이는 자기 생애의 제단계(諸段階)에서 가장 큰 영향을 받은 서적의 리스트를 작성하였는 바, 받은 감명의 심도를 '거대한', '대단히 큰', '큰'의 3단계로 나누었다. 50세부터 60세 사이에 가장 감명받았던 11권의 서적을

---

46) 太田三郞, 『飜譯文學』. 東京. 1959. 12쪽.

지적하였는데, 그중에는 『복음서』(거대한), 에픽테투스의 『어록(語錄)』(거대한), 공자(孔子)의 『논어(論語)』, 『맹자(孟子)』(대단히 큰)와 더불어 『노자』를 내세우면서 '거대한' 영향을 받았다고 쓰고 있다. 톨스토이는 노자의 『도덕경』에 대하여 언급하면서 "이것은 대단히 훌륭한 책이다. 영어, 불어, 독어에서 노어로 번역하고 싶다. 물론 원문과는 퍽 멀어지겠지만, 나는 중국어를 배우기 시작하려고까지 생각하였다"47)고 말했다. 실제로 톨스토이는 1893년에 두 차례에 걸쳐 ― 첫 번에는 E. 포포프와 다음에는 일본인 고니시 마스터로(小西增太郞)와 ― 『노자』를 번역했었다. 『노자』는 당시 러시아의 뛰어난 인물들에게 강한 자극을 주었다.

주지하다시피 공자와 노자의 면회에 대해서는 다음과 같은 이야기가 전해 내려오고 있다. 그것은 대조적인 두 인물의 만남이었다. 공자는 '그래야 할 인간'을 주장하면서, 사회의 계급적 분화는 필연적인 것이라고 인정하였다. 이와 반대로 노자는 인간(人間)의 자연(自然)을 존중하면서, 인간에게 있어서 제일 중요한 것은 자연적 본질이라고 한다. 도교(道敎)의 입장에서 보면, 인간은 우주의 중심이 아니라 자연의 한 현상이며, 따라서 자연과 융합하여야 하는 것이다.

톨스토이는 인간생존(人間生存)의 뜻을 탐구하면서 고민하였던 시기에, 즉 그의 세계관에 일대 전환이 있었던 시기에 노자와 만난다. 노자의 사고방식(思考方法), 그리고 표현의 간결성, 단편적 구상, 추상적 사고를 통하여 독자적인 사고를 자극하는 표현 방법은 톨스토이에게 깊은 인상을 주었다. 공자에 대해서 톨스토이는 다음과 같이 말하고 있다. "공자를 읽었다. 나는 그의 발밑에도 미치지 못한다. 그러나 그의 고상한 사상에는 죽(粥)과 같은 뒤범벅이 있다고 생각된다."48)

---

47) Д.Маковицкий, Яснополянские записки, т. 2. (마코비츠키 D,.『야스나야 폴랴나 手記』. 2권). Москва, 1979, 480쪽.
48) 앞의 책. 제 1권. 64쪽.

톨스토이는 노자학설(老子學說)의 중심을 무위론(無爲論)으로 보고 있다. 또 그는 "이 무위(無爲)란 개념이 정연하게 번역되어 있다면, 그것은 고의로 이상하게 표현한 것같이 생각되지만, 이 무위야말로 노자사상의 중심을 꿰뚫고 있다"[49]고 말한다. 흔히 '무위'를 일체 행위의 거부처럼 받아들이는 경우가 적지 않다. 러시아의 저명한 철학가 솔로비요프는 '무위'를 '완전한 무관심(無關心)'으로 해석한다. 일련의 문화학 연구자들은 동양인의 소극성, 비활동성을 '무위'와 관련하여 규명하려고 한다. 그러나 이것은 의문스러운 점이다.

노자는 벌써 수천 년 전에 우리 불행의 원인은 우리가 일을 안 하는 것이 아니라 필요 이상의 일을 하는 것이라고 간파했던 것이다. 그러기에 성인(聖人)은 만물(萬物)의 자연을 따르는 일 외에는 행동을 하지 않는다. 바로 무위하는 것이다.

'무위'는 보편적 가치를 갖고 있으며, 그 작용의 범위는 정치 분야에까지 미친다. 국민 생활을 지나치게 간섭하지 말아야 하며, 많은 법령을 만들 필요도 없다. 오히려 국민 각자의 자연스러운 생활에 맡기고 인위적인 작위를 하지 않아야 한다. 그것은 작은 생선을 삶을 때에 제대로 푹 삶아지도록 가만히 내버려 두어야 하는 것과 같은 이치이다. 톨스토이는 노자의 무위론을 '탁월한 인식의 철학'이라 부르며, 다음과 같이 설명한다.

병아리가 계란을 깨고 살아 나오기 위해서는 외부로부터의 도움이 필요 없다. 외부로부터 손을 대면 해를 줄 뿐이다. 시간이 되면 자연의 힘으로 껍질을 뚫고 나온다. 그러니 무위란 아무것도 하지 않는 것이 아니라, 어쩌면 이것은 우리 생활에서 가장 집중적이며, 적극적인 변화 과정이라 할 수 있겠다.[50]

---

49) Д.Н.Тодстой, Подн. собр. соч. т. 39~40 (『톨스토이 全集』. 39~40권). 480쪽.

50) Интевью и беседи с Дьвоц Тодстип (『레프 톨스토이와의 인터뷰와 담화』). Москва, 1982. 377쪽.

　　노자의 무위론은 아직까지도 세계에 널리 알려져 있지 않았을 뿐더러, 많은 사람들은 그에 대하여 의문을 갖고 있다. 그러나 톨스토이는 노자의 무위론을 위대한 진리라고 믿었다. 그는 <무위>란 제목으로 논문을 집필하였는데 그 동기는, 1893년 프랑스 작가 에밀 졸라가 학생 집회에서 발표한 '노력과 과학의 의의'에 대한 연설 때문이었다. 노력과 현대 문명의 여러 문제를 언급하면서 톨스토이는 노자의 무위론에 입각하여 논술을 시작하고 있다. 이 사실은 노자가 19세기 유럽 최고의 지성들의 논쟁에 톨스토이와 함께 참가하였다고 해도 과언은 아닐 것이다. 졸라는 노력과 과학이 인류에게 건강과 기쁨을 주고, 사람들을 많은 재해로부터 구조한다고 주장했지만, 톨스토이는 졸라가 문제의 반면(半面)만을 보고 이면에 주의를 돌리지 않은 것에 불만이었다.

> 노력을 한다? 무엇 때문에? 아편 공장주도 신형 무기 발명자도 일하고 있는 것은 틀림없는 일이다. 그러나 인류의 행복을 위해서는 오히려 그들이 일을 그만두는 것이 좋지 않을까? 우리는 잠깐이라도 좋으니 일을 중지하고 생각하는 일을 해 보자.[51]

　　노자의 도덕 가치 척도에 있어서 중요한 자리를 차지하고 있는 것은 '유순'의 덕이라 할 수 있다. 노자는 높은 산봉우리보다는 산기슭의 골짜기를 즐긴다.

> 최상(最上)의 선은 물과 같은 것이다. 물은 모든 생물에게 이로움을 주면서 다투지 않는다. 모든 사람들이 싫어하는 낮은 곳에 즐겨 있다. 그런 까닭에 물은 도(道)에 거의 가까운 것이다. (……) 천하에 물보다 더 부드럽고 약한 것은 없다. 그러나 굳고 강한 것을 공격하는 데에는 능히 물보다 나은 것이 없다. 어떤 것도 물과 바꿀 만한 것이 없다.(『노자』, 제8장 남만성南晚星 역)

---

51) 『톨스토이 전집』. 29권. 35~36쪽.

골짜기의 강, 그리고 물은 『노자』에 많이 나타나는 한 가지 상징이다. 톨스토이는 그의 난세(亂世)의 일이었던 『인생의 길』(1910)에서 이 골짜기와 물의 상징을 수차 반복하며 의역으로 인용하고 있다.

강한 사람이 되려면 물처럼 행동하는 것이 좋다. 장애물이 없으면 흐르고, 댐이 무너지면 또 흐른다. 사각형의 그릇에 담겨지면 사각형이 되고, 구형의 그릇에 담겨지면 구형이 되고, 구형의 그릇에 담겨지면 둥글다. 자기주장을 하지 않으니 물은 무엇보다도 온순하고 또 무엇보다도 강한 것이다.

외면적 위엄과 권력을 경시하는 노자의 교의는 톨스토이의 사상과 일치하는 점이 많다. 노자에게 있어서 사물의 본질은 물처럼 여성적인데, 톨스토이는 여성의 유연성을 남성의 폭력에 대비하여 찬미한다. 이와 같은 가치관은 동양의 미학(美學)에 영향을 주고 있다. 거대한 것의 외면적 가치에 적은 것의 진정한 의의를 대비하며 중요시함은 동양미학의 한 특징이라 할 수 있다. 이와 같은 도덕적, 미학적 견지에서 출발하면 폭력의 근절, 모든 전쟁의 종식에 도달할 것이라는 점은 지당하다고 하지 않을 수 없다. 톨스토이는 『노자』 제31장에 나오는 "훌륭한 무기라는 것은 실은 상서롭지 못한 기구이다. 세상 사람들은 항상 그것을 미워한다. 그러므로 유도(有道)한 사람은 무기를 쓰는 일을 좋아하지 않는다"고 한 대목을 읽고 펄쩍 뛰며 기뻐했다고 톨스토이와 『노자』를 공역한 일본 학자 고니시 마스터로(小南增太郞)는 회상하고 있다.

"이것은 참으로 통쾌하다. 이와 같이 극론(極論)하니 노자가 위대하다 하지 않을 수 없고, 또 존경하지 않을 수 없다. 3천 년 전에 이와 같은 반전론을 고양하였으니 교복(敎服)할 수밖에 없다"라고 격찬하였으나, 다음 구절 "무기라는 것은 상서롭지 못한 기구여서 군자(君子)의 기물은 아니다. 부득이하여 그것을 사용하게 되면……"을 읽고 톨스토이는 얼굴에 불쾌한 빛을 나타내며 이렇게 말했다. "뭐라고, 부득이하여 그것을 사용하게 되면이라고? 괘씸하다. 노자라는 분이 이와 같이 말할 리가 없다. 인쇄할 때 오류가 있지 않았을까? 후세의 학자들이 자기 멋대로 덧붙였을 수도 있다. 연구가 필요하다."52) 그후에 톨스토이는 『인생의 길』이나 『일상독본(日常讀本)』에서도 『도덕경』의 제31장은 인용하지 않았다.

　노자의 물[水]의 철학의 근본은 유순(柔順)이다. 물론 맹목적 순종과는 다르다. 이것은 이웃에 대한 사랑이며 연민(憐憫)의 정이다. 『도덕경』은 저 무자비한 군국시대(戰國時代)에 인간에 대한 애정으로 성립된 교의이다. 노자는 "적에게 선으로 대하라"고 설교하는데, 그것은 기독교의 이웃사람에 대한 희생적 애(愛)와 가깝다고 할 수 있다. 예수는 당신을 모욕하며 내쫓는 자를 위하여 기도하라고 설교한다. 따라서 톨스토이는 노자의 교의와 기독교의 본질은 같다고 말했다.

　물론 노자의 철학과 기독교 우주관 및 인생관의 사이에는 차이가 있다. 예를 들면 노자가 말하는 "만물(萬物)은 무(無)에서 발생한다"라는 생각에는 신(神)의 자손으로서 인간이란 개념이 없다. 그러나 톨스토이가 주목하는 것은 이 차이점보다 각 민족(民族), 각 종교를 연결하는 공통점, 말하자면 우주 인류를 형성하는 박애 사상인 것이다. 톨스토이는 『복음서』를 유일한 진리라고 보지는 않았으며, 어떤 한 종교를 다른 종교 위에 내세우지도 않았다. 『인생의 길』에는 '신(神)', '애(愛)', '무위'의 3장이 나란히 기술되어 있어 독자의 흥미를 끈다.

　위에서 톨스토이의 도덕 사상과 전쟁론은 『노자』의 시각으로 톨스토이의 소설 『전쟁과 평화』를 재독하면서, 그의 영웅관과 진정 위대한 것이란 무엇인가를 살펴보고자 한다. 또 물[水]의 철학을 재검토하고, 노자의 무위자연(無爲自然)에 입각하여 나폴레옹과 쿠투조프의 형상, 즉 두 문화의 가치관에 초점을 맞

---

52) 木村 トルストイ. 小南增太郎 共譯. 『老子解說』. 東京 日本古書通信社. 1968. 22~23쪽.

취 조명하고자 한다. 『전쟁과 평화』는 1812년 나폴레옹 전쟁을 기초로 한 소설이지만, 작품의 핵심에는 인생철학이 자리 잡고 있다. 『전쟁과 평화』에 대한 비판은 바로 이 문제를 중심으로 벌어졌다. 근대주의적 입장에서 출발한 많은 평론가들은 톨스토이의 인생관, 사고 방법에 있어서의 동양적 요소를 완전히 무시하거나, 또는 그것을 작가의 '반동성(反動性)'이라고 규탄하여 왔다.

톨스토이와 동시대인이며, 당시 러시아의 저명한 평론가였던 N. 쉘구노프는 <정체의 철학>이란 논문에서 톨스토이의 소극적 운명론을 소설이 지닌 결함이라 지적하면서, 그것은 바로 정체적인 동양철학과 결부되어 있다고 주장한다.

> 톨스토이는 아시아의 초원을 걸쳐 성지(聖地) 팔레스타인에 가자고 우리를 부른다. 그러나 우리의 길은 전혀 다른 곳에 있는 것이다. (……) 톨스토이의 의견은 우리가 습득한 근대사상(近代思想)과는 정반대이다. 누가 옳은가? 오귀스트 콩트인가, 톨스토이인가, 서양인가, 동양인가. 누가 세계사를 이끌어 나가는가? 구라파인들인가, 몽고인들인가.[53]

『전쟁과 평화』에서 동양적 요소를 비근대적이며 낙후된 것으로 본 쉘구노프는 그것을 전적으로 부정하면서 작가를 공격한다. 이와 같은 견해는 소비에트 시대의 평론에도 계승되었다. 그러나 과연 『전쟁과 평화』에 나타나는 동양적 요소를 한마디로 '정체의 철학'이라 규정할 수 있겠는가. 그것은 의문스러운 일이다. 본인은 『전쟁과 평화』를 노자의 무위론적 시각으로 재고(再考)하면서 이 문제를 풀어보고자 한다.

소설에 등장하는 인물들에 대한 평가를 작가의 민족주의적 입장을 기준으로 하는 견해가 톨스토이 비평계에는 존재한다. 프랑스 평론가 트로야는 톨스토이

---

53) Зединский В. А. , Русская критиЧеская дитература о произведениях Д.Н. Тодстого, т.6 (젤린스키 V. А.,『톨스토이 작품에 관한 러시아 評論』. 6권) Москва, 1905. 130쪽.

가 묘사하는 러시아 사람들은 모두 다 긍정적인 인물인데 반해, 나폴레옹과 프랑스인들은 악당들이라면서 "국수주의가 작가의 눈을 괴롭히고 있다"고 지적한다. 저명한 작가 헤밍웨이는 나폴레옹에 대한 톨스토이의 증오와 경멸은 이 위대한 '남성적(男性的) 소설'의 유일한 결점이라고 지적한 바 있다. 그러나 이와 같은 견해는 작품의 구상이나, 기본 이념과는 거리가 멀다고 보지 않을 수 없다.

톨스토이는 자신의 가치관에 입각하여 등장인물들을 묘사하고 있으며, 나폴레옹과 쿠투조프는 이질적인 두 문화를 대표하는 인물이다.

나폴레옹의 본성은 모스크바 함락을 앞두고 수도 사절단을 기다리면서 말하는 독백에 잘 나타나 있다. 나폴레옹은 모스크바를 순결을 잃은 미녀와 비교하면서 자신의 위대함을 자인한다. 그에게 있어서는 '개(個)'의 권리를 주장하며 그를 확장하는 것이 인생의 최고 목표이다. 이것이 그를 행동하는 인간으로 만든 것이다. 의지와 무력으로 모든 것을 해결할 수 있다고 그는 믿고 있다. 인간의 원죄는 금단의 과실을 먹은 때로부터 시작되었다. 하지만 사실 인간의 타락이 시작된 것은 그 과실이 나의 것이라고 주장한 그 순간이었다고 말한다. 바로이 '개(個)'의 문화를 대표하는 인물이 나폴레옹인데, 톨스토이는 위대한 것의 기준을 순진과 선민과 정의에 둠으로써 나폴레옹에 대한 우상 숭배라는 관념을 깨뜨리고 있다.

외면적 가치를 대표하는 나폴레옹과 내면적 가치를 상징하는 쿠투조프를 대비시켜 놓고서 톨스토이는 두 문화를 비교하였다. 나폴레옹의 성격 묘사에 사용한 '위대한', '영광의', '호화로운', '번쩍이는' 등과 같은 형용사는 그 어느 것도 쿠투조프의 모습과 결부시킬 수 없다. 쿠투조프는 일견 이름이 없는 사람같이 보인다. 작가는 그를 '노인(老人)'이라 부르며, 농가(農家)의 소녀는 러시아군 총사령관인 그를 '할아버지'라고 친근하게 부르고 있다. 쿠투조프는 처녀처럼 눈물이 많고 인정(人情)에 약한 사람이며, 자기주장도 하지 않고, 사람들 앞에 나서지도 않는다. 그는 명성을 중요하게 여기지도 않는다. 유명한 필리에서 열린 최고군사회의 장면을 상상해 보는 것으로도 충분할 것이다. 농가 집 방의 어두운 구석에 앉아 졸고 있는 쿠투조프를 당시의 러시아 독자들은 민족적 수치라고까지 혹평했다. 그러나 톨스토이는 소박하고 겸허했으며, 따라서 "진정 위대한 이 인물을 구라파적인 영웅의 척도로는 잴 수 없었다"라고 변명했다.

『노자』의 제68장에는 다투지 않고 사람들 앞에서 자기를 낮추는 성인(聖人)의 덕(德)에 대한 서술이 있는 바, 쿠투조프의 처세술과 대단히 유사하다고 할 수 있다.

무위의 본질을 톨스토이는 계란을 깨고 태어나는 병아리의 예를 들어 설명했다고 앞에서 언급했다. 『전쟁과 평화』에서도 동일한 사고방식이 보인다. 나폴레옹이 모스크바 퇴각을 시작했을 때, 여러 장군들은 적군을 포위하여 섬멸전을 전개할 것을 요구했다. 그러나 쿠투조프는 "눈 덩어리를 속히 녹이기 위해서 열(熱)을 가할 필요는 없다. 열을 가하면 더욱 굳어진다. 자연의 힘으로 녹을 때까지 기다려야 한다. 인내와 시간이 필요하다"라고 주장한다.

쿠투조프는 또한 도망치는 적군에게 오히려 '황금의 다리'를 만들어 주라고 이야기한다. "적군이 하루라도 앞서 러시아 영토에서 물러가면 좋은 것이, 인간의 피는 물이 아니며, 불필요하게 피를 흘려서는 안 되기 때문이다"라고 말한다. 모스크바 총독 라스토프친은 이와 같이 사고하는 쿠투조프를 미친 사령관이라고 부른다. 쿠투조프는 위에서 말한 바와 같이 나폴레옹이 러시아 국토로부터 내쫓기고 전쟁이 타국으로 옮겨졌을 때 자신의 사명은 끝났다고 생각한다. 쿠투조프는 운명론자는 아니었다. 운명은 인격적 교섭과 인식 활동을 허용치 않는다. 쿠투조프의 사고 방법에는 합리적인 요소가 다분히 들어 있는데, 그것은 오히려 노자의 무위론에 가깝다고 할 수 있다.

『전쟁과 평화』에 등장하는 수많은 인물의 형상을 통해 톨스토이는 '개(個)'를 존중하는 문화와 그와 반대로 자연을 본받아 사는 두 문화를 대비시키며 후자에 동참한다.

만년의 톨스토이는 일기에 다음과 같이 쓰고 있다.

> 오늘은 참으로 감동적인 날이다. 한밤에 꿈에서 노자가 나타나 함께 담화(談話)를 나누었다. 무위의 의미, 무위를 하는 사람의 존재를 알 것 같다. 밤중에 머리가 맑아져 참으로 기뻤다.

톨스토이는 무위를 하는 사람을 대문자로 표기하였는데, '무위를 하는 사람'은 대인(大人)이란 뜻에서다.

쿠투조프의 승리는 전쟁에서의 승리였을 뿐만 아니라 자연을 본받아 사는 인간들의 승리를 의미한다. 물론 노자의 시각으로 작품에 등장하는 다른 중요 인물들 — 플라톤 카라타예프, 피에르 베주호프, 니콜라이 로스토프의 성격 분석, 그리고 또 소설에 제기된 철학적 문제, 자유(自由)와 필연성의 문제를 규명하는 것도 흥미 있는 작업일 것이다. 그러나 이것은 다음 과제로 넘기기로 한다.

특기하여야 할 것은 『전쟁과 평화』 집필시에 톨스토이는 노자의 이름조차 듣지 못했다는 사실이다. 노자의 이름은 1879년 말 평론가 스타소프에게 보낸 편지에 처음 나타나는데, 이는 『전쟁과 평화』의 집필이 끝난 지 10년 후였다. 중요한 점은 톨스토이가 이 소설을 창작하면서 노자로부터 직접적인 영향을 받았다는 것이 아니라, 노자적 사고방식이 톨스토이에게 잠재적으로 유존(有存)하고 있었다는 사실이다. 물론 『전쟁과 평화』를 러시아 및 서유럽의 사상, 철학, 문화 전통과 관련하여 생각지 않고는 이 대서사시적 작품을 이해할 수 없을 것이다. 그러나 동양적 요소도 역시 톨스토이의 종합적 예술세계를 형성하는 중요한 구성 성분이라고 여겨진다.

오늘날 세계 도처에서 가치관의 재평가가 이루어지고 있을 때『전쟁과 평화』를 노자적 시각에서 재독(再讀)하여 재고(再考)하는 작업은 또한 시대의 요구라 할 수 있겠다.

만년의 톨스토이는 '세계문고(世界文庫)'(전 인류에게 바이블과 같은 역할을 할 문고 시리즈) 간행을 꿈꿨다. 1888년 5월 야스나야 폴랴나로 톨스토이를 방문한 미국 학자 윌리엄스 데드는 작가를 회상하면서 "그는 중국인 공자, 맹자, 노자에 대해 깊은 존경심을 갖고 있다. 이 철학자들의 저작은 불경과 함께 우선적으로 출판해야 한다"54)라고 전하고 있다.

톨스토이는 위에 열거한 동양의 고전(古典)이 성서 및 서양의 탁월한 사상가들의 저작과 더불어 수백만의 동서양 독자들을 올바른 길로 유도할 것이며, 인류역사 발전에 거대한 영향을 줄 것이라고 확신하고 있었다. 노자에 의하면 '양(陽)'과 '음(陰)'은 대립물이 아니며, 서로 보충함으로써 조화를 만들어 낸다. 로망 롤랑이 말한 <톨스토이에 대한 동양의 대답>은 또한 <동양에 대한 톨스토이의 대답>과 관련되어 있다 해도 과언이 아닐 것이다.

---

54) Тодстоя и зарубежныймнр, Дитературнео насдедство. т. 75 (톨스토이와 외국 세계『文學遺産』75권). Москва, 1965. 110쪽.

무위론(無爲論) — 노자(老子)와 톨스토이

문화공간(文化空間)에 있어서의 해후(邂逅)는 시간을 초월한다. 19세기 70년대에 『노자(老子)』를 처음으로 읽고 경탄(敬歎)한 톨스토이는, "노자가 이때까지 알려지지 않은 것은 이상하다. 사상(思想)이 대단히 깊고, 그 문체(文體), 표현방법(表現方法)이 참으로 중국식(中國式)이다"55)라고 말하였다. 만년(晚年)의 톨스토이는 『노자』를 언제나 곁에 두었다고 전해지고 있다. 그러면 그 무엇이 이문화(異文化)를 대표하는 두 거인(巨人)을 밀접하게 맺었는가. 왜 우리는 수천년의 거리가 있는 이 두 동서사상가(東西思想家)의 이름을 나란히 적어 부르는가.

1891년 톨스토이는 자기 생애(生涯)의 제단계(諸段階)에서 가장 큰 영향을 받은 서적의 리스트를 작성하였는 바, 받은 감명(感銘)의 심도(深度)를 '거대(巨大)한', '대단히 큰', '큰'의 3단계로 나누었다. 50세부터 63세 사이에 가장 감명받았던 11권의 서적(書籍)을 지적하였는데, 그중에는 『복음서(福音書)』·『에피구테타스』(거대한), 『공자(孔子)』·『맹자(孟子)』(대단히 큰)와 더불어 『노자』를 내세우며 '거대한' 영향을 받았다고 쓰고 있다.

톨스토이는 노자의 『도덕경(道德經)』에 대하여 언급하면서 "이것은 대단히 훌륭한 책이다. 영어·프랑스어·독일어에서 노어(露語)로 번역하고 싶다. 물

---

55) 마코비츠키, 『야스나야 폴랴나 手記』第二券 (모스크바 ; 나우카출판사, 1979) 348쪽.

론 원문과는 퍽 멀어지겠지만, 나는 중국어를 배우기 시작하려고까지 생각하였
다"56)라고 말하였다. 사실 톨스토이는 1893년에 두 차례 — 첫 번에는, E. 포포
프 씨와, 다음에는 일본인(日本人) 고니시 마스터로(小西增太郎) 씨와『노자』를
번역하고 있었다.『노자』는 당시 러시아의 뛰어난 인물들, — 특히 톨스토이 —
에게 강한 자극을 주었다.

　주지하다시피 공자와 노자의 면회(面會)에 대해서는 전설이 전해 내려오고
있다. 이것은 두 대척적(對蹠的) 인물들의 만남이었다. 공자는 '그래야 할 인간'
으로 주장하면서, 사회의 계급적(階級的) 분화(分化)는 필연적인 것이라고 인정
하였다. 이와 반대로 노자는 인간의 자연을 존중하면서, 인간에게 있어서 제일
중요한 것은, 자연적 본질(本質)이라고 한다. 도교(道敎)의 입장(立場)에서 보면,
인간은 우주(宇宙)의 중심(中心)이 아니라 자연의 일현상(一現象)이며, 따라서
자연과 융합(融合)하여야 하는 것이다. 톨스토이는 인간존재(人間生存)의 뜻을
탐구하면서 고민하였던 시기, 즉 그의 세계관에 일대전환(一大轉換)이 있었던
시기에 노자와 만났다. 노자의 사고방식(思考方式), 그리고 표현의 간결성, 단편
적 구상, 추상적 사고를 통하여 독자의 사고를 자극하는 표현방법은 톨스토이
에게 깊은 인상을 주었다.

　공자에 대해서는 톨스토이는 다음과 같이 말하고 있다.

　　공자를 읽었다. 나는 그의 발밑에도 미치지 못한다. 그러나 그의 고상한 사상에는
　　죽(粥) 같은 뒤범벅이 있다고 생각된다.57)

　톨스토이는 노자학설(老子學說)의 중심을 무위론으로 보고 있다. 또 그는 "이
무위란 개념이 정확하게 번역되어 있다면, 그것은 고의로 이상하게 표현한 것

---

56) 위의 책, 480쪽.
57) 위의 책, 第一券, 64쪽.

같이 생각되지만, 이 무위야말로 노자사상의 중심을 관통하고 있다"[58]고 말한다. 흔히 '무위'를 '일체 행동의 거부(拒否)'처럼 받아들이는 경우가 적지 않다. 러시아의 저명한 철학가 소로비요프는 '무위'를 '완전한 무관심(無關心)'으로 해석한다. 오늘 인도의 브라마(Brahma)교는 완전한 무위, 일체 행동의 중지(中止)를 요구한다. 일련(一連)의 문화 연구자들은 동양인의 소극성(消極性)·비활동성(非活動性)을 '무위'와 관련하여 구명(究明)하려고 한다. 그러나 이것은 의문이다.

노자는 다음과 같이 말한다.

학문을 하면 날마다 날마다 할 일이 더 많아지고, 도(道)를 하면 날마다 날마다 할 일이 줄어든다. 줄고 또 줄어서 하는 일이 없기에 이른다. 즉 무위에 도달한다. 무위의 경지에 이르면 작위(作爲)하지 않건만 하지 않는 것이 없다.
천하(天下)를 차지하는 것도 항상 하는 일 없는 것 — 즉 무위 — 로 한다. 하는 일이 있기에 이르면 벌써 천하를 취할 수는 없는 것이다[59]

노자의 언설(言說)은 일견 표현이 서툰 문장으로 보여지며, 풍부한 패러독스로 이루어진다. 학문은 혜택(惠澤)일 뿐 아니라, 그릇된 행위의 근원(根原)이 될 수 있다. 얻고 동시에 잃는다. 가짜 지식을 버리고 사물의 자연적 흐름에 따라서 행동하여야 한다. 노자는 벌써 수천 년 전에 우리의 불행원인(不幸原因)이 우리가 일을 안 하는 것이 아니라 필요이상 일하는 것이라고 간파하고 있다. 그러기에 성인(聖人)은 만물(萬物)의 자연을 따르는 외에는 행동을 하지 않는다. 행동을 하지 않는다는 것은 만물의 자연의 뜻과 반대로 자기의 욕정(慾情)에 사

---

58) 『톨스토이 記念全集』 39~40券, 351쪽.
59) 『老子』 第48章. 以下 『老子』에서의 引用은 南晩星 譯, 『老子道德經』(서울 ; 乙酉文化社, 1988)에 의존함.

로잡혀 작위를 하지 않는 것, 그것이 바로 무위를 하는 것이다.

무위는 보편적 가치를 갖고 있으며, 그 작위의 범위는 정치분야(政治分野)에 까지 미친다. 『노자』 제60장에는 "큰 나라를 다스리는 것은 작은 생선을 삶는 것과 같다"고 한다. 국민생활(國民生活)을 지나치게 간섭하지 말아야 하며, 많은 법령(法令)을 만들 필요도 없다. 오히려 국민 각자의 자연스러운 생활에 맡기고 인위적인 작위를 하지 않아야 한다. 그것은 작은 생선을 삶을 때에는 제대로 폭 삶아지도록 가만히 내버려두어야 하는 것과 같다.

톨스토이는 노자의 무위론을 '탁월한 인식의 철학'이라 부르고 있다. 예를 든다면, "그는 병아리가 계란을 깨고 살아 나오기 위해서는 외부로부터의 도움이 필요없다. 외부로부터 손을 대면 해(害)를 준다. 시간이 되면 자연의 힘으로 껍질을 뚫고 나온다. 그러니 무위란 아무것도 하지 않는 것이 아니다. 어쩌면 우리 생활에서의 가장 집중적이며, 적극적인 변화과정(變化過程)이라 할 수 있겠다"60)라고 생각하였다.

진리란 천재(天才)처럼 단순(單純)한 것이다. 노자의 학설(學說)도 그렇다. 그러나 우리는 아직도 무위론의 본질을 파악하였다고 말할 수는 없다. 뿐만 아니라 노자의 무위론은 세계에 널리 알려지지도 않고, 또 많은 사람들은 그에 대하여 의문을 갖고 있다. 그러나 톨스토이는 노자의 무위론을 위대한 진리라고 믿는다. 그는 "만일 우리가 이 교의(教義)를 따른다면, 선(善)을 — 즉 착한 일을 — 행하기 위해서는, 그 정반대(正反對)의 악(惡)을 행해서는 안 된다고 자각할 것이다"라고 말하고 있다. 톨스토이는 <무위>란 제목으로 논문을 발표하였지만, 그것은 한 번도 대중(大衆) 시리즈로 출판되지 않았다. 이 논문은 톨스토이의 전집(전90권)에는 실렸지만, 톨스토이의 유심적(唯心的) 관념론(觀念論)이라 하여 비판 받았다. 톨스토이 자신은 이 논문의 의의(意義)를 자각하면서 여덟

---

60) 『레프 톨스토이와의 인터뷰와 談話』(모스크바, 1982) 377쪽.

번이나 다시 고쳐 썼다.

톨스토이가 <무위>란 논문을 집필한 동기는, 1893년 불란서의 저명한 작가 에밀 졸라가 학생집회에서 한 '노동과 과학의 의의'에 대하여 논한 연설이었다. 노동과 현대문명의 제문제(諸問題)를 언급하면서, 톨스토이는 노자의 무위론에 입각하여 논술을 시작하고 있다. 이 사실은 노자가 19세기 구라파 최고의 지성들의 논쟁에 톨스토이와 함께 참가하였다고 하여도 과언이 아닐 것이다. 졸라는 노동과 과학은 인류에게 건강과 기쁨을 주고, 사람들은 많은 재해(災害)로부터 구조한다고 주장하였다. 그러나 톨스토이는 졸라가 문제의 반면(半面)만 보고, 이면(裏面)에 주의를 돌리지 않는 것이 불만이었다.

> 노동을 한다? 무엇 때문에? 아편(阿片) 공장주(工場主)도, 신형(新型) 무기(武器) 발명자도 일하고 있는 것은 틀림없다. 그러나 인류의 행복을 위해서는 오히려 그들이 일을 그만 두는 것이 좋지 않을까? 우리는 순간이라도 좋으니 일을 중지하고 생각하는 일을 해보자.[61]

지금 하고 있는 일이 자기의 이성에 위반되지 않는가 생각하는 것이 중요하다고 톨스토이는 반론(反論)한다.

졸라는 학생제군(學生諸君)이 신(神)의 힘을 믿지 말고 우상숭배(偶像崇拜)로부터 벗어나야 한다고 역설(力說)하였다. 만일 졸라가 신학자들의 공론(空論)에 대하여 말한다면 이의(異議) 없다. 그러나 자기의 마음속에 신을 갖고 있지 않는 사람은 참회(懺悔)하지 않는다고 하면서 톨스토이는 이것은 인간에게 있어서 불행한 것이라고 주장한다. 톨스토이는 또 다음과 같이 강조한다.

만일 내가 사람들에게 충고할 수 있다면, 나는 금세기(今世紀)에 사는 사람들에게

---

61) 『톨스토이 記念全集』. 29권 35쪽. 36쪽.

가장 중요하다고 생각하는 단 한 가지를 말하고 싶다. 부탁합니다. 일순간(一瞬間)
이라도 좋으니 일을 중지하고, 주위를 살펴보면서 나란 무엇이며 어떻게 살아야
하는가를 생각하여 보십시오. 그리고 또 이상(理想)을 잊어서는 안 됩니다.62)

노자의 도덕 가치척도(價値尺度)에 있어서 중요한 자리를 차지하고 있는 것
은 '종순(從順)'의 덕(德)이라 할 수 있다. 노자는 높은 산봉우리보다는 산기슭
의 골짜기를 즐긴다.

최상의 선(善)은 물과 같은 것이다. 물은 모든 생물에게 이로움을 주면서 다투지
않는다. 모든 사람들이 싫어하는 낮은 곳에 즐겨 있다. 그런 까닭에 물은 도(道)에
거의 가까운 것이다.(『노자』 제78장)

천하에 물보다 더 부드럽고 약한 것은 없다. 그러나 굳고 강한 것을 공격하는 데에
는 능히 물보다 나은 것이 없다. 어떤 것도 물과 바꿀 만한 것이 없다.
약한 것 — 물 — 이 강한 것을 이기고, 부드러운 것이 모진 것을 이기는 것을
천하에 모르는 사람은 없다. 그렇지만 이것을 능히 자신에게 옮겨서 실행하지
는 못한다. (『노자』, 제78장)

골짜기와 강, 그리고 물은 『노자』에 많이 나타나는 한 가지 상징이다. 톨스토
이는 그의 난세(亂世)의 일이었던 『인생의 길』(1910)에서, 이 골짜기와 물의 상
징을 수차 반복하며 의역(意譯)으로 인용하고 있다.

강(強)한 사람이 되려면 물처럼 행동하는 것이 좋다. 장해물(障害物)이 없으면 흐
르고, 댐에 부딪히면 멎고, 댐이 무너지면 또 흐른다. 사각형의 그릇에 담겨지면

---

62) 위의 책, 41쪽.

사각형이 되고, 원형의 그릇에 담겨지면 둥글어진다. 자기주장(自己主張)을 하지 않으니 물은 무엇보다도 온순하고 또 무엇보다도 강한 것이다.

외면적(外面的) 위엄과 권력을 경시(輕視)하는 노자의 교의(敎義)는 톨스토이의 사상과 일치하는 점이 많다. 노자에게 있어서 사물의 본질은 물처럼 여성적이며, 여성의 유연성(柔軟性)을 남성(男性)의 폭력(暴力)에 대치(對置)하여 찬미(讚美)한다. 이와 같은 가치관은 동양의 미학(美學)에 영향을 주고 있다. 거대한 것의 외면적 가치에 적은 것의 진정한 의의를 대치하며 중요시함은 동양미학의 한 특징이라 할 수 있다.

이와 같은 도덕적·미학적 견지에서 출판하면 폭력의 일체, 모든 전쟁의 부정에 도달함은 지당하다고 하지 않을 수 없다. 톨스토이는 『노자』의 제31장 "훌륭한 무기라는 것은 실은 상서롭지 못한 기구(器具)이다. 세상 사람들은 항상 그것을 미워한다. 그러므로 유도(有道)한 사람은 무기를 쓰는 일을 좋아하지 않는다"를 읽고 펄쩍 뛰며 기뻐하였다고 톨스토이와 같이 『노자』를 번역한 일본학자 고니시 마스터로는 회상하고 있다.

"이것은 참으로 통쾌하다. 이와 같이 극론(極論)하니 노자가 위대하다 하지 않을 수 없고 또 존경하지 않을 수 없다. 3천 년 전에 이와 같은 반전론(反戰論)을 고창(高唱)하였으니 경복(敬服)할 수밖에 없다"라고 격상(激賞)하였으나, 다음 구절 "무기라는 것은 상서롭지 못한 기구이지, 군자의 기물(器物)은 아니다. 부득이하여 그것을 쓰게 되면……"을 읽고 톨스토이는 불쾌한 얼굴빛을 나타내며, "뭐라고, 부득이하여 그것을 쓰게 되면"이라고 "괘씸하다. 노자라는 분이 이와 같이 말할 도리가 없다. 인쇄할 때 오류가 있지 않았을까. 후세의 학자들이 자기 멋대로 덧붙였을 수도 있다. 연구가 필요하다"[63]라고 말하

---

63) 木村毅, 『老子解說』(東京; 日本古書通信社, 1968) 22~23쪽

였다. 『인생의 길』이나 『인생독본(人生讀本)』에서도 『도덕경』의 제31장은 인용하지 않았다.

전쟁과 도덕문제에 있어서 톨스토이는 어떠한 타협도 용서하지 않는다. 그는 러시아 문학의 시초(始初)이며 러시아 고전문학 최고의 작품으로 알려진 『이골 공(公)의 원정(遠征) 이야기』를 높이 평가하지 않았다. 이유는 이 애국적 영웅서사시(英雄敍事詩)가 이골 공이 타국(他國)을 공격(攻擊)하는 원정 이야기이며, 톨스토이의 사상과는 인연이 먼 것이었기 때문이다. 『전쟁과 평화』에 등장하는 쿠투조프 장군은 나폴레옹이 러시아 국토로부터 내쫓기고 전장이 타국으로 옮겨졌을 때 자기의 사명은 끝났다고 생각한다. 그런데 이제까지 일부 톨스토이 연구가들은 『이골 공의 원정 이야기』에 나타난 '애국주의' 사상이 어떻게 『전쟁과 평화』에 전통으로써 계승되고 있는가를 밝히려고 애를 쓰고 있다. 많이 반성할 여지가 있다고 본다.

무위론은 지금까지 3천 년간 계속되어 존재하고 있다. 그러나 우리는 아직도 이 교의를 따르고 있다고는 할 수 없다. 무엇이 무위를 하는 것을 방해하고 있는가. 이 문제에 대답하면서 톨스토이는 현실에 대한 우리의 태도, 견해를 바꿔야 한다고 주장한다. 그는 물질숭배가 쌓아올린 현대문명이 궁지(窮地)에 빠진 오늘, 우리들은 정신적 존재로서의 인간을 재발견하여야 한다고 주장하면서 다음과 같이 쓰고 있다.

이성을 존중하고, 사랑을 받고 싶은 심정(心情)을 나에게 내려 주시고, 나를 낳아 주신 신(神)의 힘이 과연 인생의 목적이란 내 개인의 행복이며, 나의 생명은 내 것이며, 따라서 그것은 타인의 생명도 포함하여, 자기 마음대로 사용하여도 좋다고 주장하는 나를 용서하지 않을 것이다. 그렇다면 결코 우리가 욕심부리는 개인적 행복도, 가족과 국가의 행운도 달성 못할 것이라고 나는 확신한다. 힘을 쓰면 쓸수록, 그것은 나의 이성과 그리고 사랑하고 사랑을 받고 싶은 나의 심정과 모순을

일으킨다.64)

현대세계는 근본적으로 개조(改造)하지 않으면 안 된다는 것은 누구나 다 인정하는 바이다. 그러나 그것은 우리가 가치관을 바꿔야 한다는 것과 결부되고 있다. 인간이 우주의 중심이며 따라서 자연을 복종시킬 권리가 있다고 보는 입장으로부터 인간을 자연의 일현상(一現象)으로 생각하는 견지로 넘어가야 할 것이며, 또 무위의 본질을 파악하는 것이 중요한 것이다. 그와 같은 가치관의 변천은 이미 일어나고 있다. 구소련에서 '수소폭탄의 아버지'라고 불리워진 사하로프 박사의 예는 그것을 여실히 증명하고 있다. 그는 자기가 하는 일을 멈추고, 생각하는 일을 하여 그 결과 무서운 핵무기의 신발명(新發明)을 딱 잘라 거절하였다.

세계 각국에는 여러 가지 박물관이 있다. 역사박물관 · 의장(衣裝)박물과 · 광석(鑛石)박물관 등등. 그러나 물[水]박물관이 있는 나라를 나는 알지 못한다. 물이야말로 생명의 근원임에도 불구하고, 옛날부터 사람들은 전쟁의 영웅을 숭배하여 왔다. 금세기 초에 일본학자 岡倉天心은 유명한 저서『차(茶)의 근본(根本)』을 쓰고, "구라파 사람들은 일본이 차의 기예(技藝)를 즐기고 있었을 때는 이 나라를 '야만국(野蠻國)'이라 불렀는데, 일본이 대륙에서의 전쟁에 이겨 '피의 연회'를 벌여 놓았을 때에는 이 나라를 '문명국'이라 하였다. 만일 문명이란 것이 그런 것이라면, 우리는 야만인으로 남는 것이 좋을 것이다"라고 비탄에 잠겼던 것이다.

우리에게 중요한 것은 무기로 장식한 박물관보다는 자연으로서의 인간의 본질을 표현하는 '물의 궁전(宮殿)'일 것이다. 옛적부터 많은 시인, 화가들이 물을 찬양하여 작품을 쓰고 창작하였으니, 그것은 우연한 사실이 아니다. 물에 대한

---

64)『톨스토이 記念全集』. 29권   43쪽.

138

태도를 통하여 우리는 이 지상의 온갖 생물에 대한 태도를 보여 줄 수 있을 것이다.

노자의 물의 철학의 근본은 '유순(柔順)'이다. 물론, 맹목적(盲目的) 순종과는 다르다. 이것은 이웃에 대한 사랑이며 연민(憐憫)의 정(情)이다. 『도덕경』은 저 무자비한 전국시대에 인간에 대한 애정으로 성립된 교의이다. 노자는 "적에게 선(善)으로 대하라"고 설교한다. 이것은 기독교의 이웃 사람에 대한 의성적(儀性的) 애(愛)와 가깝다고 할 수 있다. 예수는 당신을 모욕하며 내쫓는 자를 위하여 기도하라고 설교한다. 톨스토이는 노자의 교의와 기독교의 본질은 같다[65]고 말한다. 톨스토이의 견해는 맹렬한 비판을 받았다. 그는 러시아에 도교와 기독교를 혼합하여 옮겨 심으려 한다고 비난 받았다.

물론 노자의 철학과 기독교의 우주관, 인생관 사이에는 차이가 있다. 예를 들면 노자가 말하는 "만물은 무에서 발생한다"이다. 노자철학에는 신(神)의 자손으로서 인간이란 개념도 없다. 그러나 톨스토이가 주목하는 것은 이 상위점(相違點)보다 각 민족, 각 종교를 연결하는 공통점, 말하자면 우주인류(宇宙人類)를 형성하는 박애(博愛)사상인 것이다 톨스토이는 복음서(福音書)를 유일한 진리라고 보지 않는다. 그는 어떤 한 종교를 다른 종교 위에 내세우지 않는다. 종교의 본질은 같은 것으로 이해한다. 그러므로 톨스토이의 난세의 일이었던 『인생의 길』에서는 '신(神)'·'애(愛)'·'무위'의 3장이 나란히 기술되어 있어 독자의 마음을 끌고 있다.

저명한 불란서 작가 로맹 롤랑은 <톨스토이에 대한 동양의 대답>이란 논문에서, 톨스토이의 동양문화에 대한 영향은 서양보다도 더 깊다고 쓰고 있다. 사실 마하마트 간디, 라빈드라 나트 타고르, 루쉰, 有島武郎, 이광수 등 근대동양문학의 저명한 작가들은 톨스토이의 영향을 많이 받고 있다. 그러나 톨스토이

---

65) 위의 책, 39~40권, 351쪽 참조.

에 관한 동양의 대답은, 동양에 대한 톨스토이의 대답과 관련되어 있다 하여도 과언이 아닐 것이다.

만년의 톨스토이는 '세계문고(世界文庫)' — 전 인류에게 바이블 같은 역할을 할 문고 — 라는 시리즈 간행을 꿈꾸고 있었다. 1888년 5월 야스나야 폴랴나에 톨스토이를 방문한 영국 기자 윌리엄 스테드는 당시를 회상하면서 다음과 같이 쓰고 있다.

> 그는 (톨스토이) 중국인 공자, 노자에 대하여 깊은 존경심을 갖고 있다. 이 철학자들의 저작은 불경(佛經)과 함께 우선적으로 출판하여야 한다.66)

톨스토이는 위에 열거한 동양의 고전이 성서 및 서양의 탁월한 사상가들의 저작과 더불어 수백만의 동서독자들의 일상생활을 올바른 길로 유도할 것이며, 인류역사발전에 거대한 영향을 줄 것이라고 확신하고 있었다.

『도덕경』의 의의에 대한 인식은 오늘날 전 세계에 널리 퍼지고 있다. 출판계의 뉴스에 의하면 『도덕경』은 지금 동서양 각국에서 가장 많이 번역되고 있는 서적 중의 하나이다. 노자가 살고, 글 쓴, 그 다난(多難)한 동란(動亂)의 시대는 참으로 우리 시대와 근사(近似)하다. 노자는 이 세상의 모든 것은 상대적이란 것을 꿰뚫어보고, 기성(旣成)의 도덕적 규범에 맹목적으로 종복(從僕)함을 거부하였다. 가치관의 근본적 재검토가 절실하게 요구되고 있는 오늘, 노자의 사고방식은 우리와 대단히 가까운 것이다.

오늘날 가치관의 변천은 우리의 세계관 자체와 관련되고 있다. 세계 6분의 1의 지역에서의 공산주의 실험은 실패로 끝나고, 19세기 아메리카에서 일어난 실용주의 사상도 신뢰감이 희박해졌다.

---

66) 『톨스토이와 外國世界』(『文學遺産』 75권, 모스크바 ; 나우카출판사, 1965) 110쪽.

140

격렬한 논쟁은 인식론을 둘러싸고 벌어지고 있다. 존재에 관한 논리 일점적(一點的)인 분석을 통한 접근은 점점 의문시되고 있다. 존재의 본질을 요구하면서 구라파는 동양철학에 주목하기 시작하였다. 하이데거는 존재의 의미를 파악하기 위해서는 다만, 이성 하나를 갖고서는 불가능하며, 그것은 우선 깊이 깨닫는 것(悟)이라 한다. 하이데거뿐만 아니라 20세기의 저명한 작가·사상가인 헤르만 헤세, 사린쟈도 같은 생각을 하고 있다.

톨스토이와 노자의 해후(邂逅)는 종교, 민족분쟁이 소란한 오늘날에 살고 있는 우리에게 어떤 교훈을 주고 있는가. 그것은 새로운 정신적 가치를 창조하기 위해서는 모두가 '자기 것'만 아니라 '타인의 것'을 존중하며 총합(總合)하는 것이 오늘의 복잡한 문제를 해결하는 또 한 가지의 전제조건(前提條件)이란 교훈을 깊이 인식하는 것이 아닐까 생각한다.

『전쟁과 평화』 재고 — '무위론'의 시각으로

최근까지도 톨스토이와 동양의 관련성은 주로 그가 동양에 대해 언급했던 관점을 중심으로 고찰됐으며, 연구자들은 그 이면에 대해서는 별다른 관심을 보이지 않았다.

톨스토이는 유럽과 아시아 사이에 위치한 러시아에 대해 끊임없이 사고하였으며, 평생 동양의 정신을 비롯하여 동방 문화의 근원을 이해하려고 노력하면서 동양에 대한 깊은 관심을 잃지 않았다. 잘 알려진 <중국인에게 보내는 편지>(1906)에서 톨스토이는 중국과 페르시아, 인도 민족들의 역사적 사명에 대해 언급했다. 톨스토이에 따르면, 이 민족들은 전 인류가 처해 있는 '전환기적 상태'로부터 벗어날 수 있는 방법을 모든 민족에게 제시할 운명을 갖고 있다. 일본 작가 토구토미 로카와의 대화에서, 톨스토이는 러시아와 동양 민족들의 사명에 관한 자신의 생각을 구체화하면서, 이 사명이란 '사람들이 참된 삶을 영위할 수' 있도록 제반 여건을 만들어 주는 것이라고 말한다. 그 이유는 '기계의 도움으로 이룩한 문명'의 조건에서 존재하는 것은 '정말 아무 가치도 없기' 때문이다. 톨스토이의 의견을 논박할 수는 있다. 그러나 우리는 오늘날처럼 인간이 기계 문명에 병들어 있는 한, 지구는 결코 건강을 회복하지 못하리라는 사실을 분명히 느낄 수 있다.

고대 동양의 정신적 유산에 관심을 보이면서, 톨스토이는 자신이 보편적 진리를 찾아 고통스럽게 헤매는 과정 속에서 깨달았던 것과 비슷한 것이 그 속에 많이 들어 있음을 발견한다. 그러나 톨스토이의 사고와 감정 속에 담겨 있는 바로 이 '동양적 체계'로 인해 그는 오랫동안 비난을 감수해야만 했다. <톨스토이학의 새로운 테마>(1992)에서 로무노프는 이렇게 쓰고 있다. "우리 사회에서 일어나고 있는 급격한 변화의 상황 속에서 사회의 향후 민주화와 휴머니즘화의 과정에 참여하면서 우리의 문예학은 '기독교와 러시아 문화', '기독교와 러시아 고전문학' (……), '러시아 정교회와 톨스토이' 등과 같은 테마에 관한 이전의 입장을 재고하지 않을 수 없다.(참고문헌 5, 10쪽) 위의 테마들에 우리는 '톨스토이와 불교', '톨스토이와 동양의 철학적 유산'과 같은 테마를 더 덧붙일 수 있을 것이다."

톨스토이에게 아시아 제 민족들에 대한 '문명적 우월'이라는 개념은 아주 낯설었다. 유럽인들이 동양 민족들을 정복한 것은 정신적으로 우월하기 때문이 아니라, 그 반대 때문이라고 톨스토이는 말한다. 톨스토이의 평등에 관한 이러한 느낌은 절대로 '인위적이거나' 작위적인 것이 아니라, 러시아 정신 속에 내재한 전 인류적 동정심과 함께 러시아와 동양이 역사적 및 심리적으로 가깝다는 그의 확신에서 자연스럽게 흘러나온 것이다. 1905년 12월 초, 중국인 평론가 장진툰의 편지에 답하면서 톨스토이는 러시아와 중국의 문화적 근원 속에는 노동과 도덕적인 면에서 공통의 이상이 있다고 이렇게 쓰고 있다. "당신의 말에 동의합니다. 러시아와 중국, 이 위대한 두 민족 사이에는 내적 및 정신적 관련성이 있습니다. 우리는 서로 손을 맞잡고 걸어가야만 합니다." 톨스토이의 동양에 관한 견해 속에는 러시아 문화의 유라시아적 특징이 반영되어 나타난다.

톨스토이에게 있어 동양은 근대 및 현대 서구의 경우처럼 지적 시야를 넓히기 위한 일종의 지식의 대상이 아니었다. 톨스토이는 스스로의 정신 발달을 위해 동양의 지혜를 배워나갔다. 그에게 있어서 동양적 근원은 내적으로 서양의 그것보다 더 가까운 것이었다.

이러한 의미에서 1909년 5월 5일자 톨스토이의 일기를 살펴보자. "우울하다. 불만족스럽다. 아마도 내적인 불만인 듯하다…… 노자에 관한 책읽기는 나에게 아주 중요했다. 노자와는 정반대되는 나쁜 감정이 든다. 즉 자만심과 노자가 되고 싶다는 소망." 서구와 동양 모두가 경탄해 마지않는 이 위대한 작가는 고대 중국의 철학자를 자신의 도덕적 귀감으로 생각하고 있다.

D. P. 마코비츠키는 톨스토이가 어떤 것에 관한 자신의 의견을 말하면서 노자를 자주 인용하곤 했다고 회상한다.

그렇다면 이 다양한 두 문화의 두 거인을 가깝게 해 주는 것은 무엇일까? 시간상으로 아주 멀리 떨어진 이 두 인물을 서로 나란히 세우게 만드는 것은 무엇일까? 이 러시아 작가가 동양의 정신 유산을 어떤 식으로 받아들였는지 — 이 복잡한 모든 문제들을 한 번에 아우를 수는 없으므로 이는 다음의 과제로 남겨두자. 여기서는 위에서 우리가 제기한 문제들만을 살펴보기로 하자.

1

노자와 톨스토이 사이에는 수천 년의 시간이 그들 사이를 가로막고 있다. 노자는 기원전 6세기에 태어났다. 그러나 문화적 공간에서의 만남에서 시간이란 아무 의미가 없다. 1870년대에 노자와 만난 톨스토이는 놀라움을 금치 못했다. "그가 알려지지 않았다는 사실이 참으로 이상하다. 이 중국 사상가의 말과 편지는 얼마나 심오한가."(참고문헌 6, 2권, 348쪽) 톨스토이의 측근들에 따르면 <노자>는 마치 톨스토이의 일상생활에 들어온 것처럼 항상 작가의 '곁에' 놓여 있었다.

1891년에 톨스토이는 지금까지 살면서 강한 인상을 받았던 책들을 정리하였는데, 인상의 정도에 따라 세 단계 — 엄청난 인상, 아주 강한 인상, 강한 인상 — 로 나누었다. 열한 권의 책과 저자들 중에는 복음서(엄청난 인상)와 공자와 맹자(아주 강한 인상)가 있다. 톨스토이가 50세에서 63세까지 탐독했던 책들 중에는 <노자>가 있는데, 평가는 '엄청난 인상'이었다.

<노자>란 단어를 우리는 < > 속에 넣었는데, 왜냐하면 이것은 책제목이기도 하고 저자 이름이기도 하기 때문이다. 이 저자는 혼란과 내란이 점철되었던 아주 먼 과거에 살았으며 후세에게 오천 자로 이루어진 저서를 남겼다. 고대인들은 이 저서를 <노자>라는 저자의 이름으로 명명하였다. 책이 바로 사람이기 때문이다. 이 저서는 후에 『도덕경』 — 『도덕성에 관한 이야기』 혹은 『도와 행복에 관한 책』 — 이란 제목을 얻게 된다.

톨스토이는 이렇게 쓰고 있다. "이것은 놀라운 책이다. 나는 이 책을 (영어, 불어, 독어에서) 러시아어로 번역할 작정이다. 물론 (원본)텍스트와는 많은 차이가 있을 것이다. 나는 중국어를 배우기 시작하려고까지 했다."(참고문헌 6, 2권, 480쪽)

실제로 톨스토이는 두 번에 걸쳐, 즉 1893년 포포프와 공동으로, 그리고 2년이 지난 후 야스나야 폴랴나에서 일본인 코니시 마수타로와 공동으로 『도덕경』의 러시아어 번역에 적극적으로 참여하였다. 2500년이 지난 후 러시아는 노자의 창작을 접하게 되었다. 이 저서는 지식인들에게 자극을 주었고, 지난 세기의 가장 통찰력 있는 사람들 중의 한 사람인 톨스토이에게 빛을 가져다주었다.

공자와 노자의 만남에 관한 이야기가 전해져 내려왔다. 이 만남은 서로 반대 그룹에 속한 두 사람의 만남이었다. 공자는 책임 있는 인간을 주장함과 동시에 상류와 하류, 두 계층으로 사람들을 분류하였으며, 노자는 자연적 인간을 주장함과 동시에 인간에게 중요한 것은 그의 본성이라고 생각했다. 자연을 중요한 보편적 근원으로 여기는 데서 출발한 도교의 원칙은 인간에게 특별한 역할을 부여하지 않는다. 도교의 가르침에서 인간은 자연 현상 중 하나에 불과하며 자연과 함께 불가분의 하나를 이루게 된다.

톨스토이는 자신의 세계관이 근본적으로 바뀔 무렵에 삶의 의미를 찾아나가는 과정에서 <노자>와 접하게 된다. 도교는 그의 생각과 가까운 것이었다. 노자의 사유 스타일, 내용이 풍부한 간결함, 단편성, 실제로는 모순되지 않지만 겉으로는 모순되게 보이는 판단들 ― 이 모든 것이 톨스토이의 마음에 들었다. “노자의 판단은 독자의 사고 활동 체계에 자극을 주면서 최종적인 결론과 예기치 않은 맺음으로 독자를 끌고 간다”고 톨스토이는 말한다.

공자에 대해 톨스토이는 이렇게 언급한다. “나는 공자도 읽었는데 나와는 맞지 않는 것 같다. 그에게는 놀라운 최고의 사상과 어수선한 생각들이 서로 뒤섞여 있다.”(참고문헌 6, 1권, 64쪽)

톨스토이는 노자의 사상에서 중요한 구성 요소가 바로 ‘무위(無爲)’, 톨스토이가 번역한 대로 ‘아무것도 하지 않음’이라고 생각한다. “만일 번역가가 제대로 번역했다면, 흔히 이 사상은 일부러 이상하게 표현되었지만, 어디서나 모든 가르침의 근원이 된다.”(참고문헌 10, 39~40권, 351쪽)

‘무위’는 종종 모든 활동의 거부라고 이해된다. 러시아 철학자 솔로비요프는 무위를 가리켜 ‘완벽한 무관심’이라고 해석한다. 실제로 인도의 바라문 교도들(바라문교의 추종자들)은 완전한 무위를 설교하면서 어떤 종류의 행동도 중지해야 한다고 말한다. 몇몇 문화연구자들은 자신들이 동양의 정체성(停滯性)이나 수동성, 혹은 사변성으로 받아들이는 그 무엇과 ‘무위’를 연관시킨다. 그러면 이제 노자 자체를 살펴보기로 하자.

“학문을 하면 날마다 할 일이 더 많아지고, 도를 하면 날마다 할 일이 줄어든다. 줄고 또 줄어서 결국 무위에 이른다. 즉 아무것도 하지 않지만 모든 것이

146

이루어진다. 천하를 차지하는 것도 무위에 의해서 가능하며, 행동하는 사람은 이미 천하를 차지할 수 없다.(『현자의 저서』, 모스크바, 1987)”

노자의 사상은 패러독스와 다 말하지 않음에 근거한다. 학문에 의해 얻은 지식은 행복뿐만 아니라 혼란의 근원이 될 수 있다. 얻으면서 잃는 것이다. 오히려 삶의 자연스러운 흐름을 믿고 거짓된 지식을 거부하는 것이 더 낫다. 이미 머나먼 시대에 노자는 우리의 수많은 불행이 우리가 무엇인가를 하지 않아서가 아니라 그 반대로 우리가 지나치게 많은 일을 하기 때문이라는 사실을 알고 있었다. 그렇기 때문에 “진실로 현명한 이는 모든 존재의 자연스러움을 따르면서 감히 행동을 하지 않는다.” 개인의 소망이나 전횡을 위해 강제로 무언가를 바꾸고 변화시키려는 그 어떤 시도도 하지 않는다. 노자에 따르면, 이것이 바로 ‘무위를 하는 것’이고, 수동성과는 아무 관련이 없다.

모든 위대한 발견이 그렇듯이 노자의 사상은 놀라울 정도로 단순하다. 그러나 인류는 이와 같은 인생관의 심오함을 제대로 이해하지 못할 뿐만 아니라 여전히 의혹의 눈길을 보낸다. 톨스토이는 이렇게 말하고 있다. “이것은 우리가 아주 자주 잊어버리곤 하는 위대한 진리이다. 만일 우리가 이 사상의 필연성을 인정한다면, 선행과는 정반대인 악행을 그만두지 않은 채 선행을 시작해서는 안 된다는 사실을 이해하게 된다.”(참고문헌 10, 40권, 388쪽)

오늘날 유감스럽게도 몇몇 사람만이 톨스토이의 <무위>라는 논문을 알고 기억하고 있다. 이 논문은 커다란 시리즈 형태로 출판된 것은 아니었다. 그러나 톨스토이는 이 논문에 중요한 의미를 부여했다. 그는 여덟 번에 걸쳐 이 논문을 고쳐 썼다. 그가 이 논쟁적인 논문을 쓰게 된 동기는 대학 만찬회에서 있었던 노동과 과학을 옹호하는 에밀 졸라의 강연이었다.

‘무위’는 중국 철학자의 사상을 소개하면서 시작된다. “노자 사상에 따르면 사람들의 모든 재해는 사람들이 필요한 일을 하지 않았기 때문이 아니라 할 필요가 없는 일을 하기 때문에 생겨난다. 그렇기 때문에 만일 사람들이 무위에 이른다면, 그들은 개인적인 모든 재해뿐 아니라, 노자가 특히 염두에 두고 있는 사회적 재해로부터도 벗어날 수 있을 것이다…… 그리고 나 역시 그의 생각이 옳다고 생각한다.”(참고문헌 10, 29권, 185쪽)

노동이나 문명에 관한 생각에 있어서 톨스토이는 도교의 가르침에 근거한다. 노자는 톨스토이와 함께 19세기 말 유럽의 지성인들과 논쟁을 시작한 것이다.

졸라의 강연은 그 일방성 때문에 톨스토이의 마음에 들지 않았다. ‘생활을 건강하고 즐겁게 만들고 수많은 고통으로부터 사람들을 벗어나게’ 하는 과학의 이로움에 대해 말하면서 그는 그 이면에는 아무런 관심을 기울이지 않는다. 노동? 그러나 무엇을 위해? “아편 공장주도 신형 무기발명자들도 그밖의 다른 군복무자들도 일하고 있다. 그러나 이 모든 노동자들이 자기 일을 그만둔다면 인류는 더욱 행복해진다는 사실은 아주 명확하다. 인간은 한순간 일을 멈추고 생각에 잠기고, 자신이 하고 있는 일과 이성의 요구를 상호 비교해야만 한다.”(참고문헌 10, 29권, 35쪽)

우리는 이와 같은 평범하고 명확한 진리에 아주 오랫동안 귀를 기울이지 않았다. 인간은 갈수록 관조하지 않고 항상 행동하고 있다. 결과적으로 우리는 무엇으로 변했는가? 생각의 능력을 잃어버린 얼굴 없는 개미군단으로, 일단의 나사로 변해 버렸고, 그래서 잔인하게 변했다. 지금도 우리 모두는 혼란의 정도를 깨닫지 못하고 있다.

졸라는 젊은이들에게 높은 곳을 쳐다보지 말고, 그 어떤 최상의 힘을 믿지 말고, 이상(理想)에 빠지지 말라고 권고한다. 물론 그가 신학적 헛소리를 염두에 둔 것이라면 그의 말이 옳다. 그러나 이상이나 마음속의 신이 없다면 — 톨스토이는 말한다 — 인간은 사고 능력을 잃게 되고, 이 우주 전체는 멸망할 수밖에 없다. 톨스토이의 말을 들어 보자. “그렇게 해서 만일 나에게 단 하나의 충고

148

내가 생각하기에 우리 시대 사람들에게 가장 이롭다고 여겨지는 그런 충고를
해 달라고 부탁한다면, 나는 한 가지만 말할 것이다. ‘제발 한순간만이라도 멈
춰 서시오, 일을 중지하시오, 주변을 둘러보시오, 그리고 과연 당신이 무엇인지,
당신이 어떤 사람이 되었어야만 했는지에 대해 생각해 보시오, 그리고 이상에
대해 생각해 보시오.’라고”(참고문헌 10, 29권, 41쪽)

노자는 최고의 가치들 중에서 제일 첫째로 덕(德)을 꼽는다. 그는 높은 산봉
우리보다는 주변보다 낮아지려고 노력하는 골짜기나 강을 더욱 즐긴다. “최고
의 덕은 물과 같다. 물은 모든 존재에게 선을 베풀고 절대로 그들과 논쟁하지
않기 때문에 좋다.” <노자>의 한 대목이다. 다음과 같은 구절도 있다. “약한
자는 강한 자를 이기고, 부드러움은 딱딱함을 이긴다. 모든 사람이 이 사실을
알고 있지만, 사람들은 이 사실을 실행에 옮길 수 없다.”

다음과 같은 일화가 있다. 노자가 늙은 선생님을 찾아가 교훈을 요청하자, 선
생님은 입을 벌리고 이렇게 물었다. “이가 있느냐? 없지. 혀가 보이느냐? 보이
지. 바로 그것이다!⋯⋯”

골짜기와 물의 형상은 『도덕성에 관한 이야기』에서 자주 반복되는 특별한 상
징이다. 톨스토이는 『인생의 길』에서 이 상징을 여러 차례 사용하고 있다. 책에
는 다음과 같은 구절이 있다. “강한 사람이 되려면 물처럼 되어야 한다. 장애물
이 없으면 물은 흐른다. 댐이 있으면 물은 멈추고, 댐이 무너지면 물은 다시 흐
른다. 사각형의 그릇에 담겨지면 물은 사각형이 되고, 원형의 그릇에 담겨지면
원형이 된다. 자기 주장을 하지 않으니 물은 무엇보다도 온순하고 또 무엇보다
도 강하다.”(참고문헌 10, 40권, 143쪽)

외적 명성과 권력, 위선적 위엄을 경시하는 도교의 가르침은 톨스토이에게
친숙한 것이다. 사물의 본질은 여성적이다. 노자는 영웅적 관점에서 삶을 바라
보지 않으며, 그와는 반대로 거친 남성적 힘에 대치하여 부드러운 여성적 아름

다움을 찬미한다. 그는 위선적 위엄의 외적 징후의 반대편에 약함과 작음의 진실한 가치를 대립시켜 놓는다.

이와 같은 도덕적 사고의 발전은 자연적으로 모든 폭력과 전쟁을 부인하게 만든다.

· <노자> 제31장을 읽고 난 후 톨스토이는 이렇게 환호했다. "정말 놀랍다! 그는 모든 것을 끝까지 다 말하고 있다! 노자는 위대하다! 벌써 삼천 년 전에 그는 전쟁을 부인했다. 감탄할 만하다"라고 일본의 번역가 코니시 마수타로는 회상한다. 그 장에는 다음과 같이 씌어 있다. "좋은 군대는 불행을 (낳는) 수단으로서 모든 존재의 미움의 대상이다. 그래서 도(道)를 따르는 사람은 군대를 사용하지 않는다……."(참고문헌 1, 124쪽)

다음 구절을 읽던 톨스토이는 갑자기 눈살을 찌푸린다. 거기에는 다음과 같은 글이 있었다. "군대는 불행의 도구이기 때문에 덕망 있는 (군주)는 군대를 사용하려고 하지 않으며, 군주는 어쩔 수 없을 경우에만 군대를 사용한다." 톨스토이는 격분했다. "바로 이런 걸 타협이라고 하는 거야. '군대는 불행의 도구'라는 말을 하자마자 전혀 다른 말 '어쩔 수 없을 경우……' 따위의 말을 하다니. 절대로 노자는 이런 말을 했을 리가 없다. 혹시 후대에 덧붙여진 것은 아닐까? 밝혀내야 한다."(참고문헌 3, 22~23쪽)

어쨌든 톨스토이는 이 구절에 더 이상 관심을 가지지 않았고, 그는 이 구절을 자신의 '민중적 저서'들이나 '현자들의 매일매일의 생각' 그 어디에도 언급하지 않았다. 한편 현대 중국 연구가들은 이 구절의 진위에 의혹을 나타내면서 그것이 후대에 들어와 이루어진 해석상의 착오라고 생각했다. "승리는 장례 행렬로 맞이해야 한다" — 바로 이것이 진짜 노자의 말이다.

"민족들 상호간의 무력 증강은 상호 무력 증강의 악순환을 초래하고, 그것은 노예화된 모든 민족들의 끔찍한 학살, 파멸, 퇴행의 결과를 가져오리라고 확신한다. 또한 그 누구도 만일 현재의 질서가 앞으로 몇십 년간 계속된다면, 그것은 결국 전 인류의 비극으로 이어질 것을 믿어 의심치 않는다.” 이미 19세기 말 톨스토이는 이렇게 경고한다. “이제 모든 사람들은 제3차 대전이 요한계시록, 세계의 종말이 되리라는 사실을 확신한다. 그들은 알고 있다, 그러나……”

톨스토이는 노자와 함께 우리의 현재를 근본적으로 변화시켜야 한다고 우리에게 말한다. 그러나 개혁을 위해서는 가치에 관한 우리의 사고에 방향 전환이 이루어져야 한다. 우리는 뒤를 돌아보고 다시 생각을 고치고 우주에서 스스로를 중심이 아닌 단일한 전체의 일부분임을 인식해야 한다.

노자에게 있어서 물의 철학적 상징은 덕이다. 복종이 아니라 사랑을 위한 덕, 가까운 이에 대한 동정이다. 덕은 도교의 세 가지 중요한 가치 중의 하나이며, 다른 두 가지는 인간애와 검소함이다. 인간에 대한 사랑이 없다면 이런 가르침은 불가능하다. 혼란과 고통의 시기에 노자가 쓴 도에 관한 위대한 저서는 인간에 대한 사랑으로부터 탄생하였다. “미움에 대해 선행으로 답하시오”라고 노자는 말한다. 노자의 말을 가까운 이에 대한 헌신적 사랑에 관한 기독교의 설교와 비교해 보자. ‘아는 이’나 ‘친지’가 아니라 적이나 날 모욕한 자에 대한 사랑인 것이다. “당신을 모욕하고 괴롭히는 이들을 위해 기도하시오” — 라고 그리스도는 호소한다.

톨스토이는 이렇게 확신한다. “노자 사상의 본질은 기독교 사상의 본질과 같다.” 그리고 이렇게 덧붙인다. “노자나 기독교의 본질 모두 모든 육체적인 것을 거부함으로써 인간 삶의 근본을 이루는 정신적, 신적(神的) 본질을 발현시키는 데 있다.”

물론 이 중국 철학자의 우주론은 기독교의 우주론과 다르며(“모든 존재는 ‘무’에서 탄생한다”), 노자에게는 ‘신의 아들’이라는 개념도 없다. 그러나 톨스토이는 차이점을 찾기보다는 사람들을 하나로 결합하고 인종과 종교의 차이 없이 전 인류의 형제애의 핵을 구성하는 공통점을 찾으려고 노력한다.

『도덕경』에는 다음과 같이 씌어 있다. "외양 — 이것은 도의 꽃이요, 무식의 근원이다. 그래서 (위대한) 사람은 본질적인 것을 취하고, 하찮은 것을 버린다. 그는 열매를 취하고 그 꽃을 버린다. 그는 전자를 선호하고 후자를 거부한다."

톨스토이는 복음서를 유일한 진리라고 생각하지 않았고, 그는 기독교를 다른 종교들보다 위에 있다고 생각하지 않았다. 모든 종교가 단 하나의 기원에서 지혜를 얻어 내는데, 어떤 하나의 종교가 나머지 다른 종교들 위에 선다는 것은 말도 안 된다. 『인생의 길』에는 '신'과 '사랑'이라는 장이 '무위'와 나란히 있다.

자신의 유명한 저서 『톨스토이의 삶』(1911)에 덧붙인 <톨스토이에게 보내는 아시아의 응답>이라는 논문에서 로망 롤랑은 "톨스토이가 아시아에 미친 영향은 아마도 그가 유럽에 끼친 영향보다 아시아의 역사에 있어서 더욱 중요하다"라고 말한다. 이 말은 옳은 듯하다. 마하트마 간디, 라빈드라나트 타고르, 루신, 아리시마 타케오 — 동양의 거의 모든 새로운 문호들이 톨스토이의 '외투'에서 나왔으니 말이다. 그러나 <톨스토이에게 보내는 아시아의 응답>은 역시 <아시아에 보내는 톨스토이의 응답>의 결과라고 말해도 과장은 아닐 것이다.

2

『전쟁과 평화』를 창작하면서 톨스토이는 노자의 철학을 접하지 못했다. 그때문에 톨스토이의 소설에 나타난 윤리 철학적 관점을 비롯하여 등장 인물들의 사고 형태, 행동 특징 등이 이 중국 철학자의 사상과 서로 비슷해 보인다는 사실은 더욱 놀랍다.

그러나 『전쟁과 평화』에 나타난 바로 이 '동양적 특징'으로 인해 《러시아

통보》에 소설이 처음 출판되자마자 엄청난 논쟁이 일어났다. 쿠투조프가 톨스토이에 의해 '비하'되었으며, 작가가 그릇된 원칙에서 출발하여 '미개한 동양적 운명론'을 지닌 일방적이고 작위적인 형상을 창조해 냈다는 것이다. 게다가 연구자들은 쿠투조프를 『전쟁과 평화』에 등장하는 톨스토이의 사랑받는 인물들 속에 포함시키지 않았다. 러시아뿐만 아니라 서구유럽의 비평계도 '아시아의 스텝으로 깊숙이 떠난' 톨스토이를 용서하지 않았다.

정말 쿠투조프가 톨스토이가 묘사한 것처럼 아무것도 하지 않는 사령관이요, 러시아 민족성의 '완벽한 아시아적' 신비주의적 특성을 지닌 운명론자일까?

쿠투조프의 게으름과 능청스러움에 대해서 언급하는 사람들은 톨스토이가 아니라, 궁정 사람들이다. "늙고 뚱뚱하고 항상 졸린 듯한 신하이며, 게으른 총사령관이라고 차르의 젊은 측근자들은 그를 가리켜 말하곤 하였다……." 톨스토이는 위와 같은 평가와 일정한 간격을 두면서 말한다.

실제로 쿠투조프의 행동 양식은 사령관하면 머리에 떠오르는 세간의 여론과는 맞지 않았다. 차르의 측근들과 젊은 장교들은 쿠투조프의 '무위'의 숨겨진 의미를 이해하지 못한 채 격분하였다. 쿠투조프 자신은 안드레이 공작과 대화를 나누면서 자신의 '무위'의 근본을 이루는 소중한 이면을 드러낸다. "요새를 함락하는 것은 어렵지 않다 — 라고 그는 말한다 — 전투를 이기는 것이 어렵다. 이를 위해서는 돌격이나 공격이 필요한 것이 아니라 인내와 시간이 필요하다…… 알다시피 인내와 시간이라는 두 전사(戰士)보다 더 강한 것은 없다. 이 두 가지가 모든 것을 해결해 줄 텐데, 조언자들에게는 들리지 않으니, 바로 그게 문제야! 누구는 원하고 누구는 원하지 않는다. 도대체 어떻게 하지?…… 자네에게 무엇을 할 것인지, 그리고 내가 무엇을 생각하는지 말해 주지. 이봐, 결정하지 말고 — 이렇게 말하고 그는 잠시 입을 다물었다 — 그냥 있는 거야."(참고문헌 10, 11권, 172쪽).

현명한 안드레이 공작의 의식을 통해 톨스토이는 총사령관에 대한 자신의 의견을 보여 준다. "그에게는 자신만의 것이란 아무것도 없다. 그는 아무 생각도 하지 않고, 아무 행동도 하지 않는다 — 안드레이 공작은 생각한다 — 그러나 그는 모든 걸 다 듣고, 모든 걸 다 기억하고, 모든 걸 다 제자리에 올려놓고, 모든 이로운 것을 방해하지 않으며, 모든 해로운 것을 허락하지 않는다. 그는 자신의 의지보다 더 강하고 더 의미 있는 그 무엇이 있음을 알고 있다. 그것은 바로 거역할 수 없는 일의 흐름인데, 그는 그것을 볼 줄 알고, 그 의미를 이해할 줄 알고, 이 의미를 고려하여 이들 사건에 참여하거나 다른 쪽으로 향한 자신의 의지를 모두 거부할 줄 안다."(참고문헌 10, 11권, 173쪽)

일견 쿠투조프의 '무위'는 노자에게서처럼 실제로는 그의 의지가 담긴 행동임을 알게 된다. 그는 거부할 수 없는 일의 흐름을 보고, 그 역사적 의미를 이해하는 능력으로 행동을 거부하고, 행동을 향한 의지적 노력을 거부한다. 위의 인용문에서 우리는 쿠투조프의 내적 사고 활동을 강조하는 일련의 동사를 발견하게 되며('기억하다', '볼 줄 안다', '이해한다'), 동시에 외적 행동을 거부하는 동사들을 발견한다('아무 행동도 하지 않는다', '허락하지 않는다', '일의 참여를 거부할 줄 안다'). 쿠투조프는 사건 발전에 대한 그의 생각과 맞지 않는 모든 대상을 받아들이지 않는다. 결정적인 순간 그는 확고함을 보여 주고 자신의 의견을 주장한다.

만일 소설 텍스트를 주의 깊게 읽는다면, 모스크바 퇴각 이후 '아무 행동도 하지 않는' 쿠투조프가 무엇보다 두려워한 것은 나폴레옹 측의 똑같은 '무위'이다. 함락된 모스크바에 입성한 나폴레옹은 적극적인 군사·정치적 활동과 다른 여타의 활동에 전념하지만, 쿠투조프가 걱정한 것은 그것이 아니라 있을지도 모르는 나폴레옹의 '무위'였다. "그는 나폴레옹 군대, 군 전체이든, 그 일부이든 간에 군대의 거대한 움직임을 머릿속에 그려 보았다. 페테르부르크를 향해, 그를 향해, 혹은 그를 우회해서 움직이는 그들의 모습을. 또한 나폴레옹이 자기가 썼던 수법으로, 즉 자기를 기다리며 모스크바에 남는 작전으로 대항할지도 모른다는 우연성도 머릿속에 그려 보았다(바로 이것을 걱정했다)."(참고문헌 10, 12권, 112쪽)

그러나 이 우연은 벌어지지 않았다. 그 순간 쿠투조프 한 사람만이 그와 같은 우연이 발생할 수 없었음을 알고 있었다. 그 한 사람만이 '진행 중인 사건의 의미를 이해했다.' 작가의 의견에 따르면, 나폴레옹 군대는 '그 무엇으로도 구원받을 수 없었는데, 왜냐하면 군대는 그 속에 파멸의 조건을 지니고 있었기 때문이다.'(참고문헌 10, 12권, 114쪽) 작가는 역사에 관한 자신의 도덕적 관점에 근거하고 있다. 침공에는 도덕적 정당성이 있을 수 없다.

톨스토이에 따르면, 쿠투조프의 공적은 전략적 운용이 아니라 의식적인 '무위'에 있다. 장군들뿐 아니라 차르조차 무위에 대해 총사령관을 비난하고, 또 그가 '모스크바를 포기한 것에 대해 모욕당한 조국 앞에 책임을 져야 한다'라는 점을 환기시킬 때 쿠투조프는 이전처럼 '무위'로 답했다. "바로 그가 총사령관이라는 직책에 따라 공격을 감행해야 하는 사람인 것 같은데, 러시아 군대를 무익한 전투로부터 벗어나게 하기 위해 온갖 노력을 기울였다."(참고문헌 10, 12권, 70쪽) 쿠투조프 자신의 생각을 알아보자. "그들은 우리가 공격을 감행하면 패배할 뿐이라는 사실을 알아야 한다. 인내와 시간, 바로 이것이 나의 용맹스런 전사들이다! — 쿠투조프는 생각했다. 그는 아직 덜 익은 사과를 딸 필요가 없으며, 괜히 사과도 나무도 못쓰게 만들고, 자기 이빨만 상하게 한다는 사실을 알고 있었다."

그리고 나폴레옹이 모스크바를 떠난 뒤, 쿠투조프는 적을 섬멸하도록 즉시 전쟁을 요구하는 장군들의 반대편에 섰다. "눈덩이를 빨리 녹일 수는 없다. 일정한 시간의 한계가 있는데, 그 이전에는 아무리 노력해도 녹일 수가 없다. 반대로 온기가 더해지면 남은 눈은 더욱 단단해진다. 러시아군 지도부들 중 쿠투조프를 제외한 그 누구도 이 사실을 이해하지 못했다."(참고문헌 10, 12권, 116~117쪽)

톨스토이는 노자의 가르침을 평하면서 다시금 쿠투조프의 '무위'에 의의를 부여한다. 설익은 사과와 눈덩이의 형상은 톨스토이가 노자 사상의 본질을 설명하면서 했던 말과 서로 공통점이 있다. 톨스토이는 이렇게 쓰고 있다. "계란 속에서 병아리를 꺼내기 위해 그 어떤 노력을 할 필요가 없는 것과 마찬가지이다. 잘못하면 병아리에게 해를 줄 뿐이다. 적당한 순간에 병아리는 본성의 힘에 의해 스스로 알을 깨고 나올 것이다. 그러므로 무위는 아무것도 하지 않음을 의미하는 것이 아니라, 아마도 우리 삶에 있어서 집중력이란 의미에서 가장 적극적인 과정 중의 하나가 아닐까 생각한다."(참고문헌 2, 377쪽) 톨스토이에게 있어서 '무위'는 '위대한 이해'의 철학이다.

이렇게 쿠투조프의 사고와 행동은 처음에는 이상하게 보였지만 점점 정당성을 얻게 된다. 톨스토이 이전에는 푸슈킨만이 천재적인 명민함으로 쿠투조프의 '활동적인' 무위의 현명함을 발견하였다. 푸슈킨은 이렇게 쓰고 있다. "쿠투조프 한 사람만이 보로디노 전투를 제안할 수 있었고, 쿠투조프 한 사람만이 모스크바를 적에게 내줄 수 있었고, 쿠투조프 한 사람만이 나폴레옹을 불타는 모스크바에서 잠재우고, 운명적인 순간을 기다리면서 바로 이 현명한 무위 속에 남아 있을 수 있었다. 왜냐하면 쿠투조프 한 사람만이 민중의 신임을 얻는 운명이었기 때문이며, 그는 그 기대를 저버리지 않았기 때문이다."(참고문헌 7, 485~486쪽)

푸슈킨은, 아무것도 하지 않는 것이나 운명론과는 다르게, '현명한 무위'로서 쿠투조프의 '무위'가 지니는 역사적 의미를 정확하게 이해했다. 톨스토이는 쿠투조프의 형상을 창조하면서 푸슈킨의 생각을 계승하고 확대시키며 심화시켰다. 톨스토이에게 있어서 '무위'란 '위대한 이해'의 철학이다.

이미 언급한 것처럼 톨스토이에 따르면 쿠투조프의 공로는 천재적인 전략적 운용이 아니라, 진행 중인 사건의 의미를 이해하고 역사적 사건을 조종하는 '모든 원인들 중의 가장 큰 원인'을 이해한 데 있다.

쿠투조프는 '모든 원인들 중의 원인'인 '민중의 생각'을 마음으로 느낄 수 있었다. 쿠투조프 자신이 마치 민중의 생각 속으로 침투하여 그 속에 용해되어 그것과 합류되는 듯했고, 민중의 생각을 신뢰했다. 바로 이것이 그로 하여금 어떤 직감으로 사건의 자연스러운 흐름을 보고 느낄 수 있도록 해 주었다. 그리고 이 과정을 방해하지 않고, 이 과정의 내부, 즉 그 안에 있어야 함을 알았다. 나폴레옹 전쟁의 역사를 연구하면서 톨스토이는 바로 이 러시아 장군이라는 인물의 근본적 특징이 전략을 짜는 군 지도부들의 의지가 반영된, 그 어떤 전략계획보다 훨씬 더 중요하다는 결론에 이른다.

나폴레옹 군대가 파멸하는 순간 사방에서 복수심이 끓어오를 때 쿠투조프는 무엇을 하는가? '자기 한 사람만이 예견했던 프랑스인들의 파멸'이 '마음속의 유일한 소망'이었던 쿠투조프는 퇴각하는 적군에게 '황금의 다리'를 만들어 줘서 하루라도 빨리 러시아 땅에서 적군을 몰아내야 한다고 장군들에게 말한다. 모스크바 총독 라스토프친은 쿠투조프를 향해 '러시아적 감정'을 모욕하는 미친 사령관이라고 말하면서, '보복 공격'을 감행할 것을 요구한다.

그러나 쿠투조프는 전쟁에서 패하여 퇴각하는 적군 모두가 '포로가 되고자 하는 유일한 소망'을 갖는 이때 섬멸전은 의미가 없다는 사실을 알고 있다. 그는 이렇게 생각한다. "전쟁이나 도로 차단, 아군의 죽음이나 불쌍한 적군의 잔인한 죽음이 무슨 필요가 있는가? 모스크바에서 바지마까지 싸움 한 번 없이 적군의 삼분의 일이 사라지는 판국에 왜 그런 것이 필요한가?"(참고문헌 10, 12권, 117쪽) 복수심이 아닌 동정심은 쿠투조프 자신도 갖고 있는 '민중의 사상'

의 반영이었다. 악에 대해 저항할 수 있는 길은 선행뿐이다. 톨스토이에 따르면, 이것은 보편적인 방법이다. 그러므로 쿠투조프는 증오와 파괴를 거부한다.

나폴레옹이 모스크바에서 퇴각한다는 전갈을 받는 장면에서 깊은 민중적 감정을 지닌 쿠투조프의 모습이 잘 나타난다. "신이여, 나의 창조주시여! 제 기도를 들어주셨군요…… — 떨리는 목소리로 그는 양손을 포개며 이렇게 말했다. — 러시아는 살았습니다. 신이시여, 감사합니다! — 라고 말하고 그는 울음을 터뜨렸다."(참고문헌 10, 12권, 113쪽)

환성을 터뜨린 것이 아니라 울음을 터뜨린 것이다! 그는 되살아난 조국에 대해 기쁨의 눈물을 흘린 것이다. 군사적 성공 뒤에는 수천 명의 돌아올 수 없는 생명들이 있다는 사실에 눈물을 흘린 것이다.

민중들이 생각할 때, 전쟁은 '인간적인 자연스러움과 대립되는 그 무엇'이다. 쿠투조프는 전쟁 상황이 국경을 벗어나자마자 자신의 임무는 끝났다고 생각한다. 그는 러시아의 국경 근처에서 숨을 거둔다. 톨스토이는 더 이상 라이프치히 전투나 파리 함락에 대해 묘사할 필요가 없었다.

여기에서 다시금 <노자>가 생각난다. "전장에서는 군인을 애도하는 자들이 승리를 거둔다." 그리고 같은 책 31장에서 우리는 다음과 같은 글을 읽는다. "중요한 것은 평온을 유지하는 것이며, 승리하였을 경우 스스로를 칭찬하지 않는 것이다. 승리에 대해 스스로를 칭찬하는 것은 바로 사람들의 죽음에 대해 기뻐함을 의미한다. 사람들의 죽음을 기뻐하는 자는 사람들의 신임을 얻을 수 없다…… 승리는 장례 행렬로 맞이해야 한다."(참고문헌 1, 124쪽)

'무위'에 관한 노자 사상은 인간에 대한 사랑에서 출발한다. 혼란과 광란의 시기를 살았던 이 고대 철학자는 나라 전체가 무의미하고 잔인한 내란의 불길 속에 타오를 때 사람들을 향해 자기 주위를 둘러보고 자신과 자신의 예정된 운명에 대해 생각할 수 있도록 잠시라도 멈추어 설 것을 호소했다. 톨스토이 역시 논문 <무위>에서 이것에 대해 말한다. "당신이 무엇인지, 당신이 어떤 사람이 되었어야만 했는지 한번 생각해 보시오" 톨스토이는 '다시 생각'해야 한다는 필연성 속에서 '무위'의 의미와 함께 노자 사상에 나타난 노자적인 전쟁 반대의 본질을 발견한다. 노자의 생각은 『전쟁과 평화』에서 톨스토이가 표현한 '민중 사상'과 맥을 같이한다.

아마도 톨스토이의 위대한 서사시는 무엇보다도 러시아 역사, 러시아 삶, 러시아 전통에 고무되어 씌었을 것이다. 톨스토이의 역사철학적 관점과 1812년 사건에 대한 그의 생각의 근본 속에는 리하쵸프가 말한 것처럼, 광범위한 '고대 러시아적 실체'가 담겨져 있다. 러시아 경계 밖으로의 머나먼 행군의 부정, 진실로 위대한 것은 단순함과 진실함 속에 있다는 생각, 이름 없는 병사들의 공로에 대한 경배 등은 러시아 연대기적 역사에서 형성된 도덕 규칙과 관련이 있다. 『전쟁과 평화』의 관점은 13~17세기 러시아의 전쟁이야기의 확장된 개념인 것이다.(참고문헌 4, 133쪽)

그러나 이와 동시에 과거 서구와 동양의 철학자들에게서 '그 자신이 어렵게 도달한 바로 그 진리를 발견한다'고 말한 톨스토이의 시인 역시 중요하다.(참고문헌 6, 2권, 307쪽)

톨스토이는 『전쟁과 평화』를 끝내고 난 후 10년이 지나서야 <노자>를 접하게 된다. 이 사실에 근거하여 일본 연구가 수에카네 타케오는 비록 톨스토이의 소설 속에 노자의 투영이 많이 나타나지만 노자 사상이 톨스토이에게 직접적인 영향을 주었다고 말하기는 어렵다고 말한다.(참고문헌 9, 92쪽) 이 모든 지적은 옳다. 그러나 그렇기 때문에 두 명의 세계적인 사상가의 철학적 사고가 유형적으로 흡사하다는 사실 자체가 우리에게 더욱더 커다란 흥미를 불러일으킨다고 생각한다.

라친은 『레프 톨스토이의 철학적 탐색』(1993)이라는 저서에서 흥미로운 의

견을 말한다. "고대 중국 철학에 관한 오랜 관심, 공자나 노자의 저서를 새롭게 읽을 때마다 얻은 정신적 만족 등은 톨스토이가 자신의 스승들을 의식적으로 선택했음을 말해 준다. 그들의 사상은 톨스토이 자신의 견해와 일치했다. 그래서 그들의 사상은 톨스토이 인생의 일부분이 된 것이다."(참고문헌 8, 144쪽) 여기에서 언급된 것은 후기 톨스토이였다. 이 러시아 작가에게 무언가 유전적으로 동양이나 혹은 동양의 우주론적 및 도덕적 개념과 가까운 경향이 있다고 가정하는 것은 옳지 않을 것이다. 이것은 부분적으로『전쟁과 평화』에서도 반영되었다.

『전쟁과 평화』를 쓰면서 톨스토이는 독자들이 작품의 주요 사상을 이해하지 못할까봐 우려하며, 1863년 3월 포고진에게 보내는 편지에서 이렇게 쓴다. "자유와 예속의 한계에 관한 나의 생각과 역사에 관한 나의 견해는 잠시 관심을 보인 우연한 패러독스가 아니다. 이들 사상은 내 인생의 모든 지적 작업의 결실로서, 그 누구도 모를 엄청난 노력과 고통에 의해 나의 마음속에 형성되었고, 또 나에게 완전한 평온과 행복을 가져다준 그러한 세계관의 중요한 일부를 구성한다. 동시에 내 작품 속에서 사람들이 귀족 처녀의 감성적 평가나 스페란스키에 대한 조롱 등, 자신들이 이해할 수 있는 시시한 것들에 대해서는 칭찬을 보내고, 정말 중요한 것은 그 누구도 알아채지 못하리라는 것을 나는 알았고, 또 알고 있다."

『전쟁과 평화』의 텍스트 연구사는 작가의 우려를 확신시켜 준다. 이미 작가의 동시대 비평가들은 이 소설의 관점에 대해 의혹을 제기했다. 쉘구노프 논문의 제목은 <정체의 철학>(1871)이었다. "톨스토이는 적극적인 행동은 진실한 힘이 아니라고 말한다. 그 반대로 지성인의 약함이 원동력이라고 말한다. 그러나 그것은 현대 사상가들이 우리에게 가르쳤던 것과는 정반대되는 견해이다. 누가 옳은가? 오귀스트 콩트인가 아니면 톨스토이인가? 서구인가 아니면 동양

인가? 누가 세계 역사를 이끄는가? 유럽인들인가 아니면 아시아인들인가?”(참고문헌 11, 392쪽)

동양의 ‘정체’ 철학에 대한 분개는 현대화의 길에 들어선 국가들에게 공통적으로 나타났다. 톨스토이는 합리주의와 영웅 숭배, 무엇으로도 제한되지 않는 ‘성공’을 향한 노력을 그 내용으로 하는 현대 사상의 범주 안으로 들어가지 않았다. 19세기 말 20세기 초 일본의 철학 잡지들은 마치 유럽에 대한 아시아의 후진성에 책임이라도 있다는 듯이 노자의 ‘정체’ 철학을 마구잡이로 폭로했다. 활동적이고 열정적인 나폴레옹에 대한 숭배는 현대화가 진행 중인 동양에서도 특징적이었다.

톨스토이의 논문 <무위>에 대해 일본의 반향은 자제하는 모습이 강했으며, <무위에 대한 톨스토이 이론에 대한 비평>(1895)이라는 글의 저자는 톨스토이의 견해를 사회 발전에 제동을 거는 유토피아적 환상이라고 평한다.

또 다른 예도 흥미롭다. 1928년 9월 한국의 중앙신문인 《동아일보》는 톨스토이 탄생 100주년을 기념하여 신문사의 요청에 따라 총영사 치차예프가 쓴 톨스토이에 관한 논문을 두 번에 걸쳐 실었다. 톨스토이의 창작을 ‘긍정적’인 작품과 ‘부정적’인 작품으로 나눈 뒤, 이 논문의 저자는 ‘허무주의’가 나타나고 ‘인류사회 발전의 보편 법칙’을 부정하는 작품을 읽지 말라고 독자들에게 권고한다. “이 러시아 작가의 거짓 이론의 해로움을 이해하기 위해서는 아시아 민족들의 ‘정체’에 관심을 기울이는 것만으로도 충분하다”고 논문의 저자는 결론을 내린다.

무위에 관한 학설은 이미 수세기 동안 존재하고 있다. 그러나 사람들은 그 학설을 따르지 않으며, 멈추어 설 수도 없다. 서로 죽고 죽이는 일이 계속 벌어지고 있다. 도대체 무엇이 사람들로 하여금 ‘무위’ 사상을 실행하지 못하게 하는가? 도대체 ‘무위’를 위해 필요한 것은 무엇인가? 삶에 대한 우리의 생각이 변해야 한다고 톨스토이는 말한다. 인간의 의식 자체에 변화가 일어나야 한다. 문명을 막다른 골목으로 몰고 간 물질주의적 존재와 개인주의적 횡포에 대한 숭배는 사라져야 하고, 인간은 스스로를 정신적 존재, 천상의 존재로서 의식해야 한다.

* * *

톨스토이는 일종의 성경과 같은 <세계 총서>를 발간하고자 했다. 영국인 기자 윌리엄 스테드는 1888년 5월 야스나야 폴랴나를 방문하고 난 후 이렇게 회상한다. "그는 공자, 맹자, 노자 등의 중국인들에 대해 깊은 존경심을 가지고 있다. 불교의 본질을 설명하는 책과 마찬가지로 이런 책들을 아마 맨 먼저 출판했을 것이다."(참고문헌 5-1, 110쪽)

톨스토이의 생각에 의하면, 이들의 저서는 복음서를 비롯하여 위대한 유럽 사상가들의 저서들과 함께 '수백만의 독자들에게 그들의 노동과 생활 속에서 안내서 역할'을 하고 '역사의 보편적인 발전'에 현저한 영향을 주어야만 했다.

그리고 현대화의 과정에 있는 아시아가 자신의 유산을 무시하고 '아시아로부터의 탈주'에 관심을 가질 때, 톨스토이는 동양의 인텔리들의 '아시아로의 귀환'을 적잖게 촉진했다는 사실이 언급되어야만 한다.

전 세계적으로 도교 사상의 '필요성'이 점점 더 폭넓게 인정받고 있다. 오늘날 『도덕경』은 동양과 서양에서 가장 자주 번역되는 책들 중의 하나이다.

우리 시대와 같은 혼란과 광란의 시기를 살았고, 이 세계에서 모든 것은 상대적이기 때문에 모든 종류의 도그마를 무시하였던 노자는 이전처럼 이미 형성된 도덕적 방침을 고수하며 사는 것은 불합리하다고 생각한다. 이 고대 철학자는, 예를 들어 무익함의 이로움에 대해 이렇게 말한다. "점토를 모양 있게 만들어서 용기를 완성한다. 용기의 사용은 용기의 비어 있음에 달려 있는 것이다." 인간은 항상 무언가를 꼭 할 필요는 없으며, 자기 자신이 될 줄 알고 또 되어야만 한다. 그리고 일종의 공허, '비어 있음' 속에 존재해야만 한다. 그것은 언뜻 공허하고 무익한 일(공자의 입장에서는)로 보일 수도 있지만, (노자에 따르면) 인간이 자신의 '나', 자신의 본질을 유지하기 위해서는 꼭 필요한 것이다.

존재에 대한 이성론적 접근은 인식의 이성적 및 분석적 방법과 함께 점점 더 의심을 받고 있다. 존재의 문제를 탐구하면서 유럽은 갈수록 동양과 동양의 철학적 유산에 눈길을 돌리고 있다.

종교적 및 민족적 독선이 판을 치는 오늘날 톨스토이와 노자의 만남이 우리에게 주는 교훈은 무엇인가? '자기 것'뿐만 아니라 '남의 것'도 이해하고 평가하는 법을 배우고 나서야 비로소 새로운 정신적 가치를 모두 함께 만들어 낼 수 있다는 것이다. 노자도 말한 것처럼, 양(밝음의 근원)과 음(어둠의 근원)은 서로 싸우지 않고 서로 채워 주면서 통일성의 하모니를 만들어 내는 것이다.

참고문헌

1. <고대 중국철학>: 2권 중 제1권, 모스크바, 1972.

2. <레프 톨스토이와의 인터뷰와 대담>, 베. 야. 라크쉰편, 모스크바, 1986.

3. 기무라 타케시, <노자>의 러시아어 번역에 부친 주석, 도쿄, 1986.

4. D. C. 리하쵸프, <문학—현실—문학>, 레닌그라드, 1981.

5. K. N. 로무노프, '톨스토이학의 새로운 테마', <야스노폴랴스키 논문집>, 툴라, 1992.

5-1. <문학유산> 75권. 톨스토이와 외국, 1권. 모스크바, 1965.

6. D. P. 마코비츠키, <톨스토이 곁에서: 야스노폴랴스키 노트>, 모스크바, 1979.

7. A. S. 푸슈킨, <전집>, 10권 중 제7권, 모스크바—레닌그라드, 1949.

8. E. I. 라친 <레프 톨스토이의 철학적 탐색>, 모스크바, 1993.

9. 수에카네 타케오, '톨스토이와 노자', <인문학>, 교토, 1961.

10. L. N. 톨스토이, <전집> 90권, 모스크바, 1928~1958.

11. N. V. 쉘구노프, <선집>, 제2권, 재판, 상트 페테르부르크, 1895.

톨스토이 창작에 나타나는 서정 — 서사적 통합성

톨스토이는 뛰어난 서사작가이다 — 우리는 이렇게 그를 정의내리고, 그의 작품에 나타나는 통일성과 일관성을 가능케 하는 여타의 다른 중요한 창작 요소들은 왕왕 간과해 버린다. 톨스토이의 예술적 특성은 흔히 섬세한 심리적 분석인 '영혼의 변증법'과 거대한 서사적 서술이 유기적으로 융합되는 선상에서 연구의 대상이 되었으며, 실제로 이것은 문학상 새로운 존재였다.

톨스토이의 많은 작품 중 중편소설 『카자크 사람들』(1862)은 이미 그의 스타일과 예술적 사유의 특성을 상당히 드러내며, 작가의 창작 전체를 아우르는 서술의 서정성과 서사성의 합일이라는 특징적 요소들을 선명히 나타내고 있다. 톨스토이에게 있어서 서정성은 작품의 구조를 결정짓는 하나의 예술적 요소이다. 『카자크 사람들』의 서정성의 우위는 그 서두 부분에 확연하게 나타나는데, 바로 이것이 로망 롤랑이 이 소설을 가리켜 '가장 뛰어난 서정적 소설 중 하나'[67]라고 지적하게 된 까닭이다.

그러나 그와는 다른 의견도 있다. 예를 들어 Y. 팔론스키는 톨스토이의 서사적 서술 능력에 놀라는 한편 <L. N. 톨스토이 백작의 소설 『카자크 사람들』에 관하여>(1863)라는 논문을 통해, 작품에 나타난 여러 서정적 요소들이 바로 예술적 통일성을 방해하며, "독자의 주의력을 분산시키고 파괴해 버린다"는 주장

---

67) R. 롤랑. 전집. 제2권. 모스크바, 1954, 237쪽.

을 펼쳤다.

『카자크 사람들』은 의심할 여지 없이 서사 작품과 서정시의 본질인 현실의 묘사법이 잘 표현되고 있는 작품이다. 이 두 요소는 서로 하나로 합치되면서 완전한 예술적 통일성을 이룬다. 그러나 소설의 바로 이러한 문체적 특징으로 인해 이 작품은 발표되자마자 적지 않은 논쟁을 불러일으키게 되었다.

톨스토이가 각기 존재하는 이 예술적 요소들을 어떻게 하나로 융화시켜 조화로운 통일체로 완성했는가 하는 문제는 중요한 의미를 지닌다. 이를 통하여 우리는 톨스토이가 인생의 소재를 시적으로 변형시키는 기법, 객관적 세계를 주관적으로 보고자 하는 성향을 밝혀낼 수 있다. 그러면 여기서 소설『카자크 사람들』을 예로 들어 톨스토이의 창작적 특성을 살펴보기로 하자.

알려진 바와 같이『카자크 사람들』은 10여 년의 기간에 걸쳐 쓰였다. 현재까지 알려진 수많은 습작들은 그의 복잡한 창작 과정과 작품의 예술적 성장 과정을 보여 주는 증거라 할 수 있다.

톨스토이는 1857년 12월 3일자 일기장에 "산문으로 된『카자크 사람들』을 작업하면서 동시에 또 다른 바리에이션으로 시로 된 소설을 시작하였다"라는 내용의 일기를 적고 있다. 장엄하고 시적인 카프카스의 자연에서 사는 카자크 사람들의 자유로운 삶이라는 소재 자체가 그로 하여금 시라고 하는 형식으로 이끌리게 한 것이다.

톨스토이는 새로운 예술 분야에 맞는 진실된 서술 '어조'를 찾느라 오랫동안 고심하였다. "시간이 가면 갈수록 머릿속은 완전 엉망이다"라고 톨스토이는 P. V. 안넨코프에게 보낸 편지에서 쓰고 있다.(1857년 4월) 그러나 이러한 혼돈 속에서 희미한 규칙은 이미 꿈틀거리고 있으며", 그는 이 규칙에 따라 필요한 "어조", 즉 "진실되고 주관적 시"를 선택하거나 혹은 "광범위하고 견고한 긍정적, 객관적 분야로 나아갈 것이다"라는 생각을 하고 있었다.

166

위의 편지에서 톨스토이는 "진실되고 주관적인 시" 자체가 마음에 들지 않으며, "과제와 부합되거나 자신의 기분에도 맞지 않는다"고 쓰고 있다. 그러나 '객관적인 분야'로 방향을 돌리자, 톨스토이는, 그의 말에 따르면, '엄청난 대상들'과 '이러한 대상들'을 표현해 내는 '다양한 어조들'로 인해 깜짝 놀라게 되고 만다. 작가는 여전히 '무엇을 선택할지, 혹은 어떻게 합치시킬지, 아니면 아예 모든 것을 포기할 것인지'[68] 그것을 알지 못한 채 망설이고 있었다.

우리는 톨스토이가 『카자크 사람들』을 창작하는 과정에서 진실된 '어조'를 찾는 과정이 바로 '주관적인 시'와 '객관적인 분야', 즉 서사적 서술 형태의 합일이라는 방향에서 이루어짐을 알 수 있다. 서정시, 서사시 중 어느 하나에 우위를 두는 것이 아니라, 이 두 가지가 예술적으로 하나된 것, 그것이 톨스토이의 창작 방향을 결정지은 요소였다. 진실된 '어조' — 이것은 물론 서정성과 서사성이 완전한 하나로 합일되는 문체적 특징을 말하며, 이 합일이 없이는 소설은 각각 흩어져 버릴 것이며 작품의 예술적 본질은 파괴되어 버릴 것이다.

그렇다면 소설 『카자크 사람들』에서 이와 같은 서정—서사적 합일은 어떻게 실현되었으며, 작가는 어떠한 기법을 사용하였을까?

『카자크 사람들』은 이미 알려진 것처럼 톨스토이의 초기 자전소설의 연장선 상에서 기획되고 쓰인 작품이다. 톨스토이의 새로운 주인공 올레닌은 영원히 변하지 않을 듯한 농민과 지주의 관계, 세속적인 거실이나 귀족의 저택 등 어린 시절부터 잘 알고 또 익숙해진 환경에서 벗어나 전혀 다른 가치관과 인간관계의 새로운 세계로 나아가게 된다. 그리고 여기서 이 새로운 시적인 세계는 주인공을 제치고, 거의 주도적인 위치를 점하게 되는 듯하다. Y. 팔론스키가 앞의 논문에서, 카자크 사람들의 생활을 그리고 있는 에피소드를 읽고 있노라면, "올레닌이나 다른 나머지 작품의 모든 부분을 잊어버리게 된다"고 말한 것은 우연

---

68) L. N. 톨스토이. 전작전집, 기념판. 제60권. 182쪽.

한 일이 아니다.

　그러나 주인공은 훌륭히 창조된 카자크 사람들의 세계 속에 파묻혀 완전히 사라져 버리지는 않는다. 주인공이 보기에 그다지 현명하지는 않지만, 공정한 생활방식과 습관을 가진 카자크 마을과 그 마을 사람들 모두가 올레닌의 시선을 통해 관찰되어진다. 그리고 모든 카자크를 대상으로 한 이야기들은 그의 영혼을 통해 투과되어 제시된다. 따라서 카자크들에 관한 이야기는 올레닌에 관한 이야기와는 별도로 이루어진다는 의견에 동의할 수 없다. 카자크의 자연이나 카자크 마을, 그 어느 것도 스스로 독자적으로는 존재하지 않으며, 서사적 서술은 자기 자신과 다른 사람, 주변 세계를 이해하고자 노력하는 주인공의 서정적 고백과 하나로 합쳐지고 있기 때문이다.

　작품에 포함된 전설이나 노래, 올레닌의 내적 독백, 격정적인 참회의 내용을 담은 그의 편지, 카자크 사람들과 그들의 자유로운 인생이라는 여러 형상의 시화(詩化) 등은 가장 단순한 자연 법칙과의 완벽한 합일하에, 자연과의 조화로운 일치라는 전제하에 작품의 서정성을 더욱 강화시킨다("도대체 인생이란 무엇인가, 인간이란 무엇인가!").

　톨스토이의 서술 방식 자체는 사실적이다. 그에게 있어 비합리성이나 비종결성은 낯선 것이다. 작가가 말하는 모든 것은 최대한 진실하고 확실하다. 그가 인물들의 내적 상태를 전달하거나 카자크의 삶에 대해 서술할 때에도 그러하다. 그럴 때면 작가는 다양한 형식과 기법을 구사한다. 예를 들어 올레닌이 모스크바를 떠나는 장면, 카자크 마을을 떠나거나, 카프카스 산맥을 보았을 때, 사냥할 때와 작품의 다른 등장인물들과 만나는 장면에서, 작가가 그의 내적 상태를 어떻게 전달하는지를 비교해·보아라. 그리고 그가 어떻게 카프카스의 자연을 묘사하고, 어떻게 카자크 사람들의 삶과 풍습을 서술하는지 비교해 보면 될 것이다. 그러나 이러한 와중에서 톨스토이의 문체적 다양성은 작품의 통일성을 파괴하지 않는다.

　모름지기 예술 작품의 완전성은 문체적 단일성이 아니라, '대상에 대한 작가의 독창적이고 도덕적인 태도'69)의 통일성에 의해 가능한 법이다.

　톨스토이 창작의 주된 동력은 바로 그 자신의 영적인 탐구심이었다. 작가는 아주 개인적으로 서술을 이끌어 나간다. 우리는 마을의 생활을 관찰하고 그와 하나되고자 노력하는 올레닌의 모습 너머로 주의 깊으며 또한 동시에 동요하고 있는 작가 자신의 시선을 느끼게 된다. 톨스토이는 철저하고 또 꼼꼼하게 자신의 영적 세계와 주변 세계와의 관계를 분석하고자 노력하며, "인간은 행복해지려면 어떻게 살아야 하는가…… 서로 다른 외적 조건에도 불구하고, 어떤 소망이 항상 이루어질 수 있는 것일까? 그런데 그것은 어떤 소망인가? 사랑인가, 헌신인가?"70) 이러한 영원한 문제에 대한 해답을 찾고 있었기 때문에, 이로 인해 그는 올레닌의 내적 상태와 세계관을 완벽하게 묘사할 수 있었던 것 같다.

　이미 1890년에 도쿠토미 로카가 톨스토이와 그의 등장인물들의 이와 같은 특징, 즉 진리를 향한 끊임없는 추구에 대해 언급했다는 사실은 특기할 만하다. <러시아 문학의 별 톨스토이>라는 논문에서 일본 작가이자 비평가인 그는 이렇게 쓰고 있다. "톨스토이는 쉬지 않고 인간 존재의 의미를 찾아 헤매는 자기 작품의 등장인물들, 즉 『카자크 사람들』의 올레닌, 『전쟁과 평화』의 피에르 베주호프, 『안나 카레니나』의 레빈과 아주 흡사하다는 것이다."71)

　치체린은 『카자크 사람들』 원고의 여러 습작을 비교하면서, 톨스토이 자신도 작가와 등장인물의 이와 같은 일치현상을 느끼고 있었고, 또 작업 과정에서 서술을 좀 더 서사적으로 하고자 하는 노력을 기울였다고 말한다. "……원고에는 인물 시점과 작가 시점의 서술 사이에서 분쟁이 일어난다 : 오늘 저녁 땅거미

---

69) L. N. 톨스토이. 전작전집, P. I. 비류코프 편. 제19권. 223쪽.
70) L. N. 톨스토이. 전작전집, 기념판. 제3권. 244~245쪽.
71) <國民之友>. 1890. 제6권. 74호. 28쪽.

질 무렵 루카쉬카와 멋진 이곳의 숲길을 따라 집으로 돌아오면서, 나에게는(삭제 : '그에게는'으로 정정), 우리 두 사람이(삭제 : '그가'로 정정) 서로 사랑에 빠진 것 같은 느낌이 들었다(삭제 : '루카쉬카를 사랑하게 된 것 같은 느낌이 들었다'로 정정)."72)

톨스토이는 객관성을 위해 올레닌의 시적 흐름을 중지시킨 것 같다. 서술은 작가관점으로 진행된다. 그러나 여기서도 동시에 우리는, 작가가 3인칭시점에서 주인공의 직접화법으로 서로 분리되지 않은 채 전환되는 현상을 관찰할 수 있다. 올레닌의 여정과 그의 심리상태를 그린 장면으로, 그는 "산을 느낄 수 있었다": "……이제 시작되었다," — 어떤 장엄한 목소리가 그에게 말을 하는 듯 했다…… 하늘을 바라보니 산이 기억난다. 나 자신과 바뉴샤를 바라보고 나니, 다시 산이다…… 테레크강 너머로는 마을의 연기가 보인다. 그리고 다시 산…… 마을을 떠나 마차가 지나가고, 여인들이 걸어간다. 아름답고 젊은 여인들. 그리고 산…… 산적들은 스텝을 따라 이리저리 뛰어다니고, 나는 가고 있다. 나는 그들이 두렵지 않다. 나에게는 총이 있고, 힘과 젊음이 있다; 그리고 산…….

톨스토이는 서사적 어조로 작가적 관점에서 서술을 시작하지만, '객관적' 어조는 끝까지 지속되지 않고, 인물의 직접어법으로 전환한다. 그러면서 감정은 서사적 사건 전개가 아닌 강한 시적 언어로 직접 발화된다. 이 모든 것이 하나의 문단 안에 들어 있으며, 작가서술은 인물의 시적 독백과 하나로 합치된다.

이처럼 『카자크 사람들』의 구조에서 작가의 서술은 인물의 직접어법과 분리되어 있지 않다. 따라서 올레닌은 서술의 대상이라는 위치에서 벗어나 서술하는 주체로 변이된다. 물론 이것은 19세기 예술적 기조에 어긋나는 방식이다. 당시에는 화자(작가)는 "등장인물과는 동떨어져 있어야만 했다."73) 바로 이러한

---

72) 치체린 A. V. 러시아 문학 문체사 개관. 모스크바. 1985. 246~247쪽.

까닭으로 인하여 올레닌은 당대 비평가와 작가로부터 '훌륭한 전체 인상을 망치는'[74] 군더더기적 인물로 평가되었던 것 같다.

그러나 이와 같은 방식은 20세기 소설에서는 표준적인 것이 되었다. 현대 작가들은 주인공이 감정과 생각을 직접적으로 분출해 내는 내적독백('의식의 흐름')에서 '조각난 미완성의 표현, 외면상 서로 관련이 없는 통사구조'[75]를 구사하는 것이다.

또 다른 예를 들어 보자. 연구자들은 『카자크 사람들』의 20장을 특별히 주목한다. 이 장에는 작가의 말과 주인공의 말 사이의 경계가 사라지고, 모든 것이 불명확하게 지시된다 : 작가의 서술과 주인공의 내적독백은 똑같이 격앙되어 있다.

"그에게는 — 바로 내가, 아주 특별한 존재인 이 드미트리 올레닌은 아마 아직 사람을 본 적도 없는 늙고 아름다운 사슴이 살았던 낯선 이곳, 그 누구도 온 적이 없고 올 생각조차 하지 않는 이런 곳에서 지금 혼자 누워 있다", "나는 앉아 있고, 내 주위에는 어린 나무, 늙은 나무들이 서 있는데, 그중 하나에는 야생 포도덩굴이 휘감아 올라가고 있다. 내 주변에는 꿩들이 앞서거니 뒤서거니하며 뛰어다니는데, 아마도 그들은 죽은 형제들의 냄새를 맡고 있는 것 같다 라는 생각이 문득 똑똑히 들었다."

독자에게 거의 20장 전체는 올레닌의 단일하고 격앙된 독백편으로 여겨진다. 이러한 묘사는 화자의 역할 바꾸기를 통해 서정성과 박진감을 완성시키는 20세기 시적소설과 톨스토이 소설을 유사한 것으로 만드는 요소이다. V. 드네프로프가 지적하듯이, 포크너의 『집』에서는 1인칭과 3인칭이 결합되어 나타나는데, 그와 같은 표현은 "현실의 주관적 인식을 도외시하지 않고, 전체적이고 다양한

---

73) 쉘링 F. 예술철학, 모스크바. 1966년. 399쪽.

74) 투르게네프 I. S. 작품집. 제12권. 모스크바 — 레닌그라드. 1933년. 290~291쪽.

75) 『러시아어. 백과사전』. 모스크바. 1979년, 146쪽.

하나의 형상으로 결합하면서 객관성과 표현의 완전성을 가능케 하는 방법이다."76)

그레벤 지방 카자크 사람들의 역사와 일상에 대해 기술하고 있는 4장부터 9장까지는 작품에서 가장 서사적인 부분들이다. 여기에서 서사시와 서정시는 서로 어떤 상관관계에 놓여 있는지를 알아보도록 하자.

문체면에서 4장은 앞서의 세 개의 장과 뒤에 나오는 다른 장들과는 확연히 다른 차별성을 지닌다. 톨스토이는 카프카스 산맥의 장엄함과 아름다움에 놀라움을 금치 못하는 올레닌의 서정적 감정 분출에서 벗어나 그레벤 지방 카자크 사람들이 살아가는 지역을 담담한 필치로 묘사하고 있다. 올레닌이 운명의 힘에 이끌려 오게 된 이곳 카자크 사람들의 삶과 일상의 여러 모습이 서사적인 방식으로 표현된다. 톨스토이에게 있어서는 시적인 것만으로는 뭔가 부족했고, 객관적인 삶의 부분도 모자라서는 안 되었다. 이런 의미에서 톨스토이가 『카자크 사람들』을 창작하면서 호머의 『일리아드』에 관심을 가졌던 것은 결코 우연한 일이 아니다.

4장은 비록 적은 분량이지만, 올레닌과 카자크 사람들 사이의 관계를 이해하는 데 있어서 아주 중요한 정보를 주는 장이다. 4장이 있음으로 인해 우리는 늙은 카자크 여인네가 올레닌에게 적대적으로 대하는 이유를 쉽게 이해할 수 있다. "우리를 비웃으려는 거지, 응? 말끔하게 면도한 저 낯짝 좀 봐. 담배 냄새가 온 집 안에 자욱해지겠구먼." 그러나 그녀는 이 친절한 젊은이가 담배를 피우는 애연가인지 아닌지 그것도 아직 알지 못하는 상태이다. 올레닌의 얼굴에 '면도한 광대뼈 대신에' 카프카스 생활 석 달 만에 기르게 된 '콧수염과 턱수염'이 있다는 사실 역시 그녀에게는 아무 의미도 없는 것이었다. 만일 4장이 없었다면, 주인공과 독자의 거리는 멀어졌을 것이고, 작가는 마을 생활에 관한 모든

---

76) 드네프로프 V. 20세기 소설의 특질. 모스크바 — 레닌그라드. 1965년. 544~545쪽.

장면, 카자크와 군인의 관계 등에 대해 쉬지 않고 설명을 해야만 했을 것이다. 카자크 사람들의 삶에 끼친 러시아의 영향은 선거상의 압박, 교회종의 철거 및 그 지역에 주둔하는 군인들에 이르기까지 오로지 부정적인 시각으로만 나타난다. "카자크 사람은 자기 형제를 죽인 산적이나 유격병보다도 마을을 보호하기 위해 주둔하며, 담배 냄새를 온 집 안 가득히 풍기는 이 군인들을 더욱 증오한다" 등등에 대한 설명을 말이다.

최대한도로 응축된 이 장이 있음으로 인해 작가는 새로운 세계를 이해하고, 자신에게 일어나는 상황을 이해하려고 노력하는 주인공의 내적 상태를 표현해야 하는 주요 과제로부터 독자의 주의를 분산시키지 않으면서 쓸데없이 자질구레한 설명을 하지 않아도 된 것이다. 이처럼 카자크 사람 이야기에 대한 서술은 독립된 테마로 분리되어 있지 않으면서 인생 전체의 축 속으로 포함되어 서술의 전체적인 색깔을 강조한다.

물론 그레벤 카자크 사람들의 역사적 과거와 현재를 직접 묘사하는 것 자체도 의미가 있겠지만, 그러한 작품은 톨스토이적이라고 할 수 없을 것이다. 서정성과 분리된 서사성은 그를 만족시키는 것이 아니기 때문이다. 바로 그때문에 톨스토이는 카자크 마을에 대한 부분을 여러 차례 수정하게 되었다.

최종적으로 완성된 원고에서는 카자크 사람들에 대한 서사적 서술에 앞서 올레닌과 아름다운 카프카스 산맥에 대한 시적 묘사가 이루어진다. 주인공과 함께 우리는 여기에서 독특한 시적 매력에 푹 파묻히는 경험을 하게 된다. 톨스토이는 이러한 시적 감흥을 부수지 않으려는 듯 시적 서술에서 서사적으로 변화해 나가는 과정에 역사적 자료를 최대한도로 극소화시킨다. 아울러 일상의 세밀한 부분도 그의 관심 밖으로 밀쳐내게 된다. 역사적 시간은 최대한 압축되고 간결해지면서 독자는 올레닌의 서정적 이야기에서 받은 인상을 계속 이어 나가게 된다.

이 장에서 마을의 묘사에 선행된 서정성은 그레벤 카자크 사람들의 역사적 과거에 대한 '학술적' 스케치 속에 파묻혀 버리지 않는다. 이것은 역사적이며 민속학적인 소재의 '응축'뿐만 아니라, 카자크 마을의 시화 작업을 통해 성취되고 있다. 하지만 톨스토이는 여기에서도 무미건조한 풍속묘사가로 전락하지는 않는다. 서사시인인 작가는 객관적 본질 속에 내재하는 외적 현실을 그리면서 여전히 서정시인의 자세를 견지하고 있다.

마을의 시적 풍경은 색채와 자연의 매력을 통해 드러난다. "수많은 집의 밝고 커다란 창문 앞과 텃밭 너머로는 검푸른 포플러 나무와 하얀 꽃이 핀 아카시아가 높이 자라고 있다. 또 거기에는 빛나는 노란색 해바라기와 패랭이꽃, 포도 덩굴도 있다." 색채만이 아니라, 냄새 역시 인식의 놀라운 감촉을 느끼게 해 주는 요소이다. "공기 전체에 야채와 가축 냄새, 그리고 말린 쇠똥 냄새가 가득 충만해 있었다."

색채와 냄새는 마을의 모습을 보여 줄 뿐만 아니라, 묘사되고 있는 대상에 대한 작가의 태도까지도 말해 주는 역할을 한다. 톨스토이는 자연과 노동의 생생한 연결고리를 이어 나가면서 어떤 군주 밑에도 종속되지 않은 채 자유롭게 살아온 것을 자랑스럽게 여기는 이곳 사람들의 생활관습을 시적으로 승화시킨다. 마을의 생활모습을 그리는 모든 디테일한 부분까지도 시적 향기로 가득하다. B. 부르소프가 지적했듯이, 위의 장들은 '그레벤 카자크 사람들의 삶으로 구성된 한 편의 완벽한 시'[77]편인 것이다.

『카자크 사람들』에서 나타나는 자연의 기능은 특별하다. 자연과 인간은 분리될 수 없는 완벽한 하나의 합일체이다. 바로 이 자연과 매일의 노동에 대한 친근함으로 인해 그레벤의 여인들은(많은 시간을 전쟁터에서 보내는 남성들에 비해) 아름답고 자주적 독립성을 지닌다는 특징이 있다. 톨스토이는 인간을 고결

---

77) B. 부르소프. 레프 톨스토이. 모스크바. 1960년. 357쪽.

하게 만드는 것은 자연과의 합일이라는 관점을 갖고 있다는 점에서 확실히 루소주의자였다고 할 수 있다.

자연이 없었다면, 올레닌 자체도 없었을 것이고, 이 소설의 주된 테마인 그의 정신적 부활 또한 불가능했을 것이다. 올레닌에게 있어서 모든 것은 그가 카프카스로 가는 도중 '장엄하고 위대한 산맥의 특성'과 '이 아름다움의 영원함'을 보고 느끼기 시작한 바로 그 순간부터 시작된다. 그러나 톨스토이는 자연의 묘사만을 위한 묘사는 의미가 없다고 생각한다. 이러한 면에서 I. 부닌의 풍경에 대한 톨스토이의 평가는 주목할 만하다. "나는 지금 작가 B.의 단편을 읽고 있다"라고 톨스토이는 말했다. "우선 뛰어난 자연묘사가 그려져 있는데, 뭐라고 할 말이 없을 정도로 훌륭하다." 그런데 이것은 무엇을 위해서일까? "단지 B.는 작품을 쓰기 위해서 이것을 쓰고 있다."78)

톨스토이가 관심을 가지는 것은 일정한 순간 보여지는 자연 그대로의 묘사나 사진 그 자체가 아니다. 올레닌은 산맥을 단지 '볼' 뿐 아니라 그는 산맥을 '느꼈다.' 즉 산맥은 그의 세계관의 일부가 된 것이다. "산맥, 산맥, 산맥은 그가 생각하고 느끼는 모든 것에서 느껴졌다." 서술과 묘사는 시적 흐름 속에 깊이 파고들면서 독자는 인물의 세계 속으로 들어가게 된다. "묘사가 독자의 마음에 들고, 또 작용하는 것은 독자가 묘사되고 있는 대상과 영혼으로 하나가 될 때이며, 이것은 읽는 사람이 묘사되고 있는 인상과 감정을 읽는 사람 자신에게 전이시킬 때 비로소 가능하다"79)라고 톨스토이는 말한 바 있다.

실제로 여정의 풍경 속에 나타나는 산맥을 묘사하고 있는 이 도입부는 그리 크지 않은 위치를 차지할 뿐이지만, 그럼에도 불구하고 이것은 독자를 시적 매혹 상태로 이끄는 견인차의 역할을 한다. 눈 덮인 산맥의 형상은 일종의 상징이

---

78) 레프 톨스토이와 V. S. 스타소프. 편지 교환. 1878~1906년. 레닌그라드. 1929년. 294쪽
79) L. N. 톨스토이. 전작전집. 기념판. 제81권.

되면서 작품 전체에 걸쳐 독자와 같이 동행한다. 이 모든 것은 톨스토이가 자연 풍경이나 그 외적 아름다움을 묘사하는 것이 아니라, '자연을 관찰함에 있어서 자신의 관점을 타인에게 전이시키려는 노력'을 했기 때문에 가능해진 것이다.

산맥은 항상 사건에 포함되면서 올레닌의 내적 시각이 된다. 자연의 묘사 자체는 톨스토이의 관심사가 아니며, 자연은 언제나 인물의 내적 상태라는 문맥 속에서만 펼쳐진다. 그러면 여기서 똑같이 어둡고 고요하며 따스한 두 개의 카프카스 여름밤이 어떻게 서로 달리 묘사하고 있는지 비교해 보도록 하자. 행복한 올레닌은 늦은 밤 벨레츠키의 집을 나와 마리야나의 뒤를 따라 걷고 있다. "달은 금빛을 반짝이며 스텝을 따라 내려오고 있었다. 은빛의 안개는 마을 위를 떠돌고 있다. 주변은 고요하고, 불빛 하나 없었다. 멀어지는 여인네들의 발자국 소리만이 들릴 뿐이다. 올레닌의 심장은 세차게 뛰었다."

그리고 전혀 다른 또 하나의 불안한 밤이 있다. 앞에서와 마찬가지로 "어둡고 고요하며 바람 한 점 없는" 밤으로 이때 루카쉬카는 보초를 서고 있다. "검은 먹구름"은 하늘의 대부분을 뒤덮었으며, 테레크 강은 "갈색 빛의 윤기 나는 거대한 물체"가 되었다. "물도 강가도 먹구름도 모두가 칠흑 같은 어둠 속에 묻혀 버렸다." 소리 역시 익숙한 것과 갑작스러운 것이 있다. 예를 들어 부엉이의 비행은 테레크 강을 따라 날면서 매 두 번째마다 날개를 서로 부딪치곤 했는데, "나무 가까이 날아가면서 매 두 번째가 아니라, 계속해서 연속적으로 날개를 서로 부딪친다…… 이러한 모든 예기치 않은 소리가 들릴 때마다 잠자지 않고 망을 보고 있는 카자크 사람의 청각은 매우 예민하게 곤두섰고, 그는 눈을 가늘게 뜬 채 조심스레 총을 만지작거렸다." 그러나 새벽은 점차 밝아오고, 루카쉬카의 보초 시간도 끝이 난다. 그는 카자크 사람들을 깨울 시간만을 기다리고 있다. 긴장감도 사라졌다. 그리고 루카쉬카는 "수줍은 달빛이 비출 때마다 물에서 멀어져 가는" 먼 강기슭과 강물을 이따금 쳐다볼 뿐 체첸인들에 대해서는

176

더 이상 생각하지 않게 된다. 그리고 여느 때와 다름없지만, 전혀 다른 밤 풍경이 묘사됨으로써 또 다른 분위기의 전개가 이루어진다:

"검은 먹구름은 서쪽으로 길게 드리워진 채 사방으로 찢어진 끄트머리 너머로 맑은 별이 뜬 하늘이 활짝 열리고, 금빛 달의 한쪽 모서리는 산맥 위에 밝게 빛나기 시작한다. 냉기가 온몸을 감싸기 시작했다. 루카쉬카는 지루해졌고, 단검 집에서 칼을 꺼내 총대로 쓸 나무를 깎기 시작했다."

이처럼 밤의 묘사는 주인공 시점으로 전달되고 있지는 않지만, 그의 눈을 통해 우리는 밤에 벌어진 사건을 보고, 그와 함께 그의 기쁨과 동요의 감정을 함께 경험한다. 이렇게 풍경은 주인공의 감정과 생각의 내적 움직임에 상응하여 지속적으로 변화한다. 그의 정신적 삶과 자연 사이에는 언제나 긴밀하고 실제적인 끈이 놓여 있다. 이처럼 톨스토이에게 있어서 자연이란 풍경일 뿐 아니라 주인공의 심리상태이기도 한 것이다.

필자는 위에 인용된 예에서 톨스토이의 통사구조를 주목하고 싶다. 밤이 묘사된 단락은 '심장이 세차게 뛰었다'라는 주인공의 상태를 전하면서 문장의 끝을 맺는다 : "이러한 모든 예기치 않은 소리가 들릴 때마다 잠자지 않고 망을 보고 있는 카자크 사람의 청각은 매우 예민하게 곤두섰고, 그는 눈을 가늘게 뜬 채 조심스레 총을 만지작거렸다."

단락의 이와 같은 분위기는 독자로 하여금 밤의 풍경을 다시 한번 돌아보게 하고, 주인공과 밤을 함께 체험하는 느낌을 갖도록 해 준다.

자연을 체험하는 주인공의 내적 상태를 정확하게 전달하는 것과 마찬가지로 톨스토이는 자연 그 자체를 역시 정확하게 묘사한다. 예술가로서, 자연주의자로서 톨스토이의 관찰력은 매우 놀랍다. 예를 들어 보자. 루카쉬카가 긴장하며 귀 기울이는 익숙한 소리나 밤의 사각거리는 소리 사이로 갑자기 익숙지 않은 소리가 난다. "한번은 부엉이가 매 두 번째 날개를 서로 부딪치면서 테레크 강을 따라 날아가고 있었다. 카자크 사람들의 머리 바로 위에서 부엉이는 숲 쪽으로 방향을 바꾸더니 나무 가까이 날아가면서, 매 두 번째가 아니라, 계속해서 연속적으로 날개를 서로 부딪친다. 그리고는 오래된 플라타너스에 자리를 잡으면서 오랫동안 맴돌았다."

톨스토이의 자연 묘사에 나타나는 이와 같은 관찰의 정확성을 가리켜 B. 부르소프 역시 '가장 서사적이고 동시에 분석적인 19세기 리얼리즘'[80]이라고 부르는 것 같다.

츠베이그도 "그의 작품을 읽노라면, 마치 열려진 창문으로 현실세계를 들여다보는 것 같은 느낌이다"[81]라고 말한다.

그러나 만일 작가가 자연을 묘사하면서 시적 주관성을 도외시한 채 서사적 객관성만을 깊게 파고들었다면, 소설은 내적 조화를 잃었을런지도 모른다.

다른 한편으로는 서정적 근원을 단순히 서술관계 속의 장식적인 부분으로만 인식하는 것은 톨스토이 소설의 예술적 매력의 상당부분을 간과하는 일이 될 것이다. 서사적, 시적 서술은 동등하게 작품의 구조 속에 포함되어 있다. 그 둘 중 어느 하나가 존재하지 않는다면 작품의 시적 근원을 구성하는 독특한 합일성은 사라지고 말 것이다. 『카자크 사람들』이 모든 시대 모든 민족으로부터 놀라움을 자아내는 "늙지 않는 작품"이 되는 원인은 바로 이 서정—서사적 합일성에 있다고 할 수 있다.

A. A. 페트는 톨스토이의 소설을 읽고 난 후 이렇게 썼었다. "……형언할 수 없을 정도로 아름다운 작품이다……『카자크 사람들』은 모든 언어로 출판되어야 한다."

한편 『카자크 사람들』이 세계 문학에서는 어떻게 인식되고 있는지에 대해서

---

80) B. 부르소프. 레프 톨스토이. 모스크바. 1960년. 397쪽.
81) 츠베이그 S. 위대한 삶. 레프 톨스토이. 레닌그라드. 1928년. 37쪽.

178

도 관심을 가져 볼 만한 사항이다. 그러면 여기서, 일본에서는 톨스토이의 이 중편소설을 어떻게 수용하고 있는지 잠시 살펴보기로 하자.

소설 『카자크 사람들』은 20세기 일본 문학의 대표주자 중 한 사람인 타야마 카타이(田山花袋)의 번역으로 1893년 일본어로 출판되었다. 그의 최초의 번역이기도 한 이 소설을 번역하면서 받은 인상에 대해 카타이는 이렇게 말하고 있다: "나는 내가 어떻게 『카자크 사람들』을 번역했는지 그것을 지금까지도 생생히 기억하고 있다……. 방의 창문 사이로 저무는 햇살이 비쳐 들어왔고, 마당 위에 걸린 달빛은 나뭇잎 틈새 사이로 반짝거리고 있었다. 셀 수 없을 정도로 수많은 곤충들의 합창 소리가 사방에서 들려왔다. 밤이 이슥하도록 방 안의 불빛은 꺼지지 않았고, 나는 루카쉬카의 삶과 올레닌의 괴로움, 예로쉬카 노인의 자연에 대한 태도 등에 관해 깊은 상념에 빠져 들었다. 카프카스의 어느 이상한 삶은 극동의 어떤 나라에 사는 이름 없는 신출내기 작가의 소망, 고통과 하나가 되고 있었다."82)

일본의 초기 『카자크 사람들』 독자 중 한 사람이었던 타야마 카타이가 주목한 것은 올레닌의 정신적인 추구뿐 아니라, 자연에 대한 그의 태도였다. 비록 이 일본 작가가 톨스토이의 자연 묘사 중 어떤 점이 마음에 들었는지 정확히 밝히고 있지는 않지만, 톨스토이의 인간과 자연의 합일이라는 사상이 그에게도 낯설지 않은 것이었음은 미루어 짐작할 수 있다.

여기서 지난 세기 90년대 일본의 비평계가 톨스토이의 작품에 나타나는 예술적 탐구의 분석적 근원과 서정성의 결합성에 대해 주목하였다는 점을 특별히 눈여겨볼 필요가 있다. 바로 이것이 세계의 서정시적 감수성이 자국의 문학 전통에 막강한 영향력을 끼치고 있던 일본인들에게 깊은 인상을 남긴 점이다. 익명의 논문 <러시아의 새로운 위대한 작가 톨스토이>(1894)에서는, 러시아의

---

82) 카타이 타야마(田山花袋). 토쿄 삼십년. 토쿄. 1917년. 87~88쪽.

이 작가가 비록 철학이나 종교에 심취하였지만, "정신적으로는 머리부터 발끝까지 시인이었다. 그는 차가운 논리에 기반을 둔 학자와는 거리가 멀고, 반대로 그의 감성이나 사고는 아주 서정적이다. 그러나 동시에 톨스토이의 사상은 현실의 삶에 근거를 두고 있으며, 그렇기에 그의 감성은 심오함과 용감성, 건강함이라는 특징을 지닌다"83)고 쓰고 있다.

톨스토이의 일기에는 이러한 내용이 있다. "나는 과연 시와 소설의 경계가 어디인지 진실로 알 수 없을 것이다. 비록 문학사에 이에 대한 질문이 있긴 하지만, 그 대답이란 것을 결코 이해할 수 없다. 시 장르만이 시가이고, 산문 장르는 시가가 아니라거나, 혹은 교과용 책이나 업무용 서류를 제외하고는 모든 것이 시가라는 생각 등이 그러하다. 좋은 작품이 되기 위해서는 어떤 것을 막론하고, 고골리가 '이 작품은 나의 영혼으로부터 흘러나왔다'라고 자신의 마지막 소설에 대해 말한 것처럼 작가의 영혼으로부터 흘러나와야 한다"(46, 71).

톨스토이의 창작 특징으로 꼽혀지는 시와 소설, 분석성과 서정성의 결합에 대해서는 논문 <톨스토이 백작>(1896)에서도 언급되고 있다. "그는 리얼리스트이지만, 영혼이 없는 리얼리스트인 졸라와는 다르다……. 톨스토이는 영민한 시선뿐만 아니라, 심장도 가지고 있었다. 그는 삶의 진리에서 출발하여 진실을 쓰고 있으며, 그의 작품에는 예술가의 심장이 고동친다."84)

비평가인 쿠와바라 켄죠(桑原健藏) 역시 톨스토이에게 특징적으로 나타나는 이와 같은 '머리로부터의' 서술에서 '심장으로부터의' 서술로의 전환에 대해 언급한 바 있다. 쿠와바라의 생각에 따르면, 톨스토이는 인간심리 분석가이며, 바로 그러한 면에서 그는 스탕달과 가깝다. 그러나 그들 사이에는 커다란 차이가 있다. 스탕달의 기법은 과학에 가깝고, 냉철함이나 분석적인 논리주의의 특징

---

83) 早稻田文學. 토쿄. 1894년. 제7호. 1107쪽.
84) <國民之友>. 1896. 제18권. 280호. 12쪽.

을 지닌다. 이에 반해 톨스토이는 그 일본 비평가가 생각했듯이 "보다 더 예술 가적이며, 따스한 인간적 시선으로 주변 세계를 바라본다. 톨스토이는 텅 빈 이론을 그다지 많이 의지하지 않는다."[85]

주관적 서정성과 객관적, 사실적 근원의 조화로운 합일은 19세기 말부터 20세기 초에 걸쳐 일본 문학 발전상의 주요 경향 중의 하나이다. 새로운 일본 문학의 주자들은 그러한 류의 합일 속에서 진실된 예술적 가치 창조로 가는 길을 모색했다. 이에 대해 유명한 작가인 아베 토모지(安部知二)는 다음과 같은 흥미로운 생각을 피력한다. "일본 문학의 발전 과정을 살펴보면, 그 특징은 강하게 표현된 서정적 근원이었음을 알 수 있다. 현재까지도 이러한 서정적 흐름은 여전히 강하게 드러난다. 그러나 오늘날 급격한 변화와 함께 생활방식이 새로워지고, 모든 사회생활은 갈수록 복잡해지고, 사회적 변혁의 필요성이 그 어느 때보다도 대두됨을 느끼는 이러한 상황에서, 문학에 있어서 가장 가치 있는 것은 리얼리즘의 영혼이 깃든 작품이라고 생각한다…… 내가 위에서 언급한 서정적 전통과 리얼리즘 사이의 관계에 대한 문제에 대해 말한다면, 생각컨대 일본 문학에서 커다란 의미를 지닐 수 있는 것은 작가에 의해 이 두 요소가 하나로 합치된 작품이 아닐까 싶다"[86].

톨스토이의 시도는 바로 이러한 면에서 중대한 의미를 지닌다.(1992)

---

85) 쿠와바라 켄조(桑原健藏). 현대 러시아 문학 일고. 早稻田文學. 1893년. 33호. 34쪽.
86) 문학의 제문제. 1965년. 7호. 70쪽.

톨스토이와 한국

한국에 있어서의 '톨스토이의 역사'는 이제 100년을 넘어선다. 한국 출판물에 톨스토이의 이름이 처음 나타난 것은 1906년, 그가 아직 생존했던 시기다. 그해 8월에 발간된 《조양보(朝陽報)》 제5호에 <도루스토이백(伯)의 아국국회관(俄國國會觀)>이란 글이 실려 있다. "야스나야 보리아나에 퇴은(退隱)한 문호 도루스토이"라고 소개하면서도 그의 창작에 대한 소개는 없고 그의 러시아 국회에 대한 견해가 저술되어 있을 뿐이다.[87] 그로부터 한달 지난 《조양보》 10호에 '도루스토이백(伯)'이 또다시 모습을 보이는데, 그의 이상을 공(孔)·노(老)·맹(孟)과 대비하여 그 유사성을 지적하고 있음은 우리의 주의를 끌지 않을 수 없다.

"露國文豪도루스토이伯이 (……) 孔老의 書를 嘗讀ᄒ다가拍案歡喜ᄒ야曰 東洋에쏘ᄒ知己가有ᄒ다ᄒ니此로由ᄒ야觀컨디도루스토이의 理想이卽是論孟의 理想이라其言은二하나其致는一인쥬를知할지라도루스도이가現代에巨人이前에侏儒의前에立함과如ᄒ야頭頂이數丈이ᄂ拔ᄒ니是로以ᄒ야推할진딘孔孟의 識見과理想이쏘한現代文明以上에遙在ᄒ온주를可知할지니吾韓儒도亦是教할지로다."[88]

인용문이 길어졌지만, 이것은 톨스토이와 동양 사상이 실로 깊은 관계를 갖

---

87) 김병철. 한국근대서양문학이입사 연구. 제2권. 서울. 1989. 12쪽.

88) 《朝陽報》. 第 10号. 1906. 16~17쪽.

고 있었으며, 이것을 한국 비평이 톨스토이 수용 초기에 벌써 주목하였다는 것
은 특기할 만한 사실이기 때문이다(노자(老子)의 무위론(無爲論)에 대한 일본의
비평은 부정적이었다).

한국에서 서구 문학의 이입과 소개가 본격적으로 전개되는 것은, 최남선이
편집·발행하는 종합잡지 《소년(少年)》이 창간된 1908년 이후였다. 우리 현
대 문학 초창기에 《소년》은 사상가·작가로서의 톨스토이를 처음 폭넓은 독
자층을 향해 말하기 시작한다. 그후로부터 한국의 '톨스토이 역사'는 대하의 흐
름처럼 그칠 줄 모른다(물론, 그 역사는 단조롭지 않았고, 변화가 많았지만). 특
히 최근, 한국 노문학자들이 톨스토이 연구에서 거둔 성과는 적지 않다. 작품
번역은 질적으로 또 양적으로 꾸준히 향상되고 있다.

한국에서의 <톨스토이 100년 서지(書誌)>의 작업을 시작할 때가 오지 않았
는가 생각한다. 이 작업은 한국이 세계 톨스토이학(學)에 어느 만큼 기여하고
있는가를 보여 줄 것이며, 또한 우리가 톨스토이의 창작 세계를 어느 정도 확실
히 이해하고 있는가를 반성해 보는 좋은 기회가 아닐까 생각한다. 물론 이와
같은 작업에는 집단적인 노력이 필요함은 두말할 나위가 없다.

이 논문의 목적은 소박하다. 우선, 톨스토이의 한국에 대한 견해와 이해를 말
하고자 한다. 둘째, 20세기 초, 우리나라의 톨스토이 수용 초기에 드러난 특징
을 구명하려고 하는 것이다. 중요한 것은, 이 특징이 한국에서의 톨스토이의 문
학과 사상의 수용에서 어떤 전통을 이루고 있는가를 밝혀 보려는 것이다.

1

19세기 후반기로부터 20세기 전반기에 이르는 시기에 동아시아는 전쟁과 약

탈의 제국주의 시대를 경험하게 된다. 청일전쟁 이전의 한국은 유럽 사람들에게 있어서 하나의 지리적 개념에 불과했다. 그러나 구미 열강과 일제의 아시아 침략은 동양의 '은둔국'이던 우리나라를 세계사의 소용돌이 속에 휘말려 들게 했다.

바로 이 시기에 톨스토이는 동아시아의 지리, 정치 정세, 문화에 대해 깊은 관심을 갖게 되며 제국주의 열강의 아시아 침략을 규탄한다. 부인 소피야 안드레예브나의 회상에 따르면, 톨스토이는 청일전쟁 때 세계지도를 펴 놓고 아이들에게 조선의 위치를 가리키면서, 왜 이 전쟁이 일어났는가를 설명했다고 한다.

톨스토이 자신도 1894년 9월 15일, 청일전쟁이 한창일 때, 부인 소피야에게 보낸 편지에 다음과 같이 쓰고 있다. "지금 사샤와 와네치카(작가의 막내딸과 막내아들—필자 주)는 마루 위에 세계지도를 펴 놓고 그란트 대위의 아이들이 아버지를 찾으려 간 파나고니아(프랑스의 과학적 모험 소설가 J. 베른의 작품 『그란트 대위의 아이들』에 등장하는 인물들과 활동무대—필자 주)를 찾아내고, 다음은 내가 그들에게 이야기한, 지금 전쟁이 벌어지고 있는 조선을 눈으로 찾아 보았답니다."[89] 이 오래된 지도는 모스크바 국립 톨스토이 박물관에 보관되고 있으며, 2004년 12월, 서울에서 열리는 톨스토이 유품전시회에 진열되어 있다.

러일전쟁을 전후하여 한국 문제는 톨스토이의 각별한 주의를 끌었다. 1906년 8월 15일, 야스나야 폴랴나에서 손님들과 나눈 그의 담화 기록이 남아 있다. "톨스토이는 현재 만주 정세에 대해 물었다. 손님들 중 누군가 일본인들이 한국 사람들을 대단히 박해한다고 말했다. 레프 니콜라예비치는, 중국 학자가 쓴 책을 읽었는데 한국인은 동양적 의미에서 볼 때 대단히 문명한 국민이라고 말했다."[90]

---

89) L. N. 톨스토이 전집. 전 90권. 모스크바. 1928~1958. 제46권.
90) D. P. 마코비츠키. 톨스토이의 곁에서. 야스나야 폴랴나 비망록. 제2권. 모스크바. 1979. 210쪽.

톨스토이가 읽었다는 책은 중국학자 구훈민의 저서 『도덕적 입장에서 본 러일전쟁 발생의 원인』[91]이다. 저자는 이 책을 톨스토이에게 기증하려고 야스나야 폴랴나에 우편으로 보냈다. 야스나야 폴랴나 박물관에 보존되어 있는 이 책의 여백에는 톨스토이의 주해가 들어 있다.

톨스토이가 이 책에서 특히 주목한 구절이 있는 바, 바로 한국인은 "동양적 의미에서 볼 때 대단히 문명한 국민"이라는 대목이다. 이 '동양적 의미'는 과연 무엇을 말하는가. 한 가지 생각이 떠오른다. 그것은 톨스토이와 동시대인이자, 소설 『오블로모프』(1850)와 세계일주 여행기 『군함 "빨라다"』(1855~1858)의 저자로 유명한 곤챠로프의 동양관이다. 19세기 중엽의 중국, 일본, 한국을 보고 그는 낙후한 동양이 문명한 서구 민족의 대열에 끼어들기 위해서는 그들 문화를 기독교화하는 이외는 길이 없다고 주장한다. 톨스토이의 의견은 전혀 다르다. 그는 오랜 역사를 갖고 있는 동양 문화의 항구적 가치를 인식하고 서양 중심적 입장을 거부한다. 따라서 '서양화'에서 제일 '우등생'이었던 일본에 대해서는 대단히 부정적이었다. 동양에는 고유한 문화가 있으니 서양을 모방할 필요가 없다고 말한다. '탈아(脫亞)'가 아니라 동양으로 돌아가라는 것이다. '동양적' 한국은 그의 정신세계에 가까웠고 이 나라의 문화를 그는 많이 알고 싶었다.

톨스토이는 "모든 역사적 사실을 반드시 인간답게(첼로베체스키) 해결해야 한다"[92]고 말한다. 1904년 5월, 바로 러일전쟁이 한창일 때 톨스토이는 유명한 반전(反戰) 팸플릿 <반성하라!>를 발표한다. 원고를 보면, 작품의 초두에 전체 문장의 뜻을 상징하는 에피그라프가 실려 있는데, 그것은 다음과 같은 문답의 형식으로 쓰여졌다.

— 만일 내가 러시아 차르라면 어떠한 상황에서라도 지금 곧 평화조약을 체결할

---

91) Ku Hung-ming. The Moral Causes of the Russo-Japanese War. Shanghai. 1906.
92) L. N. 톨스토이 전집. 전 90권. 모스크바. 1928~1958. 제46권. 212쪽.

것이다.

— 한국 또 만주에서의 영지 소유권을 거절한다는 말이지요. 그리고 사할린도 흑
룡강 지역도……:

— 그뿐만 아니지요. 한국도, 만주도

— 그러면 당신은 권좌에서 쫓겨날거요.

— 뭐, 그래도 좋아요. 나는 사적(私的)인 인간으로서 평안하게 천수(天壽)를 다 누
릴거요. 양심의 가책과 부끄러움, 내면적 모순의 고통 없이 나는 신(神)과 양심이
나에게 명(命)한 그대로 행동했음을 자각하고 살 것이오.

— 이럴 수도 있겠지요. 권좌에서 쫓기 위해서 당신을 죽일 수도 있지요.

— 진실로 나는 자기의 죄악에 찬 생활을 의식하면서 사는 것보다는 죽음을 택할
것이오. 나는, 진정한 인간이라면 누구나 한 번은 신(神)의 의지에 위반되는 행위
를 하는 것보다는 차라리 죽음을 택하지 않으면 안 될 경우에 부닥쳤을 것이라고
생각하오. 이것이 바로 그런 경우입니다.[93]

이 톨스토이의 에피그라프는 주해가 필요 없다. 읽는 사람에게 많은 생각을
하게 하는 글이다. 반세기 이상 우리는 조국의 평화 통일을 논의해 왔다. 그러
나 해결책이 없다. 모든 문제를 '인간답게' 해결할 때가 오지 않았는가.

우리 민족의 역사적 기억에는 치욕적인 한일합병이 있다. 반만년에 걸쳐 국
토와 민족성의 전통이 끊임없이 이어졌던 나라가 독립을 빼앗겼다. "일본(日本)
은 한국인(韓國人)에게서 언론(言論)·집회(集會)의 자유(自由)를 빼앗고 교육
(教育)의 형식(形式)과 사상(思想)의 내부(內部)에까지 가혹한 단속(團束)을 더하
고 무릇 국성(國性) 파괴에 필요한 일에는 아무리 잔인포악한 수단(手段)이라도
거리낌 없이 자행(行)하여 연방 허위무거(虛偽無據)한 대옥(大獄)을 만드러서 제
정신(精神) 가진 사람의 근절(根絕)을 꾀하였다."[94]

---

93) L. N. 톨스토이 전집. 제36권. 613쪽.

일본이 한성으로 파견한 초대 조선 통감이 이토 히로부미(伊藤博文)였다. 그는 한국 침략의 원흉이며, 동양 평화의 교란자이다. 그럼에도 불구하고 서구 열강은 이토 히로부미를 '일류 정치가'라 하며 그의 정치, 외교 수단을 찬양했다. 러시아의 《역사통보》지는 그를 '일본의 비스마르크'라고 부른다. 그러면 이토 히로부미에 대한 톨스토이의 평가는 어떤 것이었던가. 최근 새로운 자료가 발견되었다. 톨스토이 일가의 가정의였으며, 문호의 곁에서 살며 그의 언행을 매일 기록한 D. 마코비츠키의 전 4권 『야스나야 폴랴나 일기』에서였다. 1905년 4월 28일, 마코비츠키는 『일기』에 다음과 같이 기록하고 있다.

"저녁 7시. 뉴욕주 왈덴에서 살고 있는 프랭크 레몬트 로베르트손이 찾아왔다. (……) 그는 35세, 호감이 가는 외모에 재능 있는 사람같이 보인다. 독서가이며 여행을 즐긴다 한다. 레프 니콜라예비치는 그와 약 한 시간 산책하였고 저녁에도 한 시간 차를 들면서 담화를 하셨다. (……) 담화는 영어로 하였다. 로베르트손은 분명히 알기 쉽게 말하여 나는 한마디 한마디를 잘 알아들었다. 일본에 대한 그의 이야기는 레프 니콜라예비치의 흥미를 끌었다. 그는 이 나라에 다섯 번이나 체재했다 한다. 중국에 대한 이야기도 재미있게 들었다.
로베르트손은 중국에서 이홍장을 방문한 이야기를 꺼냈다. 레프 니콜라예비치는 위대한 사람과도 만나 보았냐고 물었다.
— 누구요? — 로베르트손이 물었다. 이홍장입니까?
레프 니콜라예비치 : 위대한 사람 하나 있소 이토 후작(侯爵).
로베르트손은 이토 후작을 방문한 이야기를 시작하면서, 그는 대단히 절제(節制)되어 있고 외교관답게 교제가 능한 사람같이 보였다고 말했다."[95]

---

94) 최남선. 우리나라역사. 서울. 1955.
95) D. 마코비츠키. 앞의 책. 제1권. 262~263쪽.

"위대한 사람 하나 있소" — 톨스토이의 이 발언은 무엇을 의미하는가? 『야 스나야 폴랴나 일기』에는 두 번 '위대한 사람'의 이름이 나타나는데, 두 번째는 제2권에서다.

"1906년 7월 24일. 저녁때 차(茶) 시간에 레프 니콜라예비치는 『무사도(武士道)』란 책을 들고 오셨다. — 이것은 일본인들의 도덕 법전이지. 중세 유럽 기사들의 목가와 비슷하지. — 톨스토이가 말을 시작한다. — 그들에게는 형이상학적이고 추상적인 사고가 없소 있는 것은 다만 응용과학의 재능이오 그들의 미카도(일본 천황 — 필자 주)는 깊이는 없으면서 심각한 얼굴을 하고 있지. 한국의 지배자 이 토는 타락한 무도(無道)의 인간이오"[96]

두 인용문은 시간적으로 일년 3개월의 차이가 있다. 전자는 1905년, 러일전 쟁 때였고 후자는 전쟁에 승리한 일본이 을사보호조약을 강요하여, 한국 내정 을 식민지적으로 재편성하던 시기이다. 그러면 이토는 톨스토이에게 그 어느 한때 '위대한 사람'으로 보였던 것일까?

러일전쟁이 일어난 직후, 1904년 2월 22일 미국 《노스아메리칸》 지가 보내 온 설문 문항 : "당신은 러시아와 일본 — 그 어느 쪽의 편인가. 혹은 양쪽 다 반대하는가?"에 대해, "나는 러시아도 아니고, 일본도 아니다. 나는 정부의 기 만에 속아 자기의 행복과 양심을 버리고, 신앙에 어긋나는 전쟁을 어쩔 수 없이 하지 않으면 안 되는 양국의 인민들의 편이다"라고 톨스토이는 대답한다.

톨스토이는 계속해 말한다. "핀란드, 인도, 폴란드, 한국을 러시아, 영국, 프 러시아, 일본이란 이름을 가진 나라들에 병합시키기 위해 사납게 날뛰는 정치 가들은 터무니없는 짓을 하는 미치광이다."[97] 러일전쟁에서 주동적 역할을 했

96) D. 마코비츠키. 앞의 책. 제2권. 185쪽.
97) L. N. 톨스토이전집. 제37권. 201쪽.

고, 1906년 2월부터 조선 통감으로서 한국을 지배한 이토 히로부미는 바로 톨스토이가 말하는 '미치광이'며, '타락한 무도의 인간'인 것이다. "위대한 사람 하나 있소"라는 말은 이토 히로부미에 대한 가차 없는 아이러니였던 것이다.

최근 일본의 일부 사학가들은 조선 통감이었던 이토 히로부미를 '문화의 전파자'라 한다. 1909년 하얼빈 역두에서 총알에 맞아 쓰러지면서, 저격자가 한국인이었다는 말을 듣고 '바보 같은 자식'이라 하고 숨졌다 한다.[98] 이 극적인 장면을, 극단적인 조치를 피하고 문화 통치를 하려고 한 그의 속내를 모르고 미련한 짓을 했다는 뜻으로 이해하려고 한다. 문화 보급의 이름 아래 한국을 빼앗고 식민지 착취를 행한 침략자를 안중근 의사가 저격한 것이다. 한국의 혼이 죽지 않았다는 것을 세계에 고하기 위해 그는 목숨을 바쳤다. 이토는 한국의 혼을 이해하지 못한 채 생애를 마쳤다.

이토 히로부미를 '타락한 무도의 인간'이라 한 톨스토이의 평가를 우리는 D. 마코비츠키의 『야스나야 폴랴나 일기』에서 찾아보았다. 그러면 이 저서가 어느 정도까지 확실성이 있는가를 밝히는 것이 중요하겠다.

두샨 페트로비치 마코비츠키(1866~1921) ― 슬로바키아 출신. 체코 카를스바드 의과대학을 졸업. 1890년 봄에 처음으로 모스크바를 여행, 3주일간 머물면서 톨스토이에 관한 강의를 듣고 그의 윤리 사상의 영향을 받았다. 1894년 9월에 야스나야 폴랴나를 방문하여 일주일 체재한다. 톨스토이는 그와의 첫 대면 때부터 그가 마음에 들었다 한다. 마코비츠키의 "참되고 진지한 태도와 지혜, 풍부한 지식과 선량한 성품은 해가 갈수록 더욱더 나의 마음을 끌었다"라고 만년의 톨스토이는 회고한다. 그는 귀국하여 톨스토이의 작품을 번역·출판하는 일에 종사한다. 1904년 10월 마코비츠키가 네 번째 야스나야 폴랴나를 방문했을 때 부인 소피야 안드레예브나가 그에게 톨스토이의 주치의 자리를 제의한

---

98) 明治功臣錄. 朝比奈知泉編. 東京. 1924. 364쪽

다. 이 건의를 그는 기쁘게 받아들이고, 그해 말에 야스나야 폴랴나 톨스토이 저택으로 이주한다. 그때부터 마코비츠키는 만 6년간, 문호의 마지막 날까지 그의 곁에 있었다. 톨스토이가 가출했을 때 그를 따랐고, 아스타포보역에서 임종할 때도 스승을 모시고 있었다.

1914년 제1차 세계대전이 일어나자 툴라 지방 관헌은 마코비츠키를 반전 격문을 띄웠다는 죄목으로 체포, 감옥에 투옥한다. 일년 후, 1915년 말에 그는 다시 야스나야 폴랴나에 돌아와 농가에서 살면서 농부들의 질병 치료에 열중한다.

소비에트 정권과 그는 반목하지 않았다. 사회주의 현실에서 톨스토이의 사상을 구현하려고 꿈꿨다. 1919년 봄 마코비츠키는 티푸스에 걸렸다. 거의 일년 반 동안 중병을 앓은 그를 야스나야 폴랴나 농가의 처녀 M. 오레호바가 헌신적으로 보살펴 간호했다. 마코비츠키는 그녀와 결혼하고 1920년 9월에 귀국한다. 그후 일년이 지나 마코비츠키는 질병과 빈궁, 고독을 견디지 못해 자살한다.[99]

마코비츠키 일생의 가장 중요한 일은 『야스나야 폴랴나 일기』였다. 천부적 기억력과 관찰력을 갖고 태어난 그는 6년 동안 톨스토이의 곁에 살면서, 듣고 목격한 모든 것을 꼼꼼히 기록하여 남겼다. 그것은 놀랄 만한 정성과 자세하고 빈틈없는 작업이었다. 그가 택한 형식은 실록적 정확성에 의거하는 일기였다. 매일 매일은 물론, 매시간마다 톨스토이의 하루 일과를 수첩과 기억에 남겨 두어 밤이 되면 정리해서 일기에 적었다. 1904년부터 1910년까지의 톨스토이의 언행을 끊임없이 체계적으로 적어 남긴 기록은 이 외에는 없다. 이는 세계 톨스토이학을 장식하는 위업의 하나이다. 1979년, 러시아 과학아카데미 세계 문학/연구소와 슬로바키아 과학아카데미 문예학 연구소 공동 편찬으로 마코비츠키의 『야스나야 폴랴나 일기』는 전 4권으로 묶여 발간되었다.

『야스나야 폴랴나 일기』 1910년 5월 30일자에는 다음과 같은 기록이 있다.

---

99) S. 고라프이(푸라가). D. P. 마코비츠키 약전 // D. 마코비츠키 — 톨스토이의 곁에서. 야스나야 폴랴나 일기. 제1권 참조.

"레프 니콜라예비치는 말을 타고 투르베츠코이의 댁을 향하여 떠났다. 아침에 한국인이 톨스토이를 방문했다." 이것이 전부다. 이름도 밝히지 않고 있다.

만년의 톨스토이가 사는 야스나야 폴랴나는 세계 지식인들이 동경하는 성지였다. 삶에 대해 고민하는 많은 지식인들이 문호와 편지 왕래를 갖고, 또 그를 찾아 야스나야 폴랴나로 왔다. 톨스토이 박물관에는 세계 곳곳에서 보내온 편지가 약 5만 통이 보관되어 있다 한다. 한국에서 보내온 편지가 있을까 생각하면서 필자는 박물관에 조사를 의뢰했다. 회답은 부정적이었다. 그러나 아시아가 각성하는 시기를 살았고, 톨스토이를 그렇게 사랑하고 읽은 한국 지식인이 한 사람도 문호를 찾지 않았다는 것은 거짓같이 생각되었다.

톨스토이 서거 반년 전에 야스나야 폴랴나를 방문한 한국인은 과연 누구일까? 나는 한국 출판물을 보기 시작했다. 1928년 10월 톨스토이 탄생 100주년을 기념하여 잡지 《신생(新生)》은 문호에 대한 글을 싣는다. 그중의 하나가 EAS생(生)의 <두옹(杜翁)을 찾아>였다. 이 짧은 기사는 "본국(本國), 독일(獨逸)을 떠나 멀리멀리 노국(露國) 모스코를 향하여 두옹을 찾아간 때는 옹(翁)이 아직도 모스코의 고옥(古屋)에 계실 때며 나는 퍽 연소(年少)하였다"100)란 글로 시작한다.

"모스코의 고옥(古屋)에 계실 때" ― 톨스토이는 1882년 7월, 그가 54세 때 모스크바 하모브니키에 낡은 집을 구입한다(현재 톨스토이 박물관). EAS생(生)은 자기의 '본국'을 독일이라 한다. 그러면 그는 독일인인가. 《신생》이 이 이름 없는 독일인의 야스나야 폴랴나 방문기를 번역해 기념 특집에 실었다고는 상상하기 어렵다. 그러면 그는 독일에 사는 한국인인가. "이 위옹(偉翁)을 찾아뵙고 싶은 열정(熱情)만은 높으니 만큼 옹(翁)도 나를 퍽 귀(貴)여운 낯으로 대(對)하여 주시었다"라고 그는 말한다. 담화의 내용은 종교에 관해서였다. 톨스토이가

---

100) 《新生》. 서울. 1928년 10월 1일.

'굴(掘)치 않는 신(神)의 선지자(先知者)'이며, '기독(基督)의 희생애(犠牲愛)'가 그의 '근본신념(根本信念)'이란 인상을 받았다고 쓴다. 어쩌면 그는 독일에서 거주하며, 기독교 관계에 종사하는 한국인이 아닐까. EAS생(生)은 "나에게 기억(記憶) 깊은 이 첫 방문(訪問)으로 시작(始作)하여 옹이 1910년에 별세하실 때까지 한 30년을 긍(亘)하여 나는 옹을 방문(訪問)하였다"라고 쓰고 자기의 기사를 끝맺는다. 톨스토이를 방문한 한국인은 과연 누구일까. 찾고 싶었다.

동양을 보고 싶은 생각은 톨스토이의 머릿속에 끊임없이 이어졌다. 젊은 시절, 군대를 제대할 때 그는 외국으로 파견하는 군사교관으로 중국으로 가려고 했지만, 정보 수집의 임무도 수행해야 한다는 조건을 물리치고 거절했다. 서구 여행에서 실망한 톨스토이는 동양 여행을 꿈꾸고 있었다. 찬란한 중국 고대 문화는 그의 마음을 끌었다. 친지 중에 아는 중국인이 없는 것을 항상 유감스레 생각하고 있었다. 그는 또 야스나야 폴랴나를 방문하는 일본인들과 담화를 즐겼다. 동양적 의미로 대단히 문명한 나라 한국도 그의 마음을 끌고 있었다.

1909년 8월 8일, 즉 그가 객사하기 1년 3개월 전에 마코비츠키는 『일기』에 기록하기를, 톨스토이는 친지 L. 고루노프와 담화하면서, 외국으로 여행할 때 필요한 수속에 대해 잘 알아보라고 부탁한다. "속세의 세상사를 피하여 인적이 적은 곳에서 불교도처럼 고요히 살아 보고 싶다"[101]는 것이다. 1910년 4월 28일의 마코비츠키 『일기』에는 또다시 극동 여행을 꿈꾸는 두옹에 대해 쓰고 있다. 톨스토이는 하바로프스크로부터 극동까지 철도로 16주야 걸린다 하면서 동아시아 나라들에 대해 이야기를 꺼내곤 한다고 기록한다. 쓰라린 고민 끝에 가출을 결심한 톨스토이의 머리에는 동양으로의 행로도 있지 않았을까 생각해 본다.

여기에 우리의 호기심을 끄는 한 가지 뉴스가 있다. 블라디보스토크에서 발

---

101) D. 마코비츠키. 앞의 책. 제4권. 35쪽.

간되는 《극동》이란 신문은 1908년 3월 1일에 다음과 같은 기사를 발표한다.

"많은 일본 신문은 레프 톨스토이 백작이 금년 3월 아니면 4월에 일본을 방문한다고 보도한다. 이 장노(長老) 사상가가 고령에도 불구하고(금년 8월에 그는 탄생 80주년을 맞이한다) 지루한 원거리 여행을 결심한 데 대해 일본인들은 경탄하고 있다. 일본 출판물들은 톨스토이 백작의 이 놀랄 만한 여행의 동기에 대해 대단히 호기심을 갖고 있다. 톨스토이는 일본 외에 또 한국을 방문할 것이라는 추측도 하고 있다. 이 두 나라에서 세계의 어느 나라보다 무저항주의의 고상한 설교가 가장 좋은 결과를 기대할 수 있기 때문이다."

이 보도를 접한 톨스토이는 "악에 대한 무저항 — 얼마나 좋은 일인가. 그들이 이 사상을 나와 결부하니 기쁘지 않을 수 없다"[102]라고 말한다.

만일 톨스토이의 동아시아 여행이 실현되었다면, 그는 현지에서 무엇을 생각하고, 어떻게 동양을 재인식했을 것인가? 그러나 역사는 가정법을 허용하지 않는다.

2

현대 문학의 초창기에 한국은 세계 문학 발전 과정에 적극적으로 합류한다. '숨어 사는 백성의 나라', '금단의 나라'로 알려진 한국이 스스로 세계를 인식하려고 한다. 한국과 세계는 하나라는 자각이다. 이 과정에서 러시아 문학, 특히 톨스토이와의 '만남'이 이루어지며, 두 문학의 교류는 한국 현대 문학의 질적 구성에 많은 영향을 주었다.

한국에서 톨스토이의 문학을 본격적으로 수용하기 시작한 것은 대당(大堂)

---

102) D. 마코비츠키. 앞의 책. 제3권. 39쪽.

최남선이 종합 잡지 《소년》을 편집·발간한 1908년부터였다. 우리나라 출판물에 문호의 이름이 처음 나타난 후 2년이 지난 뒤였다.

정상적인 학교 교육을 받지 못한 대당에게 있어서 톨스토이의 문학 세계는 '인간 종합대학'이기도 했다. 그는 1904년 한일 의정서(議定書)에 의해 황실 유학생으로 도일, 동경 제1중학교에 입학했다. 그때 14살. 다음 해, 1905년에 동행한 황실 유학생들의 비행을 보다 못해 귀국, 혼자서 역사와 지리를 공부한다. 1906년 3월에 재차 도일, 동경 와세다 대학에 입학했으나, '조선왕 래조(未朝)에 관한 건(件)'이란 사건으로 퇴학. 1908년 귀국할 때 인쇄 기구를 들여와서 출판사를 설립한다. 당시 일본에서는 러시아 문학에 대한 열기가 높았다. "러시아는 전쟁에 졌지만 문학에서는 이겼다"라는 말이 널리 퍼져 있었다. "톨스토이를 읽지 않고는 지식인이 아니다"라는 말이 떠돌기도 했다. 문호의 많은 작품이 일어로 번역되고 있었다. 젊은 최남선이 톨스토이에게 마음이 기울었던 것도 이 시기였다. 그가 '인격의 감화(感化)'를 최초(最初)에 받은 것은 중국 시인 도연명(陶淵明)이었고 다음에 톨스토이였다.

우리 현대 문학의 창시자들은 "모두가 조선적문학(朝鮮的文學) 건설을 위하여 문학 청년적 야심과 열정으로 현해탄을 건너갔고, 다시 새로운 포부와 이상을 가지고 한양성(漢陽城)을 찾아온 것이다."103) 최남선의 일본 유학 전 기간을 합하면 2년 반이 좀 넘는다. 그러나 이 사실에 너무 비중을 둔 나머지, 지금까지 대당을 논할 때 "그의 사상과 문학까지도 일본으로부터의 수입품으로 보려는 경향이 지배적이었다"라는 지적이 있다.104) 같은 경향은 최남선의 톨스토이 수용을 논할 때에도 나타나고 있지 않는가 생각한다. 그의 평론에서 일본 서적으로부터의 차용을 지적하면서, 이(異)문학 수용에서 그가 지키려고 했던 주체성

---

103) 李幹求. 『海外文學』創刊前後 // <文化와 自由>. 50쪽.
104) 洪一植. 大堂의 生涯와 文學 // 崔南善과 李光洙의 문학. 1994. 서울. Ⅱ-24쪽.

194

에 대해서는 관심이 희박하다.

최남선의 《소년》은 한국 문학을 서구 문학과 연결시키는 시험장이었다. 그는 《소년》의 목적을 "신대한의 소년으로 깨달은 사람되고, 생각하는 사람되고, 아는 사람되어, 하는 사람이 되어서 혼자 어깨에 진 무거운 짐을 감당케 하도록 교도(教道)하자 함이라"105)고 말한다. 또 <세계적(世界的) 지식(知識)의 필요(必要)>(1909)라는 논설에서 최남선은 "세계적 지식을 수득(收得)함은, 세계를 지(知)하려 함이 아니라, 곧 우리 대한(大韓)을 지(知)함이은, 타인(他人)에게 박학다문(博學多聞)을 과시(誇示)코자 함이 아니라, 곧 자기가 사리(事理), 물정(物情)에 암미(暗昧)하지 아니하려 함이다"106)라고 강조한다. 이 문화의 수용에서 중요한 것은 우선 자기 자신의 인식이라 한다. 최남선의 생각은 톨스토이가 동양 문화 수용에서 보여 준 태도와 근사하다. 근대 서양인들에게 있어서 동양에 대한 지식은, 많은 경우에 '박학다문'을 과시하기 위한 한 가지 수단에 불과했다. 톨스토이는 동양의 정신을 인식하려고 했고, 그 문화를 섭취하여 자기 발전을 위해 소화하려고 했다. 전 세계가 우러러보는 위대한 작가・사상가 톨스토이는『노자(老子)』를 읽고, 그 철학적 깊이에 감탄하여, 나는 그의 발밑에도 미치지 못한다고 고백하면서 항상『도덕경(道德經)』을 곁에 두고 있었다 한다.107) 톨스토이에 대한 최남선의 태도도 바로 그러했다.

1909년, 최남선은 《소년》(제2권, 제6권)에 <현시대대도사(現時代大導師) 톨스토이 선생(先生)의 교시(教示)>란 글을 발표한다. 두옹이 아직 생존했던 시기이다. 이 소논문에는 노동, 역작(力作)의 복음(福音)이란 소제목이 달려 있다. '정신전환' 이후의 톨스토이를 소개하는 글이다. 톨스토이는 50세에 이르러 명작『전쟁과 평화』,『안나 카레니나』의 저자로서 그의 명성은 전 세계에 퍼졌다.

---

105) 大堂崔南善全集. 제10권. 1974. 서울. 135쪽.

106) 大堂崔南善全集. 제10권. 141쪽.

107) 拙稿 無爲論:老子와 톨스토이 // 韓國史學論叢. 水邦朴永錫敎授華甲紀念. 下. 서울. 1992. 참조.

그러나 이제까지 살아온 자기의 인생을 반성하면서 그는 만족을 느끼지 못했다. 영원한 생명과 도덕의 절대적인 근원을 찾으면서 그는 신(神)에 도달한다. 『참회록』에서 그는 자신의 실생활의 진실을 고백한다. 톨스토이의 내면 세계에서 일어나는 정신적 번민이 최남선의 마음을 끌리게 한다. 삶의 의의, 목적을 탐구하면서, 톨스토이는 농민들이 '천명(天命)에 순종(順從)하고 천명을 안수(安守)'하며, '노근역작(勞勤力作)'하는 것을 보고, 그들의 삶에서 인생의 의의를 인식한다. '노근역작은 최대최초(最大最初)의 선(善)'이라 한다. 톨스토이의 뒤를 이어 최남선은 말한다 : "노근역작이 없이는 인생(人生)이 없는지라. 어시호(於是乎)에 노근역작은 인생의 최대의무(最大義務)요, 따라서 최대선(最大善)임을 아노라. 먼저 인생의 의무(義務)를 다할지어다. 인생의 의의(意義)는 그때에야 비로서 알리라."108)

1884년에 톨스토이의 사상을 민중들께 널리 알리기 위한 염가 판매 출판사 '포스레드니크(중개인)'가 창립된다.109) 이에 호응하여, 톨스토이는 자신의 사상을 농민들과 어린아이들에게도 알려주려고 일련의 민화(民話) 형식의 단편을 쓴다. 대표작품 <바보 이반의 이야기>, <사람은 무엇으로 사는가>, <사람에게 얼마큼 땅이 필요한가> 등, 많은 민화를 1981~1985년 사이에 발표한다. 최남선이 톨스토이 작품의 번역을 민화로부터 시작했던 것은 당연하다 하겠다. 톨스토이처럼 최남선은 문학의 도덕성을 작품 평가의 기준으로 삼고 있으며 문학의 교훈적 의의를 언제나 강조해 왔다.

소설 『부활』에 관해 어떤 프랑스 독자에게 보낸 편지에 톨스토이는 이렇게 말한다. "책을 읽을 때 나에게 특히 중요한 것은 저자의 세계관이지요. 무엇을

---

108) 大堂崔南善全集. 제10권. 144쪽.

109) 최남선 역시 1910년 조선광문회를 창설하고 고전을 강행했으며, 20여 종의 육전(六錢)小說을 발간했다. 1879년 이래로 톨스토이가 출판한 많은 小冊子에 대해 그는 "근래에 讀書社會를 驚動한 者는 實로 此等小冊子더라"라고 한다(大堂崔南善全集. 제10권. 72쪽)

그가 사랑하고, 무엇을 증오하는가에 흥미를 갖지요 이와 같은 관점에서 나의 책을 읽는다면 독자는 저자가 무엇을 사랑하고, 무엇을 사랑하지 않는가를 깨달을 것이며, 나의 심정으로 작품을 이해하리라 기대하지요."110) 최남선도 역시 같은 생각이다. 빅토르 위고의 소설『레미제라블』에 대해 대당은 "나는 이 책을 문예적작품(文藝的作品)으로 보난 것보다 한가지 교훈서(敎訓書)로 읽기를 지금(只今)도 전(前)과 갓히 하노라"라고 한다. 톨스토이는 35세부터 50세 사이에 읽고 가장 큰 영향을 받은 책 중의 하나로 역시『레미제라블』을 들고 있다.

《소년》지에 발표한 톨스토이의 민화는 최남선의 번역으로 되어 있다. <사랑의 승전(勝戰)>, <조손삼대(祖孫三代)>, <가배점(珈琲店)>111) 등 6편. 대당은 30년도에 이르러서도 민화의 의의를 인식하고 번역을 계속한다. 톨스토이의 작품을 번역하면서 대당은 "엄숙(嚴肅)한 마음으로 이를 역출(譯出)하노라"고 말한다. 엄숙하고 바른 마음 없이는 톨스토이의 글방에 들어갈 수 없다는 것이다. 또 중요한 것은 역자의 책임감과 사명감이라 한다. "톨스토이 선생(先生)의 상화(想華)를 처음으로 한반도(韓半島)에 전(傳)함인 것을 생각하면, 또한 다대(多大)한 사명(使命)을 부담(負擔)함을 자각(自覺)하노니, 모르괘라, 너로 인(因)하여 맺는 열매가 얼마나될꼬"112) 김병철은 노작『한국근대서양문학이입사연구(韓國近代西洋文學移入史研究)』에서 "한국 번역문학을 사회적 효용성이 배제된 순수 문학에로의 길로 들어서게 하는 데 직접 도화선(導火線)이 되게 하는 계기를 마련해 주었다는 의미에서 대당의 공적은 불멸의 것이라고 할 수 있다"113)고 확언한다.

---

110) L. N. 톨스토이전집. 제73권. 164쪽.

111) 한국어로 번역된 민화의 원제목: <사랑의 勝戰>(<Вражье лепко, а божье крепко>. 악마의 유혹은 집요하지만, 선인은 단단히 참고 견딘다), <祖孫三代>(<Зерно с куриное яйцо>계란같은 알곡), <茶館>(<Суратская кофейня> 수라뜨의 珈琲店).

112) 大堂崔南善全集. 제10권. 145쪽.

113) 김병철. 한국근대서양문학이입사연구. 서울. 1980.

1910년 겨울 톨스토이가 별세(別世)했다는 비보가 한성(漢城)에 전해진다. 그 전년 여름에 신문을 통해 선생의 환후가 심중하다는 소식을 받고, 최남선은 "그 의 사행(事行)을 아는 사람은 다 숭고(崇高)하고 장엄(莊嚴)한 입으로 말하기도 어렵고 붓으로 그리기도 어려운 특별한 감동(感動)이 일어나지 아닐 이 없으니, 그는 무슨 까닭이뇨"114)하며 《소년》 독자들에게 슬픈 기별을 전한다. 그후 일년 5개월이 지나 대당은 톨스토이 별세 특집을 편집하게 된다. <톨스토이를 곡(哭)함>은 이때 지은 조시이다. 이 288행 7·5조의 긴 조시는 물론 커다란 슬픔에 잠긴 시인의 심정을 표현한 것이지만, 동시에 이는 당시 한국 독자들의 톨스토이에 대한 애정의 표현이기도 했다.

톨스토이의 고민은 자아실현(自我實現)과 현실의 모순(矛盾)에서 이루어지는 '웃더한 고통(苦痛)' — 수차 반복되는 이 시어는 삶의 의의를 탐구하며 헤매는 작가의 내면세계에서 일어나는 정신적 갈등을 표식하는 '기호'로 사용된다. 그 는 이 고통 속에서 진실하고 변하지 아니하는 절대적인 만유일체(萬有一體)의 진리에 도달한 위인(偉人)이다.

그는과연偉大하니   矛盾塩위에
큰眞如를 차졌스며   苦痛林속에
큰安樂을두었스며   散亂한것中
統一긋흘용케求해   긋혜가도다

톨스토이가 찾은 진여불변(眞如不變)의 묘리(妙理)란 무엇인가. 문호의 말을 들어 보자. "나는 영원을 깨달았소 세상에는 사랑이 있고, 영원한 행복은 타자 를 위해 사는 것이지오"(L. N. 톨스토이에게 보낸 편지. 1859년 5월 3일경). 온

---

114) 大堂崔南善全集. 제10권. 142쪽

198

갖 고통 속에서 그가 도달한 '통일적' 사상은 '사랑'이었다. 최남선은 함부로 남에게 영합하여 기독교를 "근대문명(近代文明)의 요구에 응함을 즐기지 아니하는, 성서(聖書)를 문자(文字) 그대로 해설하여 귀의(歸依)하려는" 톨스토이의 신봉(信奉)의 태도에 감탄한다. 이 신조(信條)의 기초에는 '애(愛)'의 일자(一字)가 있다 한다. 애(愛)를 중심으로 하는 삶이라면 타자(他者)를 원망하지 않고 '사해(四海)가 다 동포(同胞)'이니, 폭력으로써 악(惡)에 맞서지 않을 것이라는 결론에 도달한다.

최남선은 톨스토이의 무저항주의에 동조한다. 그러나 그의 '무저항'에 대한 견해에는 특성이 있다.

無抵抗을 갈으침도	抵抗을쓰고
絶對服從말해도	自我세우니
抵抗뒤에無抵抗가	내게神인가
둘을석거몬산홈은	무슨矛盾가

아마, 톨스토이는 19세기의 탁월한 인물 중에서 가장 복잡하고 모순에 찬 인격이었다. 그는 사상을 위한 수난자였기도 하다. 많은 고통 끝에 사상의 통일이 있다. 무저항은 힘인 것이다. 복수하는 것이 힘이 아니라 용서하는 것이 힘이다. 문제 해결의 종국적인 대답은 용서하는 길에서만 가능하다고 본다. 최남선은 톨스토이의 무저항을 인간 사회의 악에 대한 적극적인 태도로 보고 있는 것이다.

최남선의 『톨스토이 소전(小傳)』은 한국에서 최초의 두옹전기(杜翁傳記)이다. 문호 별세에 즈음하여 발간한 《소년》 특집(1910년 12월)을 위해 쓴 글이다. 충분한 준비를 위한 시간이 없었다. "신세(身勢)가 너무 바쁘니, (……) 그러나

이 기념권(記念卷)에 그 역사(歷史)가 없지 못할새, 이에 총망(忽忙)한 중에 이 소전(小傳)을 꾸미노라" 하며, 글을 맺는 말에 "감히 상어(詳語)를 더하지 아니하고, 여러 책에 기록된 것을 그대로만 초역(抄譯)하여 이 편(篇)을 만든다"[115] 라고 적어 넣는다. 최남선이 터놓고 말한 것을 그대로 받아들여, 그의 『소전(小傳)』을 마치 일본책들에서 글귀를 빌려 쓴 것처럼 생각한다면 큰 잘못이다. 전기에서 취급하는 일련의 사건의 진술에 있어서 기존 연구로부터의 차용은 허물이라 할 수 없을 것이다. 중요한 것은 최남선의 『소전(小傳)』에는 저자의 톨스토이 문학유산 수용 태도가 뚜렷이 나타나고 있으며, 그것은 한국에서의 톨스토이 수용에서 볼 수 있는 특징과 관련되고 있다는 것이다.

톨스토이의 창작 소개를 한국은 그의 민화로부터 시작한다. 최남선의 역(譯)이다. 일본의 선택은 전혀 다르다. 1886년에 일본에서 처음 빛을 본 톨스토이의 작품은 『전쟁과 평화』 시작의 토막 번역이었다. 소설의 이름은 '읍화원류(泣花怨柳) 북구혈전여진(北歐血戰余塵)'으로 되어 있다. 역자는 서문(序文)에서, 이 소설은 절세의 영웅 나폴레옹이 끝없는 러시아 설원(雪原)에서 맛본 비운의 이야기라 하며, 그의 불운에 동정한다. 일본은 명치유신(明治維新) 후 19년이 지났다. 근대 사상의 구현자이며, 정복자인 나폴레옹을 근대화하는 일본이 숭배하던 시대였다. 최남선은 독자들의 세계 지식을 넓히기 위해 《소년》에 13 위인(偉人)의 전기를 게재하였는 바, 그중에는 『나폴레옹 대제전』『러시아를 중흥(中興)시킨 피터 대제(大帝)』도 있다. 저명한 비평가 V. 로자노프는 피터 대제(大帝)의 '적극적' 정치 활동을 톨스토이의 '소극적' 이상과 대비하면서 러시아에 필요한 것은 전자라고 한다. 그러나 최남선의 관심은 톨스토이에게 집중되고 있었다. 1908~1914년간에 그는 두옹의 사상을 소개하는 십여 편의 글과 번역을 발표하였고, 위대한 문호가 말하는 '사람은 무엇으로 사는가'를 세상에 널

---

115) 大堂崔南善全集. 제10권. 74쪽.

리 알리려고 한다. 물론 작가의 삼대(三大) 소설도 잊지 않았다.『전쟁과 평화』를 '세계전쟁문학에 한 신기원(新紀元)을 그은 천고대작(千古大作)'이라 부르며,『안나 카레니나』를 '러시아 상류사회(上流社會)의 측면(側面)을 묘사(描寫)한' 제2의 걸작이라 하지만, 최남선에게 있어서 가장 매혹적인 작품은 역시『부활』이다. 이는 '선생의 저작(著作) 중에 가장 귀중한 것으로 괴테의『파우스트』와 셰익스피어의 희본(戱本)과 단테의『신곡(神曲)』들과 같이 만세불후(萬世不朽)의 대작(大作)'이라 찬양한다. 1914년,『부활』은 최남선의 의역(意譯)으로 처음 한국에서 빛을 본다.

『참회록』은 '인간은 무엇으로 사는가'라는 문제와 대결하여 60세를 산 저자의 정신생활의 결산이다. 대당은 '인류 미래의 예언자' 톨스토이의 고상한 도덕적 이념과, 감정의 순수성 그리고 그의 윤리적 정열에 감탄한다. "나는 왜 사는가"의 문제 해답을 얻지 못하여 자살로써 고뇌(苦惱)를 면하려고 하는 톨스토이, 번뇌(煩惱)의 끝에 그 대답을 '문명진보(文明進步)를 위한 생활'에서가 아니라, 허위의 정신(精神)을 탈각(脫却)하는 것에 있다 하는 톨스토이는 현대를 사는 인류에게 있어서 가장 필요한 선지자(先知者)라고 최남선은 확신한다. 인간 생존의 뜻을 탐구하는 과정에서 톨스토이는 자기가 속하는 사회와 그들의 도덕을 부정하면서 순박(純朴)한 서민들의 생활 속으로 스며든다. "무한(無限)한 동정(同情)을 농군에게 뿌려 그들의 친한 친구가 되어 서로 심방(尋訪)하고 서로 담유(談遊)하여 진(眞)과 선(善)을 맛보더라"[116] — 마침 그 자리에 있던 사람처럼, 농민들 사이에서 '신생명(新生命)'의 샘을 마시는 톨스토이를 그리는 대당의 기억에, 한국인이 산(山)으로 상징하는 '진', '선', '미'의 덕성이 떠오르지 않았을까 생각한다. 작품 저작권도 토지 소유권도 부인하고, 또 '정신 대전환' 이후로부터는 인세를 거절하며, 속세의 명예를 경시하는 위인 톨스토이를 최남선

---

116) 大堂崔南善全集. 제10권. 71쪽.

은 끝없이 경애(敬愛)한다.

위에서 우리는 최남선의 톨스토이 수용 태도에 대하여 살펴보았다. 한국 현대 문학 초창기에 그는 작가로서 톨스토이보다는 '인류의 선도자'로서의 그의 도덕 사상을 존중한다. 이에 대한 비판은 구구하다. 종교가, 사상가로 우선적으로 평가하면서 작가로서의 톨스토이를 간과하는 것은 초기의 수용 단계에서 드러나는 '일반적인 제한성'이라고 보는 입장이다.117) 또 대당의 톨스토이는 그의 '주관적인 이해'라고 지적하기도 한다. 그러나 이와 같은 의견은 논의의 여지가 있다고 생각한다.

근대 서양 문학의 이입과 관련한 최남선의 입장은 '소박한' 초기 수용 단계를 훨씬 벗어나고 있으며, 목적 지향성이 아주 강했다고 생각한다. 그는 이(異)문화와의 접촉을 '민족적자아(民族的自我)의 재확인(再確認)'의 기회로 보며, 한국인의 자기성찰운동(自己省察運動)과 결부시킨다. 국민문학운동은, "제 본질을 검토하며, 근저(根底) 있는 자기(自己)로부터 든든히 출발해야 한다"118)는 최남선의 주장은, 이문화의 수용에도 그대로 적용된다. 번역을 위한 세계 문학 작품의 선택에는 우연한 것이 없다. 새로운 세대를 '대국민(大國民)'으로 교양하는 데 필요한 작품들이다. 대당은 '미적사상(美的思想)과 심정훈도(心情薰陶)에 유조(有助)'함에 있어서의 문학작품의 역할을 부정하거나 과소평가하지 않는다. 그는 《소년》에 발표된 서구 문학작품을 다음과 같이 테마별로 정리한다. 자유(自由) : 『아브람 링컨 전기』, 근근(勤勤), 건설(建設), 세계(世界)로의 웅비(雄飛) : 스위프트 『거인국표류기(巨人國漂流記)』; 데포 『로빈슨 무인절도표류기(無人絶島漂流記)』; 바이런 『해적가(海賊歌)』, 용기(勇氣) : 빅토르 위고 『레미지리플』, 정의(正義) : 톨스토이 『사랑의 승전(勝戰)』, 『한사람이 얼마나 땅이

---

117) 이준형. 한국에 있어서의 톨스토이 수용현황과 문제점 // 여산 박형규 교수 화갑기념논문집. 서울. 1992. 162쪽.

118) 최남선. 朝鮮國民文學으로서의 時調 // 朝鮮文壇. 서울. 1926. 5월. 6~7쪽.

있어야 하나』, 선(善) : 톨스토이『조손삼대(祖孫三代)』,『너의 니웃』.119)

현대 문학 초창기에 현실주의자 최남선은 톨스토이의 문학유산에서 주요한 교훈으로 '정의(正義)'와 '선(善)'을 들면서, 그의 민화를 '인간(人間)의 덕성(德性)과 인격(人格)의 배양(培養)'에 필요한 작품으로 높이 평가한다.

톨스토이의 유산에서 높은 덕성을 우선적으로 찾는 경향은, 그 수용 초기 단계에서만 나타난 '한계 상황'이 아니었다. 30년대에 이르러서도, 예를 들어, 이광수는 작가로서의 톨스토이보다는 인류의 선지자 톨스토이를 택한다. 특기할 점은, 오늘날 기계 문명이 고도로 발달한 한국에서 톨스토이의 민화가 넓은 독자층을 갖고 있다는 것이다. 모더니즘 문학작품으로 서적 시장이 범람할 때 그리 알려지지 않은 인디북 출판사가 발간한『톨스토이 단편선』이 근년 2년 가까이 계속 베스트셀러가 되어 출판 부수는 100만 부를 돌파했다는 사실이다. 세계적으로 근래 유래를 찾아볼 수 없는 아주 경탄할 만한 사실이다.『톨스토이 소전(小傳)』에서 최남선은『민화단편집』에 대해 말하면서 "근래에 독자사회(讀者社會)를 경동(驚動)한 자(者)는 실(實)로 차등소책자(此等小冊子)더라" 하였는데, 오늘날 다시 한국에서 베스트셀러가 되어 세계의 톨스토이 애호가들을 놀라게 하고 있다. 현대 사회가 기계 문명에 병들어 가면 갈수록 톨스토이의 근대 문명 비평에 세계는 귀를 기울여 듣는다. 위인 톨스토이의 창작에서 그의 고상한 도덕, 교훈적 가치를 중요시함은 한국에서 일관되게 내려오는 톨스토이 문학 수용 태도이며, 그것은 한 가지 전통으로 계승되고 있다. 그 전통의 시초에 최남선이 있었다는 것은 위에서 본 바와 같다.

최남선의 톨스토이 소개에는 물론 부족한 점도 없지 않다. 그는『참회록』을 '문학자(文學者)로서의 선생과 선지자로서의 선생의 분기점(分岐点)'으로 본다. 그리고 "선생은 벌써 문학가(文學家)로 알던 때는 지나고, 19세기 이래의 대선

---

119) 김병철. 한국근대서양문학이입사연구. 282쪽.

지자(大先知者)로, 대도사(大導師)로 가장 숭고(崇高)한 대우를 받는다"라고 말한다. 그러나 '정신전환' 후에도 톨스토이는 명작『부활』을 썼고, 그외 적지 않은 문학작품을 창작했다.

작가 톨스토이를 사상가 톨스토이로부터 구별하여 연구하는 것은 방법론적으로 보아 비생산적이라 하지 않을 수 없다. 70년간 소련시대의 톨스토이 연구가 그러했다. 비판적 사실주의와 관련되는 창작에 대해서는 깊은 연구가 태산같이 많지만, 그 반면 그의 종교·윤리사상은 낙후한 동양적인 사고 방법과 같다 하여 금단의 영역에 속했다. 전 세계에서 출판된 톨스토이 관계 도서를 한곳에 모으면 큰 도서관을 만들 수 있겠지만, 그것은 톨스토이 유산의 절반에 지나지 않는다고 하겠다. 톨스토이 창작 세계의 전일성(全一性)을 인식하고, 그를 전체적으로 보는 관점이 필요하다. 작가·사상가로서의 톨스토이를 이분법적 사고로 나눌 수는 없는 것이다. 톨스토이 자신은 어떤 외국인 친지에게 이렇게 말했다. "당신은 내가『참회록』에서 말하는 정신적 변화가 갑자기 일어난 것이 아니고, 나의 최근 작품에 뚜렷이 나타나고 있는 사상이 훨씬 이전 작품에서 벌써 싹이 트기 시작했다고 보는데, 그것은 정말로 옳은 생각입니다."120)

한국에서 처음 톨스토이를 소개하는 글에는, 그의 사상과 노(老)·공(孔)·맹(孟) 사상과의 연관성에 대해 주목했다고 본고의 모두에서 언급했다. 그러나 그 이후의 톨스토이론(論)에서는 이 주요한 문제의 제기가 동양문예학에서 응당 취급할 문제임에도 불구하고 보이지 않는다. 그러나 최근의 연구에서는 톨스토이 작품에 반영된 동양 사상에 대해 주목하기 시작한다. 예를 들어 민화 <바보 이반 이야기>의 분석에서 이반의 형상과 그의 왕국의 사회상의 묘사는 톨스토이가 새롭게 발견한 노자(老子)의 '무위(無爲)사상'이 정신적 원천으로 되고 있다는 지적이다121).

---

120) L. N. 톨스토이전집. 제66권. 188쪽.

204

동양만 톨스토이에게 다가간 것이 아니라 톨스토이도 동양의 정신적 유산에 다가간 것이다.

121) 심성보. 레프 톨스토이의 민화에 나타난 노자의 무위사상 // 러시아어문학연구논집. 제17집. 서울. 2004년. 160쪽.

레프 톨스토이와 현대 일본 소설의 문제

1886년 톨스토이의 첫 번째 일본어 번역이 나온 지 한 세기가 지났다. 이때 번역된 『전쟁과 평화』의 몇 장에는 일본어로 『흐느끼는 꽃과 원한의 버들. 북유럽 대전투 최후의 먼지』라는 제목을 붙였다. 역자인 모리 타이는 구문학 전통의 교육을 받았고, 그의 번역은 일본 수사학의 지나치게 장식적 문체를 따랐다.

그 이후 일본의 독자들은 몇 세대가 바뀌었고, 문학 자체도 변화하였다. 1868년 부르주아 혁명 이후 일본은 수세기의 은둔과 결별하였고, 외국 문화의 수입을 위해 문을 활짝 열었다.

이 시기에 유럽 문학은 거세게 일본으로 유입되었다. 이미 20세기 초 10년 동안 뛰어난 대표 작가들의 작품들이 거의 모두 일본어로 번역되었다. 그러나 이들 작품들은 일본에서 다양한 운명을 겪었고, 지속적으로 변화하는 일본 문학의 미학적 요구에 영향을 받게 되었다.

지난 세기(19세기)의 80년대에 일본인들은 에드워드 리톤, 벤자민 디즈레일리의 작품에, 20세기 초에는 에밀 졸라에, 10년대에는 월트 휘트먼의 시에 열광하였다. 그러나 오늘의 일본인들에게 이들 작가의 작품들은 대부분 문학사적 흥미의 대상일 뿐이다.

그러나 저명한 비교문학가인 오오타 사부로가 지적하는 것처럼, 어떤 변덕스런 문학적 취향과 요구들도 톨스토이에 대한 일본 독자들의 확고한 관심에 영향을 줄 수 없었다.

1960년 문학잡지 《문학》 특별호에 — '현대 일본에서의 외국 문학' 특집 — 쓴 글에서, 오오타 사부로는 일본에서 지속적인 독자를 갖고 있는 외국 작가들의 이름을 열거하면서 그 첫 자리에 레프 톨스토이를, 그뒤를 이어 도스토예프스키, 투르게네프, 로망 롤랑, 모파상과 기타 작가들을 거론하였다. 20세기 일본 문화에 대한 이들 작가들의 영향은 대단한 것이어서 오오타 사부로에 따르면, 이들을 외국 작가가 아니라 일본 작가라 불러도 좋을 정도였다. 그는 다음과 같이 기록하였다. "세대의 부단한 변화에도 불구하고 언급한 작가들의 작품들은 이미 반세기 이상 일본에서 지속적인 독자층을 유지하고 있다. 이들은 일본인들을 위해 무엇으로도 대신할 수 없는 영혼의 양식이 되었다. …… 우리 문학사에서 이들 작품들의 역할과 위상에 대한 다방면의 연구가 필요한 시점이 도래하였다."(주1:310쪽)

일본 작가들과 톨스토이의 관계에 대한 기록은 일본 톨스토이 연구에서도, 러시아 연구자들의 논문에서도 적지 않게 발견된다. 이들 중에서 주된 관심은 개인적 교류에, 다음으로는 일본 문학 발전에서, 세기 초 그리고 그후 20년 동안의 사회사상의 발전에서 이 러시아 작가의 역할에 집중되었다.

우리 시대의 일본 문학에서 톨스토이의 작품이 갖는 의미는 아직 전문 연구자들의 대상이 되지 않고 있다. 오늘날 러시아 작가의 예술적 유산을 둘러싸고 첨예한 사상—미학적 논쟁이 진행되고 있다. 톨스토이 작품의 가치와 성격에 대한 견해 차이는 일본에서의 현대 문학 전개과정의 복잡성과 모순을 반영하며, 이 과정은 사실주의와 모더니즘의 다양한 유파들 사이의 투쟁에서 진행되고 있다. 이와 더불어 이 논쟁들은 전통적 예술적 사유와 사실주의 예술 시학의(여기에는 톨스토이의 소설들도 포함된다) 상호관계라는 현안 문제를 다루었다. 이들 문제는 현대 일본 문학 발전의 전망을 이해하기 위해 중요한 의미를 갖는다.

전후 일본에서 톨스토이 작품들의 이해에 나타난 특징은 무엇인가? 오늘날 일본 소설에서 톨스토이의 역할은? 바로 이런 측면에서 일본에서 톨스토이의 예술적 유산의 현대적 의미가 무엇보다도 우리의 관심을 끈다.

1

톨스토이의 장편소설 『전쟁과 평화』는 전후 일본에서 처음으로 발행된(1946년 7월) 책들에 속한다. 이것은 출판업의 재생이 겨우 시작되던 시기였다. 이미 1946년 12월에 23권으로 된 톨스토이 전집이 요네카바 마사오의 번역으로 출판되기 시작했다. 유럽 고전작가들 중에서 일본 출판업자들과 독자들의 관심을 그처럼 많이 받은 것은 톨스토이가 유일했다.(주1:311쪽)

당시 전쟁으로 폐허가 된 일본은 여전히 마비상태에 있었다. 그런데 전후 몇 개월 만에 일본 문학 종사자들이 『전쟁과 평화』에 관심을 갖게 만든 것은 무엇인가?

안나 제거스가 언급한 것처럼, 동양과 서양 모든 작가들과 모든 나라에게 『전쟁과 평화』는 전 세계 문학의 필수적인 부분이다. 러시아 문학 번역가이자 연구자인 노보리 쇼무도 유사한 견해를 보인다. "톨스토이의 위대성은 시간과 공간에 의해 제한되지 않는다. 그는 한 시대, 한 사회가 아니라 많은 시대와 사회를 대표한다."(주1:312쪽) 그러나 전후 일본의 톨스토이 소설의 수용에서 발견되는 톨스토이의 세계적 권위에 대한 고백 외에도, 아픈 전쟁 경험은 특별한 기록을 남겼다. 이바카미 드쥬니치는 톨스토이의 『전쟁과 평화』를 연구한 저서에서 다음과 같이 기록하였다. "전쟁 중에 마사무네 하쿠쵸와 시가 나오야는 침묵을 강요당하였다. 그들은 『전쟁과 평화』의 의미 속에 침잠함으로써 정신적 피난처를 발견하였다. (……) 이 소설은 우리에게 매우 많은 가르침을 준다. 그러나 전쟁에 대한 톨스토이의 절대적이고 무조건적인 부정은 특별히 우리와 가깝다.”(주2:312)

태평양 전쟁이 절정일 때 혼다 슈고는 『전쟁과 평화』에 대한 책을 썼다. 전쟁은 ‘인간의 이성과 본성에 반하는 사건’이라는 톨스토이의 태도는 그에게 경외심을 불러일으켰다. 혼다 자신의 고백에 따르면, 그는 이 책에 제국주의 전쟁에 대한 모든 증오와 ‘일본제국의 보호 아래 아시아의 공동 번영 공동체’의 건설이란 군국주의적 구호에 대한 혐오를 담았다.

그러나 『전쟁과 평화』가 폭로적인 반전 작품인 것만은 아니다. 여기에는 인간 존재의 가장 중요한 철학적 문제들이 제시되어 있다. 혼다는 톨스토이의 소설을 전쟁에 의해 파괴된 인간 재생의 모색과 연결시켜, 거기에서 자신의 재생의 길도 발견한다.(주1:312쪽) 혼다는 다음과 같이 기록하였다. “『전쟁과 평화』에 대한 내 책의 한 줄 한 줄은 현실의 벽에 부딪친 인격의 파괴에 대하여, 그것의 재생에 대하여 말하고 있다. 보로디노 전투를 나는 그렇게 읽었다. 거기에서 나는 자유와 필연성 사이의 투쟁을 보았다.”(주4:312쪽)

혼다는 운명의 피할 수 없는 예정에 대한 설교 속에서 톨스토이 장편서사소설의 의미를 찾지 않는다. 그는 소설의 객관적 의미는 역사적 숙명론과의 대립 속에 존재한다는 것을 보여 준다. 예를 들면, 쿠투조프는 권력과 시 거주자들의 기대와 달리 전투 없이 퇴각하라는 명령을 내리지만, 그는 국가에 대한 자신의 책임을 완전히 의식하고 있다. 역사의 운명은 역사적 창조에 참여하는 사람들의 의지와 분리되지 않는다. 혼다의 저서에 이런 구절이 있다. “톨스토이는 1812년의 전쟁이 불가피했다고 말한다. 동시에 톨스토이는 이 전쟁이 ‘인간 이성과 인간 본성에 위배되는 사건’이라고 생각한다. 이것은 무엇을 의미하는가? 불가피성에 대해 다만 불가피성으로만 접근한다면, 사건의 단순하고 무서운 의

미에 대해 언급할 가치가 없다. 자신에게 모든 것이 — 모순이 법칙, 역사의 비논리성 — 알려져 있다고 자신할 때, 그는 차갑고 이성적인 역사 작품을 (『전쟁과 평화』가 아니라 토마스 하디의 『왕조』 같은 작품을) 쓸 것이다. 톨스토이는 썼다. '인간의 이성은 현상의 원인을 총체적으로 이해할 수는 없다. 그러나 원인을 찾아야 한다는 요구는 인간의 정신에 놓여 있다.' 인간이 현상의 원인들을 파악할 수 없다는 사실을 인정하는 동시에 톨스토이는 그것의 해결을 추구한다. 한편에는 운명과의 화해와 복종이, 다른 편에는 역사를 설명하려는 욕구가 있다. 이 두 요소의 투쟁이 『전쟁과 평화』를 움직인다.”(주: 313쪽)

일본 지식인들은 전쟁의 공포 속에서 삶에 대한 믿음을 지켜 왔으며, 『전쟁과 평화』를 그렇게 읽게 된 근본에는 의심할 바 없이 그들의 쉽지 않은 경험이 놓여 있다. 혼다는 톨스토이 연구서에서 여타의 일본 지식인들과 논쟁에 돌입하는 듯하다. 이들은 파괴적 힘을 가진 거대한 전쟁 기계 앞에서 신비주의에 몰입하고, 자신의 힘에 대한 신뢰를 버렸던 지식인들이다. 그들은 어떤 운명적이고 잔혹한 필연성이 인간을 지배하고 있으며, 인간은 이 거대한 힘 앞에서 보잘것없고 무기력하다고 생각한다. 이것이 바로 혼다가 역사 법칙의 인식가능성을 — 혼다의 확신에 따르면 『전쟁과 평화』의 객관적 의미는 독자를 이 인식가능성이란 결론에 이르게 한다 — 특별히 강조하는 이유이다.

그러나 『전쟁과 평화』에 대한 이러한 이해가 부르주아 비평가들의 존중을 받았던 것은 결코 아니다. 요시모도 류메야의 견해에 따르면, 혼다 슈고는 톨스토이가 소설에서 말하고자 했던 것을 찾으면서 쓸데없는 것을 말하고 있다. 요시모토는 “이 입장에서 『전쟁과 평화』를 읽는 것은 옳지 않다”라고(주: 314쪽) 주장하고, 혼다의 사실주의 비평을 거부할 것을 요구하였다. 요시모도는 톨스토이 소설의 핵심을 구성하는 도덕적, 사회적 문제들과 냉철한 사실주의를 미학의 경계 밖으로 밀어낸다. 그는 수백만 독자들이 이 소설을 존중하는 근거를 반박하려고 한다.

『전쟁과 평화』는 인류의 관심을 끄는 문제들을 강력하게 제시한다는 이유로 전 세계에서 사랑받는 소설이 되었다. 이와 관련해서 일본 대학생의 편지는 매우 교훈적이다. 오카자바 히데토라는 자신의 저서 『톨스토이 연구』(1963) 서문에서 그 내용을 소개하고 있다. "릴케의 고독과 카프카의 불안은 나의 허무주의에 가깝다. (……) 난 희망 없이, 아무런 삶의 원칙 없이 살았다. 희망, 원칙 등과 같은 개념들은 당시 내게 우습게 보였다. (……) 삶은 내게 어려운 짐이었다. 내가 처음으로 『전쟁과 평화』를 읽었을 때 내 앞에 완전히 다른 세계가 열렸다. (……) 소설은 강력한 힘으로 나를 매혹시켰다. 그때까지 읽었던 책에서 끝없이 만났던 절망의 철학이 그곳에는 없었다. (……) 톨스토이의 소설은 삶에 대한 이전의 관점을 바닥까지 흔들어 놓았다."(주:314쪽)

오카자바 히데토라는 『전쟁과 평화』의 영원한 가치를 — 이 소설은 모든 나라의 수백만 독자들에게 "모든 삶의 동반자가 되었다" — 톨스토이 소설의 도덕적 영향력에서 본다.

톨스토이의 작품은 전후 일본에서 민주주의 문학을 향한 운동과 긴밀하게 관련되어 있다. 이 운동의 핵심을 구성한 것은 20~30년대의 지도적인 프로 문학가들이었다.

미야모토 유랴코는 다음과 같이 썼다. "민주주의 문학은 자신의 힘을 아끼지 않고, 역사적인 관점에서 사회와 개인의 더욱 이성적인 발전을 위해 애쓰고, 자신의 작품에서 역사의 합법칙적인 진행을 반영하는 작가들의 음성을 대표한다."(주: 314쪽)

'새로운 일본 민중의 합창에서' 가장 중요한 역할을 한 것은 고리키의 작품들이다. 동시에 일본 민주적 문화의 활동가들은 새롭게 태어나는 문학과 비판적 사실주의 유산과의 관련성을 깊게 의식하였다.

비평가인 야마무라 푸사지의 호소는 일본 민주 문학운동에 대체로 정당한 것으로 인정된다. "우리의 민주 운동을 고리키뿐만 아니라, 발자크, 톨스토이, 체호프와 함께 움직이게 하자."

그러나 60년대 일본의 민주 문학 운동에서 비판적 사실주의에서 이탈하는 경향이 관찰된다. 사람들은 민주 문학 발전의 현대적 단계에 부응하는 예술적 방법은 신아방가르드라고 여겼다.

이 시기에 우리 세대의 '보편적 세계 예술'이 인기를 끌었다. 하나다 키요테루는 이 유파의 이론가였다. 『아방가르드주의의 예술』(1958)이란 저서에서 하나다는 '20세기에 만들어지고 있는 예술의 모습을 묘사하는 것'을 목표로 삼았다. 그는 이렇게 썼다. "아방가르드주의의 미래 예술은 추상파와 초현실주의의 변증법적 통일의 토대 위에 창조되어야 한다." 하나다는 흡사 '예술에서의 혁명'을 완성한 것 같은 이 '내적 사실주의'를 '외면적 현실'에 주목한 '사회주의 사실주의'와 기계적으로 결합시키고, 이것을 기초로 20세기 후반 50년의 예술을 위한 일종의 '종합적 방법'을 창조하고, 그것을 사회주의 사실주의의 새로운 이론이라 사칭한다.

하나다 키요테루의 이론 구조에는 비판적 사실주의를 위한 공간은 존재하지 않는다. 반대로 그는, 마치 우리 시대에 가능성을 소진한 것처럼, 비판적 사실주의에 대한 적대감을 감추지 않는다. 그는 이렇게 주장하였다. "『안나 카레니나』의 술잔에서 벗어나지 않는다면 예술가는 사회주의 사실주의로 이행할 수 없다는 점을 나는 기회가 있을 때마다 강조하였다. 예술가가 『안나 카레니나』에서 등을 돌리고, 아방가르드주의에 의해서 제기된 문제를 숙고하지 않는 한, 그 어떤 사회주의 사실주의의 작품 창조에 대해 말하는 것은 아무런 희망 없는 일이다."(주: 316쪽)

현대 문학의 발전에서 비판적 사실주의를 매장하고 그것의 의미를 축소시키려는 시도는 60~70년대 일본 부르주아 비평의 특징이다. 예를 들면, 아쿠노 타게오는 — 착취의 과정이 점점 더 보편화되고 있는 — 일본 산업 발전의 현 조건에서 사실주의 예술은 사회적 비평의 객관성을 말소하고 결국은 쇠퇴하게 될 것이라고 생각한다. 결국 톨스토이의 비판적 사실주의 수용을 위한 기반은 오늘날 일본에 존재하지 않는다. <사실주의에 대한 나의 회의>(1960)라는 논문에서 오쿠노는, 현대 소설의 사명은 '내적 인간'의 예술적 탐구라고 주장하였고, 그는 '현실의 굴레'에서 해방되어 인간 무의식의 영역에 관심을 가질 것을 호소하였다.

일본의 '현대' 예술 옹호자들은 고전 사실주의를 일관성 있게 부정하였다. 그들은 사실주의가 예술을 사진술로 바꾸어 버렸다고 생각한다. 그들은 사실주의를 '외적인' 현실의 횡적인 복사로 이해하고, '내적인' 현실의 깊이 있는 — 아주 미세한 부분까지 — 파악을 추구한다고 생각한 모더니즘에 사실주의를 대립시켰다. 그들의 이같은 입장은 사실주의 예술에 대한 그들의 관점이 협소하다는 사실을 분명히 보여 준다. 또한 현대 작가들의 심화된 분석 추구와 인간의 내면세계로의 시선 이동을 모더니즘의 전유물로만 여기는 것은 분명히 옳지 않다. 이러한 유형의 서사는, 현대 연구가들이 증명하는 것처럼 스탕달, 톨스토이, 도스토예프스키와 관련되어 있다. "모더니즘의 '새로운 것' 중에서 많은 것은 19세기 러시아 고전 문학에 의해서 이미 선취되었다. 톨스토이는 '내적인 독백' 그리고 '분명한 의식과 몽롱한 의식 사이에 존재하는 상태'의 전달을 이미 완전하게 지배하였다."(주:316쪽)

일본의 '현대' 예술 옹호자들은 '의식의 흐름'을 열렬히 칭찬하지만 도스토예프스키의 — 삶에 대한 깊은 성찰에 자극을 받은 — '영혼의 변증법'을 잊고 있다.

삶의 다양한 관계 속에서 현대인을 묘사하라는 주문을 받고 있는 오늘날의 일본 소설은 점차 톨스토이의 미학적 체험으로 시선을 돌리고 있다. 여류작가 히라바야시 타이코는 『안나 카레니나』는 예술적 표현수단의 다양성과 그것의 정확한 연구란 점에서 세계 문학 최고의 작품에 속한다고 생각한다. 즉, 섬세한 심리 묘사가 탁월한 경마 장면은 현대 소설가들을 위한 훌륭한 학교가 될 수 있다.

비평가 사에키 쇼이치는 톨스토이 작품의 뛰어난 가치와 현재성을 고려하여 『전쟁과 평화』를 '젊은 소설'이라고 부른다. "자아도취에 빠진 비평가들이 19세기와 20세기의 문학에 대해, 사실주의에 대해 논쟁을 벌이게 놔두자. 그러나 나는 『전쟁과 평화』를 읽고 톨스토이 소설의 살아 있는 인물들의 세계에 빠져 들어 나를 잊는다. 이것은 아우스테를리츠 위 하늘에 대한 유명한 묘사다……피를 흘리는 안드레이 공작, 그의 위에는 높고 높은 하늘과 떠가는 구름……가을 태양 빛 아래서 나는 『전쟁과 평화』를 읽고 풍성한 삶의 기쁨을 감촉한다."(주:317쪽)

일본의 가장 저명한 비평가들 중의 하나인 야마모토 켄키치에게 톨스토이의 작품들은 예술성의 기준이 된다. 야마모토는 화려한 문장을 추구하는 '대중'문학과 문학적 기성품들을 비웃는다. 까다롭지 않은 독자들을 목표로 한 통속문학이 일본도서 시장을 채우고 있다. 야마모토는 세계 문학의 고전작가들에 대한 학습에서 이러한 문학적 막다른 골목에서의 탈출을 본다. <현대 소설에 대한 불신>(1963)이란 논문에서 그는 이렇게 썼다. "비평가는 기억 속에 많은 세계 문학의 거장들을 보유하고 있다. 외적인 광채에서뿐만 아니라 해로운 내용에서도 구별되는 현대 대중문학을 만날 때 그는 의식적으로 과거의 빛으로 ─ 톨스토이, 발자크, 디킨스 그리고 위고의 작품으로 ─ 시선을 돌린다. 유행하는 '대중'문학을 검토하면서 비평가 요시다 겐이치는 대중문학 작가의 시선을 줄곧 고전적 모델로 돌리게 만든다. 그것은 고전 작품들이 독창적인 예술 작품을

창조했기 때문이다. 대중문학 작가들이 그의 문학서평을 읽으면 부끄러움을 느낄 것이다."(주:318쪽)

비평가 혼다 슈고는 『전쟁과 평화』와 『안나 카레니나』가 '문학적 히말라야의 두 정상'이라고 선언한다.

현대 일본 문학을 위해 톨스토이 작품의 생명력과 현재성은 앞에서 인용한 작가와 비평가들의 견해에 한정되지 않는다. 무엇보다도 일본 작가들의 창작 작업 자체가 그에 대한 근거가 될 수 있다. 전후 일본의 소설에서 윤리적 경향의 발전은 많은 점에서 삶의 객관적 힘을 주장하는 톨스토이 사실주의와 관련되어 있다. 이 관계는 고전 일본 문학에서 매우 강하게 나타났던 서사의 서정적·주관적 형식과 사실주의 예술의 시각의 관계에 대한 첨예한 논쟁을 불러일으켰다.

2

20세기 중엽, 일본의 예술 산문에서는 작은 장르가 지배적이었다. 일본의 문화사가 이에나가 사부로가 지적하고 있는 것처럼, 신분체계가 모든 것을 규정하고 일상 세태와 행동규범을 포함한 모든 국민의 삶을 규제하는 사회에서, 인간과 세계의 다각적인 관계에 대한 예술적 연구를 목적으로 삼는 문학은 꽃을 피울 수가 없었다. 선·불교 미학에 의해 보급된, 사물의 본질에 대한 순간적 조명과 이해의 원리는 현실의 현상에 대한 분석적 접근을 요구하지 않았다. 삶과 전 시대를 포괄하는 대 서사시 혹은 장편소설 종류는 새로운 그리고 최근 일본 문학에 전혀 존재하지 않았다.

사회적 관심 폭의 확장, 다층적 인간관계에 대한 예술적 탐구의 추구 — 전후 일본에서의 이러한 움직임은 작가들이 서사 장르에 관심을 갖게 되는 조건을 만들어 냈다. 이 길에서 현대 일본 소설가들과 톨스토이의 새로운 교감이 발견된다.

20년대에 작가 나카무라 부라푸는 전통적인 — 사회적 환경으로부터 격리된 자기중심적인 개인의 체험에만 집중하는 — '에고통속소설'(바타쿠시 쇼세츠)의 지배에 반대하여, 대안으로 톨스토이의 사회 전체를 다룬 소설 『안나 카레니나』를 제시하였다.(<참된 소설에 대하여>, 1924) 그러나 그 당시 나카무라 부라푸의 견해는 '바타쿠시 쇼세츠' 옹호자들의 격렬한 비판을 당하였다. 유명 작가인 쿠메 마사오는 진정한 예술가가 '나'의 경계를 벗어나 다른 사람들의 본성을 밝히는 것은 불가능하다고 선언하였다. 그의 견해에 따르면, 작가가 다른 사람의 경험에 관심을 갖게 되면, 작가는 공상에 의존할 수밖에 없으며, 그 결과 작품은 순수와 독자의 신뢰를 상실하게 된다. 이런 이유 때문에 그는 톨스토이의 『전쟁과 평화』, 도스토예프스키의 『죄와 벌』, 플로베르의 『마담 보바리』가 삶에 대한 왜곡된 모조품이며, 인기 있는 대중소설이라고 여겼다. 쿠메 마사오는 "진정으로 예술적인 작품에서 작가는 자신의 '나'의 경계를 벗어나지 않으며, 다른 사람의 삶을 다루지 않는다"고 주장하였다.

'에고통속소설'과 예술적 사실주의 원리와의 직접적 논쟁도 존재한다. 쿠메 마사오는 삶의 현상을 폭넓게 수용하는 것과 창조적 허구를 인정하는 것을 거부하였다. 현실의 예술적 변형과 인간 유형과 성격의 창조 원리를 싫어하는 '에고통속소설'의 본질에서 그의 견해는 비롯되었다. '에고통속소설'은 사회적 문제와 창조적 상상력으로부터 소외되어 일본 비평가들이 언급하고 있듯이, 극히 개인적인 삶에 대한 상상력 없는 무미건조한 기록으로 변질되었다.

'에고통속소설'을 둘러싼 전후 논쟁은 예술가의 사회적 사명과 사회적 시야의 폭에 대한 문제와 관련되어 있다. 이 사상—미학적 논쟁에서 일본 문학 종사자들은 지속적으로 톨스토이의 작품들에 관심을 보였다. 이것과 관련해서 문학 잡지 《군상》(1961) 편집실에서 진행된 쇼노 쥰조와 캄바야시 아카추키의 대화가 인상적이다.

쇼노 : "난 자신을 에고소설가로 여기지 않습니다. 모든 독창적 문학은 인간에 대한 도큐멘트라는 것에 대한 확신이 내 작품의 기초에 놓여 있습니다. (……) 작품들은 서로 전혀 다른 형식일 수 있습니다. 그러나 독자는 그것에서 작가가 살리고 창조한 것을 확인할 수 있어야 합니다. 그렇지 않다면 그것은 문학이 아닙니다. 에고소설가들의 입장은 예술가의 자유를 구속하고 있는 것처럼 보입니다."

캄바야시 : "예술가에게는 자신의 경험을 쓰고자 하는 열망이 언제나 있기 때문에, 에고통속소설은 사라지지 않을 것이라고 할 수 있습니다."

쇼노 : "우리는 세계에 대한 총체적 표현 기법을 수용해야 합니다. 그러나 이를 위해 자신의 '나'로부터 빠져나와야 할 뿐만 아니라, 다른 입장들을 배워야 할 필요가 있습니다. (……) 예를 들어, 『전쟁과 평화』에서 톨스토이는 자신이 보고 경험한 것뿐만 아니라, 사회의 다양한 계층들에 속한 다른 사람들의 고통과 꿈을 묘사합니다. 서로 관계없는 듯이 보이는 수많은 장면과 상황들은 서로 연결되어 있으며, 전체 세계를 형성합니다. 우리는 이 길을 가야 한다고 나는 생각합니다."

그러나 종합을 향한, 유형과 사건의 폭넓은 포착을 향한, 다양한 인간관계들의 분석을 향한 열망은 민족주의적 미학의 '순수성' 옹호자들의 반대에 반복하여 부딪히게 된다.

이미 언급한 것처럼 『전쟁과 평화』의 예술적 힘에 매혹된 사에키 쇼이치는 일본 문학에서 서사적 규모의 작품이 나타날 가능성에 대해 회의적인 태도를 갖는다. 왜냐하면 일본인들은 유럽인들과 다른 삶과 미에 대한 이해를 갖고 있기 때문이다. 사에키 쇼이치는 이렇게 썼다. "구조에 충실한 유럽인들과 달리 일본인들은 균형 앞에서 언제나 불편하게 느낀다. 그들은 구조 밖에서 미를 찾고, 그것을 어느 정도 변형시키려고 한다. (……) 분명한 구조를 가진 작품은 그들의 미 개념에 알맞지 않다."(주:320쪽)

비대칭성이 미학화되는 곳에서 확고한 구조를 갖는 작품들은 유리한 기반을 발견하지 못한다. 지금까지 일본에서는 '수필' 장르가 인기를 끌고 있다. 수필은 '붓 가는 데로'를 의미하는데, 창작 과정의 '자연발생적 기초'를 장려한다. 물론 분석적 연구와 작품의 구조를 싫어하는 '비계획적 방법'은 사실주의 예술을 가능하게 하지 않는다.

서양과 동양 예술 사상의 특징에 대해 성찰하면서, 이토 세이는 <현대 문학의 가능성>(1950)이란 논문에서 사실주의 예술의 토대에 놓인 사회적 전망의 법칙이 서양에게는 자연스러운 것이지만, 주제의 개인화에 경도된 일본 문학은 예술적 논리의 법칙들을 수용할 수 없다고 말했다. 이토 세이는 이렇게 썼다. "우리 예술은 오랫동안 논리적 사유와 거리가 먼 세계에 머물렀다."(주:321쪽) 때문에 이토 세이는, 일본 작가는 다성학보다는 단성학을 선호하고, 다각적인 사회관계의 규명보다는 자신에 대한 고백을 선호한다고 말한다.

일본과 서양 예술의 상호관계에 대한 문제를 다룬 유네스코 학회에서(1968년 9월), 이토 세이는 두 유형의 문학 작품이 있음을 언급하였다. '직선적인' 문학 작품은 인물의 '심오한' 구성을 갖지 않으며, 직선적인 작품에서 사건은 중심 주인공의 주변에 집중되고 다른 인물들은 자신들만의 선을 따라 지나가고, 따라서 인물들은 서로 접촉하지 않는다. 그러나 '관현학적' 작품들에서 삶은 복잡하게 얽히는 많은 등장인물들의 운명 속에서 드러나고, 인물들의 선은 서로 얽혀, 통일된 전체를 이룬다.

이토 세이는 첫 번째 유형의 작품으로 무라사키 시키부의 중세 소설 『겐지

모노가타리』(11세기)와, 전통적 경향을 갖는 현대 일본 작가들의 소설을 — 가와바타 야스나리의 『설국』(1935~1947), 타니자기 쥬니치로의 『작은 눈』(1944~1947) — 예로 든다. 두 번째 유형의 작품으로는 톨스토이의 『전쟁과 평화』를 예로 든다. 이토 세이의 견해에 따르면 '직선적 양식'은 기껏해야 일본인들의 심리적 기질에 대해 답할 수 있을 뿐이다.

이토 세이는 장편 역사소설 장르를 일본 예술문화에 도입할 필요성뿐만 아니라 가능성조차도 거부한다. "1868년의 부르주아 혁명 이후에 여러 차례 사람들은 유럽에서처럼 일본에서도 전 사회의 구조를 표현하는 소설을 창조할 시기가 되었다고 말하였다. 그것은 『전쟁과 평화』와 같은 소설로, 그 안에는 국가 사이의 관계, 전쟁, 궁중, 일반 군인들의 생활이 서로 얽혀 있다……. 그러나 유사한 작품을 창작하려던 일본 작가들의 시도들은 조기에 실패할 운명에 처하고 말았다."(주1:322쪽) 이유는 무엇일까? 이토 세이가 생각하는 것처럼, 장편 서사 소설의 형성과 발전은 유럽의 것과 같은 사회구조의 존재를 조건으로 한다. 당시 일본인들이 살았던 사회는 유럽과 달랐고, 일본인들의 감각과 체험은 유럽인들의 감정과 선명하게 구별되었다. 일본 사회가 사회 구조와 인간관계의 문화에서 유럽과 비교되지 않는 한, 일본 소설과 유럽 소설의 유사성에 대해 언급할 수 없었다.

일본 소설이 일본 예술 발전의 특성에서 비롯된 일련의 고유한 특징을 갖고 있다는 사실은 논쟁의 여지가 없다. 문화전통과 현대 사상의 관계에 대한 이해, 그리고 오늘날의 미학적 요청에 비추어 본 일본 예술사상의 독창성에 대한 인식은 현대 일본 소설을 위해 매우 긴급한 사안이다. 사에키 쇼이치처럼 이토 세이도 일본 예술 사상의 특징과 또한 오늘날 일본과 유럽의 사회경제적 발전 사이의 격차를 지나치게 크게 만든다.(주2:322쪽) 이것은 결국 독자성의 보수화와 전통적인 미학과 사실주의 소설 시학의 대립으로 이어진다.

작가이며 비평가인 나카무라 시니치로가 일본 문학을 세계 문학 과정으로부터 격리시키려는 경향에 반대한 것은 매우 시기적절하게 보였다. <문학을 옹호하며>(1962)란 논문에서 그는 썼다. "유럽 문학의 경험을 수용하는 것이 유익하지 않다는 의견은 일본 민족 예술에 대한 이해의 편협성만을 보여 줄 뿐이다. (……) 나는 '쇄국정책'의 반복을 통해 새로운 문학을 창조하려는 시도는 무엇으로도 정당화될 수 없다고 생각한다. (……) 오늘날 우리는 소설의 모델로 발자크, 스탕달, 톨스토이, 도스토예프스키의 작품들을 제시할 수 있다. 물론 우리는 도쿠다 쇼세야, 나쓰메 소세키를 생각하고 있고, 또한 타니자키 쥬니치로와 가와바타 야스나리의 특별한 일본 작품의 가능성을 고려한다."(주1:323쪽)

가와바타 야스나리는 1968년 '거대한 감성으로 사유의 일본적 형상의 본질을 표현한 작품성'으로 노벨 문학상을 받았다. 그가 시대의 미학적 요청과 관련되지 않은 전통은 시들고 폐기된다는 것을 분명하게 이해하고 있음은 특징적이다. 이것과 관련해서 그가 말년에 쓴 저서들 중의 하나는(『소설입문』(1970), 일본의 젊은 작가 세대에게 보내는 저서다) 큰 흥미를 끈다. 가와바타는 문학을 '인간 삶의 우주적 표현'으로 보고, 서사의 '직선적' 유형은 현대 소설의 요구에 답하지 못하고, 다층적 현실을 윤리적으로 파악하지 못한다고 주장한다.(주2:323쪽) 구성에 더 많은 관심을 돌리라는 젊은 작가들에 대한 충고는 바로 여기에서 나온다. 그는 구성을 교묘하게 짜인 '이야기의 끈'으로서뿐만 아니라, 사회적 갈등과 인간 성격들이 드러나는 사건의 체계로 이해하였다. 가와바타는 말한다. "전통주의적 경향의 작가들은 슈제트(플롯)를 경멸하고, 슈제트에서 고안된, 인위적인 구조를 본다. 이것은 『전쟁과 평화』, 『카라마조프의 형제들』, 『적과 흑』, 『마담 보바리』와 같은 구조가 크고 민중적인 작품을 창조할 수 없다. 우리의 문학은 호쿠와 단가의 시적 자양분을 받고 있고, 비예술성과 자연성의 예술적 분위기에 큰 의미를 부여한다. 때문에 일본 작가들은 재미있는 구성을 갖는 작품들에서 질 낮은 문학적 요소를 찾았다. 왜냐하면 단편소설은 우리 서사 문학의 기본 장르이고, 그것은 서사에서 슈제트 구성의 역할을 과소평가하였기 때문이다. 그러나 사회생활이 극도로 복잡해진 현대에 장편소설에 대한 요구가 생겼다. 때문에 더 이상 슈제트를 무시해서는 안 되며, 그것 없이는 장편소설을 구성할 수 없다."(주1:324)

가와바타는 현대 일본 작가들이 삶의 현상에 대한 윤리적 이해로 경도되는 것을 합법칙적 과정이라고 여기고, 일본 장편소설은 서사의 전통적인 서정—주관적 형식과 현실 묘사의 서사적 폭을 결합하는 방향으로 발전해야 함을 주장한다. "우리 시대에 일본, 아시아, 유럽에서 거대한 창작 작업이 펼쳐지고 있다. 장편소설의 영역에서 주관적, 객관적 세계 비전을 결합하는 서사적 정신이 창작 과정을 지배하였다. (……) 장편소설을 둘러싼 논쟁들은, 이 건강한 정신이 작가들의 의식에 뿌리내리고 그의 세계 비전을 조종할 때야 비로소 해결될 것이다. 나는 시작하는 작가들은 주관적 예술의 이미 정해진 규범으로 자신을 구속해서는 안 되고, 삶의 재료들을 종합하고 구성하는 능력을 키우기 위해, 즉 서사적 정신을 발전시키기 위해 힘을 기울여야 한다고 생각한다."(주2:324)

일본 문학의 노작가가 발표한 이 중요한 선언은 많은 점에서 현대 일본 장편소설의 발전 전망에 대한 수년간의 토론에 결론을 내리고 있다. '직선적인' 장편소설 『겐지 모노가타리』에 경의를 표했던 가와바타가 자신의 개인적 취향과 구문학의 전통에 대한 자신의 애착을 젊은 작가들에게 강요하지 않고, 일본 문학 발전의 현대적 흐름을 냉정하게 고려하여 장편소설가 톨스토이의 기법을 소유할 것을 충고했다는 것은 매우 교훈적이다.

결국 톨스토이의 사실주의 소설 전통을 갖춘다는 것은 19세기 말, 20세기 초 일본 문학의 중요한 과제가 되었다. 알려진 바와 같이, 후에 일본 비판적 사실주의의 탁월한 대표자가가 된 젊은 시마자키 도손은 『안나 카레니나』의 '해부'

연구에 몰두하였다. 1954년 문학잡지 《문학》 편집부에서 주최한 대화에서 가츠모토 세이초는 시마자키 도손의 발언을 메모하였다. "작은 마을 키소에 머물던 때, 나는『안나 카레니나』를 주의 깊게 연구하여, 여백에 주석을 달았고, 소설의 구조를 분석하였다. 그리고 때때로 슈제트 구조를 재구성하려고 시도했었다. 나는 그때를 기억하기 위해 그 책을 보관하고 있다."(주1: 325쪽)

일본 비판적 사실주의의 훌륭한 작품인『어떤 여인』(1910~1921)의 작가 아리시마 타케오도 톨스토이의 작품에서 깊은 영향을 받았다. 그의 1907년 3월 23일의 일기는『안나 카레니나』가 그에게 얼마나 강한 인상을 주었는가를 보여 준다. "크나큰 기쁨으로 나는『안나 카레니나』를 읽었다. 이것은 독자에게 강력한 영향을 주는 걸작이다. 사상의 조화와 고상함에서, 현실 비판의 엄격함에서, 그리고 동정심에서『안나 카레니나』와 단테의『신곡』을 비교할 수 있다고 나는 생각한다."(주2:325쪽)

아리시마는 톨스토이의 심리 묘사의 탁월한 솜씨에 경탄하였고, 동시에 다중적 슈제트 구조를 소설의 약점으로 생각했다. 예를 들면, 레빈은 국가적 업무에도 개입한다. 톨스토이는 자주 기본 슈제트와 관계없는 사건들에 몰두한다고 아리시마는 주장한다.

이 예는, 일본 문학에서 다성학 원리가 얼마나 관철되기 어려운가를 말해 준다. 아리시마의 소설『어떤 여인』에서 가치 있는 삶을 향해 돌진하는 지혜롭고 자부심이 강한 여주인공 요코는『안나 카레니나』의 많은 특징들을 부여받는다. 그러나 톨스토이가 개혁 후 러시아 삶의 폭넓은 그림을 그리고 1870년대 전 시대와의 긴밀한 관계 속에서 인물들을 제시하였다면, 아리시마의 소설『어떤 여인』에서의 슈제트는 위선적 도덕의 희생이 된 요코의 개인적인 드라마에 집중된다. 일본 연구가 이타가키가 지적하고 있는 것처럼, 아리시마에게는『안나 카레니나』에서 묘사된 세계 형상의 다층적 구조의 전체적 이해가 결여되어 있다.”(주1:326쪽) 서사적 틀의 협소함은 20~30년대 일본 비판적 사실주의의 일반적 특징이다.

일본 문학에서 구조의 발전은 작가들이 넓은 예술적 종합으로 향하게 된 조건을 제공하였다. 전후 일본 비평에 자리 잡은 ‘전체 소설’(젠타이 쇼세츠)의 개념은 이러한 구조 발전의 분명한 반영이다.

작가인 노마 히로시가 발전시킨 이 개념의 핵심은, 모든 것을 포괄하는 인간 묘사는 인간 존재의 세 가지 — 사회적, 심리적, 생리적 — 측면의 상호작용을 규명하는 것으로 귀결된다(<실험 문학에 대하여> 1949). 이것은 근본적으로 사실주의 소설이며, 인간과 세계의 ‘전체’ 관계를 확립하고, 에고통속소설의 폐쇄 구조와 대립한다.

인간을 세계와 연결하고, 평면적 이해가 아니라 현실의 심오한 이해를 추구하면서 일본의 작가들은 서사 장편소설로 이끌렸다. 서사 장편소설은 사회적 투쟁의 날카로운 드라마로 가득한 역사의 중요한 시기를 묘사할 수 있는 공간을 제공하였다. 톨스토이의 경험에 대한 관심은 많은 점에서 전후 일본 문학에서 서사 장편소설의 확립에 기여하였다.

2차 세계대전에 대한 소설은 당연히 현대 일본 작가들의 창작에서 큰 자리를 차지한다. 비평가들은 고미카와 쥰뻬야의 소설 『전쟁과 인간』(1965~1975)의 전쟁 주제에 대한 예술적 조명에 주목하였다. 여러 권으로 된 이 소설에서 고미카와는 일본 역사의 비극적 기간에 전개된 나라 전체의 삶을 재창조한다. 이 기간은 1920년대 일본의 만주침공에서 시작하여 일본 전쟁범죄에 대한 국제 전범재판에까지 이른다. 거대한 창작 계획은 필연적으로 작가가 다면적 서사 장편소설에 관심을 갖게 만들었다. 그의 소설은 톨스토이의 대서사시 『전쟁과 평화』의 ‘관현학적’ 구조에 가까워 보인다.

고미카와의 소설에서 사건은 고다야 유스케 근교 빌라의 호화로운 정원에서 열리는 수도 귀족, 은행가, 고급장교들의 파티 묘사로 시작된다. 그 세계의 강자들을 묘사하고, 일본의 중국 침략 전야에 그들의 침략 의도를 폭로하면서, 작가는 첫째 쪽부터 독자들을 사건으로, 슈제트로 끌어들인다(톨스토이의 『전쟁과 평화』에서 안나 쉐레르 살롱에서의 야회 묘사를 상기할 수 있다).

물론 톨스토이의 『전쟁과 평화』와 고미카와 쥰뻬야의 『전쟁과 인간』에서 발단이 유사하다는 것이 관심사는 아니다. 고미카와의 소설에서 톨스토이의 전통은 무엇보다도 군국주의에 대한 강렬한 혐오, 엄격하고 사실적이며 구체적인 전쟁 묘사에서 나타난다. 오늘날 일본에서는 군사주의가 강화되는 상황에서 민족주의적 전쟁영웅을 찬양하는 책들이 연이어 나타나고 있다. 그러나 고미카와는 초인적 정복자의 신화를 깨면서 '영웅 없는' 작품을 창조한다. 그와 더불어 고미카와는 전쟁의 시련 속에서 피어난 인간적 용기와 연대에 찬사를 보낸다.

톨스토이의 『전쟁과 평화』에서 사랑받는 등장인물들이 이민족의 침입에 대항하여 민족적 전쟁에 동참한다면, 고미카와의 많은 인물들은 이런 도덕적 지주 없이 약탈 전쟁에서 죽어 간다. 그러나 『전쟁과 평화』의 가장 훌륭한 주인공들은 전시의 시련을 통과하면서 군사주의에 대한 저항의 길로 들어선다. 일본 작가는 전쟁의 진실한 묘사 기법뿐만 아니라, 전쟁이란 조건 속에서 인간의 도덕적 자질을 실험하는 원리도 톨스토이에게서 배웠다.

50~60년대의 훌륭한 산문작가인 노마 히로시의 작품은 '전체'소설 『젊은 동아리』(1970)로 이르는 길이 얼마나 어렵고 고통스러운 것인지 보여 준다. 그는 19년 동안 이 작품을 썼다. 1950년 소설의 첫 권의 두 장을 발표한 후에 노마는 오랫동안 작업을 중단한다. 노마는 버림받은 계층 '에타'의 해방을 위한 사회운동을 배경으로, 전쟁 전 시기의 일본 지식인의 정신적 모색에 대한, 여러 권으로 된 소설을 쓰려고 생각했다. 그후 그는 이 서사적 글쓰기가 많은 구성적인 그리고 다른 난제들과 연결되어 있음을 절감하였다. 최초에 계획된 소설에는

'에고소설'의 특징들이 지배적이었고, 그것의 틀은 매우 협소하였다. 따라서 이 시기에 결정된 서사시적 의도와 맞지 않았다. 주인공과 관련된, 서두부터 뚜렷한 등장인물군은 서로 대립하는 두 그룹으로 교체된다. 노마는 '다선적' 현실 묘사로, 서로 멀리 떨어진 삶의 현상에 대한 사회심리학적 분석으로 이동한다.

노마 히로시는 『젊은 동아리』의 작업시에 관심을 가졌던 작품의 작가들을 거명한다. 그것은 사르트르의 『자유의 길』, 조이스의 『율리시즈』, 프로스트의 『잃어버린 시간을 찾아서』, 나쓰메 소세키의 『빛과 그림자』, 시마자키 도손의 『날이 샐 무렵』, 톨스토이의 『전쟁과 평화』, 도스토예프스키의 『카라마조프의 형제들』, 숄로호프의 『고요한 돈 강』, 고바야시 다키지의 『과도기의 사람들』, 구보 사카에의 『화산재』이다.(주1:328쪽)

열거한 작가들은 모더니즘에서 사회주의 사실주의에 이르기까지 매우 다양한 경향의 문학을 대표한다. 이것이 『젊은 동아리』가 서로 배척하는 많은 경향들을 종합하고 있음을 의미하는가? 절대 그렇지 않다. 노마 히로시의 작품은 개념적 통일성에 의해 구별된다. 정의로운 기초 위에서 세계를 개조하려는 인간주의적 사상은 모더니즘과 실존주의에 논쟁적으로 대립한다.

일본 방송 기자와의 인터뷰에서 노마 히로시는 1971년 자신의 소설 『젊은 동아리』 집필 중에 다른 것들보다 더 관심을 가졌던 작품 목록을 줄여 정리하였다. 사르트르의 『자유의 길』, 아라공의 『공산주의자들』, 톨스토이의 『전쟁과 평화』, 도스토예프스키의 『카라마조프의 형제들』, 발자크의 『고리오 영감』.

사르트르의 『자유의 길』은, 저자가 『젊은 동아리』에서 사르트르의 삼부작과 끊임없이 논쟁을 벌이기 때문에 목록에 언급된 것 같다. 『문학이론과 사르트르의 상상력』(1968)이란 저서에서 노마 히로시는 『자유의 길』을 '전체 소설'을 쓰려다 실패한 시도로 본다. 왜냐하면 실존주의에 특징적인 삼부작의 상황은 주인공이 역사 전개의 의미를 파악할 수 있게 하지 않기 때문이다. 일본 작가는 혁명적 발전 속에서 현실을 역사적으로 구체적으로 묘사하는 것에, 즉 사회주의 사실주의에 관심을 표명한다. 그러나 노마 히로시는, 일본의 '현대' 예술 옹호자들과 달리, 새로운 창작 방법을 비판적 사실주의에 대립시키지 않을 뿐만 아니라, 톨스토이와 발자크의 미학적 실험의 수용을 일본의 『전쟁과 평화』와 『인간희극』을 창조하기 위해 필수적인 조건이라 여긴다.

물론 『젊은 동아리』에서 『전쟁과 평화』를 직접 모방한 흔적을 찾는 것은 무의미하다. 더구나 노마의 소설에서 역사와 민중의 상호관계에 대한 설명, 그리고 근로자의 심리에 대한 설명에 나타난 새로운 기법은 이미 톨스토이 사실주의의 경계를 넘어선다.

그럼에도 불구하고 노마 히로시의 소설은 서사적 폭에서, 현대의 날카로운 사회 문제들의 제시에서, 인간의 착취와 억압에 대한 고귀한 저항에서 톨스토이의 작품과 계승이란 점에서 연관되어 있다. 노마 히로시 자신은, 『젊은 동아리』에 대한 작업 과정에서 도스토예프스키에게서 멀어지고, 톨스토이의 깊은 영향을 받게 되었다고 말한다. 노마는 '삶에 대한 능동적인 관계'를 통해 톨스토이와 가깝게 되었다는 것을 인정하였다.(주1:329쪽)

현 단계에서 현대 일본 작가들에 대한 톨스토이 영향의 특징은 많은 점에서 일본 문학의 성격과 미학적 요구에 의해 결정되었다.

오늘날 일본 장편소설은 서사의 전통적 서정적―주관적 형식과 사실주의 예술 시학의 대립을 통해서 발전하는 것이 아니라, 반대로 그것들의 지속적인 상호 영향 속에서 발전된다. 톨스토이의 작품은 폭넓은 예술적 종합과 다면적 현실의 서사적 수용을 추구하는 현대 일본 소설의 변화하고 성장하는 요구에 답하였다. 톨스토이는 일본의 현대 사실주의 예술의 살과 피 속에 들어왔다고 말할 수 있을 것이다. (1978)

레프 톨스토이와 일본에서의 반전(反戰) 운동

1890년대 초반부터 톨스토이는 전 세계 반전 운동의 대열에 합류하여 자신의 생애 마지막 순간까지 이 운동에 적극적으로 참여했다. 그러나 톨스토이의 다양한 측면의 활동에서 이러한 면은 "첫 번째로는 평화를 위한 투쟁의 연대기에 기록되어져야만 하고, 두 번째로는 우리 시대의 평화 애호 세력이 채택하여 무장해야 할 만큼 중차대한 의미를 지니고 있다"[122]고 할 정도지만 그의 전기 연구자들뿐만 아니라, 그의 창작 연구자들에 의해서도 거의 다루어지지 않은 상태로 남아 있다.

위대한 문호와 전 세계 반전 운동 사이의 깊은 연관을 복원시켜 주고 있는 이 <연대기>에서 노일전쟁 시기 일본의 평화 운동가들에게 대단한 의미를 갖고 있었던 톨스토이의 팸플릿 <반성하라!>는 의심의 여지없이 당당한 자리를 차지할 것이다. 침략 전쟁에 대해 치욕의 낙인을 찍고 전쟁 중인 두 나라의 인민들에게 형제애를 발휘할 것을 호소하는 톨스토이의 글은 일본 인민의 가슴에 파고들었다. 톨스토이의 경고는 익히 알려진 바와 같이 일본 군국주의가 일으켜 굴욕적인 참패로 종결된 '15년간의 전쟁' 시기에도 큰 반향을 불러일으켰다. 언뜻 보기에는 톨스토이의 팸플릿이 금세기 초반의 이 '호전적인' 일본에서 그와 같은 역할을 할 수 있었을지 의심스럽게 보일 수도 있다.

---

122) K. N. 로무노프. 현대 세계에서의 레프 톨스토이. 모스크바, 1975, 184쪽.

더욱이 문제는 일본에서 반전 문학은 깊은 전통을 가지고 있지 않다는 점이다. 일본은 수세기에 걸친 역사 동안 외국 군대에 의해 점령당한 적이 한 번도 없었다. 근세와 최근세에 일본이 벌인 전쟁도 자기 국경에서 멀리 떨어진 곳에서 일어났다. 일본의 고전 서사시는 일본인들에 의해 계승된 불교가 설교하는 바 그대로, 독자로 하여금 모든 속세 일의 공허함과 무상함에 대해 확신하게 해 주면서 주로 피비린내 나는 내전에 대해 서술하고 있다.

1894년의 청일전쟁은 일본인들의 전쟁에 대한 태도를 본질적으로 바꾸어 놓았다. 물론 전쟁에서의 승리가 일본 내에서의 민족주의적 경향을 강화시키게 되었다. 민족 도덕의 근간이라고 공표된 ‘일본주의’의 국수주의적 독트린이 생겨났다. ‘일본주의’ 이론가 다카야마 조규(高山樗牛)는 극단적인 냉소적 태도로 이 사상의 본질을 드러냈다. “이제 일본인들이 식민지 개척자 민족으로서의 자신의 직분을 다시 의식해야만 하는 때가 도래했다. 국내 인구의 증가, 무역과 산업의 발전 등, 이 모든 것은 필연적으로 식민주의로 나아갈 것을 촉구하고 있다.”(＜식민지 개척자 민족으로서의 일본인들＞) “우리는 지배 민족으로서의 근본적 일본인들과 피지배 민족으로서의 다른 민족들과의 차이를 가르는 원칙에 입각하여 행동하고 있다. 달리 말한다면, 우리의 제국주의는 정복자와 정복된 자들 사이의 동일한 권리를 인정하지 않는다. 다른 민족을 정복할 시에 이와 같은 원칙을 따르지 않는 국가는 스스로 멸망하게 될 것이다.”(＜제국주의와 식민지화＞) “간단히 말하자면, 황국의 신민이 지녀야 할 자기 국가의 미래에 대한 믿음은 오직 민족주의, 오로지 일본주의이다. 이 안에서 인간성의 꽃이 꽃망울을 터트리고 개성의 열매가 익어야만 한다.”(＜종교와 국가＞)[123] 청나라와의 전쟁을 끝내자마자 ‘일본주의’ 이데올로그들은 새로운 침략 전쟁, 이번에는 러시아와의 전쟁 준비에 착수했다.

---

123) 高山樗牛. 全集. 東京. 1905. 4권. 507, 515, 204쪽.

　그러나 일본 자본주의의 의욕적 성장을 촉발시켰던 청일전쟁은 일본 국내에서의 사회적 모순도 첨예하게 만들었다. 전쟁에서의 승리는 노동자들의 입장에서 본다면 부담을 완화시켜 주지도 않았을 뿐만 아니라, 그들에게 전비 지출 보상과 군비 강화에 들어갈 새로운 세금을 안겨 주었다. 노동운동의 현저한 성장이 시작되었고 사회주의 사상이 보다 폭넓게 퍼져 나가기 시작했다. '옳던 그르던 간에 이것이 나의 나라다'라는 국수주의적 슬로건은 일본인들로 하여금 골똘한 생각에 깊이 빠지게 만들었다. 침략 정책과 내부적 사회 문제 사이의 의존성이 보다 더 명백하게 드러나기 시작했다.

　이러한 면에서 일본 사회주의자들의 지도자 가타야마 센(片山潛)이 1903년 10월 8일 동경에서 열린 반전 집회에서 한 연설은 의미심장하다. "청일전쟁을 상기해 보십시오 장군들은 수천 명 병사들이 흘린 피의 대가로 영예를 얻었습니다. 그런데 노동자들은 무엇을 얻었습니까? 얻은 것이라고는 다만 그들의 몸뚱아리가 조선과 만주의 벌판에 쓰러져 남겨졌다는 것뿐입니다. '황금 매' 훈장을 받은 이중에는 노동자들이 없습니다. 대신 노동자들은 전투를 벌였습니다. 군비 지출 또한 노동자들이 지불해 오고 있습니다. 정말 그렇지 않습니까?"

　"나는 다가오고 있는 러시아와의 전쟁에 반대합니다. ― 가타야마 센은 계속해서 말했다. ― 왜냐하면 노동자들이 전쟁 준비를 해야만 하기 때문입니다. 전쟁이 시작되면, 노동자들을 전선으로 보내 포탄의 먹잇감으로 사용하려고 듭니다. 전쟁이 끝나게 되면, 노동자들은 군비 지출을 메워야만 하고, 그러기 위해서 강제되는 보다 더 강화된 착취를 당하게 됩니다. 이렇기 때문에 나는 전쟁에 반대합니다. 전쟁이란 자본가 계급이 벌이는 사업입니다."124)

　수세기에 걸친 일본의 역사상 처음으로 '헤이민운동(平民運動)'이라는 이름으로 큰 세력을 이루어 노일전쟁 시기에 전개되었던 군국주의 반대 대중 운동

---

124) 가타야마 센. 나의 삶. 모스크바―레닌그라드. 1926년. 41쪽.

이 일어났다. 일본 문화에서 반군국주의의 전통의 토대가 놓여졌던 바로 이 시기에 톨스토이는 수백만의 기만당한 인민의 이름으로 나서서 일본의 사회의식에 강력하기 그지없는 영향력을 행사했다.

사회주의 연합의 주관하에 1903년 10월 20일 동경에서 열린 반전 행사에 대한 신문 보도 기사는 톨스토이의 글이 일본인들에게 미친 영향력에 대해 가늠하게 해 준다. 《헤이민신문(平民新聞)》은 다음과 같이 쓰고 있다. "600명 이상의 평화 지지자들이 모인 야간 집회 행사장에서 니시가와 고지로(西川光三郞)는 톨스토이와의 완전한 연대를 표명하고 나서 집회 참석자들에게 톨스토이의 반전 발언을 소개했다. 그의 연설은 뜨거운 불길 같았고 그의 목소리는 맹렬한 화염 속에서 어린 대나무가 쪼개지는 소리처럼 들렸다. 그는 결론으로 병역 의무를 거부한 러시아의 두호보르이125)에 대해서 이야기 했고, 이는 청중들에게 강력한 인상을 심어 주었다."126)

톨스토이의 전쟁관에서 무엇이 그토록 일본의 사회주의자들을 매료시켰던 것일까? 그들은 톨스토이의 팸플릿 <반성하라!>를 어떻게 받아들였는가? 이 문제에 답하기 위해서는 반드시 20세기 초 일본에서 일어난 반전 운동의 성격을 분명하게 밝혀야만 한다.

러시아와의 전쟁 준비가 광적으로 진행되고 있는 상황에서 반전 운동 진영 내에서는 분화 과정이 일어나게 된다. 전체 부르주아 신문 중에서 유일하게 전쟁에 반대하는 논조를 폈던 《요로주호(萬朝報)》지의 소유주였던 작가 구로이와 루이코(黑岩淚香)는 높아져 가는 국수주의 파고의 영향으로 반전 평화 민주

---

125) 두호보르이(혹은 두호보르츠이) : 문자 그대로의 의미로는 '영혼의 투사'라고 옮길 수 있다. 18세기 후반 러시아에서 나타난 영성적 기독교도의 한 분파로서 슬라브 정교회의 전례의식, 신비주의, 성직자들을 거부하고 자신들의 공동체 지도자들을 신성시하였다. 국가 권력에 대한 불복종과 병역 의무 거부로 차르 정부의 탄압을 받았다. 이들은 탄압을 피해 19세기 말에 캐나다로 집단 이주했다. 톨스토이가 이들의 이주비를 지원하기 위해 자신의 마지막 장편소설 『부활』을 쓴 사실은 유명하다.(역자 주)

126) 資料 近代日本史. 東京. 1권. 15쪽.

주의의 입장에서 이탈하여 민족주의적 입장을 취했다. 이 시기까지 《요로주호》에 기고했던 일본 사회주의자의 지도자 고도쿠 슈수이(幸德秋水)와 사카이 도시히코(堺利彦)는 이 신문과의 관계를 끊었다. 1903년 11월에 그들은 헤이민사(平民社)를 창립하고 동시에 '헤이민운동'의 반전 운동 기관지가 된 주간지 《헤이민신문》 발행에 착수했다. 《헤이민신문》 편집국은 동경의 한 거리의 작은 이층 건물에 자리하고 있었다. 이 신문사의 벽에는 마르크스, 엥겔스, 베벨, 졸라의 초상화와 나란히 톨스토이의 초상화도 걸려 있었다.

일본에서의 반군국주의 투쟁은 처음부터 사회주의 운동과 긴밀히 결합되어 있었다. 일본 제국주의와 러시아의 차리즘이 수십만 명을 그들의 이해관계와는 거리가 먼 전투로 내몰았던 바로 그 순간에 일본의 사회주의자들은 러시아 사회민주당에 편지를 보냈다. "(……) 일본과 러시아의 정부는 자신의 제국주의 구상을 실현하기 위한 전쟁을 시작했습니다. 우리 사회주의자들에게는 인종적, 민족적 차별이란 존재하지 않습니다. 우리들은 동지이자 형제, 자매이며, 우리들에게는 서로 싸워야 할 그 어떤 사소한 근거도 없습니다. 당신들의 적은 일본의 인민이 아니라, 일본의 군국주의와 그에 따른 소위 애국주의이며, 마찬가지로 우리들의 적은 러시아의 인민이 아니라, 러시아의 군국주의와 그에 따른 소위 애국주의입니다."

이는 그 당시로써는 보기 드문 용감한 발언이었다. '헤이민사' 단체의 반군국주의적, 국제주의적 강령은 이와 같은 것이었다. 전쟁이 발발하고 일주일이 지난 1904년 2월 14일에 《헤이민신문》은 전선으로 떠나는 병사들에 대한 호소문을 실었다.

"병사 여러분! 여러분들의 논은 황폐하게 버려졌고, 여러분들의 직장은 텅 비워졌습니다. 나이 많으신 여러분의 부모들은 당신들이 떠나 적막해진 집의 대문에 기대어 서 계시고, 아이들과 아내들은 여러분들의 귀환을 기대하지도 못한 채 굶주려 울고 있습니다. 그런데 여러분들에게 전선으로 향하라고 명령을 내립니다.

러시아의 병사들에게도 그와 같은 부모님들이 계시고, 그들 또한 누군가의 남편이자, 아버지입니다. 그들은 당신의 형제들입니다. 이 점에 대해 잊지 마시고 그들에게 잔인한 태도를 취하지 마시기 바랍니다."

1904년 11월에 잡지 《일본인(日本人)》은 사회주의자들의 '반애국주의'에 분개하는 '흑색백인조(黑色百人組)'127)의 편지를 실었다. "만일 내게 말 도살용 칼을 쥐어 준다면, 전선으로 떠나는 이들을 위해 바치는 제물로 고도쿠 슈수이, 사카이 도시히코와 그 비슷한 자들을 베어 버릴 것이다." 군국주의자들과 유착한 신문 《요로주호》는 "평화를 지지하는 자들을 국경 밖으로 추방해 버려야 한다. 그들은 자기들의 집이 전 세계라고 하는 마당이니 떠나 버리도록 하자. 우리는 그들이 불쌍하지 않다"고 밝히기도 했다. 바로 그때에 고도쿠 슈수이와 사카이 도시히코가 편집을 맡고 있었던 《헤이민신문》은 다음 글을 실었다. "우리가 전쟁 시기에 할 수 있는 가장 바람직한 일은 전쟁의 범죄적 본질을 폭로하는 것이라고 확신하고 있으며 그러하기에 이런 방향으로 모든 노력을 경주해 오고 있다. 이 일은 군국주의자들을 매우 불안하게 만들었다. 우리는 '동경, 유라쿠죠(有樂町) 거리의 러시아 스파이들'에게 러시아와 전투를 벌이기에 앞서 우리들을 목을 베어 버리겠다는 협박을 담은 익명의 편지를 받게 되었다."128) 그러나 '헤이민사'는 범죄적 전쟁을 폭로하는 일을 계속했다. 일본과 러시아의 전쟁이 최고조에 달하던 시기에 제2인터내셔널 암스테르담 대회에 참석한 대표단의 우레와 같은 박수를 받으며 가타야마 센과 플레하노프는 일본과

---

127) 러시아에서 1905년에서 1917년간 활동한 극우 보수주의 단체로 군주제를 지지하고, 정부의 반혁명 탄압정책을 지원하는 선전, 선동, 테러 활동을 벌이다, 1917년 2월 혁명 이후 조직활동이 금지당했다. 본문에서는 동일한 성격을 갖는 당시의 일본의 극우 국수주의 단체를 지칭한다. (역자 주)

128) 《平民新聞》. 1904年 3月 6日. 14 號

러시아 노동자들의 연대를 상징하는 의미로 악수를 나눴다. 훗날 가타야마 센은 '헤이민사'의 활동을 평가하면서 "사무라이의 나라에서 그와 같은 선동 활동이 처음으로 진행되었다"[129]고 썼다.

일본 사회주의자들의 반전 강령은 형제를 살해하는 전쟁에 반대하는 열렬한 저항 의지가 울리고 있는 논문 <반성하라!>의 저자 톨스토이의 견해에 바로 호응을 보내왔다. 톨스토이의 팸플릿이 곧바로 일본 사회주의 운동의 가장 저명한 지도자 고토쿠 슈수이와 사카이 도시히코의 관심을 끈 것은 우연이 아니다. 그들은 이 영어본 논문을 번역하여 '노일전쟁에 대한 톨스토이의 논설'이라는 제목을 달아 1904년 8월 7일자 《헤이민신문》에 실었다.

톨스토이의 팸플릿이 1904년 6월 27일자 런던의 《타임》지에 등장했을 때, 거의 모든 일본의 중앙 신문과 잡지는 이에 대해 반응하여 팸플릿의 내용을 자신의 독자들에게 소개했다. 팸플릿 <반성하라!>의 완역본은 《헤이민신문》뿐만 아니라, 《도쿄 아사히(東京 朝日)》 신문에도 실렸다. 초기 발행 부수가 5천 부에 달하던 일본 반전 운동의 기관지 《헤이민신문》은 톨스토이의 팸플릿이 실린 호는 추가로 부수를 늘려 발행했다. 그러나 이것으로도 충분하지는 않았다. 이 팸플릿을 그 당시로써는 유래를 찾기 힘들 정도로 수십만 부의 별도의 소책자 형태로 제작 발행하기도 했다. 《헤이민신문》의 톨스토이의 팸플릿이 실린 호는 일본의 반전 사회주의 운동의 역사에서 기념비적인 중요성을 갖는 문건이 되었다.

헤이민사가 주도한 '평민들의 반전 운동'은 다양한 요소들, 프티부르주아 급진주의, 자연발생적 농민 민주주의, '좌익적' 사회주의와 '기독교적' 경향의 사회주의가 한데 모여진 것이었다. 이러한 '운동' 구성의 다양성은 참여자들의 톨스토이에 대한, 그의 전쟁관에 대한 태도에 있어서도 다양한 성격을 이루는 원

---

129) 재인용: Zh. 론게. 일본에서의 사회주의. 오데사. 1905. 37쪽.

인이 되었다.

물론, 톨스토이 자신의 말을 빌리자면 "밑으로부터, 수천 만의 사람들에게서" 나오는 것을 살폈던, 군국주의와는 화해할 수 없는 원수지간인 그는 전체 모두의 관심을 끌었는데, 이는 그의 사상이 그 당시 일본군의 토대를 이루는 광범위한 농민 대중의 이익에 부응하는 것이었기 때문이다.

톨스토이는 "부처가 금기시한 살생을 용납할 뿐만 아니라, 정당화시키기까지 하면서, 부처의 위대한 가르침을 왜곡하고, 군사력을 쓰는 일본 군대처럼, 종교적 사기를 벌이고 서양인들로부터 모독을 당했다고 선전을 하는 데 있어 뒤지지 않는"130) 일본의 신학자들을 분노에 차서 비난했다. 그리고 이러한 비난은 일본의 종교 활동가 사이에서 열렬한 반응을 얻었다. 예를 들어, 우키다 가즈타미(浮田和民)는 "평화를 사랑하는 데에 있어서 톨스토이는 예수를 능가한다"131)고 썼다. 그는 어제까지만 하더라도 이 러시아 작가의 반전발언을 지지하던 우에무라 마사히사(植村正久)와 가토 나오쓰찌(加藤直士)를 포함한 종교의 스승들이 이제는 군부의 입맛에 맞도록 그를 파문시키려 하는 작태를 분노하며 지켜보았다. 아베 이소오(安部磯雄), 기노시타 나오에(木下尚江)와 일본 사회주의 운동의 '기독교 날개를 단' 다른 활동가들에게는 인간 생명의 구원과 동시대 사회 문제의 해결 형식으로서의 '톨스토이 기독교'의 사회적 원칙이 친숙하게 생각되었다. 기독교 휴머니즘 사상의 영향을 받아 일본의 반전 운동은 '이성과 인식의 힘으로' 투쟁에 있어서 평화적 방법을 선호하여 폭력적인 투쟁 방법을 거부했다.

《헤이민신문》 편집자 중의 한 사람인 아베 이소오는 톨스토이와 편지 왕래를 시작했다. 1904년 9월, 전쟁이 최고조에 달했을 때, 그는 편지와 함께 팸플릿

---

130) L. N. 톨스토이 전집. (탄생 100주년 기념 90권판) 1928~1958. 제36권. 142쪽.
131) 《平民新聞》 1094年 2月 28日.

<반성하라!>의 일본어 번역본과 일본에서의 톨스토이의 영향에 대한 영어로 된 기사가 실려 있는 《헤이민신문》 두 호를 톨스토이에게 보냈다. 익명의 필자가 쓴 이 기사는 일본의 사회주의자들이 톨스토이에게서 찾은 중심적인 것이 바로 그의 무조건적인 전쟁 반대였다는 사실에 대한 증거다.

이 논문에서는 다음과 같이 이야기하고 있다. "작가와 사상가—예언자로서의 톨스토이의 사명은 전쟁을 반대하는 그의 항의 안에 구현되어 있다. 오늘날 일본인들에게 있어 그의 형상은 온갖 조건과 시간을 뛰어넘어 두려움 없이 선포되는 평화 애호의 거대한 화신으로 내세워졌다. 그에게는 러시아인과 일본인 사이의 차별이 없으며, 그러하기에 그는 이 피비린내 나는 전쟁에 책임이 있는 양쪽을 폭로하고 있다. (……)

러시아로 보아서는 비록 톨스토이가 한 민족보다는 전 세계에 속하는 작가라 하더라도, 그와 같은 위대한 작가를 갖고 있다는 점에 대해 당당히 자부할 수 있다. (……)"132)

톨스토이는 지체 없이 아베 이소오의 편지에 다음과 같이 답장했다. "일본에 저와 마음이 맞는 친구와 동지들이 있다는 것을 알게 된 것은 제게 있어 큰 기쁨입니다."133)

《헤이민신문》에 <반성하라!> 번역본이 실린 뒤에 이어서 고도쿠 슈수이와 사카이 도시히코는 1904년 8월 7일자 동 신문을 통해 논문 <톨스토이의 반전관 비판>을 발표했다. 제목에 '비판'이라는 용어를 취한 모습이긴 하지만, 본질적으로 이 논문의 필자들은 일본 사회주의자들의 입장과 톨스토이 반전관의 유사성을 검증하면서 제국주의 약탈에 대한 톨스토이식 비판의 의미를 자신의 독자들에게 설명하려고 노력했다. 일본의 사회주의자들은 이 러시아의 작가

---

132) 재인용: A. 쉬프만. 레프 톨스토이와 동양. 모스크바. 1960. 327쪽.
133) L. N. 톨스토이. 전집. 75권. 178쪽.

가 전쟁의 장본인들과 그들의 앞잡이들의 정체를 폭로한 용기를 열광적으로 강조하며, "그가 하기 전까지는 일억 삼천만 러시아인들과 사천오백만 일본인들이 감히 말하지 못했던 것에 대해 직접적으로 말하고 그가 다루기 전까지는 아무도 감히 쓸 엄두를 못낸 것에 대해 직접적으로 쓰는 용기"134)였다고 설명했다. 더욱이 톨스토이의 팸플릿에 나타난 전쟁에 사로잡힌 사회의 모습은 러시아와 일본 두 나라의 상태를 반영하고 있기 때문에 일본 사회주의자들의 첨예한 관심을 끌었다. 톨스토이는 격문 <반성하라!>를 통해 전선의 양편에 선 수백만 명에게 적극적인 행동에 나설 것을 촉구하면서 그들의 양심에 호소했다. 일본 사회주의자들은 톨스토이의 군국주의 비판에 근거를 두고 투쟁했다.

그러나 고도쿠 슈수이와 사카이 도시히코는 <반성하라!>의 내용과 의미를 평가할 때에 독자들에게 이 팸플릿의 강점과 약점을 설명하면서도, 일관되게 사회주의적 입장에서 접근했다. "톨스토이가 전쟁에 의해 초래되는 악, 손실과 모든 사회적 질환을 폭로할 때, 우리는 희열을 느끼지 않을 수 없다. 그러나 우리가 어떤 방식으로 이 악, 손실, 질환을 치료하고 장래에 예방할 것인가에 대한 문제로 들어서기만 하면, 유감스럽게도, 우리는 톨스토이의 견해와 결별하곤 한다"고 논문에서 밝히고 있다.135)

일본의 사회주의자들은 전쟁이 발생하는 원인은 인류가 진정한 믿음을 상실한 데에 뿌리를 두고 있다는 톨스토이의 생각과 견해를 달리한다. 그들은 이 작가의 종교―도덕적 견해에 동의하지 않고서 , "나라간 경제적 경쟁의 첨예화와 현대 사회를 이루는 조직이 자본주의 시스템을 토대로 삼고 있다"는 데에서 '악의 뿌리'를 찾았다. 그렇기 때문에, 만일 '반성하고' 그리스도의 유훈으로 '돌아가라'는 도덕적 호소로만 제한한다면, 전쟁을 피할 도리가 없다고 생각했다.

---

134) 문학 유산. 제75집. 제1권. 562쪽. 논문 <톨스토이의 반전관 비판>은 G. D. 이바노바가 번역하여 '톨스토이의 평화주의 비판'이라는 제목으로 실려 있다.

135) 앞의 글.

의심할 나위 없이 '헤이민운동'의 기독교—휴머니즘적 경향은 톨스토이 사
상의 확산과 결부되어 있다. 그러나 작가가 일본의 반전 운동에 영향을 준 것은
평화주의, 악에 대해 폭력으로 저항하지 않는 수동적인 '저항자'의 입장이 아니
었다는 사실을 반드시 강조해야만 한다. 톨스토이는 평화에 대해 공허한 미사
여구나 두르고 있는 평화주의자가 아니었다. 톨스토이는 그의 평화 애호 설교
에 대해 의문을 표명한 프랑스 작가 쥴 클라르티에 답하면서 다음과 같이 썼다.
"나는 평화에 대한 사랑이 전쟁의 참상을 목격하고 경악에 빠진 민족들의 소심
한 지향이 되지 말고, 정직한 양심의 흔들림 없는 요구가 되기를 바랍니다."136)
　안나 제게르스는 "톨스토이가 평화를 위하여 투사로서 말한 것은 그가 평화
주의자이자 톨스토이주의자였기 때문이 아니라, 그가 위대한 리얼리스트였기
때문이다"137)라고 적고 있다. 톨스토이는 '사무라이의 나라'에 처음으로 울려
퍼진 '전쟁 타도!'라는 용감한 슬로건에 저항의 파토스를 담아 넣었다.
　처음에 일본의 집권층은 '충실한 신민'은 러시아와의 전쟁을 지지할 것이라
고 확신하고 있었기 때문에 사회주의자들의 공개 발언, 그들의 반전 논문과 신
문 기고문을, 이후 《헤이민신문》에서 사용된 표현처럼 '제대로 다 배우지 않
아서 해대는 대학생들의 잡담 따위'로 여겨, 이를 보고도 못 본 척했다. 그러나
이내 그들이 대단히 착각하고 있었다는 것을 이해하게 되었다. <반성하라!>에
담긴 톨스토이의 글이 일본인들에게 미친 강력한 영향력은 그들을 심각하게 만
들었다. 그래서 그들은 위대한 작가의 명성을 실추시키려고 시도했다.
　구로이와 루이코는 1904년 동경 시내의 강연장에 연사로 등장하여 "누구나
전쟁에 대한 자신의 생각을 밝히는 것은 자유지만, 선전 포고가 된 뒤에는 지각
있는 시민이라면 정부를 비판하길 멈추고 자기 나라의 애국자가 되어야 할 의

---

136) 앞의 글. 48~49쪽.
137) 앞의 글. 49쪽.

무가 있다. 그런데, 오늘날 전쟁에 반대하여 나서고 군대를 불명예스럽게 만들고 임민의 애국적 감정을 교란시키려고 하는 자들이 있다. 이들은 러시아 작가 톨스토이와 우리나라의 사회주의자들이다"라고 발언했다. 일본인들이 '유해한 영향'을 받지 않도록 하려고, 구로이와 루이코는 다음과 같이 덧붙였다. "톨스토이의 논문은 사견에 지나지 않는 바, 사견을 권위 있는 것으로 여겨서는 안 된다."138)

그러나 톨스토이의 이 '사견'은 부분적인 그룹뿐만 아니라, 일본의 인민 대중의 정신을 사로잡았다. 왜냐하면 톨스토이는 러시아의 '수억 명의 토지 경작 인민들의 변호인'만은 아니었기 때문이다. 작가는 만주 벌판에서 죽어 가는 러시아 농민들의 괴로움을 대할 때와 똑같이, 확실한 파멸의 길로 들어서게 박해당하는 일본 농민들의 고통에도 괴로워했다. 톨스토이의 애국주의는 다른 민족에 대한 적개심을 배제했다.

일본의 평화 지지자들은 톨스토이의 반전 발언 중 그 어느 하나라도 놓치지 않고 주의를 기울였다. 예를 들어, 1904년 5월 29일자 《헤이민신문》은 1904년 이른 봄에 야스나야 폴랴나에서 작가와 프랑스 신문 《피가로》지의 기자 조지 앙리 부르덴이 가진 대담을 정리하여 실었다. "당신의 견해로는 어느 인종이 승리하느냐에 따라 올 결과를 어떻게 보십니까?"라는 질문에 답하여, 톨스토이는 "모두 다 마찬가지 아닌가요! 저는 인종간의 차별을 두지 않습니다. 무엇보다도 저는 우선 인간에 대해 생각합니다. 그가 러시아인이든, 일본인이든 저에게는 마찬가지이며, 저는 어떤 인종에 속하는 사람이던지 간에 노동자, 억압받는 사람, 불행한 사람 편입니다. 어떤 상황에 처할지라도 그들은 이 접전에서 승리를 거두게 되지 않을까요?"라고 말했다.139)

---

138) 《平民新聞》. 1904年 10月 23日.
139) 문학 유산. 제75집. 제1권. 484쪽.

일본의 사회평론가 사이토 신사쿠(齋藤新作)가 《데이코쿠 분가쿠(帝國文學》》지 1904년 9월호에 실은 자신의 기고문 <노일전쟁에 대한 톨스토이>에서 "군사적 승리를 거두었다고 좋아하는 우리들의 환호가 내게는 반쯤 죽어 가는 파리 떼가 애처롭게 웅웅거리는 소리로 들린다"고 쓴 것은 아마도 작가의 바로 이 발언을 염두에 두었던 것으로 보인다.140)

사이토 신사쿠는 톨스토이를 '20세기 인간 정신의 지배자'라고 부르면서 그를 '정의와 평화에 대해 입심으로 방아 찧어 대는 일에 매달리는', 세상 돌아가는 이치라고는 모르는 속물과 대비시켰다. 사이토는 <톨스토이의 논문을 읽고 나서 현대 문명 앞에 놓인 그의 사명에 대하여 생각하다>(1904)라는 논문을 발표했다. 그는 톨스토이의 전 세계적 사명이 "잃어버린 영성(靈性)을 인류에게 되돌려주고 그와 같은 방법으로 인간의 위대함을 복원시키는 데"에 있다고 보았다. 이 일본의 비평가는 인류 문명의 미래를 도덕적 자기완성의 틀 안에서 사유하고 있는데, 우리에게는 러시아 작가의 반전 파토스에 대한 그의 무조건적인 지지가 보다 더 흥미롭다. "톨스토이 백작은 일본 정부와 아울러 러시아 정부가 취하고 있는 입장에 대해서도 단호하게 반대한다. 그는 이 전쟁을 재앙, 인민에 대한 사기라고 부르며 이 전쟁에서 인간을 어리석은 짐승으로 변하게 할 수 있는 징후를 보았다. 톨스토이는 소위 애국주의에는 범죄적 요소가 포함되어 있다고 말한다."141) 사이토 신사쿠에게는 톨스토이의 목소리가 '국가의 압제에 억눌린 전 세계 평민들의 신음 소리'142)라고 여겨졌다. 사이토는 바로 이 때문에 속물 학자들이 톨스토이를 부도덕하고 비애국주의적이라고까지 비난하면서 그에 대해 공격한다고 말했다. 이 일본의 비평가는 그와 같이 이야기할 때에, 의심할 나위 없이, 호전적인 민족주의자이자 니체주의자이며, 국수주

---

140) 『帝國文學』. 1904年. 9號. 104쪽.

141) 앞의 글. 8쪽.

142) 앞의 글. 106쪽.

의적인 '일본주의'의 선포자인 자신의 저명한 형 다카야마 조규(필명, 본명은 사이토 린지로 齋藤林次郎)를 염두에 두었다. 사이토 신사쿠는 '일본주의'를 거부하고 그와 단호하게 경계선을 그었다. 이 사상적인 경계 분리에 있어서 중요한 역할을 한 것은 의심할 바 없이 그의 톨스토이와의 사상적 교류였다. 사이토는 민족의 위대함이란 가진 칼의 위력이나 점령한 땅의 크기로 잴 수 있는 것이 아니라고 강조했다. 그의 생각으로는 러시아의 진정한 위대함은 러시아가 용기 있는 진리 탐구자 톨스토이를 갖고 있다는 데에 있다고 결론 내릴 수 있는 것이다. 그리고 군사적 성공에 흠뻑 취한 일본은 열정적으로 동시대 세계의 죄악에 대해 회초리를 들고 인간의 영원한 정의를 자신 안에 구현할 수 있는 톨스토이와 같은 자신들의 '예언자'를 갖고 있지 못하다는 사실에 비애를 느끼며 덧붙였다.143)

논문 <반성하라!>에는 의미심장한 말이 담겨 있다. 차르 전제정치와 일본의 군국주의자들에게 치욕적이 낙인을 찍으며 톨스토이는 다음과 같이 적고 있다. "자기들이 승리를 거둔 이후에도 유럽의 모든 혐오스러운 것을 흉내 내는, 길을 잃은 일본인들은 여전히 대단한 열정으로 살인 행위를 하려 덤벼들고 있다. 퍼레이드를 벌이고 천황은 포상을 내린다. 장군 나부랭이들은 자신들이 살인하는 것을 배웠으면서도 계몽을 배웠다고 멋대로 상상하면서 허장성세를 부린다."144)

'나라를 발견한' 시기 이래로 일본의 집권층은 서양에서 군사 기술을 들여와 그를 이용하여 이웃 아시아의 나라들로 진출하고 나중에는 바로 그 서양으로 진출하기 위한 가능한 모든 것을 다해 왔다. 톨스토이에게는 유럽의 모든 혐오스러운 것을 흉내 내고, 길을 잃어버린 이런 일본이 매우 이질적으로 느껴졌다.

---

143) 『帝國文學』. 1903年. 11號 참조할 것.
144) L. N. 톨스토이. 전집. 제36권. 141쪽.

그는 제국주의적 약탈 방식이나 사무라이 전통 무사도(武士道)에 대한 자화자
찬하는 일이 아닌, 재능 있는 민족이 평화로운 노동으로 가꾸는 밭에 계몽된
일본의 미래가 있다고 보았다. 톨스토이의 이런 언급은 일본 예술의 뛰어난 활
동가이자 유명한 저작『차에 대하여(茶の 本)』(1906)의 저자인 오카쿠라 덴신
(岡倉天心)의 생각과 서로 통한다. 해외 독자들과 대화를 나누면서 오카쿠라 덴
신은 일본인 성격의 비밀을 풀 진짜 열쇠는 '무사도'가 아니라, 평화로운 차 예
법(茶道)의 미학에서 찾아야만 한다고 단언했다.

"외국 주민들은 우리가 평화롭게 예술에 몰두하여 살 때까지는 우리를 야만
인이라고 불렀다. 그러나 일본이 만주 들판에서 미증유의 대살육극을 벌인 이
후에 그들은 일본을 문명화된 나라라고 불렀다. 최근에 들어와서는 많이들 '무
사도'에 대해 이야기하기 시작했지만, 거의 그 누구도 '다도'에는 관심을 기울
이지 않는다. 죽음의 예술인 '무사도'는 우리 병사들이 거짓 격려에 넘어가 죽
으라고 가르친다. '다도'는 생명의 예술이다. 만일 문명화되었다는 것이 대살육
극을 잘 해내는 것에 달려 있는 것이라면, 우리는 차라리 야만인으로 남고자
한다."145)

국수주의에 대한 열광이 고조되었던 시기에 오카쿠라 덴신은 확신을 갖고 전
쟁 반대자로 남아 있었으며, 이 명예를 다룬 사무라이의 법전인 <무사도>가
아닌, 일본인에게서 특히 발달된 미적 감정이 나타나 있는 평화로운 예법에 대
해 자부심을 갖고 찬사를 아끼지 않았다. 일본인들에게 있어 '다도'는 청결의
도(道)이자 자신을 둘러싼 세계와 조화를 이루는 하나됨을 달성하기 위한 도이
다. 외국 주민들과의 논쟁을 통해 일본의 역사적 발전은 평화로운 길을 따라가
야 한다고 주장하면서 오카쿠라 덴신은, 말하자면, 톨스토이에게서 서반구에
있는 자신의 동지를 발견했다고 할 수 있다. 톨스토이는 청일전쟁 이후에 형성

---

145) 岡倉天心集. 東京. 1970. 158쪽.

된 일본 반전 문학의 기원에 가까이 있었다. 반전 문학은 전쟁 찬양을 옹호하는 경향과, 허명뿐인 '일본주의' 이데올로기와의 첨예한 투쟁 속에서 발전해 갔다.

마치 중세 시대에 잔혹하고 교활한 도요토미 히데요시(豊臣秀吉)가 강온양면책으로 이웃의 봉건 막부를 복속시키면서 자신의 행동을 어떻게 정당화시켜야 할지에 대해서는 생각조차 하지 않고 있었던 것과 똑같이 청일전쟁 시기 일본의 집권층은 자신의 침탈 행위에 불가불 그 어떤 그럴싸한 고상한 모습을 부여해야 할 필요성이 있다고는 생각조차 하지 못하고 있었다. 역사의 승자는 처벌받지 않아 왔다. 그러나 노일전쟁 시기에 이미 일본 군국주의는 서양의 침략으로부터 아시아 민족을 보호하기 위한 평화 창조자의 역할을 맡으려고 했다. 관제 '전쟁문학'은 일본 제국의 영향력 범위 확대를 위해 희생하고 자신을 내던지는 헌신적 활동을 찬양하면서 침략 전쟁을 정당화하고 제국주의적 약탈을 영웅적 위업으로 사칭하도록 권고받았다.

그래서 바로 이 요구에 부응하고자 다카야마 조규는 '시대정신에 부합하는 민족 문학'을 창조한다고 나섰다. 그는 일본 작가들이 너무 오랫동안 집중된 미의 영역에 머물러 있는데, 시대는 민족적 영웅을 찬송하는 큰 규모의 작품을 요구하고 있다는 이유로 작가들을 비방했다. '전쟁의 낭만'을 찬송하는 낮은 수준의 시험적 성격을 띤 장편, 중편소설과 시집, 희곡이 하나 둘 줄지어 나오기 시작했다. 이런 작품들은 모두 동양의 수준 높은 시가의 전통과는 매우 거리가 먼 이질적인 것이었으며, 양심적인 일본의 작가들은 '호랑이와 칼의 문학'을 창조하라는 군국주의의 부름을 받아들이지 않았다. 청일전쟁이 끝나고 2년이 지난 1897년에 이미 다카야마 조규는 <메이지(明治) 시대의 문학>이라는 논문에서 쓸쓸히 푸념을 늘어놓았다. "우리에게는 생경한 전쟁 중편소설 몇 작품을 쓴 이류급 작가들을 빼고 본다면, 애국주의와 영웅주의를 찬송하는 작가들이 없다. 그것뿐만이 아니다. 그들을 시류에 영합하는 한철 장사치라고 부르면서,

전쟁에 대해 쓰는 작가들에 대해 경멸적으로 대한다. 나로서는 이 분한 마음을 말로 다 표현할 수가 없다. 문학에 있어서 드물게 주어지는 이 복된 시대에 우리에게는 단 한 사람의 아른트[146]도, 쾨르너[147]도 없다. 이는 참으로 유감스러운 일이다.”[148]

다카야마 조규는 ‘일본주의 문학’에 들어맞는 단 하나의 ‘모범’조차도 일본 국내의 민족 문학에서나, 세계 문학의 고전 중에서 찾아낼 수가 없었다. 그가 다분히 이류급 독일 ‘애국주의’ 작가들의 이름만을 호명한 것은 결코 우연이 아니다. 물론, 에른스트 아른트의 극단적인 민족주의와 칼 쾨르너 시의 국수주의적 색조는 일본의 비평가에게 외경심을 불러일으키긴 했지만, 그는 이들의 기본적인 창작 모티브가 나폴레옹의 침략에 대한 비난이었다는 사실을 고려하지 못했다.

다카야마 조규와 그와 생각을 같이하는 사람들의 발언에 맞서 고도쿠 슈수이는 논문 <소위 전쟁문학>(1900)을 통해 논쟁을 벌였다.[149] 이 일본의 사회주의 비평가는 민족 문학 발전의 전망은 ‘예술의 양심을 추악하게 만드는’ 국수주의 조류의 전쟁 대중소설과 그 어떤 공통점도 갖고 있지 않다고 단언했다. 문학의 군국주의화에 반대하여 나서면서 고도쿠 슈수이는 다시 톨스토이의 창작에 관심을 기울인다. 그는 고대 이래로 작가들이 불멸의 작품을 남길 수 있었던 것은 그들이 야수적 만행을 찬양해서가 아니라, 반대로, 진·선·미에 가까이 가려고 노력했기 때문이라고 썼다. 우리가 호머의 작품을 읽는 것은 그가 아킬레스의 분노와 그가 전쟁터에서 승리를 거두고 돌아오는 개선 장면을 뛰어나게

---

146) Arndt, Ernst Moritz(1769~1860) 독일의 시인, 사회평론가. 애국주의적 서정시와 정치 평론을 통해 독일 민족의 애국주의를 고취하고 민족적 자의식을 높였다. (역자 주)

147) Körner, Teodor(1791~1813) 독일의 시인, 극작가. 나폴레옹 전쟁시기에 쉴러의 이상주의에 고무되어 독일 민족주의를 고취하는 낭만적 애국주의 시와 희곡을 썼다. (역자 주)

148) 講座 日本近代文學史. 東京. 1956, 제2권. 14~15쪽.

149) 고도쿠 슈수이의 논문은 『近代日本思想大系』 시리즈에 ‘반전 문학’이라는 다른 제목으로 들어 있다.(東京. 1975. 13권)

묘사했기 때문이 아니라, 헥토르의 고통과 파멸을 그려 냈기 때문이다. 중국의 위대한 시인 두보(杜甫, 자는 자미 子美)와 이백(李白)의 창작이 불멸의 가치를 갖고 있는 것은 그들이 인민에게 평화가 있기를 바라며, 전쟁이 가져오는 재앙에 대해 썼기 때문이다. 누가 그들의 창작에 수준 높은 기초가 결여되어 있고 그들의 시가에 감동이 없다고 말할 수 있겠는가. 고도쿠는 작가들에게 허위와 야만적 행위를 설교하지 말고, 오직 이를 통해서만 그들의 이름을 영원히 남게 해 주고 그들에게 세계적 명성을 가져다줄 진·선·미와 위대한 고통의 정신에 충만한 작품을 창작하라고 호소했다. 그는 다음과 같이 결론 내렸다. "그런데 오늘날 우리의 문학에 수백 명의 '키플링'150)이 필요한 것이 아니다. 우리의 문학은 우리 자신의 톨스토이를 일각이 여삼추인 심정으로 기다리고 있다."

의미심장한 말이다. 만일 다카야마 조규가 '모범'을 찾으면서 이류급의 독일 애국주의 작가들 이상으로 올라가지 못했다면, 일본의 반전 문학은 그 첫걸음부터 세계적 거장인 호머, 두보, 이백과 레프 톨스토이의 위대한 유산에로 향하고 있었다. 군국주의에 대한 열렬한 폭로자인 톨스토이의 바로 이와 같은 휴머니즘적 입장은 일본의 신생 반전 문학에 명료한 본보기 역할을 했다.

노일전쟁이 한창이던 때에 여류시인 요사노 아키코(與謝野晶子)는 '여순항 포위 작전에 나선 부대의 동생에게'라는 부제가 달린 시 <사랑하는 이여, 목숨을 버리지 마오!>를 썼다. 일본의 반전시 문학의 불멸의 기념비가 된 이 주목할 만한 작품은 톨스토이의 팸플릿 <반성하라!>의 직접적인 감화를 받아 지어졌다.

네게 여순항 요새가 다 무엇이란 말이니?
함락되든 영원히 버티든 말든 내버려 두지.

---

150) Kipling, Joseph Rudyard (1865~1936) 영국의 시인, 소설가. 당시의 대영제국주의에 부응하는 작품을 써서 애국주의 시인으로 각광받았지만, 만년에는 높은 평가를 받지 못했다. 1907년 노벨문학상을 수상하였고, 잘 알려진 그의 대표작으로는 단편소설 <정글북>(1894)이 있다. (역자 주)

상인이지, 음산한 무사가 아니었던 네 선조는
약탈 습격을 하라는 유언을 남기진 않았지.

천황 폐하 자신은 싸움이 벌어지는 벌판에 가지도 않고
대열의 선두에서 우리를 전투로 이끌지도 않지.
정말로 만인의 연인이라는 그라면
아마도 어리석게 믿고나 있지 않은지,

사람들이 피를 물처럼 흘리고
희생양을 쫓아 짐승처럼 들판을 뛰어다니다,
그런 명령에 따라 쓰러지는 것이 용감한 헌신이라고
사랑하는 이여, 목숨을 버리지 마오![151]

그야말로 지난 세기 일본을 지배하고 있었던 정통 도덕에 도전장을 내미는 유래를 찾을 수 없는 철면피의 강심장이라 할 것이다. 수세기의 역사상 처음으로 일본 문학은 침략 전쟁의 소용돌이에 휩쓸린 인민의 운명을 다른 방식으로 살피면서, 황실 인사에 대해서 대놓고 직접적으로 말하기 시작했다. 어용 비평가 오마치 게이게쓰(大町桂月)는 여류 시인을 '미쳐 날뛰는 년', '배신자'라고 부르면서 그녀를 응징하겠다고 바로 위협했다. 생명을 지켜 내면서, 이 일본의 여류 시인은 형제를 살해하는 전쟁에 반대하여 처음으로 인간성을 옹호하기 위해 목소리를 높였던 톨스토이와 같은 과감한 자세로 말하기 시작했다. 톨스토이는 속았던 러시아의 인민이 정신을 차리고 통치자들에게 "당신들, 무정하고 하늘 무서운 줄 모르는 차르, 천황, 장관들, 대주교들, 수도원장들, 장군들, 신문

---

151) 요사노 아키코의 일본어본이 아닌 원문에 실려 있는 V. N. 마르코바의 러시아어 번역본을 중역하였다. (역자 주)

편집장들, 당신들이나 가시오 그곳에서 협잡꾼이라는 소리를 듣는 당신들이나 포탄과 총탄을 뚫고 가시오 우리는 원하지 않고, 가지 않겠소 우리들이 평화롭게 밭을 갈며 씨를 뿌리고, 집을 짓고, 밥만 축내는 벌레인 당신들을 먹여 살리도록 내버려 두시오"152)라고 말하게 될 때가 올 것이라고 믿고 있었다.

요사노 아키코는 사람들을 국수주의의 마취제로부터 풀려나게 하기 위하여 속아 넘어간 사람들과 직접적으로 이야기해야 한다는, 바로 그러한 톨스토이가 제기한 요구를 절실히 느끼고 있었다. 당연히 이런 입장은 관제 '도덕'과는 정반대의 길을 걷게 되었다.

친군국주의 신문 《요로주호》는 노일전쟁 전야인 1904년 2월 7일자에 다음과 같은 글을 실었다. "용감하게 헌신하는 우리의 용사들은 사랑하는 여인을 맞듯이 죽음을 맞는다. (……) 여러분, 용사들은 친척, 아내, 아이들에 대한 감정에 빠져서는 안 된다. 국가가 여러분들의 부모, 여러분들의 아내, 아이들이다."

일본의 신문들은 일제히 '애국자 어머니'의 자기희생적 자살에 대해 목이 메인 논조로 보도했다. 육군 중위 스즈키는 전선으로 떠나기에 앞서 작별 인사를 드리려고 63세의 어머니 유키에게 왔으나, 그녀가 죽어 있는 것을 발견했다. 죽기 전에 아들에게 남긴 편지에는 다음과 같은 말이 들어 있었다. "만일 내가 더 산다면, 쓸데없이 네 마음속 짐이 될 터이고, 너는 이 때문에 전선에서 다른 이들보다 처질 수도 있을지 모른다. 만일 그렇게 된다면, 주군에 대해 이보다 더 큰 불충은 없을 것이다. 하여 나는 나뭇잎과 수풀의 그늘 밑에서 들려오는 너의 무훈을 듣고자 스스로 생을 마치기로 결심했다."

《도쿄 니찌니찌(東京 日日)》 신문은 유키를 자신의 죽음으로 아들이 천황의 이름을 내걸고 공을 세우도록 격려한 '이성적인 어머니'라고 불렀다. 일본에서 충성스러운 신민을 강조하는 도덕은 지난 수백 년 세월 동안 내내 장려되어

---

152) L. N. 톨스토이. 전집. 제36권. 143쪽.

246

왔었다. 가부키 공연용 유명한 희곡 『센다이 하기(先代萩)』(1778)에서 막부의 후계자 아시카가의 유모인 마사오카는 이전부터 자기 아들에게 영주를 위해서라면 자기 목숨을 희생하라고 가르쳐 왔다. 적들이 후계자를 독살하고자 했던 위험한 순간에 마사오카의 어린 아들은 어머니가 보낸 신호에 따라 독이 든 만두를 먹게 되고 자신이 죽음으로써 주군에게 적들의 음모에 대해 미리 알리게 된다. 제2차 세계대전이 끝나는 순간까지 마사오카의 형상은 주군의 목숨을 구하기 위해서라면 자기 아들조차 희생시키는 일을 주저하지 않는 용기 있는 일본 여성의 전형으로 관제 선전과 관제 문학 비평에 의해 떠받들어졌다. 전선으로부터 아들, 남편, 아버지의 사망 소식을 받게 되더라도 어머니, 아내, 고아들은 감히 울 생각도 못했다. 수세기에 걸쳐서 장려되어 온 일본의 미덕이란 이와 같은 것이었다. 그런데 요사노 아키코는 일본 절대주의의 정통 도덕에 기인하는 이런 노예 심리에 과감한 도전장을 던진 것이다.

오, 사랑하는 동생아, 떠올려보렴, 저 먼 바다 너머에
과부의 몸이 되어 외로운,
근심과 슬픔에 창백해진
어머니는 네가 비워둔 집으로 돌아오길 기다리고 있구나!

고향 땅에서 어머니가 아들 걱정에 눈물을 흘리는
이런 판국에 충실히 따른다 하여 칭송한다니,
어머니를 남겨두고, 죽음을 향해 뛰어들라고?
사랑하는 이여, 목숨을 버리지 마오!

네 아내는 비탄의 나날을 보내고 있구나.

얼마나 기쁘게 너희들이 결혼식 날을 맞았던지를
전쟁의 아귀다툼 속에서도 너는 아직 기억하고 있는지?
행복의 날은 한철 봄도 다하지 못했구나.

그녀의 갓 피어난 사랑에 대해, 네가 그렇게 빨리,
전투대열 속에 있다 해도 정말 잊어버린 거니?
너 없이 누구에게서 그녀가 기댈 곳을 찾겠니?
사랑하는 이여, 목숨을 버리지 마오!

일본 연구자 기무라 기(木村毅)가 이 일본 여류 시인의 시적 영감의 원천에 대해 쓰면서, 시 <사랑하는 이여, 목숨을 버리지 마오!>와 톨스토이의 팸플릿 <반성하라!>의 구절 수평적으로 비교 연구했을 정도로 요사노 아키코의 시에는 톨스토이의 영향이 분명하게 보인다. 톨스토이의 <반성하라!>와 요사노 아키코의 시 사이에 나타난 창작상의 공명(共鳴)에 대해 일본의 저명한 문학사가 혼마 히사오(本間久雄)도 자신의 대표적 저작 『메이지 시대 일본 문학사』(1943)에서 이를 지적하고 있다.

일본의 훌륭한 초기 반전 산문 중의 하나는 기노시타 나오에의 『불기둥(火の柱)』(1904)이다. 기노시타 나오에는 유명한 작가일 뿐만 아니라, 일본 사회주의 운동의 저명한 활동가이기도 했다. 그는 톨스토이의 창작을 일찍부터 접했고 이후 평생 동안 그를 따랐다. 그의 논문 <전쟁의 이면(裏面)>(1904)은 《헤이민신문》의 반전 입장뿐만 아니라, 이 일본 작가의 톨스토이에 대한 사상적 공명을 반영한다. 기노시타는 다음과 같이 쓰고 있다. "우리 사회주의자들은 전쟁을 찬동하는 비평가들에게 과감하게 맞서고 우리의 동시대 사회의 정신적 기상 조건하에서 펜과 말로 자신의 사상을 널리 펼치는 데에 모든 노력을 경주하여

야만 한다. 일본의 해전 승리에 대한 그 어떤 광적인 열광도 우리의 전쟁에 대한 태도를 동요시키지 못한다. (……) 정말로 이 전쟁은 한 줌의 자본가들에게 만 막대한 이익을 가져다주고 프롤레타리아트에게는 가장 끔찍한 사건이 아닌가 한다.”153)

기노시타 나오에의 장편소설은 다층적인 면이 두드러지게 부각된다. 소설에서는 신분제 계급 사회와 같은 군부 고위층의 고위 군부의 계급 사회가 제시되어 있고 지배층의 부패, 교회의 위선이 파헤쳐져 있으며, 구슈 지방의 광부 파업이 그려져 있지만, 소설의 중심 사상은 전쟁에 반대하는 저항이며 인민이 전쟁을 증오하도록 전쟁을 보여 주는 것을 중심 과제로 삼고 있다.

이 소설에는 기억에 남는 에피소드가 있다. 청일전쟁 시기에 시골 출신의 청년이 전선에서 죽었다. 이를 마을의 명예로 여겨, 그 마을 사람들은 기념비를 세웠는데 기념비 제막식에 많은 관리들이 다녀가고 왁자지껄한 축제 분위기가 만들어졌다. 그런데 유일한 부양자인 아들을 잃은 노인네들은 이제 임대한 땅을 경작할 수도 없게 되었고, 지주는 빌려준 땅을 도로 뺏어 갔다. 세금을 내지 못했다고 그들의 옹색한 살림살이를 몰수해 버리고, 결국에 가서는 마구간을 연상시키는 그들의 오막살이에서조차 쫓아냈다. 생존 수단을 잃고 내팽개쳐진 노인들은 기념비의 돌비문에 목을 매달아 삶을 마친다. 기노시타의 비판은 부분적 성격을 지닌 것이 아니다. 그의 비판은 전쟁을 계속하고 있는 절대주의에 대한 반대에 맞춰져 있다. 이러한 점에서 이 일본의 작가는 “전제주의는 전쟁을 수행하고, 전쟁은 전제주의를 지원해 준다. 전쟁과 싸우고 싶어하는 사람이라면 전제주의하고만 싸워야 한다”154)고 단언한 톨스토이에 가까운 생각을 하고 있다.

---

153) D. I. 골드베르그. 1868~1908년간 일본에서의 노동 운동과 사회주의 운동의 기록. 모스크바. 1976. 122쪽에서 재인용.

154) L. N. 톨스토이. 전집. 제36권. 12쪽.

소설의 주인공 시노타 조지의 입을 빌어 저자는 약탈과 전쟁이 '인간이 인간을 강탈하고, 국가가 국가를 약탈하는' 사회 제도에 기인하는 '오늘날 일본 생활의 기본적 원칙'이 되었다는 생각을 드러내 놓고 밝힌다. 신의 이름을 빌어 행해지는 약탈은 합법화되고 소위 애국주의는 이를 부추기고 있다. 저자는 사적 소유라는 지극히 거룩한 곳과 보편적 병역 의무를 약탈을 나타내 주는 '조건 부호'라고 부르면서, 이 양자에 대해 열심히 덤벼들었다. 그러나 기독교 사회주의의 신봉자인 젊은 목사 시노타는 악에 폭력으로 저항하지 않는다는 원칙을 따라야만 했다. 보는 바와 같이, 소설『불기둥』에는 톨스토이의 전쟁 고발 파토스뿐만 아니라, 이 러시아 작가가 지닌 평화주의의 특징이 반영되어 있다.

그러나 기노시타 나오에가 전쟁과 전쟁을 벌이는 지배 계급의 이데올로기를 파헤쳐 낸 용기와 이성의 힘은 소설『불기둥』에 대단한 성공을 안겨 주었다. 이 장편소설은 1905년 헤이민사 출판부에 의해 발간되었는데 즉각 3,500부가 다 팔려 나갔다. 만일 일본의 뛰어난 작가 중의 한 사람인 구니키다 도보(國木田獨步)가 1906년에 내고 나서 그의 이름을 문단에 우뚝 세워준 단편집『운명』이 2천 부 발매되었다는 점을 본다면, 기노시타가 독자들에게서 거둔『불기둥』의 성공은 무엇보다도 그 인민적, 반전적 성격에 기인하고 있다는 사실이 명백해진다. 가장 본질적이고 중심적인 바로 이 점에서 기노시타 나오에의 장편소설은 톨스토이의 창작과 공명하고 있다.

톨스토이의 반전 전통은 세기 초뿐만 아니라 일본인들이 다시금 톨스토이에 근거를 두고 반군국주의 투쟁을 벌인 '15년 전쟁'의 시기인 1920~30년대에도 일본인들의 의식에 깊은 영향을 주었다.

톨스토이 사상의 영향으로 일본에서는 병역과 침략 전쟁 참여를 거부하는 경우가 빈번히 일어나기 시작했다. 또한 이를 고립된 개인적 행동으로 보아서는 안 된다. 일본에서 톨스토이 작품을 전파하는 데 독보적인 기여를 한 하라 히사이치로(原久一郎), 그는 1949년부터 1955년 동안 발간된 톨스토이 전집 전 47권 일본어판 '단독 번역자'이다)는 그가 1933년 창립한 '톨스토이 전파회'로 입영 연령대의 젊은이들이 보낸 편지가 자주 왔었다고 전쟁 후에 회고한 바 있다. "'우리 이후에 살게 될 사람들을 위하여 저는 병역 거부와 전쟁에 대한 증오를 누구나 다 들을 수 있도록 천명하고 싶습니다. 저는 이러한 행동으로 사형이 기다리고 있다는 것을 알고 있습니다. 이 점과 관련해서 저는 톨스토이 전파회는 어떤 의견을 지지하는지 알고 싶습니다.' 그러한 편지는 5통, 10통도 아닌 그보다 훨씬 더 많았는데, 나는 그때마다 그들에게 그러한 일은 오늘날의 상황에서는 무모한 행동이라고 일일이 답장을 해 주었다. 우리들에게는 전선으로 나가기는 하나 허공으로 총을 쏘는 것 말고는 다른 선택의 여지가 없었다. 전쟁 포로뿐만 아니라 모든 점령 지역의 인민들에게도 톨스토이 정신으로 대해야만 한다고 (……) 나는 지금까지도 젊은이들의 편지에 답장을 했을 때 보였던 자신의 이런 단호하지 못했던 면을 마음속으로 고통스럽게 떠올리곤 한다. 그러나 그 당시에 나는 다른 대답을 줄 수가 없었다. 달리 답장해 준다는 것은 그들을 개죽음으로 내몰 수도 있었을 것이다. 이것은 너무나도 분명했다."155)

이 글은 1966년에 쓴 것이다. 하라 히사이치로를 이해하기 위해서는 마음속으로 '톨스토이 전파회'를 통한 그의 활동이 거쳐 가야만 했던 국수주의적 광란이 기승을 부리던 당시의 시대 분위기로 옮겨가 보자. 1931년 12월에 일본의 신문은 '전선으로 떠나는 육군 중위 남편에게 선물을 바치고, 기모노를 입은 젊은 여인이 자살을 했다'는 큼지막한 부제를 달아서 광신자 일본 여성의 '애국주의적 행동'에 대해 일제히 보도했다. 더 상세히 보도록 하자. ─ 방은 천황 폐하 부부의 사진으로 단장되어 있었고, 마루는 목면 천으로 덮여 있었다. 육군 중위 이노우에의 아내, 금년 21세인 치요코는 얼굴에 분가루를 바르고 기모노를 입

---

155) 原久一郎. L. N. トルストイ. 東京. 1966. 83쪽.

고 있었으며 칼로 자신의 경동맥을 잘랐다. 부엌에는 남편을 위해 특별히 경사스런 경우에 내놓는 붉은 콩이 들어간 쌀밥과 구운 농어 요리가 접시에 담겨 있었다. 식탁에는 치요코가 남편에게 보내는 유서가 남겨 있었다. "저의 님이여! 제 마음은 기쁨으로 충만하고, 정말로, 이 기쁨을 어찌 표현해야 할지 모르겠어요. 내일 당신은 전선으로 떠나시고, 저는 기쁜 마음으로 이승과 하직할 것입니다. 부디 우리들에 대해서는 걱정하지 마시기 바랍니다. 그리고 남김없이 모든 힘을 조국을 위해 바치기를 당신께 부탁드립니다. 이것이 저의 유일한 청입니다. (……) 저승에서 몇 년이 지난 뒤에 당신을 뵙게 될지는 모르지만, 저는 당신을 기다리겠습니다. 만주는 무척 춥다고 들었습니다. 당신의 아픈 위가 걱정스럽네요. 조심하시고 감기에 걸리지 마시기 바랍니다. 봉투에 40엔(円)을 넣었으니 당신의 병사들에게 주도록 하세요. 당신이 충실하게 복무하시기를 빕니다. 당신의 아내로부터."

일년 뒤인 1932년 10월에 봉천(奉天) 지역의 한 장소에 주둔하고 있던 일본군 수비대의 지휘관인 대위가 빨치산을 숨겨 주었다는 혐의로 마을의 모든 여자와 어린이, 노인들을 자기 손으로 직접 기관총을 쏴서 사살했다는 기사가 실렸다. 이 대위는 자신의 피와 죽음으로 무훈을 세우라고 고무시켰던 바로 그 광신녀의 남편이었다.[156]

노일전쟁 시기에는 '애국자 어머니'의 광신적인 자기 파괴가 있었고 중일전쟁 시기에는 '애국자 아내'가 유혈낭자하게 자신을 제물로 바친 일이 있었다. (……) 현대에 들어서서 벌어진 1970년 동경의 중심가에서의 작가 미시마 유키오(三島由紀夫)의 사무라이식 자살 사건이 절로 떠오른다. 미시마는 그가 만든 극우단체 '방패회'의 회원들과 함께 교전권 포기를 선포한 헌법을 개정해 보려고 사병들의 소요 사태를 선동하고자 자위대 본부에 난입했다. 그의 시도가 실패

---

156) 五味川純平. 戰爭と 人間. 4권. 東京. 1957. 285쪽.

로 끝나자 단검을 뽑아 들고 하라키리(할복자살)를 했다. 그 자리에서 또 한 사람의 방패회 회원이 그와 똑같은 방법으로 목숨을 끊었다.

이 네 죽음은 일본 군국주의가 일본인들의 의식에 뿌려 놓은 질기고 끔찍한 악을 드러내 준다. 모든 형태의 위선과 사이비 애국주의의 가면을 가차 없이 벗겨야 한다는 바로 그 점에 오늘날 우리에게 주는 톨스토이의 주된 가르침이 있다.

일본 역사가들이 '어두운 골짜기'라고 부르는 15년간 전쟁을 벌였던 시대(1931~1945)에는 모든 자유로운 사상이 맹아 상태에서 탄압을 받고 일본인들은 침묵을 강요당하고 있었던 시기라, 하라 히사이치로는 징집 영장을 받은 젊은이들이 '개죽음'을 당하지 않도록 막아 보고자 마음속으로 고통을 느끼면서도 전쟁을 증오하는 이들에게 허공으로 총을 쏘라고 조언했던 것이다. 그리고 심지어 이 캄캄한 시기에도 일본인들은 톨스토이와 떨어지지 않고 있었다. 요케무라 요시타로(除村吉太郞)는 1941년에 "톨스토이의 책을 얻으려고 자신이 가진 마지막 50엔을 내놓는 수백, 수천 명의 독자가 있다는 사실을 잊어서는 안 된다"고 썼다.[157]

최근 일본에서의 군국주의 부활 조짐과 연관해서 본다면 과거의 교훈은 잊혀져 가고 있다. 일본인들이 제2차 세계대전 이후 느꼈던, 민족적 죄악을 저질렀다는 감정을 잃어 가고 있다. 장교 히로세 다케오에 대한 통속적 전기소설을 포함하여 독자의 애국주의 감정에 호소하는 작품들이 보다 더 빈번히 나타나기 시작했다. 1984년 5월에는 1905년 쓰시마 해협 전투에서 일본 함대를 지휘했던 도고 제독을 기념하는 성대한 행사가 조직되기도 했다. 여순항 포위를 그린 장편영화 <고도 203>을 둘러싸고는 특히 소란스러웠다. 영화의 한 장면에서는 자기 수통을 꺼내서 목을 축이라고 건네주는 일본인을 가까이 대고 총을 쏴

---

157) 近代日本文學選集. 東京. 1954. 94권. 390쪽.

서 죽이는 러시아 장교가 등장한다. 다시 국수주의의 마취제로 일본인들을 중독시키고 있다.

노일전쟁 시기에 톨스토이는 일본인 민족성의 특징이 공격성과 호전성에 있다는 관제 언론의 날조 행위를 단호하게 논박했다. 그는 일본군의 포로가 되었다가 풀려나온 N. G. 루사노프의 단편을 무척 마음에 들어 했다. 루사노프는 일본의 농민, 노동자, 인텔리들은 러시아인에 대해 증오를 품고 있지 않다고 단언한다. 포로가 된 러시아 병사들과 선원들이 동경의 거리로 끌려 나가게 되었을 때, 일본의 소박한 일반인들은 그들에게 동정을 보내고 빵과 옷을 가져다주곤 했다.[158]

톨스토이는 이처럼 단호히 러시아인들이 '피에 굶주려 있고', 그들이 마치 '지상에서 황인종을 멸종시키려고나 한다'는 거짓된 날조 선전을 반박했다. 국수주의의 호전적 설교와 관제 선전의 인종적 증오 대신에 톨스토이는 민족간의 형제애와 영원한 평화 사상을 선포한다. 이 점에 톨스토이가 남긴 반전 유산의 해를 거듭하더라도 낡지 않는 현대적 의의가 있다.

1957년에 비평가 가와모리 요시조(河盛好藏)가 번역 문학의 의의에 대해 심사숙고하면서 다음과 같이 쓴 것은 주목할 만하다. "만일 톨스토이의 사상과 작품이 일본인들의 살과 피 속으로 들어왔더라면, 아마도 일본은 이런 혐오스러운 전쟁을 일으키지 않았을 것이다."[159] 일본이 과거의 실수를 되풀이하지 않도록 하기 위해 가와모리 요시조는 다시 새롭게 '반성하라'는 톨스토이의 경고에 의의를 부여하는 것이 반드시 요구된다고 여겼다.

노일전쟁이 한창이던 때에 야마구치 고켄(山口孤劍)이 쓴 시 <톨스토이>에 나오는 말은 오늘날에도 경종처럼 울리고 있다.

---

158) A. 쉬프만. 레프 톨스토이와 동양. 모스크바. 1960. 356쪽.
159) 文學. 東京. 1957. 3권. 243쪽.

크룹[160]제 대포가 이 값비싼

십자가를 지켜준다.

부처의 성스러운 슬픔 위에

사랑의 종은 피비린내 나는 전투에 참여하라 부른다.

야수의 거친 숨소리가 문화를 귀먹게 만들고

사람들은 동물과 한 패거리가 되어 놀아난다.

세상의 종말이 가까이 오는구나!

우리의 혀가 실수를 하지는 않았을까?

정말로 우리 모두는 죽게 되는 걸까?

악마의 사전을 장식하고 있는

이 '전쟁'이라는 단어를 끄집어내 버려야 한다.

눈물의 실로

사랑의 책이 짜졌다.

그의 성스러운 불에 하늘이 사로잡혔다.

들여다보아라! 슬픔의 가을이 유럽을 덮어버려,

석양의 빛은 창백하다.

노란 먼지가루가 가파른 해안을 갉아먹고,

바위절벽은 굳어버린 호수를 베어버렸다.

허연 턱수염을 한 위대한 노인이 회초리를 치켜들었고

그의 호소가 들려온다.

"반성하라! 사람들이여!"[161]

---

160) Krupp. 1811년 프리드리히 크룹이 세운 주강공장으로 출발하여 대포 등의 무기 제조로 유명해진 회사. (역자주)

161) 야마구치 고켄의 일본어본이 아닌 원문에 실려 있는 V. 쿠프리야노프의 러시아어 번역본을 중역

"톨스토이는, 안나 제게르스가 쓰고 있는 바대로, 평화를 위한 투사의 말로 이야기하기 때문에 우리의 시대에도 그의 말은 의의를 간직하고 있으며, 이 점 때문에 '백인, 황인, 흑인'도 그를 읽고 있는 것이다.[162](1986)

하였다. (역자주)
162) 문학유산. 제75집. 제1권. 52쪽.